El tiempo de las fieras

Víctor del Árbol

El tiempo de las fieras

Víctor del Árbol

Ediciones Destino
Colección Áncora y Delfín
Volumen 1657

Ediciones Destino, un sello editorial de Editorial Planeta, S. A.
Avda. Diagonal, 662-664, 08034 Barcelona (España)
www.planetadelibros.com
www.edestino.es

Primera edición: septiembre de 2024
ISBN: 978-84-233-6564-7
Depósito legal: B. 14.315-2024
Composición: Realización Planeta
Impresión y encuadernación: Rotoprint by Domingo, S. L.
Printed in Spain - Impreso en España

A los compañeros de vida y de lucha
que me dejaron la profunda impronta de su bondad
para guiarme en las horas más oscuras.

La crueldad tiene corazón humano
y la envidia humano rostro.
El terror reviste divina forma humana
y el secreto viste ropas humanas.

William Blake,
«Una imagen divina»

Prólogo

Lanzarote, islas Canarias, principios de mayo de 2008

Excepto por los radios de las ruedas girando en el espacio y su respiración, no se oía nada. Asustaba un poco aquel silencio lunar, la carretera desierta que cruzaba una llanura sin relieves, la oscuridad absoluta. Era como avanzar flotando en el vacío, el faro de la bicicleta apenas alcanzaba las marcas discontinuas en el centro del asfalto.

Vesna sentía una cálida brisa acariciando sus piernas bajo la falda. En la cesta que colgaba del manillar tintineaban un par de botellas de Ye-Lajares y el envase con el atún en adobo que Román le había preparado antes de acabar su turno.

—Estás muy flaca. ¿No te daban de comer en tu tierra? —le había preguntado el ayudante del cocinero mientras le guardaba una ración generosa, desoyendo sus protestas.

Pensar en su *tierra* resultaba cada vez más difícil para Vesna. Todavía le sorprendía lo sencillo que había sido tomar la decisión de dejarlo todo atrás. Aunque había fantaseado con ello durante mucho tiempo —de niña se encaramaba al nogal del jardín de Lejla para ver el horizonte más allá de las colinas e imaginaba que lo bueno siempre estaba ocurriendo lejos—, nunca creyó que algún día sería capaz de dar el paso. Apenas unos meses antes, si alguien le hubiera dicho que acabaría en una isla volcánica del Atlántico y trabajando como camarera de habitaciones en un hotel, se habría echado a reír.

Podría haber sido cualquier otro sitio. Lejla había decidido quedarse en Barcelona, y ese parecía un buen plan para ambas, pero entonces leyó el artículo aparecido en el *Glas Srpske* sobre César Manrique y Lanzarote y supo que era el destino llamándola. A su edad, muchas chicas tenían pósteres de estrellas del cine o de cantantes. Ella tenía junto al cabezal una del arquitecto Frank Lloyd Wright. Quizá era cierta esa idea suya de que la arquitectura debería servir para unir el talento humano con la ingeniería de la naturaleza y hacer así la vida de la gente más bella.

No se le ocurría un lugar más propicio para poner esa teoría en práctica.

Lejla se sintió feliz cuando le contó lo que pensaba hacer. Empezar de nuevo. Volver a nacer.

—Me alegro mucho. Siempre he creído que deberías hacer algo más que estar todo el día encerrada con tus ordenadores. Salir de Tuzla, ver el mundo desde otro lugar, hacerlo mejor. Tú eres capaz de lograr cualquier cosa que te propongas.

Por alguna razón, Lejla veía en ella desde niña cosas que nadie más parecía ver. Quizá para no decepcionar sus expectativas, Vesna fue capaz de superar sus propios temores y lanzarse a aquella aventura. No se arrepentía de haber tomado una decisión tan drástica, pero a veces se despertaba en ella un paradójico sentimiento de tristeza: no imaginaba que la libertad pudiera ser tan solitaria. Y tampoco que fuese tan difícil mudar de piel. De una manera u otra, siempre terminaba volviendo a ella la sensación de que no encajaba en ninguna parte. Fingía tratando de ser una más, de hacer lo que hacía la gente normal, interpretar un papel, pero al cabo de poco tiempo los demás la señalaban como la rara, la introvertida y elusiva, esa chica un poco fuera de la realidad de la que no se sabía exactamente qué esperar.

Únicamente Román parecía sentirse cómodo en su presencia, alegre incluso de tenerla cerca. El ayudante de cocina le había aconsejado que tuviera paciencia; acostumbrarse al ritmo de la isla, a su respiración, requería tiempo.

—Al principio no es sencillo, a menos que se haya nacido aquí. No es fácil hacerse con este paisaje o con su gente. No lo lograron los godos y no lo han conseguido los turistas. Esta tierra pertenece a la lava y al océano, a sus volcanes y a sus profundidades. Si quieres vivir aquí, tienes que dejar que la isla te reconozca; con el tiempo se acostumbrará a tu presencia y te cederá un sitio.

Vesna pensó en las palabras de su amigo mientras pedaleaba. La carretera giraba suavemente hacia la derecha, y a lo lejos se adivinaba la silueta del volcán de La Corona. Vesna aminoró la marcha y admiró aquella mole solitaria. El volcán era un gigante que se dejaba acariciar, observándola de reojo con cierto desdén, sabiendo que ella solo estaba de paso, mientras que él era eterno e inmutable. Continuaría siendo el mismo que era desde hacía miles de años en cuanto ella se alejase con su bicicleta. Y seguiría allí, quieto, silencioso, mucho después de que ella se hubiera marchado.

Aquella noche, Vesna decidió desviarse de la ruta

habitual hasta su casa y descender hacia la costa. A medida que se acercaba, el rumor del oleaje —todavía invisible— le aceleró el pulso. Había algo en ese sonido de las olas contra la lava petrificada que la hacía sentir diferente, como si aullara feliz el ser salvaje y libre que guardaba dentro. Recorrió la pista asfaltada hasta el aparcamiento del Centro de Turismo, cerrado a aquellas horas, dejó la bicicleta y bajó hasta el borde del agua.

Se desnudó con el placer voluptuoso de saberse dueña de sí misma y de su cuerpo, libre de miradas de reprobación, de dedos acusadores y voces ofendidas —«Vesna, cúbrete las piernas, no te pintes los labios, abróchate ese botón de la camisa, pareces una puta moldava con ese tinte de pelo, no les sonrías a los hombres»—. A solas, sin nadie capaz de penetrar en su cabeza, reconocía sin pudor que le gustaba cómo la miraba Román cuando se hacía el encontradizo en la cocina del hotel o en el comedor. Era excitante, y no le importaba que él fuera, al menos, veinte años mayor. Tenía unos ojos bonitos, castaños, grandes y ávidos, profundamente incrustados en su cráneo y protegidos por unas pestañas negras larguísimas. Y su boca también le parecía jugosa y llena, como un melocotón. Una boca que besar, con la que saciarse.

Riéndose por dentro de su descaro, se sumergió en el océano y nadó alejándose del rompiente. Cuando estuvo lo bastante lejos, se detuvo y se dejó llevar, con aquel cielo inmenso sobre ella, miles y miles de estrellas, un firmamento aterrador y maravilloso. Se quedó flotando a la deriva, con la sensación de ser una costura entre dos mundos, el de ahí arriba y el de aquí abajo. Una bisagra entre el pasado que no podía olvidar y el futuro que no se atrevía a soñar. Cerró los ojos y se preguntó cómo sería quedarse así, sintiéndolo todo en la piel desnuda. ¿Hasta dónde la llevarían las corrientes si se abandonaba? Tal vez a una forma de olvido que la ayudara a dormir sin pesadillas ni recuerdos. Ser engullida por la nada. Como si tuviera que volver a nacer y esta vez todo fuera diferente. Resultaba tentador, pero tenía que regresar; Román se lo había advertido:

—No te fíes de la aparente calma ni de la llamada de las sirenas. En el océano siempre se está de visita.

Nadó despacio hacia la orilla contra la suave oposición de la corriente que trataba de alejarla del lugar en el que había dejado la ropa. No tardó en alcanzar las rocas, trepó con agilidad, se secó y se vistió con rapidez. Subió hasta la carretera con esa alegría que la llenaba al respirar el salitre en su cuerpo y pedaleó con energía durante un buen rato sin cruzarse con nadie, excepto con un autobús de turistas alemanes que debían de venir de Teguise. Al cabo de unos kilómetros redujo la marcha, el paseo empezaba a pesarle en las piernas. Por suerte la carretera se deslizaba suavemente en descenso hacia el sur de la isla.

Y entonces oyó el ruido del motor.

Debía de tratarse de un vehículo grande, y se acercaba muy rápido. Vesna giró la cabeza, pero no vio los faros.

—Ten cuidado con la bicicleta —le había prevenido Román—. Esa gente conduce como loca.

Esa gente eran turistas que llegaban a la isla como si desembarcaran en el viejo Oeste, que bebían más de la cuenta y pagaban el alquiler de los coches en metálico.

El vehículo avanzaba en plena noche a toda velocidad con las luces apagadas.

—¡¿Qué idiota conduce así?! —protestó Vesna en

voz alta. Por precaución, decidió apartarse de la carretera, pero ya no quedaba arcén. Solo un talud rocoso y luego una caída de la que no se adivinaba el final. Empezó a asustarse. Lo mejor sería parar, bajar de la bicicleta y dejar que aquel imbécil la rebasara.

No le dio tiempo. De repente, notó el golpe en el brazo. Fue un impacto seco, probablemente con el retrovisor. Vesna salió disparada hacia el vacío como si el viento la empujase con la mano abierta. Fue a estrellarse contra las rocas y rodó por el talud, golpeándose en la oscuridad; sintió un desgarro en la cara, en la rodilla, un crujido muy fuerte y un dolor tremendo en el costado. Lanzó las manos hacia delante tratando de frenar la caída, pero se le doblaron las muñecas. Siguió cayendo sin control hasta que su espalda chocó brutalmente contra una roca.

Abrió mucho la boca. Le costaba respirar y todo su cuerpo gritaba de dolor. Estaba cubierta de sangre y sentía cómo le hervía la carne despellejada.

Arriba, a no más de veinte metros, estaba la carretera. El vehículo se había detenido. Vesna podía ver la silueta del conductor buscándola en la oscuridad. Vesna alzó la mano y quiso pedir auxilio, pero no le salió la voz.

La silueta se movía, parecía que hablaba por teléfono.

«Ya está llamando a la ambulancia, o a los bomberos, a quien sea que se llame en estos casos. La ayuda está en camino. Es una isla pequeña, no tardarán en llegar. Voy a ponerme bien. Intenta concentrarte, Vesna. Observa tu dolor, mantente en él, significa que estás viva. Busca algo en tu mente, un lugar, un momento al que aferrarte. Eres fuerte. Lejla siempre alababa eso de ti: "Mi hija es una niña muy fuerte".»

El conductor —no lograba distinguir sus facciones— bajó por el talud. Tenía una linterna o tal vez se valía del teléfono móvil para ver dónde pisaba. Tenía que verla, Vesna estaba a solo unos pocos metros, pero en vez de seguir descendiendo se detuvo junto a la bicicleta, que había quedado trabada un poco más arriba, y se puso a buscar hasta que encontró el bolso de Vesna. Lo cogió y entonces apuntó con el haz de luz hacia ella. Ahora sí, la había visto. Dio un paso, pero en lugar de bajar hasta ella, volvió a trepar hacia la carretera.

«No puede ser. Se va, se marcha. ¡Vuelve, por favor! No me dejes aquí. No quiero morir así.»

Entonces Vesna oyó el motor del coche ponerse en marcha y el chirrido de los neumáticos. Primero desapareció la luz de los faros y poco a poco el sonido.

Pasaron horas, o fueron unos minutos, tal vez segundos. Una eternidad. El tiempo se estaba volviendo líquido. Se ahogaba. En su propia sangre. Hasta que dejó de respirar.

Y luego, nada.

Primera parte

No despiertes a la fiera

I

Isla de Cubagua, Venezuela, tres semanas antes

Pensándolo bien, el espectáculo tenía su gracia. Llegaban por la mañana temprano, en grupos pequeños, desembarcaban disciplinadamente con ropas holgadas y aire concentrado. La mayoría solían ser turistas gringos, pelirrojos o rubios de piel quemada y ojos transparentes. No sé qué hacían ahí durante una hora, con las piernas cruzadas en plan indio y los rostros elevados al sol naciente. Rezar, o meditar —la nueva religión sin Dios—, o puede que durmiesen y soñasen que eran mejores personas. Luego, como si sonara un gong en sus cabezas, volvían a la vida como muñecos o marionetas a los que alguien sacudiera con una mano invisible, y se celebraban unos a otros, se aplaudían, se abrazaban, se felicitaban, renovados. No entiendo muy bien lo que hacen todos estos discípulos de Deepak Chopra, de Sadhguru o de Ram Dass, qué esperan obtener. Supongo que algo de consuelo, un poco de paz, de sentido. Se niegan a ser parte de una casualidad cósmica sin propósito alguno. Cuando se marchaban en el barco que los había traído me dedicaba a recorrer la playa desierta y buscaba restos de lo que habían dejado allí, como si este fuera el vertedero emocional donde habían abandonado sus miserias, sus frustraciones y su dolor. No encontraba más que la arena revuelta, a veces un pañuelo de papel arrugado, una colilla o un botellín de agua. El aire no parecía haberse contaminado de su sufrimiento o con sus súplicas, no veía tampoco restos de catarsis, ningún milagro se había obrado.

Los waraos llaman a Cubagua la isla de los cangrejos. Y eso es lo que hay, por todas partes: cangrejos, cardones, buches, una cosa que aquí llaman melón del cerro y mezquite, conejos silvestres, iguanas y ni una gota de agua dulce en toda la isla. Apenas hay media docena de casas, repartidas entre la Punta de Arenas y la Punta de la Horca, y un pequeño muelle con una pasarela de troncos y un galpón que está cerrado casi todo el año; solo abre un par de horas en temporada, venden baratijas, postales que el tiempo ha decolorado, refrescos con la chapa oxidada y playeras que se reblandecen al sol.

Nadie en su sano juicio querría vivir en un lugar como este ni esperaría encontrar aquí la santidad. Era el sitio perfecto para mí. Lo único que debía hacer era mantenerme alejado de los turistas.

El problema era qué hacer con la soledad. Supongo que, tras casi tres años escondido allí, acabé convirtiéndome en un experto en el horizonte. Eso era a lo que me dedicaba ahora, a mirar a lo lejos como hacen los viejos. A ponerme a prueba con la melancolía de esos atardeceres, cuando el cielo se recogía pronto, las nubes descendían hasta la superficie lisa del mar y se doblaban despacio, como una manta púrpura. Esa era la hora en que las iguanas abrían la boca y sus ojos se teñían de rojo, cuando los albatros se largaban a sus cagaderos y las pocas palmeras cabeceaban, aburridas de tanto lirismo. No había nada que pensar, ni que sentir ni que hacer. Excepto mirar y olvidar.

Dos veces por semana caminaba hasta la Punta del Hugonote. De vez en cuando necesitaba rodear la isla y visitar a Margar. Ella era para lo que me preparaba, la razón por la que, al menos, valía la pena seguir respirando. Me gustaba fondear entre las mariposas que tenía tatuadas en las ingles, y perderme en esos ojos suyos descoloridos que no hacían preguntas y no querían respuestas. Margar era una náufraga como yo. No siempre estaba dispuesta a compartir su cama, era críptica como todos los misterios, y nunca supe si era yo quien la llamaba o ella la que decidía hacerme venir. No sabría decir qué nos unía. Ambos nos sentíamos cómodos con nuestra soledad; pero también los erizos necesitan juntarse de vez en cuando para clavarse mutuamente las púas. Eso nos recordaba que estábamos vivos. Con ella, nunca se sabía qué iba a pasar, cuándo el goce o el dolor, si aparecerían juntos o por separado. Con el tiempo, aprendí a reconocer las señales premonitorias que anunciaban sus estados de ánimo cambiantes: la quietud repentina de sus párpados, el silencio que se adensaba en sus labios mulatos, la electricidad en el aire cuando se desabrochaba el vestido, como si se abriera una brecha entre lo real y lo irreal. Le gustaba pasear desnuda por la noche. Su presencia era entonces menos corpórea, no estaba aquí por entero, se parecía más bien a un rumor. Había algo fascinante en su silueta al tumbarse a mi lado sin decir nada. ¿Cuánta gente es capaz de estar junto a alguien sin pronunciar una sola palabra? Acercaba la mano a su pecho oscuro y mojado y ella no reaccionaba. Me oteaba, como si yo fuera algo lejano, simplemente. Esa clase de mirada que ha visto de todo y no se cree nada. Solo al descender hacia su vientre experimentaba una repentina ligereza en la velocidad de sus fosas nasales y una caída de gravedad en sus pómulos. Podríamos decir que sonreía. Y la sonrisa se quedaba ahí, entre sus dientes. En silencio.

Pude preguntarle quién era, cuál era su historia, pero no lo hice. A fin de cuentas, todos venimos de algún secreto. O tal vez, solo tuve miedo.

Margar vivía en la otra parte de la isla, entre las ruinas de Nueva Cádiz, rodeada de historia muerta hace siglos y de la densidad de unas pocas zarzas a escasos metros del mar. Aquí había fundado su nuevo reino, su firma estaba en las pocas piedras que había alzado, un galpón junto a la casa con unos pocos animales esmirriados y un huerto donde no crecía nada. A mí me parecía arrogante pretender darle vida a ese erial, la misma altanería sin sentido de los colonizadores españoles del siglo XVI. Toda esa furia obsoleta, batallar por un puñado de nada que al final será abandonado por todos era una locura.

—¿Por qué te empeñas en levantar algo aquí? Dentro de cien años nuestra sangre estará muerta.

Desde el alero del sombrero desmigajado que llevaba puesto aquella mañana miró alrededor inmune al pasado y al desánimo. Se agachó y recogió un puñado de tierra baldía, endurecida.

—Porque quiero que crezca algo de mí, algo nuevo.

Yo no dije nada. Los desvaríos son cosas privadas. Solo pensé que nada nuevo nace de lo viejo; para ello se necesitaría una estirpe nueva, otra humanidad, sin redaños para la premeditación, la doble intención o el embuste. Una voluntad sin ambiciones. Algo imposible, si debo fiarme de mi experiencia.

Caminamos hacia la casa. La luz entraba por la única ventana, tamizada por una ligera cortina. En la estancia flotaban partículas de polvo que atravesaban el humo del fuego a tierra donde se preparaban las brasas. Sudábamos, y el sudor estaba impregnado de olores confusos. Mi memoria recuperó algunos jirones de otras vidas, de mi madre en la cocina de nuestra casa de Guadalajara, de mi hermana Elisa haciendo sus deberes junto a la mesa espolvoreada de harina y de los cigarrillos Delicado que fumaba mi padre frente al televisor, consultando los resultados de las apuestas en su cuaderno del hipódromo y con su inevitable lata de cerveza, que usaba de cenicero. Es curioso que en esa imagen de mi memoria nunca aparezco yo, no sé dónde estoy. Tal vez solo soy el observador. Eso hacía siempre de niño, observar a los demás desde un rincón.

Y eso hacía aquella mañana. Observar a Margar limpiando los pescados azules a una velocidad endiablada; lo hacía sin amor, como si quisiera acabar deprisa para pasar a otra cosa.

—Se te da muy bien el manejo del cuchillo.

Me echó una mirada de reojo y me pidió que pusiera la mesa, junto a la entrada. Allí corría un poco más el aire y podíamos respirar sin parecernos a esos peces que boqueaban antes de ser destripados y echados al fuego lento. Encontré un par de platos desparejados y unos vasos de vidrio grueso con el borde mellado.

—No recibo muchas visitas —dijo, sin que sonara a disculpa. Solo constataba el hecho de que, aunque nos hubiéramos acostado una docena de veces, yo seguía siendo un visitante en su cama.

Comimos bien, algo ensimismados, mirando de vez en cuando hacia las antiguas ruinas. A ratos parecíamos un matrimonio acomodado en las rutinas de un guion, intercambiamos alguna anécdota sobre gente que vivía en la isla —media docena en total—: las pequeñas disputas por una linde o un animal que había invadido un sembrío ajeno; las guerras del aburrimiento. Hacia el final, Margar sirvió la última copa de vino, se recostó en la silla y entornó los ojos mientras escuchaba los sonidos de fuera. Pensé que era una invitación a marcharme, pero de repente, mudó el gesto y, todavía con los ojos cerrados, murmuró, como si hablara en sueños:

—Debiste hacer algo grave para acabar escondiéndote aquí.

Teníamos un pacto tácito: no hurgar en el pasado del otro. No hacer preguntas para no tener que mentirnos en las respuestas. Ella lo rompió unilateralmente. Hay afirmaciones que suenan como advertencias, incluso como amenazas.

—Todos estamos atrapados aquí por algo —dije con recelo. Me fijé en sus venas, anchas y con relieve; por ellas circulaba con lentitud un denso torrente de sangre mulata.

—He oído cosas sobre ti.

Al alcance de sus dedos tenía la empuñadura del cuchillo.

—¿Y dónde las has oído? ¿En las conversaciones de las iguanas?

Abrió los ojos pesadamente y me contempló con paciencia, con arrugas que se formaban alrededor de sus bonitos ojos de piedra.

—Podrías quedarte aquí, conmigo. Hasta le pondría tu nombre a una calle.

—No sabes cómo me llamo. Y aquí no hay calles.

—Entonces será la calle sin nombre. Tendrá que ser un callejón sin salida.

La miré fijamente. Vi en la dirección que se movía su mano. Me entristecí.

—No lo hagas, Margarita.

Ella no desistió.

—No te juzgo, ¿sabes? A un hombre que ha vivido no se le dice cómo morir.

Fue lo único que dijo, o lo único que yo creí oír, porque apenas movió los labios. Deslizó su mano hacia el mango del cuchillo, que tenía todavía escamas y restos de pescado, e intentó apuñalarme. De nuevo, me entristecí.

—No lo hagas —repetí, ya sin esperanza.

Apenas tuve tiempo de esquivarla, aunque no pudo llevarse más que un jirón de piel a la altura del antebrazo derecho. Hubo unos segundos de duda, de tanteo casi ridículo, infantil, ella moviéndose hacia mi derecha, tanteando, y yo hacia su izquierda, esquivando, con la mesa y los restos de comida de por medio.

—Así somos, ¿verdad?

—Así somos.

Está en nuestra naturaleza, es inevitable: nada puede retroceder cuando se pone en marcha. Ella no retrocedería y yo no la dejaría escapar, ahora que había descubierto la amenaza. Al final, la impaciencia la hizo fallar, lanzó un ataque, la esquivé y la golpeé con todas mis fuerzas. No le permití reaccionar. Usé la botella de vino y la estrellé en su hermoso rostro, derribándola. Le rompí la nariz. Su bonita nariz, que se dilataba al tener un orgasmo. Todavía intentó clavarme el cuchillo en el costado desde el suelo. Tuve que romperle la muñeca para desarmarla. Luego fue rápido. Un golpe seco. El hueso del cráneo contra el suelo, sin eco. Casi sin teatro. Una muerte sin suciedad, inesperada y sorprendente. Como un accidente.

Encontré su documentación en el fondo de un cajón, escondida entre camisas floreadas, dentro de una cartera de cuero acartonada por el salitre. Una antigua cartilla militar: Margarita Robles Rodón, exmiembro del servicio de contrainteligencia del ejército hondureño. Palabras mayores, los herederos del batallón 316, que operó bajo el mando del general Gustavo Álvarez Martínez en la década de los ochenta en ese país. Gente dura. Debería haber imaginado algo así. He conocido a algunos como ella: exmiembros de Sombra Negra en El Salvador, La Triple A de José López Rega en Argentina, Los Kaibiles en Guatemala... Escuadrones de la muerte, asesinos y torturadores. Margar —al menos su nombre era cierto, como si no tuviera de qué avergonzarse— era una profesional reconvertida en agente libre, como yo. Alguien le había pagado para matarme.

No era difícil saber quién. Un perro que no muerde cuando el amo se lo manda es un perro que no sirve. Se lo sacrifica. En mi mundo no existen ni el perdón ni el olvido cuando se traiciona a quien te paga. El Oso Dávila no era de los que perdonan esa clase de debilidad. La cuestión era cómo había dado conmigo después de tres años.

Nadie sabía dónde me escondí tras lo que pasó en España. Excepto una persona. Solo ella podría haberme delatado. Pero era demasiado terrible aceptarlo.

Cavé una tumba para Margar, suficientemente honda para que los perros vagabundos no pudieran desenterrar el cuerpo. Me resultó extraño que muerta pareciera tan poca cosa, como si hubiera encogido y retrocedido en el tiempo. En su piel cerosa quedaba una ínfima traza de olor. No le guardé rencor por haber intentado matarme y espero que ella tampoco me lo tuviera por habérselo impedido. Tenía sus razones y yo las mías, pero ella estaba muerta y yo vivo. Y, al final, los vivos siempre tienen más razón que los muertos.

Cubrí el hoyo con piedras. No sabía si era religiosa, así que no señalé el lugar con una cruz ni con ningún otro símbolo. No creo en esas monsergas. Todo lo que tiene aliento nos abandona y eso es todo.

Me vino a la mente la imagen borrosa de mi madre sentada en la mesa de la cocina, su cabello recogido en un moño iluminado por una lámpara de queroseno, la mitad de su rostro a oscuras, leyendo aquellas revistas europeas que mi padre le traía de no se sabe dónde, suspirando. El movimiento de su cuerpo, el leve crujido de la silla de madera pintada de azul. Y mi hermana Elisa, con seis años, sentada entre sus tobillos, pintarrajeando el suelo de cemento con una tiza verde y otra azul.

No me da vergüenza admitir que aquel recuerdo me hizo llorar sin lágrimas. Nadie, excepto las iguanas, podía verme. Y las iguanas no creen en el karma.

2

Marfa, Texas

Recordé la primera vez que estuve aquí. Fue en 1974. Yo tenía once años. Mi padre no había cumplido los cuarenta y ya parecía un viejo que se echaba continuamente el aliento en la palma de la mano antes de acercarse a alguien. Creo que esa imagen de decrepitud era culpa —entre otras cosas— de sus trajes baratos y arrugados y de aquel maletín de cuero con catálogos que llevaba consigo a todas partes. Vendía cualquier cosa que la gente quisiera comprar. Televisores, lavadoras, frigoríficos. Se pasaba la vida en la carretera, como un vendedor de biblias. Nunca vendía una mierda, pero nos las apañábamos. Él esperaba que yo siguiera sus pasos, quería enseñarme de primera mano cómo era la vida del vendedor puerta a puerta —tenía unas tarjetas impresas en las que se podía leer «representante comercial» de tal o cual marca—, mostrarme sus trucos de trilero.

—Se trata de convencer a la gente de que necesita lo que no necesita, ¿entiendes? Vendemos parcelitas de felicidad.

Por eso quiso llevarme con él en aquel viaje, supongo. Para que le admirase.

—Nosotros solos, hijo. Nosotros y la carretera.

Parecía una aventura necesaria —la oportunidad de vender franquicias de una marca de electrodomésticos al otro lado de la frontera—, o se lo pareció a él y yo decidí convencerme de que así era: los dos solos, padre e hijo recorriendo el oeste americano en una *pick-up* de alquiler, dormir en pensiones baratas o al raso, comer en cafeterías de gasolineras, buscar una experiencia única que recordar, algo que nos uniera para siempre, escuchando a todas horas la música de Willie Nelson, porque era lo que se suponía que debía escucharse en un viaje a la auténtica América profunda. Y ahí estábamos, en el culo del mundo, en el desierto de Chihuahua, metidos en un cuadro de Hopper.

No sé cuántos kilómetros llevábamos ya encima cuando mi padre decidió que aquel sería un buen lugar para descansar. Estábamos a las afueras de Marfa, en una cafetería con el aparcamiento lleno de pesados camiones y rancheras destartaladas. En el centro había una mesa ovalada y sillones con cojines de escay rojo que te dejaban la espalda como un costillar de vaca a la barbacoa. El suelo de tarima brillaba y, aun así, la camarera no paraba de limpiarlo; fuera crecía una adelfa a la que el viento le arrancaba las pocas flores blancas que le quedaban. Por todas partes colgaban fotografías autografiadas de gente famosa que alguna vez había pasado por allí, aunque solo fuera para ir al baño: Jasper Johns, Nancy Graves, Jimmie Vaughan, Bob Dylan, Buddy Holly.

Mi padre estaba inquieto. Las cosas con la franquicia nueva no iban como él esperaba —sus fantasías siempre se estrellaban contra la realidad—, los catálogos seguían en el maletín y se nos estaba acabando el dinero. Yo ya conocía esa mirada suya, huidiza y nerviosa, el tono cada vez más acobardado de las llamadas a mi madre desde los teléfonos públicos y la peligrosa tentación de dejarse unos dólares —«Solo serán unos dólares, lo prometo»— en los billares o en cualquier garito en el que se apostara algo. La cuestión era que necesitábamos, para pagar la gasolina, la comida o el albergue de turno, aquel puñado de billetes sucios que cambiaba de mano con una rapidez decepcionante.

Aquella mañana él echaba ojeadas insistentes al televisor. Un partido de fútbol americano de la liga universitaria. Jugaban los Longhorns, y su mascota, Big Boy, animaba al público. Los de Austin iban perdiendo.

—Tal vez remonten... Tienen que hacerlo. Las apuestas estaban tres a uno —dijo con tono suplicante. Intuí el peligro de lo que se avecinaba, y para distraer su atención se me ocurrió aquel absurdo juego: si tuvieras que elegir.

—¿Preferirías ser sordo o ciego?

—Es un juego tonto, hijo.

—Contesta, papá.

—No lo sé —se impacientó—, supongo que sordo.

—¿Manco o cojo?

—Déjalo, en serio. —Su gesto de dolor cuando el *quarterback* perdió la pelota en la tercera yarda. Yo trataba de arrancar sus ojos cansados de la tragedia que se avecinaba en el televisor.

—Venga, papá.

—Pues, tal vez, cojo.

—¿Morir ahogado o quemado?

—Ahogado, desde luego... ¡¿Podemos dejar esta tontería ya, por favor?!

Nunca nos poníamos de acuerdo. A diferencia de mi padre, yo elegía la ceguera y ser manco, y morir quemado. Los de Texas perdieron por doce. Y a juzgar por la expresión descompuesta de mi padre, nosotros habíamos perdido por mucho más.

Le pidió a la camarera una ginebra con soda. Yo lo miré como la parte de Louise que ama y teme Thelma:

—¿Podrás conducir si te bebes eso?

Hasta aquel día, creo que mi padre nunca se había preguntado seriamente qué pensaba yo de él. Tal vez daba por supuesto que los hijos pueden ver con claridad los fracasos de sus padres sin sentirse concernidos por ellos.

—¿A qué viene eso ahora?

Me encogí de hombros, apartando la pajita de mi refresco, sin ser realmente consciente de la fuerza que puede desatar un gesto de desdén como ese.

—Solo espero que no tengamos un accidente.

Si lo pienso ahora, desconcierta la facilidad con la que parecía asumir en aquella época que para vivir con un adulto había que aceptar ciertos riesgos, como ponerse en manos de un borracho al volante y morir en un accidente de tráfico. Imagino que eso le asustó.

—Puedo dejarlo cuando quiera. Lo sabes, ¿verdad?

No me molesté en fingir que le creía. A los once años, mi silencio ya no era solidario con sus debilidades, empezaba a cubrirse de desapego. Ya no me interesaban el pequeño drama familiar, las discusiones con mi madre, las promesas de una casa mejor, una ciudad mejor, un trabajo mejor... Mi padre me miró como si pretendiera penetrar en lo más profundo de mi cabeza.

—No soy un borracho.

—Yo no lo he dicho.

Tal vez otro padre me habría cruzado la cara de un bofetón, quizá uno de aquellos camioneros acodados en la barra con sus gorras de béisbol o de publicidad de una marca de cacahuetes lo habría hecho —«niñato insolente»—, pero no mi padre. Él no era así, nunca lo fue, ni en sus peores momentos. Lo que hizo fue apartar la ginebra y salir al aparcamiento; caminó hasta la ranchera, sacó las dos botellas que había comprado en un *market* y las estrelló contra el suelo. Yo observaba desde el interior de la cafetería sin asombro, como si presenciara una escena poco creíble, repetida otras tantas veces.

—Te juro que no volveré a probar una gota —me soltó cuando regresó a la mesa.

No dije nada. Le cogí la mano y le puse una servilleta, que enseguida se empapó de sangre.

—Te has cortado con el cristal.

Al pasar bajo la pancarta tendida entre dos postes a lado y lado de la avenida principal treinta y cuatro años después, me dije que no había sido buena idea volver. No recordaba que hubiera tantas tiendas de lujo, restaurantes caros y galerías de arte. Tipos listos, estos paletos. Habían sabido reinventarse para no morir en la nada del desierto, sacarle partido al viejo mito del *cowboy* tejano y la vida dura de frontera y mezclarlo con todos esos conceptos modernos de la ecología, el contacto con lo natural, el yoga, los hípsters con sus barbas y bicicletas, las familias con niños sonrosados tomando helados y refrescos triples que acabarán dejándolos ciegos. En 1974, en cambio, el lugar conservaba algo de la atmósfera de esos pueblos de mediados del XIX donde paraban las locomotoras a repostar agua y cargar carbón rumbo al Oeste. Y ese aire de decorado de wéstern se fundía sin aparente contradicción con todos esos locos, hippies y ufólogos que acudían a finales del verano en sus caravanas con la bandera tejana y se perdían en el desierto para tomar peyote, vivir el amor libre y buscar naves espaciales.

No sé por qué mi padre decidió que aquel podía ser un buen lugar para nosotros.

¿Oportunidades en esta mierda de ciudad en medio del desierto? ¿Cómo llegaste a esto, viejo? Soñabas despierto. Creías que eras un hijo de Cam, que te bastaría con abrir la boca para que las abejas hicieran su panal dentro.

—Nosotros nos fuimos a Estados Unidos. Tú te quedaste en Guadalajara. Elegiste al Oso Dávila, y ahora estás aquí. Tu vida echada a perder.

Eso fue lo que me diría años después, hacia el verano de 1982, cuando vino a verme al penitenciario de Almoloya. No recuerdo si era mi segunda o tercera condena, y solo tenía dieciocho años. Un reproche, como si yo hubiera decidido mi suerte. Como si él me hubiera dejado otra opción. Mi padre estaba asustado, como si el que estuviera detrás de la reja fuera él y no yo. Era como un pajarillo que se sobresaltaba con el sonido de las cancelas y los gritos de los otros familiares que se comunicaban con los presos. Sé que esperaba mi absolución, que le dijera que no fue culpa suya. Solo mía. Pero no fui capaz de darle ese consuelo.

Para qué recordar.

Aparqué cerca de los jardines que bordean el hotel Lincoln y me adentré en un callejón de casas bajas con pequeños jardines frontales y bonitos muretes de piedra. El bullicio de la avenida principal se quedaba fuera, como un rumor de insectos, y la luz del sol se suavizaba entre las copas de los *cottonwoods* plantados en las aceras. No tardé en dar con la cancela pintada de azul y los geranios colgados en la fachada deslucida.

En un poste colgaba una bandera con la estrella tejana y al lado, más pequeña y descolorida, la de México. En el porche había un butacón donde dormitaba un gato y un cartel claveteado en la entrada: ESPECIALIDADES OAXAQUEÑAS. Me hizo fruncir un poco el ceño. Casi sonreí.

—¿Desde cuándo somos oaxaqueños?

Al abrir la puerta me encontré todo lo que un turista gringo esperaría encontrar en una posada, digamos, étnica: chapulines en las bandejas del mostrador, mesas redondas con sillas de madera, paredes de color caldera, un retrato gigantesco de Frida Kahlo y un cartel de toros. También un viejo póster enmarcado de la selección mexicana del mundial de Chile de 1962 firmado por la Tota Carbajal y por Guillermo el Tigre, fotografías del lago de Chapala, Tonalá, Guachimontones... ¿Quién iba a notar la diferencia?

Me acerqué a la pequeña barra de piedra y un chico de unos quince años que atendía la caja me saludó con una ristra de dientes perfectos. Chico nervioso, tímido. Poca cosa, físicamente.

—¿Quiere una mesa?

Supongo que le extrañó que lo mirase con tanta insistencia.

—Ya he comido, gracias. Vengo a ver a la dueña.

—¿Quién le digo que la busca?

—Dile que soy yo.

Una arruga se le dibujó en el entrecejo. Tenía las cejas anchas y unas pestañas hermosas.

—¿Y quién es usted? ¿No tiene nombre?

—Ella sabrá. Anda, deprisa.

El muchacho desapareció tras una cortina de flores coloreadas. Al cabo de dos minutos volvió a aparecer y me hizo una seña.

—Está dentro —dijo, calibrándome con desconfianza.

En la trastienda giraba un ventilador y se esparcía un agradable aroma a romero, menta, albahaca. Elisa estaba detrás del mostrador, amasando tortillas de sémola y nopal con mezquite. Se había teñido de rubio el flequillo. Había pasado mucho tiempo, pero parecía haber rejuvenecido. Siempre fue un árbol bien arraigado que necesitaba poco para seguir adelante.

—Hola, hermana.

Detuvo el movimiento de las manos antes de alzar lentamente la cabeza, mirarme, y volver a hundir los dedos en la masa.

—¿Te sorprende verme vivo?

Tensó la mandíbula, inspiró y se limpió las manos en el delantal.

—Aquí no. Salgamos al patio.

Se acercaba tormenta, el aire empezaba a electrificarse y las plantas se preparaban recogiéndose sobre sí mismas. Elisa buscó en el bolsillo la cajetilla de tabaco —Delicados, la misma marca que fumaba nuestro padre— y encendió un cigarrillo, nerviosa. Tuve que tenderle mi mechero. Me sujetó la mano un instante, pero se apartó enseguida. Me echó una ojeada sin expectativas. No había alegría ni tristeza. Pero en su voz noté un ligero temblor.

—Has cambiado.

—Tú estás igual, mejor. También he visto al chico, tu hijo es ya todo un hombre.

El cielo se iluminó con un destello. Elisa se frotó la palma de la mano en la pernera del pantalón. El pecho se le hinchó levemente.

—Y ahora qué, ¿vas a pegarme un tiro aquí mismo? ¿Vas a quemar el local?

—Eres mi hermana. Me gustaría saber por qué quieres que me maten. Al menos, merezco una explicación.

—No seas presuntuoso, joder. ¿Acaso crees que necesito tu bendición o tu puta condescendencia?

—Solo digo que esto es diferente. Otros me han traicionado antes, pero nunca mi propia sangre.

Puso cara de incredulidad.

—Venga, hombre, mírate: el hombre de los trajes caros, el tipo que todos temen, el asesino de los cárteles. Se supone que no tienes familia ni corazón.

No había mucho que yo pudiera objetar. La verdad suele estar más cerca del silencio que del ruido.

—Solo tú sabías que estaba escondido en Cubagua. El Oso Dávila nunca me habría encontrado de no ser por ti. Me has vendido, hermana. Así que dime, ¿qué se supone que tengo que hacer ahora?

Se revolvió furiosa.

—¿Qué es lo que hay que entender? Fuimos hermanos y ya no lo somos. Tú lo quisiste así. Nos borraste, como si hubieras nacido de la nada y no de las entrañas de tu madre. Pégame un tiro y tírame en una cuneta, ¿no es eso lo que hace la gente como tú?, pero no me vengas con esos aires de hermano dolido y traicionado. No te pega el cuento.

No repliqué. Solo importa lo que nos contamos a nosotros mismos; no lo que sucedió, no lo que otros vieron y certificaron, sino aquello que decidimos creer, y nada ni nadie puede sacarnos de ese relato. Para mi hermana, yo era el asesino de la 235 Vía Mendoza desde los trece años.

Comenzó a llover, gotas gruesas y espaciadas que estallaban contra el suelo y se multiplicaban en cientos de cristales transparentes. Elisa miraba a un lado y otro sin posar los ojos en ninguna parte. Seguíamos quietos el uno frente al otro, igual que cuando nos peleábamos de niños y aquellos duelos de miradas oscuras parecía que no iban a acabarse nunca. «Déjenlo ya —nos decía nuestra madre—, son hermanos y tienen que quererse. O les entra eso o se lo meto en la mollera a fajazos.»

Elisa miró los dos escalones que subían del jardín. Vi en sus ojos la traición de la necesidad, contra la que no es posible defenderse.

—El Oso Dávila vino aquí, no sé cómo me encontró, no sé cómo averiguó quién era yo. Amenazaron con llevarse a mi hijo, con convertirlo en un buen soldado... No lo conoces, él no es como tú, es un buen chico, no lo resistiría... Yo no lo resistiría. Tuve que elegir. Le dije dónde te escondías.

No lloraba, no apartó los ojos de los míos, no retrocedió. Cuando se nos obliga a elegir, lo hacemos, aunque no quieras, aunque duela. Porque le dolía, claro que le dolía, incluso por encima de la repugnancia que yo le provocaba. Le dolía porque a veces amamos a nuestro pesar, sin consecuencias, pero inevitablemente.

—Supongo que cuando el chico te ha avisado has llamado al Oso, así que ya sabe que estoy aquí.

Elisa no dijo nada. No era necesario. Sacó un papel del bolsillo y me lo entregó.

—Quiere hablar contigo. Dice que todavía podéis arreglar las cosas.

Miré el papel.

—Sabes que seguramente voy a morir si acudo a esa cita, ¿verdad?

Sus ojos apenas temblaron.

—Si no vas a matarme, será mejor que te marches. Y que no vuelvas.

3

No importa la postal en la que creas que estás viviendo. Si abres bien los ojos, verás las grietas por las que se cuela la realidad y tu preciosa postal se disolverá.

Junto al bonito atardecer de estampa tejana y al lado de la tienda de Prada, a menos de dos metros de la puerta del The Capri, donde dos azafatas de catálogo atendían el libro exclusivo de reservas, había pajarillos de cola azul picoteando entre los envases de cartón de las hamburguesas y las patatas fritas que dejaban los turistas a medio terminar; mendigos con azufre en los ojos, inmobiliarias a lado y lado de la calle, bufetes de abogados y notarios, licencias, traspasos, casaciones, y entre los pliegues de las fachadas, callejones y tipos sin nada que hacer, acodados en las esquinas esperando algo que no iba a llegar, camionetas de paso con alambre de espino y operarios de petos polvorientos sentados en la caja de herramientas con la raja del culo a la vista.

El hombre y su lógica.

—Vagos —me soltó la camarera al traer más café, mirando lo mismo que yo miraba, pero de otra manera, con otros ojos—. Esos mestizos se pasan ahí el día sin hacer nada —dijo señalando con la barbilla a los tipos del callejón.

«Esos mestizos» eran mexicanos, hondureños, guatemaltecos, la gente que sacaba la basura, desatascaba las cloacas y limpiaba los jardines. La observé sin curiosidad.

—¿Usted vive aquí?

—Yo y toda mi familia, desde hace más de doscientos años —respondió, ufana de su pureza. Ahí estaba. Una rubicunda hija de los primeros colonos holandeses, o ingleses, o alemanes, los que llegaron aquí con sus biblias, sus mujeres embarazadas y niños, con sus animales, sus sierras y sus mosquetes. Aquí plantaron una cruz, allí levantaron un templo y más allá clavaron un nombre. «¡Esto es mío!» Y lo fue. Los ancestros de la camarera tenían a Dios de su parte y pólvora suficiente.

—Imagino que echará de menos cómo era esto antes.

—Nada que ver con lo de ahora. La gente se ha vuelto blanda por aquí con tanto artista, tanto bohemio y tanta tienda de lujo. Antiguamente imperaba otra ley, aunque tuviéramos las calles sin asfaltar. Éramos gente decente, sin todo este caos y todos esos maleantes.

El pasado es el paraíso de los que no tienen futuro, el recurso de los necios.

—Apuesto a que echa de menos también el patíbulo delante del tribunal.

Me miró sobresaltada.

—¿Cómo dice?

—No lo niegue... Lo veo en sus ojos, tan azules, tan bonitos y evangélicos. Veo que añora un par de pies descalzos, pies de negro, o de indio, o ya puestos, de mexicano, balanceándose al final de una soga.

—¿Por qué dice esas cosas?

—Porque veo a mi padre sentado en esa acera hace muchos años, con su maletín de catálogos inútiles entre las rodillas, bajo las hojas de los tilos, que ya no existen, y veo a una niña, que bien podría ser usted entonces, que se le queda mirando como si fuera un mono, un simio. Y veo a su madre, que viene corriendo y la aparta de ese hombre de traje arrugado y barato, medio borracho y con aspecto sombrío. Y oigo lo que le dice, en inglés: «No te acerques a esa gente, están infectados de piojos, son peligrosos», y la niña asiente: «Habría que ahorcarlos a todos». Y yo habría querido abofetearlas, pero mi padre agacha la cabeza, finge no entender el idioma de los gringos, ni sus costumbres de linchamiento, y me dice que me calle.

—Está usted loco.

—¿Lo estoy? Quién sabe. Puede que solo esté cansado.

Me desentendí de la mirada de odio de la camarera. Tenía otras cosas de las que ocuparme, los tres tipos que bajaron de la Chevrolet azul.

Eran de los buenos, de los que paran un camión con el pecho si se les ordena. El Oso Dávila había tirado la casa por la ventana, nada de mandarme a segundones ni morralla. Gente dura, de los que no fingen bailes que no les tocan. Los vi entrar en la cafetería con ese aire que rodea a todos los que viven sin que el resto del mundo les ataña. La mirada fija en mi mesa y el cuerpo en tensión.

—¿Por las buenas o por las malas? —me preguntó el que parecía dirigir la cuadrilla.

Observé sus manos, cerca del cinturón. En la cárcel de Almoloya conocí a gente como él. Era inútil tratar de escapar de manos como esas. Allí no servía de nada intentar esquivar los problemas ni esconderse. Lo que tenía que suceder acababa sucediendo, y lo único que podías hacer era decidir cómo afrontarlo. Mi instinto, todo lo que sé de mí mismo, se rebelaba contra la idea de entregarme sin pelear. No tengo madera de mártir, y me ofende doblar la rodilla sin más. Pero no tenía alternativa. Aquello era como la letra de uno de esos corridos de Los Tigres del Norte que tanto le gustaban al Oso Dávila; desde los primeros compases sabes que acabará mal. Así que hice lo que habría hecho cualquiera. Ofrecí las manos, resignado.

El tipo que había hecho de mediador respiró aliviado; seguro que pensaba que no se lo pondría tan fácil. Pero como ocurre con los idiotas, en vez de agradecer su suerte, se vino arriba y me dedicó una sonrisa burlona.

—Me habían dicho que tenías garras y dientes, pero, más que fiera, a mí me da que eres carroña.

Los gestos inútiles son eso, inútiles. No sirven para nada. Pero algunos alivian, y de qué manera. Así de bien me sentí cuando me acerqué y le di un cabezazo con todas mis fuerzas. Fue sanador escuchar cómo se le rompía el tabique nasal. Como vaciar la vejiga en el baño. Di por supuesto que me molerían a palos apenas me metieron en la Chevrolet, pero no sucedió. Me cubrieron la cabeza con una capucha y me obligaron a tumbarme boca abajo en la parte trasera de la camioneta.

No sé a dónde me llevaron, tal vez no muy lejos, quizá solo estuvieron dando vueltas durante un par de horas para despistarme. Solo recuerdo que en cierto momento la camioneta aminoró, escuché la campana de una iglesia y los ruidos y los olores se volvieron más familiares.

Deduje que estábamos en Ojinaga. Al otro lado de la frontera. No puedo decir que eso me alegrara.

Me sacaron en volandas de la camioneta. A través del entramado de la capucha pude distinguir un terreno baldío y polvoriento, algunas edificaciones humildes, un tendedero con pinzas en el alambre y a un chucho sin rabo al que le faltaba media oreja. El animal estaba encadenado a un neumático de tractor y ladraba furioso, sin darse cuenta de que cuanto más tironeaba más se ahogaba. Como les pasa a algunas personas.

Me llevaron hasta una casucha. La puerta estaba abierta, custodiada por hombres armados, y al lado derecho vi aparcado un Mercedes nuevecito. Un chico limpiaba la carrocería.

Me sentaron en una silla, me engrilletaron las manos por detrás y me quitaron la capucha. Parpadeé para acostumbrarme a la luz que se colaba entre las lamas metálicas del techo. El Oso Dávila estaba de espaldas. Apenas me dirigió una mirada de reojo y sonrió.

—Te he echado de menos. Tenemos mucho que contarnos.

En la mayoría de los individuos se puede encontrar el consuelo de los matices. Nadie es absolutamente malo, solemos decir, porque necesitamos creerlo. Incluso en el corazón más despiadado esperamos encontrar un resquicio para el sentimiento, algo que podamos llamar valores, principios o ética. En el peor de los casos justificaremos los comportamientos más aberrantes con un pasado herido, con unas circunstancias indeseables que marcaron un carácter. Cualquier excusa con tal de no enfrentarnos a la posibilidad de que, sencillamente, existen seres con apariencia humana a los que no les late el corazón. A hombres como esos no se les teme por lo que hacen, sino por lo que son. Existen solo para que todo lo que está vivo muera.

El Oso Dávila era uno de ellos. Seguramente haya sido el hijo de puta más grande que ha pisado la faz de la tierra. Y yo sé lo que cuesta encumbrarse al primer puesto del podio en esa categoría. Era esa clase de ser que te lleva a quitarte la vida por tu propia mano, pero que primero te hará enloquecer, te abrirá con frialdad por dentro —y no solo físicamente— y te enseñará de qué están hechas tus vísceras, te mostrará todas tus mentiras, te enfrentará a todos tus miedos, te desnudará antes de desgarrarte, te arrancará cualquier atisbo de humanidad y después echará tus restos a los perros sin que su rostro refleje placer o emoción alguna.

Ese era el hombre que me estaba esperando. Y durante años yo fui su protegido, su discípulo. Él me eligió. O yo lo elegí.

Ya no recuerdo en quién de los dos recae la culpa.

4

El perro atado a la rueda de tractor seguía ladrando desesperadamente. Desde la ventana tenía una perspectiva del terreno y de la carrocería brillante del coche que el chico seguía puliendo como si fuera Karate Kid. Camiseta de tirantes, brazos delgados, mirada concentrada bajo el sol. Era imposible que no supiera lo que estaba pasando dentro de la casa, que no oyera los golpes, pero no se inmutaba, seguía a lo suyo. Me recordaba a mí a su edad.

Hacía calor en la habitación, aunque me hubieran desnudado. Sudaba, y el sudor se mezclaba con la sangre. Por ahora la cosa no iba mal. Una ceja partida, el labio roto, dolor en el estómago. Ningún hueso roto ni hemorragia interna. El Oso Dávila se lo estaba tomando con calma. Era como esos federales adiestrados en la tortura que saben pegar sin dejar huella. Pueden estar así horas.

Yo también.

—Bien hecho. Sigues siendo el chico duro y reconcentrado que yo conocía. La inactividad no te ha ablandado. Me alegra comprobarlo. —El Oso Dávila tenía una manera muy peculiar de acariciarte. Te tomaba en sus brazos y te acunaba, tiernamente, como a un gato, antes de estrellarte violentamente contra la pared. A pesar de las veces que le había visto hacerlo a lo largo de los años, seguía fascinándome.

Bebió un vaso de agua —era rígidamente abstemio y vegetariano— para darse una tregua, se quitó el puño americano y se secó el sudor de la frente.

—Me hago viejo. Estas cosas me cansan más que antes —murmuró.

No sé qué edad tenía, nunca lo averigüé, igual a sí mismo desde la primera vez que lo había visto, hacía más de treinta años. Embalsamado en una zona intermedia donde las arrugas todavía eran poco profundas y las canas solo salpicaban su barba y las cejas bien perfiladas. A punto de empezar a quedarse calvo, pero todavía con una gruesa mata de pelo oscuro que retrocedía desde la frente. Ni gordo ni delgado, una talla M para sus camisas de Hermès y sus tirantes Lacoste. Él fue el que me inició desde niño en el buen gusto por el vestir. Aposté a que en el maletero del coche que limpiaba el chico llevaba dos camisas de recambio.

—Siempre fuiste un buen muchacho —dijo mirando el fondo del vaso como si hubiera encontrado una hormiga ahogada—. Te recuerdo de niño, cuando viniste a pedirme trabajo.

—No recuerdo que viniera a pedirte nada. Vine a saldar una deuda.

Solo había dos o tres personas que podían hablar en su presencia sin que él les diera permiso. No eran pocos los desgraciados que habían perdido la lengua por desconocer o incumplir esa regla. Una tercera parte de los mudos del estado de Jalisco lo son gracias a la contribución del Oso Dávila. Como lo son no pocos tuertos, mancos o quebrados. Yo era una de esas raras excepciones, aunque nunca abusé del privilegio. El Oso tenía un humor cambiante. Se inclinó sobre mi oído y deslizó su veneno.

—Recuerdo bien a tu padre. Era un borracho.

Eso no podía discutirlo. Hay quien bebe por debilidad y quien lo hace por voluntad. Mi padre era de los segundos.

Destruirse a uno mismo no es una tarea sencilla; se necesita un argumento y constancia, un método, y mi padre empleaba toda su energía en lograrlo, no le quedaba para nada más. Supongo que eso le convertía en una especie de fantasma, con la sensación de estar haciendo un préstamo de su cuerpo, la parte más prosaica de sí mismo, a la vida. Creo que cuando bebía lograba borrar la distancia entre lo móvil y lo inerte, entre lo que aún podría salvarse y lo que ya estaba perdido para siempre. Imagino que abandonarse a esa sensación de estar poseído, de no tener responsabilidad ni voluntad sobre lo que ocurría a su alrededor, le facilitaba las cosas.

El Oso Dávila cabeceó, tal vez algo conmovido.

—Mírate, tanto que te hizo y sigues defendiéndole.

Sí, mi padre era un borracho, y un pusilánime —casi un cobarde—, pero era algo más que eso; todo el mundo es algo más que sus virtudes o sus defectos. Él nos amaba, por muy banal que suene ahora, por más que su amor no tuviera consecuencias duraderas. Amaba a mi hermana Elisa, y sé que me amaba a mí, pero sobre todo amaba a nuestra madre, y lo hacía sólidamente, sin contrapartidas ni preámbulos, sin acuerdos previos. La amaba con desesperación —cuando se frotaba la cara con ambas manos escuchando sus reproches—, como una derrota inevitable. Siempre con aquel maletín y sus catálogos inútiles a cuestas, con la eterna promesa hecha a sí mismo de que en alguna parte estaba su destino bordado con letras de oro... Quien se atreve a juzgar a un hombre por eso no conoce sus propias debilidades.

Dávila se acercó a la puerta entornada y la abrió un poco más con la puntera de la bota —siempre Río Grande, de manufactura artesanal, con piel de mantarraya macho—, observando al muchacho que le limpiaba el coche.

—Ese chivito me recuerda a ti cuando aparecías por el bar con los cordones desatados y te quedabas en una esquina, observándolo todo, hasta que yo te pedía que te acercaras. Nunca sabías lo que iba a pasar, si te daría un premio o una golpiza, pero jamás titubeabas. Ya ibas para cabrón.

—Casi siempre era una paliza. Aunque no solías mancharte las manos. Se lo dejabas a tus esbirros. A veces, solo para divertirte.

El Oso sonrió con esa sonrisa que solo significaba que podía mover en un sentido u otro los labios.

—La vida es insoportable sin un poco de diversión, ¿verdad? Aunque, en el fondo, lo hacía para poner a prueba tu lealtad. Se patea al perro para ver hasta dónde soporta sin revolverse. Tú eras de los buenos. De los que pueden andar por ahí sin correa.

Se desentendió de lo que pasaba fuera y volvió a concentrarse en mí. Me cogió la mano izquierda y observó sin curiosidad los dos dedos que todavía conservaban las uñas. Las tenazas con las que me había arrancado las otras seguían en el suelo con esa montañita de queratina. Pensé que iba a volver a por las que faltaban y cogí aire, pero soltó la mano, como si se aburriera.

—¿Cuántos trabajos has hecho para mí desde aquel primer encargo de Vía Mendoza...? Ese fue en...

—En 1976. Roberto Parón y la chica.

Fingió recordar, aunque él no olvidaba nada, nunca.

—Sí, ese asunto... ¿Cuántos, desde aquello?

Aquello, *el asunto*, *nuestro tema*... Siempre me ha hecho gracia que la gente como nosotros utilice eufemismos para nombrar lo que hacemos, como si una vez hecho nos avergonzara.

—No llevo la cuenta. ¿Acaso importa?

—Importa porque el tema en España fue distinto. Ahí te rajaste, por primera vez... ¿Qué pasó? Siento curiosidad.

Ahí estábamos, por fin. En el *asunto* de tres años atrás. En España.

—No pasó nada. Hice lo que me pediste. Liquidé la red y eliminé a los responsables.

Dávila puso el pulgar bajo uno de los tirantes. Podía ser un gesto intimidatorio, aunque él no solía necesitarlos. Solo significaba que su paciencia iba perdiendo enteros.

—Dejaste a la periodista con vida. Cómo se llamaba... Clara Fité. Y a ese inspector, Julián Leal. ¿Qué fue? ¿Te encoñaste con la periodista? ¿Viste a Dios en una revelación?

—Una cuestión de prioridades.

Me miró con incredulidad.

—¿Me tomas el pelo? Por salvar a esos dos me echaste encima un montón de mierda. He tenido que hacer y pedir muchos favores para recomponer los destrozos que causaste. Eso por no hablar de mis drogas y mi dinero. No es que me importen, pero no me gusta que me roben lo que es mío. Algo tuvo que pasarte para traicionarme.

Uno se harta de ser lo que es. Y de vez en cuando hay que joder a los que siempre andan jodiendo. Cosas que el Oso no entendería nunca.

—¿De verdad pensabas que lo dejaría pasar, que no te iba a encontrar?

—No me hacía ilusiones. Pero siento que fuera ella, Margarita. Me gustaba.

El Oso Dávila alzó la barbilla.

—La dulce Margarita... Pensé que sería capaz de cazarte.

—Casi lo logra. ¿Qué le ofreciste?

Me dedicó una mirada irónica.

—Lo que necesitaba. Todos necesitamos algo... Pero por suerte fracasó.

—¿Por suerte? Se supone que le pagas a un asesino para que haga su trabajo.

Movió la cabeza. Con ese gesto bastó para que uno de sus matones me soltara los grilletes. Sentí un alivio intenso al recuperar la circulación, pero no le di el gusto de mostrarlo.

—Eso fue antes de que me llegara esto. Échale un vistazo y procura no ponerlo todo perdido de sangre.

Sobre la mesa había una carpeta. La contención del Oso a la hora de hacerme daño cobró sentido. Si no me había sacado las tripas era porque me necesitaba.

Con los dedos que me quedaban sanos y el ojo en el que me quedaba un poco de claridad abrí la carpeta. Toda la información referente a un objetivo: fotografías, copia del pasaporte, partida de nacimiento, expediente con lo que había estado haciendo los últimos años, posible ubicación actual... Alguien se había tomado muchas molestias.

—Una chica muy joven. ¿Cuántos años tiene?

Dávila se encogió de hombros.

—¿Quince? ¿Doscientos? ¿Acaso eso importa? Quiero que la elimines y que recuperes algo que tiene y que no le pertenece... Te estoy ofreciendo lo que nunca se ofrece en nuestro negocio. Una segunda oportunidad. Haz esto por mí y estaremos en paz.

Torcí el gesto y me dolió la boca.

—Contigo uno nunca termina de rendir cuentas. Ambos lo sabemos.

—Eso es verdad. Pero, al menos, te quedará el consuelo de saber que tu hermana y tu sobrino vivirán gracias a ti. Puede que ellos nunca lo sepan ni te lo agradezcan, pero será así.

A veces pienso que la superficie de la tierra no es más que una fragmentación discontinua de agujeros que yo he cavado a lo largo de los años. Y que en cada agujero hay plantado un muerto que algún día será combustible fósil.

—¿Por qué yo? Podrías encargárselo a cualquier otro.

Dávila recogió su chaqueta del respaldo de la silla y se la puso parsimoniosamente.

—Tienes que ser tú, porque el cliente te ha pedido a ti expresamente... Y porque yo tengo cierto sentido de la justicia poética.

—¿Y eso tiene que significar algo para mí?

No pregunté quién era el cliente. Regla primera del oficio. El verdadero culpable nunca se mancha y jamás le ves la cara.

—Significa que no me gustan las cosas que quedan a medias. Los círculos deben cerrarse. Es una cuestión de estética. —Dávila guardaba una reserva infinita de cólera, un odio que no era el del día a día, de uso cotidiano, sino el que reservaba para las grandes ocasiones. Iba a descorcharlo en mi honor, qué duda cabía.

Se me quedó mirando como si escarbara en mis entrañas.

—He oído que hace tres años salvaste a un crío en Barcelona, se lo robaste al grupo local que trabajaba con nosotros. ¿Cómo te sentiste, bien contigo mismo? ¿Como una persona decente? ¿Qué edad tendrá ahora, doce, trece años?

—No tengo ni idea. No me importa.

Juntó los labios en un gesto de duda. El mar de sus ojos se agitaba y los monstruos emergían del fondo.

—Sí, más o menos la edad del chamaco de ahí fuera, el que me está limpiando el coche. Me jodiste para salvar la vida de un desconocido; bueno, pues lo justo sería que me demuestres tu lealtad ahora cobrándote otra. Algo que me convenza de que sigues siendo el que yo conocía.

El chico había terminado. Estaba vaciando el cubo y limpiando las bayetas. Me acerqué a él sin prisa. Le ofrecí un cigarrillo. Me miró los dedos sin uñas y la cara amoratada. Supongo que era extraño para él verme así de relajado a pesar del rostro desfigurado y el pecho cubierto de sangre. Al menos me habían dejado ponerme los pantalones.

Miré al cielo. Había ternura en las nubes. Una luz hermosa. Luego observé la carrocería oscura y brillante del coche. Un buen trabajo, concienzudo. El chico me echó una nueva mirada, carente de interés, en realidad. Fumaba a mi compás, no había nada que decir.

Me gustaba. De verdad que me gustaba.

—¿Quieres intentar correr? —le dije.

Sus ojos apenas cambiaron el matiz. Como si lo esperase, como si le resultara indiferente. Hay vidas que no echan de menos nada. Observó la mano que sostenía el cigarrillo. Remontó hasta mi cara, serio, como una esfinge.

—No voy a pelear —contestó.

—Deberías hacerlo. No está bien rendirse sin más.

Asintió despacio, como si de repente fuese muy viejo. Dejó caer su pitillo y lo aplastó con su sandalia de plástico barato.

—No. Lo tendrás que hacer a la cara.

El perro atado a la rueda del tractor ladraba enloquecido. Me estaba taladrando los tímpanos. Saqué el revólver del cinturón —para eso me lo había devuelto el Oso— y le pegué un tiro al chucho.

La segunda bala fue para el crío. No sé lo que había hecho, la razón por la que el Oso quería que lo matara. Tal vez no había ninguna.

Me volví hacia la puerta. Dávila contemplaba la escena como un cuadro sin interés.

—Ese perro me gustaba.

Fue lo único que dijo mientras pasaba el dedo sobre la carrocería de su coche.

Segunda parte

Soldaditos de plomo

5

Arrecife, Lanzarote, segunda semana de mayo de 2008

La mañana tenía olor de café recién hecho. Junto al montón de expedientes que se acumulaban en su mesa, el comisario Ramón Pino sirvió dos tazas del termo.

—Lo traigo yo mismo de casa. El de aquí es asqueroso, y no soy persona hasta que me tomo el tercero —bromeó.

El Gordo Soria asintió, examinando con curiosidad el dibujo de la taza. A él le había tocado Spiderman. Al comisario, Batman.

—Son de mis hijos pequeños. Me las regalaron para mi cumpleaños.

El comisario tenía una voz cantarina. A Soria le sonó como el trino de un jilguero recién levantado. Parecía un tipo feliz, algo inaudito en la profesión. A juzgar por las fotografías que decoraban su despacho le gustaban el submarinismo —una foto con el pulgar alzado entre burbujas de aire junto a una tortuga de las Galápagos— y la escalada —aparecía sonriente y con rostro agotado en medio de una pared del Gran Cañón—, le gustaban sus hijos, su mujer y su perro, un baboso mastín de Burdeos. En el resto del despacho se respiraba orden, una armonía que debía resultarle difícil mantener a juzgar por las veces que había sonado el teléfono o que alguien los había interrumpido. A Ramón Pino le gustaba tener las persianas subidas y la puerta abierta para sus agentes.

Un buen tipo. Además, no le importó que Soria encendiera uno de sus apestosos Ducados. Eso le robó el corazón al subinspector.

—¿Sabes que me han prevenido contra ti? —dijo, acercándole un cenicero de plástico que sacó de un cajón.

—Lo imagino. —Desde lo de Barcelona, Soria era un barril de residuos radiactivos con el que nadie sabía qué hacer. Curiosamente, al comisario no parecía incomodarle que le hubieran mandado ese elemento tóxico. Más bien expresaba cierta compasión. ¿Tal vez empatía? Era pronto para saberlo.

Por el momento, Soria le encontró cierto parecido con Paul Newman en *Camino a la perdición*. Le encantaba esa película; era insípida y previsible, sensiblona, pero no podía evitar echarse a llorar —ante la incredulidad de Pura, su mujer— cada vez que el veterano actor se volvía hacia Tom Hanks y decía aquello de «Si alguien debe hacerlo, me alegro de que seas tú».

—¿Por qué no te has jubilado? Podrías haberlo hecho hace tiempo. A tu edad, deberías estar plantando geranios, o lo que sea.

—Dioramas.

—¿Perdón?

—Dioramas de la Primera Guerra Mundial. Eso es lo que me gusta.

—Lo que sea —repitió el comisario—... El caso es que te han desterrado a Lanzarote, como a Unamuno.

—A ese lo largaron a Fuerteventura.

El comisario sonrió pidiendo tregua. La historia no era lo suyo.

—Pero aquí estás, en vez de disfrutar de un merecido retiro.

—Iba a hacerlo, era el plan hace tres años. Pero pasó todo aquello en Barcelona, me di cuenta de que había mucha gente que quería quitarme de en medio y decidí no darles el gusto... ¿Le han dicho que soy un fardo de la antigua guardia, incompetente, que mis métodos son cuestionables?

—Y cosas peores.

Soria entornó sus ojillos carnosos.

—Solo por hacer mi trabajo.

El comisario se miró las uñas como si tuviera tierra debajo. Tenía un rostro dócil, fácil de entender. Nada que ver con su antiguo jefe, el comisario Heredia.

—Es una respuesta un poco blanda para alguien con tu experiencia, subinspector. Tú mejor que nadie deberías saber que este trabajo consiste en hacer lo que se te ordena, no lo que se debe hacer.

Soria sacudió la ceniza del cigarrillo en el cenicero.

—Lo intenté, ya lo creo. Mantenerme al margen se me daba bien, pero hay cosas que son inevitables.

El comisario asintió comprensivo.

—Este es un destino en el que no puedes meterte en líos ni complicarle la vida a nadie. Si eres listo, y no dudo que lo seas, pasará pronto. Unos meses y yo mismo firmaré tu baja. A casa con la pensión completa y una palmadita en el hombro de papá Estado.

Soria fue a encender el segundo cigarrillo, pero se contuvo. La audiencia había terminado. No había ido mal, mejor de lo esperado, en todo caso. El comisario se había puesto en pie y le tendía la mano francamente.

—Pues bienvenido, subinspector. Conmigo empiezas de cero.

Aquel gesto, acompañado de una sonrisa solidaria,

acogedora, conmovió a Soria. Y eso le molestó. Sabía por propia experiencia que las cosas que le conmovían acababan contrariándolo.

El comisario lo acompañó hasta la puerta y de repente se detuvo, sujetándole discretamente por el codo.

—Lo que pasó en Barcelona... ¿Valió la pena?

Soria se encogió de hombros. El paso del tiempo no le había dado perspectiva ni aportado serenidad para reflexionar sobre ello. El mundo no era mejor que antes, eso seguro.

—Si uno piensa demasiado en las decisiones que ha tomado, acaba encontrando algo de lo que arrepentirse, aunque no sirva de nada ya. Todos perdimos algo hace tres años, pero, al menos, salvamos al chico. Eso debería bastar.

El comisario Pino relajó los hombros. Distante pero cálido. Una mezcla extraña, la fluidez natural.

—Pero no basta, ¿verdad?

Soria también se había informado sobre su nuevo jefe. Ramón Pino tenía buena fama, decían los que habían trabajado bajo sus órdenes que era eficaz, que no tenía problemas en arremangarse y salir a la calle cuando era necesario, que defendía a los suyos a muerte y que no mostraba el menor aprecio por la subordinación perruna. No soportaba a los lameculos. Y menos a los corruptos. Todo un mirlo blanco en aquel lodazal.

—Yo le conocí, ¿sabes?... Al inspector Leal. Coincidimos un tiempo cuando estuve destinado en Homicidios de Madrid. Ya era toda una estrella en el grupo, distante y hermético, sin relacionarse con nadie, pero era un buen policía. Y un buen tipo. ¿Qué ha sido de él?

—Le cayeron seis años por lo de Barcelona. Podría

haberse librado, llegar a un acuerdo, pero no quiso.

—Así era el gilipollas arrogante y remilgado que había terminado siendo su mejor amigo. Un maldito buen tipo—. Ha cumplido tres años, le han suspendido el resto de la condena por el artículo 80.2 del Código Penal.

—¿Cáncer?

—Cáncer.

—Una pena todo —murmuró el comisario—. Si el mundo fuera de otra manera, deberían haberos dado una medalla.

A Soria eso le traía sin cuidado. Él no era ningún héroe, o en todo caso era un héroe absurdo. Como el marinero ruso Piotr Seménichev retirando minas austríacas del río Vístula durante la Primera Guerra Mundial.

El comisario le puso la mano en el hombro. Un gesto amistoso.

—A título personal, te diré que creo que hicisteis lo que era necesario.

«A título personal»... Eso sonaba a secreto de confesionario. No servía de nada, pero consolaba.

—Es bueno saberlo. Gracias, comisario.

—Ramón... Mientras no me cabrees puedes llamarme Ramón.

Le habían asignado un cuartucho en el sótano de la comisaría, al lado del aparcamiento, sin luz natural, poco menos que un trastero lleno de cajas con archivos viejos y muebles de oficina amontonados que no sabían dónde almacenar. En aquel caos alguien se las había apañado para hacerle espacio a dos pequeños escritorios frente a frente con dos PC obsoletos, un corcho en la pared y una centralita.

Uno de los escritorios estaba ocupado por un joven con pinta de fan de los Beach Boys, todo un surfero californiano, media melena rubia con rizos, ojos azules y rostro bronceado con pulseras de cuero en la muñeca y un colgante con una piedra de olivina engarzada en plata. Guapo de revista, cuerpo insultantemente atlético y ropa informal. Tendría unos treinta años. Se llamaba Mario, recién ascendido a oficial, se estaba preparando para la oposición interna a inspector. Era su nuevo compañero.

—Le he pedido expresamente al comisario que me asignara con usted.

Soria puso cara de sorpresa. Por supuesto, no le creyó. Al pobre muchacho le habían endilgado la tarea de vigilarle de cerca.

—¿Y eso por qué?

—Leí todo el expediente sobre el caso Restrepo y aquel niño, Chinchilla, lo que hizo al enfrentarse al clan de los Cantero, lo de la red de tráfico en Galicia... Es usted un ejemplo para mí, subinspector.

«Al menos miente bien», pensó Soria, estrechándole la mano. El chico se hacía la manicura, santo Dios.

—¿En qué andas ahora?

Mario le acercó un expediente.

—Un atropello con fuga.

Soria torció la boca con decepción.

—¿Un accidente de tráfico? ¿No es cosa de la Guardia Civil?

—La chica estuvo a punto de morir. El conductor se dio a la fuga. Unos turistas la encontraron por casualidad, tirada en un terraplén, inconsciente.

—Sigue pareciendo un delito por omisión de auxilio. Probablemente un conductor borracho, sin seguro o con la ITV caducada. Cuando la gente se asusta cualquiera puede reaccionar como un canalla.

Mario se dio cuenta del poco entusiasmo que mostraba el subinspector.

—No hay mucho que hacer por aquí, así que el comisario está de acuerdo en que empiece por algo sencillo.

Soria captó la indirecta: «Pórtate bien». A eso se refería Pino con «empezar de cero». Lo acababan de enterrar en el permafrost y le daban un caso de mierda. Es lo que había.

—¿Quién es la víctima?

Mario se encogió de hombros.

—Todavía no lo sabemos. Iba indocumentada. Mujer, joven, rasgos caucásicos, unos veinte años. Estoy cotejando sus huellas a ver si aparece en nuestra base de datos.

—¿Alguien le ha tomado declaración ya?

—Hasta ahora no ha sido posible. Ha estado en coma inducido, pero han llamado del hospital. Está despierta.

Soria movió los labios. Buscó en la cajetilla de cigarrillos, pero estaba vacía. Tampoco le quedaban caramelos de menta.

—¿No hay nada más interesante en marcha?

Mario señaló el escritorio. La bandeja de pendientes estaba vacía. Soria frunció el ceño.

—En fin, ¿dónde está ese hospital? Tengo que parar por el camino a comprar cigarrillos y caramelos.

6

El residente de guardia en el hospital José Molina Orosa les informó de que se trataba de un error. Efectivamente, la paciente había salido del coma inducido, pero seguía bajo observación. Las heridas eran graves y el dolor seguía siendo intenso. Le habían dado una dosis de calmantes bastante fuerte y dormía. No era conveniente despertarla.

Soria la observó a través de la cristalera. La chica estaba conectada al gotero y a una máquina que monitorizaba sus constantes vitales. Tenía un rostro bonito, a pesar de la cabeza rapada, pestañas largas que reposaban en su rostro como mariposas dormidas. Se fijó en los sinogramas chinos tatuados en el lado derecho de su cuello.

—¿Qué significan? —le preguntó a Mario. Se suponía que los jóvenes sabían de esas cosas.

El oficial puso cara de circunstancias.

—¿Cómo voy a saberlo?

«*Luz del alba*, *Viento de libertad*, o cualquier otra frase de galleta de la suerte —pensó Soria—. Aunque bien podría significar *Aquí va otra gilipollas que no sabe qué hacer con su vida*. Cómo saberlo. Los adolescentes usan su cuerpo como campo de batalla contra el mundo, como un autoexperimento.»

Él también tenía un hijo de la edad de aquella joven, un poco capullo, malcarado, taciturno, sin ubicarse. Un día aparecía con un *piercing* en el pezón y al siguiente con una camiseta con el careto de John Gotti y el lema Fuck Justice. Disclosure, Daft Punk, Grimes, DM, DIY, ASAP, BTW, *The Walking Dead*, *Peaky Blinders*, *Stranger Things*... Los jóvenes le recordaban a cada momento que el mundo ya no pertenecía a los de su generación. No se daban cuenta de que también ellos quedarían, muy pronto, obsoletos.

Pasó lentamente la mirada por el cuerpo postrado de la muchacha, los vendajes, los moratones y la pierna.

—Ojalá no sueñes con ser bailarina o patinadora sobre hielo.

Se dio cuenta entonces del jarrón con flores.

—¿La han visitado? Al menos hay alguien que la conoce; debe de saber que le gustan las calas.

—Preguntaré a las enfermeras.

La Casa de los Naranjos era un hotel emblemático, tenía algo de casa colonial, íntimo. Soria pensó que a Pura le gustaría. Se guardó una tarjeta en el bolsillo mientras esperaba. No tardó en aparecer el ayudante de cocina, con un uniforme blanco y un delantal lleno de manchas, secándose las manos con un paño.

—Me han dicho que me buscaban —dijo apresuradamente—. ¿Ocurre algo?

Los miró de un modo extraño, como si esperase —o temiese— su visita. Quizá se lo pareció a Soria: no era la primera vez que hablaba con policías. Parpadeó con rapidez. Fue solo un instante, al asentir, algo casi imperceptible. «Está asustado», pensó el subinspector.

—Ha estado visitando durante toda la semana a

una paciente del hospital. Le lleva flores. Calas, exactamente. Y creo que no son baratas ni fáciles de encontrar por aquí.

Román abrió las manos, como si no entendiera.

—Así es. Vesna es una compañera... Le gustan esas flores, y aunque a usted no se lo parezca, en esta isla tenemos floristerías. ¿Cuál es el problema?

Soria desvió la mirada hacia Mario, que ya estaba tomando notas. Al menos, tenían algo por lo que empezar.

—¿Qué puede decirnos de ella?

Román iba ganando aplomo.

—No mucho; trabaja en el hotel desde hace unos meses, nos caemos bien. No se relaciona mucho con el resto de los empleados, y la ayudo a integrarse... Supongo que el gerente podrá decirles más.

—Hablaremos con él enseguida —concedió el subinspector—. Una pregunta sin importancia... ¿Tiene usted un lío con esa joven?

Román miró con los ojos muy abiertos a aquel policía gordo y de maneras un tanto ásperas.

—¿Cómo dice?

Soria se encogió de hombros. La sutileza no se le daba bien. Antes estaba Virginia, ella era la parte amable de la ecuación, pero su compañera ya no era policía, se había largado a Nueva York para dedicarse a ganar pasta, malcriar a sus hijas, olvidar su divorcio y, de paso, incrementar el patrimonio familiar. De modo que ahora no había quien le dijese al subinspector cuándo era prudente ponerse un punto en la boca.

—A una *compañera de trabajo* no se la visita todos los días ni se le compran flores tan caras. Pasa allí varias horas al día, y veo que tiene usted alianza, de modo que deduzco que está casado. Por eso le pregunto.

—¿La policía ha creado una brigada de la Moral o algo por el estilo?

—Es una pregunta.

—Y yo no tengo por qué responderla, pero, por si le interesa, le diré que eso no es cierto. En absoluto.

Pese a la negación del ayudante de cocinero, Soria podía notar la aceleración del pulso en la yugular, escuchar cómo tragaba saliva, percibir el movimiento nervioso de su dedo con la alianza, la electricidad en el vello de los brazos. A Soria le traía sin cuidado con quién se acostaba el tal Román, si le ponía los cuernos a su mujer con esa jovencita tatuada y rapada a lo Sinéad O'Connor; lo que él quería era volver al apartamento y seguir con su diorama de la tienda del Estado Mayor del I Batallón de fusileros de Lancashire el 1 de julio de 1916. Pero ahí estaba, viendo lo que no necesitaba ver, preguntando sobre lo que no le interesaba saber, en un lugar en el que no quería estar.

El oficial Mario intervino, conciliador.

—Nos ha sido de mucha ayuda, y se lo agradecemos, señor Ruiz. Si necesitamos algo más, nos pondremos en contacto con usted.

Los dos policías salieron del hotel. Soria abrió el precinto de un nuevo paquete de cigarrillos.

—¿No ha entrado con mucha dureza? —preguntó el oficial con cierta perplejidad—. ¿Así es como interroga usted a los testigos?

Soria encendió el pitillo y lanzó una bocanada de humo, observando los jardines que rodeaban el hotel. Definitivamente, a su mujer le gustaría. El subinspector ya ni se acordaba del último viaje que habían hecho juntos.

—No soy asistente social ni cura. Me dedico a pensar mal de la gente y siempre espero equivocarme, ese es mi trabajo: apretar las tuercas para ver cómo reaccionan a la presión. Averigua si tenemos algo sobre ese ayudante de cocina.

—¿Porque es sospechoso de adulterio? —preguntó con sorna Mario.

—Porque me ha mentido. Y las mentiras me dejan un picor desagradable. No puedo parar de rascarme hasta que las entiendo.

Antes de regresar a la comisaría, quiso examinar el lugar del atropello. Un tramo rectilíneo de carretera que circulaba paralelamente a una precipitación del terreno de lava solidificada. Gaviotas, el océano, el viento. Era difícil colocar un atropello en la estampa, un cuerpo destrozado, un gesto de cobardía del conductor. Por qué no de premeditación.

No había restos de frenada. Lo único que se había encontrado entre los matorrales había sido un trozo de tulipa, probablemente perteneciente a una parte del intermitente derecho.

—Tal vez del vehículo implicado, o quizá llevaba mil años aquí. Los expertos de la Guardia Civil lo están comprobando, igual que la bicicleta de la chica, por si han quedado restos de pintura o de rozaduras con el impacto.

Soria quiso visitar las dependencias de Tráfico. Mario había pedido la ayuda de la Unidad de Atestados de la Guardia Civil para reconstruir el accidente, la trayectoria del vehículo, las marcas de frenada, etc. Eran buenos; manejaban programas y hacían cálculos matemáticos, usaban fórmulas que al subinspector habían acabado por aturdirle. Más que un cuartel aquello parecía una sala del Proyecto Manhattan. Estaban investigando las empresas de vehículos de alquiler de la zona, los talleres mecánicos, el registro de infracciones de tráfico. Una cantidad de recursos ingente. Pero a pesar de ese minucioso trabajo apenas había indicios. Si no aparecía algo pronto, lo más probable es que el grifo se cerrase y el caso quedara como accidente con fuga.

Quizá nunca se resolvería.

—Como la famosa historia del soldado británico John Parr y el primer disparo de la Primera Guerra Mundial.

—¿De qué está hablando? —le preguntó Mario.

Soria se miró la pintura bajo las uñas. Por mucho que frotara nunca desaparecía del todo.

—De mis soldaditos de plomo.

7

Vesna tuvo un sueño, o tal vez fue un recuerdo que había ido a visitarla entre las turbulencias del Zolpidem inyectado.

Tenía cinco o seis años. Estaba en la casa de Alifakovac, detrás del antiguo cementerio de Sarajevo. De madrugada, oía los pasos de su padre arrastrarse hasta el baño, toser y tirar de la cadena mientras se descomponía. Luego se ponía a fumar solo en el pequeño salón, a oscuras. Su respiración era apenas un hilo bronquítico que vibraba en su laringe. A ella, en un rincón del sueño —o del recuerdo— le parecía no haber visto nunca a nadie fumar con tanta parsimonia ni apagar los cigarrillos como si se despidiera de cada uno de ellos. Su padre hacía correr el agua del grifo y bebía un vaso intercalando cada sorbo con largos suspiros que sonaban como quejidos.

Apenas dormía dos o tres horas, pero por la mañana estaba como nuevo, desprendía una forma de suavidad, mezcla de loción de afeitar y de las burbujas de calor que retenía la ropa limpia y acolchada de su uniforme. Trabajaba por aquel tiempo en Grbavica, como vigilante en los aparcamientos subterráneos de un complejo privado. El sueldo era bajo, pero con las propinas se las apañaba para ir tirando. Solía desayunar en la cocina, en una mesa pequeña junto a la nevera, mientras en el tocadiscos del salón se escuchaba *La guerra di Piero* de Fabrizio de André —Vesna nunca supo por qué le gustaba tanto esa canción a su padre—. Había algo enternecedor en su manera de extender la mantequilla en la tostada, de servir el café humeante sin que le temblase el pulso; eran manos confiadas. Vesna observaba el blanco de sus nudillos como botones de baquelita y disimulaba el gesto al estudiar su propia mano, como si le hubiera crecido ese apéndice de repente, como si no la conociera. A veces pensaba que nunca serían como las de su padre, que se quedarían así de chiquitas y regordetas para siempre, y que acabaría sus días como un mono de feria: «¡Pasen y vean a Vesna, la niña de las manos diminutas!».

Y entonces, en el sueño o en el recuerdo, de repente, su padre estaba aquí, en la habitación del hospital, leyendo una revista, con una pierna cruzada sobre la otra. A los pies de la cama. Ni viejo ni joven.

—Papá...

Él alzó la barbilla y la miró. Sonreía, pero no había alegría en sus ojos.

—¿Cómo te va, hija? —le preguntó, todo él muerto, fantasma de buen aspecto, y Vesna no sabía qué responderle. Porque a él nunca supo mentirle.

—Creo que he tenido un accidente. Me han atropellado.

Su padre asintió, triste, fijando los ojos en la pierna destrozada. Vesna se cubrió, por no faltarle al respeto ni entristecerlo.

Su padre jugaba con un cigarrillo sin encender entre los dedos.

—Ya sabes que los muertos no fumamos —dijo con nostalgia.

Vesna no lo sabía. ¿Cómo iba a saber lo que los muertos pueden o no pueden hacer?

Quiso preguntar por su madre y por su hermano pequeño.

Su padre hizo un mohín.

—Los muertos no siempre estamos en el mismo lugar. Y aquí no hay rumores. Solo silencio.

—Os echo mucho de menos.

Su padre se puso en pie. Tenía un agujero en el lado derecho del cráneo.

—Ahora tengo que irme y tú tienes que despertar, hija.

—Vesna..., ¿puedes oírme?

Vesna no quería despertar. Pero esta voz, mucho más real y cercana, la traía hacia el punto de luz en el techo vislumbrado a través de los párpados. La oscuridad se desvanecía y el contorno de las cosas se volvía más concreto.

—Vesna, soy yo. Román.

Abrió lentamente los ojos. Tenía la garganta seca y la sensación de que su cuerpo había sido vapuleado como un saco. Su mirada fue hasta la ventana, por la que entraba la mañana, a la mesita, en la que había un jarrón con flores, al armario de un cuerpo con su ropa y a la puerta del baño entreabierta donde había un plato de ducha sin cortina, una toalla con el logo del hospital y una cuña.

Poco a poco recordó que estaba viva. Román le cogió la mano y notó la suave presión de sus dedos.

—¿Cómo te encuentras?

Vesna luchaba por salir del embotamiento, pero los medicamentos que atenuaban su dolor no cedían fácilmente. Volvió a cerrar los párpados. Una pena esconder esos ojos, se dijo Román. Le gustaban. Eran lisos y grises, como guijarros en el lecho de un arroyo.

Vesna volvió a abrirlos, como si hubiera rebobinado hasta el principio de una película.

—El accidente —murmuró mientras los detalles se iban abriendo paso en su mente abotargada: el viaje en bicicleta por la noche, el ruido del motor acercándose, el golpe, la caída...

—Has tenido suerte —le dijo Román—. Una pareja de turistas te encontró a tiempo. El médico dice que te pondrás bien. —Le acarició la mejilla y ella bajó lentamente la cabeza, como si su mirada tirase de la suya. No sabía expresar lo que ese gesto silencioso decía, el modo en que resonó dentro de ella—. ¿Puedes recordar algo sobre el conductor?

—No pude verle bien. El foco de la linterna me deslumbraba.

—¿Y qué me dices del vehículo? La marca, el color... Cualquier detalle podría ayudar a la policía.

Vesna movió el cuello. Todo era nebuloso. No podía pensar con claridad.

—¿La policía?

Román inclinó el torso hacia delante. Su nariz se dilató un poco y sus ojos se hicieron más pequeños, más transparentes.

—Me han estado haciendo preguntas sobre ti.

Vesna titubeó. Esos bonitos ojos grises no sabían dónde esconderse.

—¿Qué les has dicho?

—No puedo decirles mucho, porque no sé nada de ti.

Ella intentó sonreírle.

—Sabes lo importante.

—El gerente ha tenido que darles la ficha con tu contrato laboral. Imagino que estarán indagando en tu pasado, querrán dar con alguien de tu familia, avisar al consulado de tu país.

Vesna palideció, como si no hubiera considerado esa posibilidad.

—Tengo que salir de aquí —dijo, de repente, tratando de incorporarse.

Román trató de detenerla.

—¿Estás loca? El médico dice que al menos necesitas otras dos semanas de recuperación.

Ella negó con la cabeza, tirando de la vía de su brazo.

—No tengo dos semanas. Tú no lo entiendes...

Román se alarmó.

—¿Qué es lo que tengo que entender, Vesna?

Vesna se desembarazó de la mano que trataba de calmarla.

—Por favor, ayúdame a salir de aquí. Te lo explicaré todo, pero ahora necesito volver a mi apartamento.

El apartamento parecía un campo de batalla. A Vesna se le demudó el rostro. Los ladrones habían entrado a saco, sin ninguna sutileza. Cojines y colchón rajados, el televisor estrellado contra el suelo, cajones fuera de sitio, puertas rotas, ropa por todas partes —Román apartó pudorosamente la vista de los tangas y del consolador dorado sobre la silla—, libros desmembrados y vinilos por el suelo.

—¿Qué clase de animal puede haber hecho algo así?

Vesna ni siquiera le había oído. Su atención estaba en uno de los armarios de la cocina, junto a la campana extractora.

—Cálmate, el seguro cubrirá los daños. Iremos juntos a la policía y presentaremos una denuncia. Luego limpiaremos todo esto.

Vesna negaba sistemáticamente. Estaba fuera de sí.

—No puede ser, Dios mío, no puede estar pasando otra vez.

Román la observaba desconcertado. No sabía cómo consolarla.

—Solo es un robo, Vesna. Ocurre todos los días. —Intentó abrazarla, pero ella lo empujó con fuerza, volviendo al armario.

—No esta clase de robo. —Removió el armario, tirando al suelo las conservas del estante.

—¿Qué buscas?

Vesna no contestó. Su primera reacción al descubrir la pequeña cajita metálica tras las latas de lentejas fue de alegría. Pero esa sensación se tornó en pánico al abrirla.

—¡No está! —exclamó, como si aspirase un grito. Y aunque era evidente que la cajita estaba vacía, metió los dedos dentro y la volteó—. ¡Se lo han llevado!

—¿Qué se han llevado? ¿Qué es tan importante?

De repente, Vesna empezó a sollozar.

—¿Qué te ocurre, Vesna? —La atrajo hacia sí como a una niña, escondida entre el hombro y el brazo. Lentamente los sollozos fueron apaciguándose hasta convertirse en un balbuceo que terminó en un gemido.

Vesna se alejó de ese abrazo y él sintió que era como la arena que se escurre entre los dedos.

—Tienes que ayudarme a salir de la isla, hoy mismo. Si me quieres, si sientes algo por mí, por favor.

Román Ruiz se sonrojó. «Si me quieres, si sientes algo por mí.»

Tan evidente resultaba.

8

Arrecife, Lanzarote, dos días después

La iglesia tenía cristales de colores en las ventanas. Una luz tenue, entre amarilla y verde, se derramaba sobre una pequeña hornacina y la imaginería del retablo mayor.

A Soria no le gustaba estar allí. Le recordaba a la miseria de su infancia, cuando era niño y pasaba los días junto a los limosneros, haciendo acopio de lo que podía encontrar que fuera comestible —un poco de pan rancio, unas manzanas, dos cebollas, legumbres secas— y revolviendo la ropa de la caridad, calzado con varios pares de calcetines para protegerse del frío que entraba por sus zapatos agujereados, con un jersey que le caía grande y olía a muerto —la ropa de la parroquia salía de esas donaciones—. A cambio de esas migajas, el cura de su pueblo le obligaba a arrodillarse sobre un puñado de garbanzos y a rezar hasta que le dolían las rodillas y se le entumecía el cuerpo.

Miró al comisario Pino. Estaban sentados en el mismo banco, cada uno en un extremo.

—¿Por qué me ha citado aquí? Esto me recuerda a las novelas de la Guerra Fría, como si fuéramos espías intercambiando microfilmes.

El comisario Pino sonrió.

—¿Eres creyente, subinspector?

Soria negó con la cabeza. De niño, al recibir la comunión, le asqueaba el roce del pulgar del cura en su lengua cuando le ponía en la boca la oblea.

—Admito que yo tampoco, pero mi cargo tiene algo de diplomático y algo de relaciones públicas. Esta isla es una comunidad pequeña, de apenas ciento treinta y cuatro mil personas. Eso significa que mi trabajo consiste en tener contento a todo el mundo, saber quién es quién y mantener un difícil equilibrio entre mis prioridades.

—Si me va a pedir que venga a misa los domingos, olvídelo.

—No es eso —le tranquilizó el comisario—. La cosa es que al párroco le preocupan los robos que se están produciendo últimamente en el cepillo de la parroquia, y algunos actos de vandalismo, rotura de cristales, destrozos en el confesionario..., y me ha pedido que nos hagamos cargo. Es un hombre al que la gente del barrio escucha, así que le he prometido que pondría en el caso a mi mejor subinspector.

En aquel momento, el párroco salía de la sacristía. Su descomunal presencia física se adornaba con una mirada áspera, proclive a la acusación.

—¿Ya han dado con ese vándalo? —les espetó con acritud. Tenía una voz grave y de interior seco.

Soria frunció el entrecejo. La alegría siempre les sienta mal a los mediocres y a los cobardes, a los santos y a los guardianes de la moral.

—No puede hablar en serio, comisario.

Ramón Pino le dedicó una mirada divertida.

—Penitencia, subinspector. Penitencia.

Diez minutos después, Soria salía de la iglesia malhumorado. Mario le esperaba en la escalera.

—¿El comisario le ha pedido que haga de Harvey Keitel en *Bad Lieutenant*? —le preguntó, socarrón. Al subinspector no le hizo ninguna gracia.

—No tengo bastante con ocuparme de un atropello; ahora tengo, además, que hacer de monaguillo.

Mario le tendió una carpeta de color verde con un número de diligencias.

—A lo mejor esto hace un poco más interesante el atropello. Acaba de llegar de Madrid. Resulta que sí teníamos algo de la chica. Su verdadero nombre es Vesna Gujic, alias Veronika, alias Liubliana, alias Erika. Nacida en Tuzla en 1987. Perdió a su familia durante la guerra de Bosnia-Herzegovina en 1993 y fue adoptada un año después por Lejla Hadzic. Entró en España por el aeropuerto de Barcelona hace seis meses, y dos meses después voló a Lanzarote con un contrato temporal como camarera de habitaciones del hotel La Casa de los Naranjos.

Soria escuchó sin mucho interés. La cosa no mejoraba, excepto por los alias.

—Resulta que nuestra amiga es una consumada programadora informática y admiradora de gente como Kevin Mitnick, el grupo Anonymous, Adrian Lamo o Albert Gonzalez, alias Soupnazi, todos reconocidos hackers.

Mario esperó a que el interés de Soria aumentara, pero el subinspector seguía expectante.

—¿Es una friki de los ordenadores?

—No, subcomisario. Es mucho más que eso. Pese a ser tan joven, tiene una larga lista de delitos en varios países. En Alemania tiene una causa abierta por fraude de tarjetas de débito, en Francia fue detenida por el robo de datos a la Boursorama Banque, pero por alguna razón no fue imputada, y se la busca en Holanda por la venta ilegal de *exploits* de *software* sin parche al mejor postor.

—Háblame en cristiano, ¿quieres?

—Un *exploit* es un programa informático, o una secuencia de comandos, que puede infiltrarse en un dispositivo electrónico para robar datos, boicotear su funcionamiento o corromperlo. Un parche se utiliza para agregar funcionalidades a un programa. Puede introducirse en el código fuente de un sistema operativo. Eso significa que una red de equipos —una *botnet*, una red de ordenadores zombi— puede ser controlada a distancia, propagar *malware* o llevar a cabo un ataque DDoS.

Ahora sí que el subinspector estaba interesado.

—Tenemos a toda una Lisbeth Salander en casa.

Mario respiró aliviado. Por fin aquel tarugo del Pleistoceno comprendía a lo que se enfrentaban.

—Hay algo más.

—¿Me lo vas a adornar con un lacito? Ya has captado mi atención.

—Hace un par de días se produjo un robo con fuerza en un bloque de apartamentos turísticos de Punta Mujeres. Es algo bastante habitual en esta época del año, se producen dos o tres robos de ese tipo por día, normalmente delitos de hurto que se resuelven con el seguro. Lo curioso en este caso es que no ha sido el inquilino el que ha presentado la denuncia, sino el propietario del apartamento. Me ha parecido extraño, he preguntado a los agentes que recogieron la denuncia y adivine a nombre de quién estaba el contrato de alquiler... Vesna Gujic.

Soria inspiró con fuerza. La puesta en escena del

oficial surfero le parecía demasiado teatral, pero había que reconocer que era un tipo solvente.

—Pues vamos a tener que ir al hospital a hacerle otra visita, y si está dormida, habrá que ponerle trompetas en el oído.

El rostro de Mario se ensombreció.

—Hay un problema con eso. Vesna ha pedido el alta voluntaria y también ha desaparecido del apartamento. Ni siquiera ha recogido sus cosas. Es como si se hubiera largado a toda prisa.

Soria asintió, pensó unos segundos, alejándose. Al darse la vuelta vio en la puerta de la iglesia al maldito párroco, como si en vez de unas pocas monedas le hubieran robado la colecta del día del Domund.

—¿Así se va a ocupar de mi parroquia, subinspector?

Soria tuvo que tragarse un caramelo de menta para no ponerse a gritarle como si estuviera endemoniado. ¡Coño con el puto cura! Se las apañó para esbozar un saludo con la mano.

—Estamos en ello, monseñor.

—¡No soy monseñor, solo soy el párroco de esta pobre gente!

Soria asintió, rezongando por lo bajo. Se llevó a un aparte a Mario y le susurró:

—Esto es una isla. Solo se sale de aquí en barco o en avión. Averigua si la tal Vesna ha sacado un billete y, en caso afirmativo, a dónde, o si todavía sigue aquí... Y por los clavos de Cristo, encuentra al ratero que le ha robado el cepillo a ese cretino con sotana.

Tercera parte

Dejad en paz a los muertos

9

Fogars de Montclús, Barcelona,
tercera semana de mayo de 2008

El pueblo quedaba a pocos kilómetros de la casa por una pista forestal que bordeaba el pantano de Santa Fe. Era un paseo agradable, se veía toda la cadena de montañas y el valle que se iba abriendo hacia el horizonte. En los días despejados llegaban a distinguirse el mar y la mancha oscura de Barcelona. En otras circunstancias, Julián habría disfrutado recorriendo esa distancia a pie, pero ahora se cansaba demasiado, de modo que utilizaba un viejo Renault 5 con doscientos mil kilómetros que el dueño de la casa había incluido en el lote de alquiler junto a una colección de herrajes y aperos con los que no sabía muy bien qué hacer.

Aparcó el coche bajo el gigantesco laurel que crecía en la plaza desierta. Rafael estaba sentado, como de costumbre, en el escalón junto a la cortina de canutillos de su papelería-tienda-colmado. Estaba leyendo un libro sobre las estrategias de apertura en el ajedrez.

—Todavía no te has muerto —dijo, a modo de saludo, al ver acercarse al exinspector—. Empiezo a pensar que todo eso del cáncer es un cuento que te has inventado para que te saquen de la cárcel.

Julián observó las hojas de laurel que alfombraban el empedrado. El árbol estaba enfermo, según la opinión de Rafael, que era experto en cosas que a nadie más parecían interesarle. Los grandes hongos que crecían en su base eran el sinónimo del tumor que se lo estaba comiendo. Al exinspector le dio por pensar en su propio cuerpo con setas creciéndole debajo de las axilas. Del tamaño de un balón de fútbol.

Nadie en el pueblo recordaba aquel nombre que tres años atrás se repetía continuamente en el noticiario, el del policía condenado por torturar a un empresario de Barcelona que acabó muriendo en el hospital. Para los vecinos, la presencia de aquel tipo de aspecto retraído y ojos verdes no había supuesto ningún sobresalto más allá de la primera curiosidad, que no tardó en extinguirse en cuanto comprobaron que no era muy dado a las confidencias ni a la familiaridad. Solo era otro excéntrico más, uno de esos neorrurales que había alquilado una propiedad ruinosa y que se creía capaz de reinventar la sopa de ajo. El nombre de Julián Leal no significaba nada para ellos. Su pasado, tampoco.

Sin embargo, Rafael lo reconoció la primera vez que lo vio entrar en su tienda para preguntar si podía conseguirle unos tubos de acuarelas, pinceles y algunos lienzos.

—Una petición extraña para un policía condenado por agresión. ¿Qué, has hecho talleres de pintura en la cárcel a costa de los contribuyentes?

Aquello podría haber sido el principio de una larga enemistad, pero la postura relajada del tendero y la chispa irónica, casi humorística, de sus ojos, despejaron esa amenaza. Rafael era, sencillamente, un hombre al que no le gustaba juguetear con las palabras ni andarse por las ramas. Al poco, alcanzaron una especie de acuerdo: puesto que eran dos bichos raros, podían mantener cierta cordialidad que los eximiera de las rígidas fórmulas de la apariencia.

—Camaradas de exilio. ¿Qué te parece?

A Julián le pareció bien.

Aquella mañana, junto al laurel, Rafael alzó el libro que estaba leyendo, torciendo el mostacho.

—Esteban Urbano... No parece un nombre para un verdadero maestro de ajedrez: tal vez un funcionario de rango medio, pero no un verdadero campeón. Es solo una asonancia condenada a perderse sin dejar huella, un nombre sin reminiscencias.

Julián no tenía mucho que decir al respecto.

—Un nombre es algo vacío hasta que se le añade una historia. No es más que un simple juego de consonantes y vocales.

Rafael alzó las orejas como un perro. Le gustaban las discusiones que no llevaban a ninguna parte. Era un bizantino. Y en aquel pueblo de cuatrocientas almas no tenía con quién entretenerse, excepto con Julián.

—Te equivocas. Tal vez nuestro nombre sea lo primero que aprendemos acerca de nosotros mismos, incluso antes de entenderlo. Piénsalo: en el vientre de nuestras madres somos capaces de oír a padres y familiares, amigos, incluso a los compañeros de trabajo discutiendo al respecto. Algunas de las posibilidades que se llegaron a barajar en mi caso eran realmente ridículas o decididamente horrorosas: Erasmo, Germinal, Gunter, Américo, Ludwig, Liberto... Por suerte acabó imponiéndose la opción más sensata. Me llamaron como a mi abuelo.

—Tuviste suerte, supongo.

Rafael se rascó con la uña del meñique la ceja derecha.

—Eso depende.

Nada de nombres americanizados ni de personajes literarios, ni hablar de los experimentos surrealistas propuestos en esas noches de alcohol y desvarío en las que sus padres jugaban a ser gente moderna y enterada, allá por Gandía. Desechada cualquier opción de hippismo, arrebatos poéticos, continentes, países o ciudades, descartadas leyendas del rock, los conquistadores, los pintores y la gente de la farándula televisiva solo quedaba esa opción.

—En realidad, la historia familiar dictó sentencia, y desde antes de nacer supe que en adelante cargaría con el nombre de un hombre que ya estaba muerto y que nunca conocería, pero cuyo legado, recuerdo y proyección heredaba, un héroe, un intelectual, un revolucionario que ensombreció con sus logros a cuantos le rodearon. Ese era mi abuelo, Rafael Reyes Redondo. Mi padre habría preferido un nombre con reminiscencias más rusas —continuó monologando Rafael—, Víctor, por ejemplo; aunque para ser ruso de verdad debería haber sustituido la c por una k, como hacían los buenos camaradas, los marxistas del viernes por la noche que se mudaban de consonante tras un viaje doctrinal a la Unión Soviética de los años cincuenta.

Julián se dio cuenta de que, a pesar de la hora, Rafael ya estaba bastante borracho. Sus borracheras siempre eran pacíficas y melancólicas.

—En cualquier caso, empecé a acostumbrarme a la carga de mi nombre mucho antes de nacer: cada vez que mi santa madre, esa señora que me nutría desde dentro, lo pronunciaba en la intimidad acariciándose el vientre. También me acostumbré a oírlo cuando discutían sobre el color de las paredes de mi futura habitación o sobre qué carrera debería estudiar de mayor. Mi padre quería Ciencias Políticas. Mi madre prefería algo más holístico. Supongo que los decepcioné a los dos. A los tres, en realidad, si tengo en cuenta al abuelo Rafael.

Dejó ir la mirada vidriosa por la plaza desierta.

—No es tan grave —reflexionó—. Uno se acostumbra a decepcionar a los padres, incluso antes de nacer. Aprendes a ser arma arrojadiza cada vez que se gritan por una nimiedad que tiene que ver con tu futura venida al mundo, o el día que tu padre, en un arrebato de sinceridad del que se acabará arrepintiendo, confiesa que no se siente preparado, que es muy joven para ser padre, que nunca pretendió que las cosas fueran tan rápidas. Se mencionará, claro, la posibilidad de abortar. Un nombre también es una expectativa que quizá, voluntaria o involuntariamente, acabe no cumpliéndose. Y si naces, te echarán la culpa por su matrimonio infeliz, porque ellos no estaban casados antes de que nacieras, ninguno de ellos admitía creer en esas convenciones, el amor no necesitaba de la burocracia para existir y blablablá..., pero lo acabarán haciendo *por tu bien*. Razones prácticas, impuestos, deducciones, protegerse ante una posible adversidad venidera. Mis padres se casaron un día entre semana y en horario laborable. Pensaron que así su derrota se parecía a la rebeldía...

Hundió un poco más los ojos en lo profundo de las cavidades. Había algo en la forma de su cráneo que hacía pensar en un neandertal. Uno que jugaba al ajedrez y escuchaba óperas con cierto regusto de épica nacionalista. Demasiado para el nieto de un comunista.

—De haber sabido en lo que me acabaría convirtiendo, me pregunto qué habrían hecho esas dos buenas personas, pequeñoburgueses y revolucionarios de salón. ¿Dejar de alimentarme, arrojarme a un pozo, darme en adopción, quizá ahogarme mientras dormía en la cuna? Probablemente.

Julián levantó las manos con ademán fatalista. Tuvo la tentación de consolar las desgracias de Rafael, pero se contuvo a tiempo. La verborrea de Rafael era como una nube de verano, tan pronto aparecía y descargaba con furia como desaparecía sin más.

—Bueno, ¿y qué querías? —dijo, poniéndose en pie como si de repente se acordara de que tenía un negocio que atender.

—Quería usar tu ordenador. En el pantano no tengo cobertura.

Rafael le guiñó un ojo.

—Y necesitas bajar a la civilización para hablar con tu novia italiana. ¿Otra charla sobre Springsteen y Kubrick?

Julián se incomodó.

—No es lo que crees.

—Yo no creo nada. Solo digo que el siglo de las relaciones epistolares llegó a su fin con las compañías *low cost*. Podrías andar disfrutando con esa chica en una playa de Pulla en dos horas y aquí estás, agonizando junto a un tipo, yo, que ni siquiera estás seguro de que te caiga bien.

—Hay distancias más largas de lo que pone en un mapa.

—Lo que tú digas, poeta. Anda, pasa. El ordenador está abierto.

La chica italiana no era italiana. Laura Cervini era Clara Fité. O lo fue tres años atrás. La razón por la que seguían manteniendo aquella correspondencia esporádica era un misterio para Julián. Quería conservar ciertos vínculos con el pasado para no olvidar por completo quién había sido, era lo único que se le ocurría.

Abrió el correo y encontró un mensaje de @LauraCerviniMarinaros76, de hacía tres días:

> Hola, Julián:
>
> He leído el libro de Michael Freeman que me recomendaste. Las fotografías son de una belleza sin aspavientos, elegantes y llenas de emociones sutiles. Ojalá fuera capaz de volver a tener esa mirada sobre las cosas, pero no lo consigo. Paseo con mi cámara por Bari, buscando una historia, sin sacudirme la sensación de que los demás duermen y no sé cómo despertarlos. Ni siquiera sé si debo hacerlo. Puede que sea mejor así, que sigan con sus vidas de sonámbulos.
>
> He intentado volver a escribir, sobre cualquier cosa, las oleadas de inmigrantes que llegan a Lampedusa, los casos de corrupción de Berlusconi, la persecución a Saviano, el joven que ha escrito un libro sobre la mafia, pero no soy capaz de conectar en profundidad con nada, como si viera en cada deseo, en cada conversación, en cada disputa, la absurda fragilidad que lo envuelve todo. Este mundo que los demás dan por cierto no es más que una pompa de jabón, nosotros lo sabemos. Cualquier cosa puede dejar de existir con un chasquido de los dedos.
>
> Supongo que esa es la herencia de lo que nos pasó. Con lo que tenemos que vivir.
>
> Ayer cumplí 26 meses sin meterme nada desde la última recaída. Supongo que eso contradice mi fatalis-

mo. La librería sigue abierta, no da para mucho, pero es bonita. Creo que a Waldo le gustaría. Por las noches, cuando tengo pesadillas, bajo a bañarme al Pontile y algunas veces me quedo a dormir en la playa; eso me relaja. He conocido a alguien, no es nada serio, pero a ratos me agrada la compañía masculina. Me pongo en bucle el vídeo del concierto del Boss en Udine, sigo pensando que en *La naranja mecánica* hay algo que chirría y soy incapaz de terminar las novelas de Ferrante. Ya ves que, por alguna razón y a pesar de todo, sigo peleando por esta mierda de vida.

Cuéntame cómo es la tuya entre las montañas. Parece un lugar hermoso. Me gustaría visitarte alguna vez allí y averiguar si es cierto que el gran inspector Julián Leal se dedica ahora a la horticultura y a la cría de gallinas. Y siento curiosidad por ese nuevo amigo tuyo, Rafael.

Te echo de menos. Nunca olvido lo que arriesgaste y perdiste ayudándome.

Clara

Julián releyó la última frase. De una manera u otra, todos los afectados por su decisión seguían pagando las consecuencias. Clara viviendo clandestinamente, aterrada y mirando siempre a sus espaldas, Soria ninguneado y desterrado en Lanzarote, Virginia abandonando su vocación de policía y su brillante futuro para ceder al chantaje de su padre y trasladarse a Estados Unidos, divorciada, rota por dentro... Tantos sacrificios..., ¿para qué? Para salvar lo que se podía, por sentido del deber, se repetía. Pero no era del todo cierto. Hizo lo que hizo porque creyó que era mejor que todos ellos, que la causa está por encima de los sentimientos, que el valor le eximía de las consecuencias.

No fue altruismo, ni generosidad de corazón ni decencia. Fue vanidad. Fue orgullo. Destrozó a cuantos le querían para vencer. Por eso comprendía, y disculpaba, que Virginia no hubiera ido a visitarle ni una sola vez a la cárcel en aquellos tres años. Que no respondiera a sus llamadas ni contestara a sus correos.

Escribió un par de frases en respuesta al mensaje de Clara, pero estaban vacías y las borró. Salió del mail y como un autómata abrió la web de CITRAOR-COMPANY en su sede de Nueva York. En la *home* de la compañía aparecía la imagen del fundador, Armando Ortiz, y de la nueva CEO de la división de Estados Unidos, Virginia Ortiz. Padre e hija posaban frente a la sede corporativa, un edificio de cristales oscuros y una pequeña pradera de césped artificial. Ambos sonrientes —una sonrisa que solo habría sido posible tras varias intentonas del fotógrafo y que, aun así, resultaba demasiado artificial—, él con un traje oscuro y ella de escorzo, en una especie de taburete colocado al lado de un parterre con un traje marengo que la favorecía.

Julián amplió la imagen. Era reciente, de un año atrás. Virginia estaba igual, pero diferente. El cambio solo era perceptible si se la había conocido antes. La mirada un poco más vacía, las manos entrecruzadas sobre la rodilla alzada en el reposapiés, buscando una sensación de ligereza que quedaba forzada. No era feliz.

10

Washington Square, Nueva York

«Mi madre es una hija de puta. Ojalá se muera pronto.»

Desde el divorcio, la tribu se había escindido. Sara, la mayor, a favor de su padre y de su abuelo, una contradicción que ella resolvía con un encogimiento de hombros; Ana, la pequeña, más bien a favor de su madre, aunque en un papel no beligerante —como España en las dos grandes guerras, habría apuntado Soria—. Sara odiaba Nueva York y deseaba volver a Barcelona. Ana solo hablaba en inglés y fingía ser descendiente directa de Lincoln. Sara usaba camisetas de los Sex Pistols, fumaba tabaco de liar y tenía un póster de Anne Frank en su cuarto. Ana estaba enganchada a la comedia de *Sexo en Nueva York*, quería votar por los republicanos, creía que Obama era el anticristo y se enfurecía cada vez que su hermana insinuaba que lo del 11S fue un montaje de los Bush.

No hacía falta ser grafóloga forense para saber cuál de las dos había escrito esa nota. Ana no podría haber escrito algo así, demasiado comprometido, demasiado significado. Nunca se habría puesto en una tesitura en la que arriesgara algo.

Sara sí, ella era la sanguínea, la que se dejaba llevar por el impulso de las entrañas, sin calcular, sin importarle lo que vendría después.

—Mi hija mayor me odia, papá —dijo al teléfono, con la nota todavía entre los dedos—. Y lo peor es que no sé por qué.

La voz de su padre sonaba somnolienta. Virginia no había tenido la precaución de comprobar la hora en España.

—Es algo por lo que pasamos todos los padres. Tú también eras una rebelde a su edad. No le des mucha importancia. Se le pasará.

—Dice que quiere volver a Barcelona, a vivir con Luis. Lo hace para castigarme.

La mención del exyerno provocó la reacción de alerta en su padre. Nunca había soportado a Luis, y había hecho todo lo que estaba en su mano para sacar a ese «gafapasta inútil» de sus vidas.

—Ni hablar. Tienes que impedírselo.

—¿Cómo? Pronto será mayor de edad. Me lo recuerda cada día: puede hacer lo que le salga de los ovarios. Es su chantaje preferido.

Armando Ortiz se tomó su tiempo. Fuera la hora que fuese en España, se había despejado y los engranajes de su cerebro ya estaban trazando una estrategia alternativa.

—¿Por qué no la mandas aquí una temporada, si es lo que quiere? Pero no con su padre, sino conmigo. La llevaré a la casa del Empordà, le sentará bien. De niña le encantaba ir allí. Saldremos de pesca, quizá vayamos al coto de caza, a cobrar unas piezas.

—Odio la caza, y lo sabes. Y si conocieras mejor a tu nieta, sabrías que ella también. Al menos, en eso nos parecemos.

Cuando tomaba una decisión, Armando Ortiz nunca cedía, ni un milímetro, aunque lo pareciera. Jamás aceptaba un no por respuesta.

—De acuerdo, nada de escopetas. Iremos a montar a caballo, a hacer senderismo, lo que sea... Yo la haré recapacitar. Nos llevamos bien. Tú tienes otras cosas de las que ocuparte.

«No lo puede evitar —pensó Virginia—: hacerme daño, herirme. Tiene que recordarme que él lleva las riendas, porque yo sigo siendo una cría a sus ojos.»

—¿Insinúas que mis hijas son un problema o una carga para mí?

—No insinúo nada, Virginia. Lo que digo es que ahora tienes que centrarte en lo que está pasando en esa maldita filial de Lanzarote. ¿Cómo vas a afrontarlo?

—Estoy elaborando la mejor estrategia posible, ¿de acuerdo? No me presiones.

—La presión va con el cargo, hija. Ya no estás en la policía. Ahora se trata de ti, de tu familia y de nuestro patrimonio. Soluciona lo del incendio y yo me ocuparé de mi nieta.

—¿Por qué siempre buscas una transacción en cualquier cosa que haces o dices?

—¿Eso es lo que hago? —Se escuchó una respiración de fastidio, de impaciencia—. Creía que esta conversación iba de Sara, no de ti y de mí. Pero si lo que te apetece es desahogarte, adelante. Soy todo oídos.

Virginia sabía que su padre dejaría el teléfono de lado y que fingiría escuchar mientras consultaba en el ordenador la apertura de los mercados de valores. Podía imaginarlo en el despacho de grandes vitrales, desde los que se veía el jardín que su padre nunca pisaba, mero decorado, la tulipa verde del escritorio junto a ese inquietante cuadro de un ciervo acosado por una jauría. De niña tenía pesadillas con esa pintura y con la cabeza disecada del jabalí que colgaba en la pared, junto al estante con los trofeos de caza y las fotografías en el coto con un septuagenario Franco, un joven Juan Carlos I, presidentes de Gobierno, presidentes del Consejo General del Poder Judicial, banqueros...

Ni una sola fotografía de su esposa o de su hija en aquel despacho.

—Papá, ¿yo era así de cabrona contigo o con mamá?

—Tenías tus momentos. Todavía los tienes.

Esa no era una respuesta. O sí lo era.

—Yo no te odio.

Si hubiera podido, habría visto a su padre sonreír con un deje de tristeza.

—Lo sé, aunque tal vez deberías.

—¿Por qué dices eso?

—Querías ser policía y yo te obligué a renunciar. Al final te he convertido en la parte de mí que detestabas.

Todo un arranque de sinceridad que cogió a Virginia desprevenida. Por alguna razón, probablemente por lo inusual, eso le causó un nudo en la garganta.

—No se está tan mal.

Si su padre había cedido un segundo, fue un mero espejismo. Su voz recuperó la frialdad de costumbre.

—Te gusta. Acéptalo. El poder, el dinero, la influencia. El mando. Estás hecha para esto, para los negocios. A fin de cuentas, llevas mi sangre.

—Pensándolo mejor, a veces sí te odio.

—Bien; que no decaiga. Deja que yo hable con Sara. Lo solucionaré. Eso es lo que a mí se me da bien.

—Comprar a la gente que quieres.

—Resolver conflictos. Mediar y llegar a acuerdos beneficiosos para todas las partes.

—Sobre todo para ti.

Su padre chasqueó los labios. Le acababa de llegar un aviso.

—Sobre todo, y por encima de todo, para la familia, Virginia. No lo olvides. Soluciona el problema de Lanzarote o me ocuparé yo.

La noticia no tuvo eco en los medios estadounidenses. Nadie sabía dónde estaba esa pequeña planta de producción en Lanzarote. Virginia tampoco debería haberse preocupado. No conocía a ninguno de los ciento cuarenta y cuatro trabajadores despedidos. No podía considerarse responsable de la tragedia por el hecho de que, tras una telaraña de sociedades interpuestas, esa planta dependiera finalmente de CITRAORCOMPANY y que, por tanto, los ciento cuarenta y cuatro despidos fueran cosa del *holding* que dirigía su padre. Ni siquiera sabía lo que fabricaban allí.

¿Por qué estaba tan afectada, entonces? No dejaba de ver en bucle las noticias que se publicaban en España. Sentía que estaba ahí, entre la espuma de los bomberos y los amasijos de hierros, en ese infierno de explosiones, frente a las bolsas forenses con los cadáveres calcinados o lo que quedaba de ellos, pies, manos, brazos y cabezas metidas al tuntún en esas bolsas grises con premura.

Ocho fallecidos en el incendio.

En el trabajo nadie le preguntó nada ni se asombró al verla aparecer por la puerta como cada mañana. En la sala de reuniones, sus compañeros seguían discutiendo y usando tecnicismos como quien chupa y escupe caramelos de menta, *common stock*, *outstanding shares*, *accretion*, *shareholders*, como si nada hubiera pasado. Donald escribía números, gráficos, flechas y curvas en la pizarra con uno de esos rotuladores de trazo contundente. Morgan se quitó las gafas de pasta y se frotó los párpados con fuerza como si él solito estuviera resolviendo la crisis de los misiles de Cuba. Patty hacía preguntas que resultaban tan pertinentes como superfluas.

Sentada en la cabecera de la mesa, Virginia se preguntó cómo era posible que a nadie le importara.

—¿Qué estabais haciendo vosotros? —preguntó de repente, interrumpiendo la reunión—. Exactamente ayer a las 00.11 hora insular, la 01.11 en España, las 19.11 en Nueva York... Decidme, ¿qué hacíais vosotros mientras esa gente que trabajaba para nosotros se abrasaba?

Sus compañeros la miraron sin comprender a qué se refería, entre la perplejidad y la desconfianza. Virginia se había ganado fama de ser una buena gestora, tenía iniciativa, no se limitaba a un papel meramente decorativo como hija del gran jefe, pero quien más quien menos había sufrido sus repentinos ataques de cólera española.

—A ver si adivino —dijo, paseando lentamente la mirada por cada uno de ellos—. Donald, repasabas un balance que sabías que estaba bien, porque prefieres estar aquí que en tu lujoso y vacío apartamento del Soho. Morgan, tú debías de estar hablando por teléfono con tu novia, la traductora china a la que le llevas veinte años y que te manda fotos íntimas que luego compartes con los demás. En cuanto a ti, Patty, seguramente estabas en el baño, haciéndote una paja pensando en ese idiota de la tercera planta al que te estás tirando, aunque esté casado y tenga tres hijos... Y así seguís con vuestras vidas, como si no hubiera pasado nada anormal en ellas.

El silencio se adensó hasta volverse venenoso. Nadie entendía a qué venía aquella ofensiva tan brutal en todos los frentes. ¿Es que la jefa se había vuelto loca?

Virginia desvió la atención hacia una de las ventanas. Estaba lloviendo y habría sido lo mismo si luciera el sol. ¿Qué realidad era más real? ¿Lo que ocurría dentro o lo que ocurría fuera? ¿Qué psicópatas eran peores, los sicarios mexicanos, los violadores de niños, o los hombres y mujeres con trajes de mil dólares y una piedra en el pecho?

—¿Dónde coño me he metido? ¿Para esto dejé la policía, para engordar este sistema de mierda?

Una voz tímida se abrió paso hasta ella desde el rincón más invisible de la sala:

—Jorge Colmado Blumer. Lo llamaban Pastilla.

Todos los rostros se volvieron hacia ese rincón, ocupado por un hombrecillo exiguo que se ajustó las gafas en el puente de la nariz y buscó en su dosier cifras, números, informes.

Virginia lo examinó con curiosidad:

—¿Cómo dices?

—Es el nombre del empleado despedido que ha lanzado el artefacto incendiario en la planta de Lanzarote. Llevaba trabajando en la empresa veintidós años, era oficial de primera, cuarenta y seis años, casado, con cuatro hijos entre los seis y los quince años. Su mujer trabaja como asistenta del hogar sin contrato.

—¿Y tú eres...?

—Norman Hill, señora. Analista.

Normalmente, a Norman le bastaba con escuchar y asentir, escribir algo de vez en cuando en el bloc de notas y hacer un uso moderado de la palabra. No necesitaba que le recordasen el lugar que le correspondía: cerca, pero sin molestar, visible, pero con poca presencia, merodeando en la periferia de las grandes decisiones sin intervenir en ellas, a menos que se le pidiera su opinión de analista. Riesgos, anticipaciones, algoritmos. Y si eso ocurría, se esperaba de él concisión, que se ciñera al asunto y lo resolviera sin titubeos; pero incluso entonces percibía que su opinión era poco menos que irrelevante y soportada con cierta impaciencia por parte de los demás. Eran ellos los que hablaban y no paraban de hablar, y todo lo que decían tenía la entonación necesaria para parecer muy importante.

Nada de ello habría importado de no ser porque, además de obsesivo y metódico, Norman Hill sentía una extraña predilección por las tragedias colectivas. Accidentes aéreos, naufragios, derrumbes de edificios, choques de trenes, incendios, matanzas aleatorias... Recopilaba datos para entender si el azar era una ley universal o simplemente una concatenación de circunstancias desgraciadas.

Virginia lo miró fijamente. Era imposible saber lo que estaba pensando. Norman Hill había sido invisible hasta ese momento, había estado fuera de su radar. Pero ahora que lo había *visto*, los antiguos mecanismos de la expolicía se pusieron a funcionar automáticamente.

—Acompáñame a mi despacho, Norman.

11

—¿Va a despedirme, señora?

—¿Por qué crees eso?

Norman se tocó instintivamente la frente, como si su jefa le hubiera leído fragmentos de pensamiento y quisiera ocultar el resto. Las razones se acumulaban con rapidez en su mente: había interrumpido la reunión sin que nadie se lo pidiera, dejando en evidencia a todos los miembros del equipo delante de la jefa, eso solo empeoraba su situación y ponía de relieve que no encajaba con el resto; necesitaban a alguien más ambicioso y a ser posible con mayores habilidades sociales y que no tartamudease al hablar o se sonrojara como un capullo al amanecer. De modo que se había preparado para la eventualidad y había decidido que no protestaría ni pelearía por las condiciones del despido. Ni siquiera se concedería el desahogo de escupirle a su jefa lo que pensaba de CITRAORCOMPANY y de esa caterva de esclavos desalmados que la seguían a todas partes, aunque la rajaran sin piedad a sus espaldas. Simplemente se conformaría con firmar lo que le pusieran delante, recoger sus cosas y marcharse sin pena y sin alegría.

Virginia esbozó el borrador con rapidez: Norman Hill era bastante pusilánime, pero tal vez no siempre hubiese sido así; debía de haberle pasado algo para encogerse de esa manera y tenerle miedo a todo. Treinta años, posiblemente licenciado en Económicas o en una escuela de empresa del Medio Oeste, quizá con una beca. Sin experiencia corporativa. Este debía de ser su primer empleo importante. Probablemente lo había enchufado el delegado de una sucursal, la de Chicago o la de Columbus, alguien con mano para hacer que su currículo pasara a lo alto del montón y con los contactos necesarios para que lo contrataran en la central y colarlo como sombra invisible en las reuniones ejecutivas.

Más tarde se ocuparía de corroborar si estaba en lo cierto. Ahora tenía otra urgencia.

—No voy a despedirte, Norman, si me ayudas a entender un par de cosas.

Norman Hill parpadeó desconcertado.

—¿Qué cosas?

—Para empezar, el nombre de ese empleado que ha causado el incendio en Lanzarote, sus circunstancias familiares... ¿Dónde has recabado esa información?

Un fogonazo de orgullo en esa mirada pequeña. «De modo que tienes vanidad, te gusta el reconocimiento.»

—Parte es de dominio público, lo demás lo he encontrado investigando en los archivos del personal de la planta y en las declaraciones de los investigadores contratados por su padre.

—Eso es material reservado.

—Nuestro sistema de seguridad informática es bastante poroso, por decirlo suavemente. En cualquier caso, nadie parece muy preocupado por este asunto concreto. Ningún mensaje está cifrado. Cualquier empleado de nivel medio puede acceder fácilmente a los expedientes.

—Y tú eres un empleado de nivel medio. La pregunta es: ¿por qué un analista de riesgo financiero se toma tantas molestias?

De nuevo la sombra del temor, la duda, la inseguridad. Norman Hill llevaba meses sin echar un polvo, Virginia estaba segura. Era un joven relativamente atractivo, bastante si se le miraba con cierta intención, pero le asustaban las mujeres y no trasnochaba.

—No pretendía espiar a la empresa.

—No he dicho tal cosa, o tal vez sí... ¿Pretendías espiar a la empresa? ¿Quieres comprometernos, Norman?

Norman juntó las rodillas como si le estuvieran apretando las pelotas.

—No.

El cuadro se iba perfilando, añadiendo matices. Norman Hill hacía el mismo recorrido cada día entre su casa y el trabajo, en transporte público, probablemente desde Nostrand Avenue. En la oficina sonreía, fingía que todo era necesario, y volvía a casa con sensación de alivio. Se esforzaba realmente, llamaba de vez en cuando a los amigos de la Facultad de Económicas, a su madre, visitaba en vacaciones la tumba de su padre en Milwaukee, Ohio, Indiana o donde tuviera el hogar de la infancia, celebraba aniversarios de sobrinos cuyos nombres no recordaba, sacaba al perro a pasear y saludaba a los vecinos que también sacaban a sus perros, mantenía el físico a raya, iba de vez en cuando al gimnasio, sin mucha regularidad, cierto, pero bastaba para tener el cuerpo tonificado, y sudaba lo suficiente como para crear la ficción de que no había tirado la toalla definitivamente. Unas pocas canas salteaban su cabello oscuro y bien peinado, aunque últimamente había empezado a mirarse de reojo en el espejo. Cada noche dormía menos y peor; aun así, era capaz de fijarse horarios razonables y objetivos que anotaba en una pequeña libreta: leer el ensayo pendiente en la mesita desde hacía semanas, ver una película de David Lynch, controlar la adicción a los vídeos porno... En definitiva, cumplía con su parte lo mejor que podía, pero sentía que no era suficiente.

Un perfeccionista cargado de frustración.

—¿Y bien? Repito la pregunta. ¿Por qué te interesa tanto este tema?

Norman enrojeció.

—Curiosidad por los desastres. Siento curiosidad por los desastres en los que muere un número significativo de personas.

¡Coño!, se alarmó Virginia. Aquel tipo era bien un Patrick Bateman, bien un Ignatius J. Reilly. Ambas opciones resultaban inquietantes. De repente, el cuadro costumbrista que estaba dibujando adquirió tonos más oscuros.

—Una afición morbosa. ¿Tienes alguna más? ¿Matar gatos, por ejemplo?

Norman acumuló un poco de coraje. Incluso irguió la espalda en la silla.

—No estoy loco, ¿sabe? Ocurren demasiadas cosas que se achacan a la casualidad, y necesito darles un sentido lógico.

Virginia entornó los párpados. Esa frase, palabra por palabra, podría haber salido de su excompañero Julián Leal.

—¿Por ejemplo?

—El volcán Monte Pinatubo en 1991, la inundación de Santa Fe en 2007... ¿Por qué ahí y no en otro lugar? ¿Por qué esas personas y no otras? Incendios, huracanes, accidentes aéreos, desastres químicos, atentados... En el mismo lugar y en el mismo instante unos perecieron y otros sobrevivieron. ¿Por qué?

Virginia lo diseccionó de arriba abajo.

—Aceptar la fatalidad como elemento incontrolable no es algo que estés dispuesto a considerar, por lo que veo.

—Fatalidad, suerte, azar, casualidad... Son nombres que le damos a lo que no podemos comprender, pero funcionan con una lógica. Estoy convencido.

Controlador, reprimido, detallista, elusivo y furioso; un montón de prejuicios que cargarle. Tantos que parecía sacado de uno de los libros de su amiga, abogada y experta en conductas criminales, Paz Velasco. Virginia le había consultado en el pasado, y los perfiles de Paz casi siempre habían sido acertados: con ciertos marcadores, las tendencias son muy claras; no ves por dónde saltará la olla a presión, pero tarde o temprano lo hará. Esa gente es inestable como un barreno de nitroglicerina. Tal vez. Pero si algo sabía Virginia de los clichés es que siempre hay una excepción a la regla. Y su intuición le decía que, herido o marcado, aquel joven asustadizo no era un peligro. A fin de cuentas, ella misma podía encajar también en esa misma categoría explosiva. Pensó en la nota que había encontrado en el cuaderno de Sara. Quizá su hija mayor tenía razón, tal vez era una auténtica hija de puta, manipuladora, iracunda, una cuarentona amargada y odiosa. Una olla a presión a punto de reventar. Sin nadie con quien hablar de las heridas del pasado, de matrimonios fallidos, de horrores vistos durante sus años en la policía, de la culpa por haber dejado tirado a su mejor amigo cuando este más la necesitaba.

—¿En qué año naciste, Norman?

Norman Hill parpadeó muy rápido, sin entender.

—¿Por qué lo pregunta?

—Porque quiero una respuesta.

—En 1978, el cinco de diciembre a las 02.15, si le interesa. Concretamente en el Fostoria City Hospital, Ohio.

Virginia anotó mentalmente el dato.

—Todo un sagitario. Mi marido era sagitario.

Norman titubeó.

—No creo en esas cosas.

—¿Qué cosas?

—Los horóscopos, las estrellas, las cartas astrales —murmuró, negándose a mirarla a los ojos.

—Claro, prefieres las matemáticas. Supongo que, puestos a elegir, uno escoge creer lo que le favorece.

—Prefiero los hechos comprobables, si es lo que me pregunta.

—¿Nunca te ha leído la mano una adivina? Si pagas bien, te dicen lo que quieres oír. A mí una me dijo hace muchos años que sería toda la vida feliz con un sagitario, pero ya ves: resultó que yo era la rana y él el escorpión.

—No sé qué significa eso.

Virginia decidió que era el momento de dejar de torturarle.

—No importa... El oficial que despedimos de la planta de fabricación de Lanzarote, el tal Jorge Colmado Blumer. ¿Qué más puedes decirme?

Norman Hill se animó un poco. Se sentía seguro en el terreno de los datos y no en el de las especulaciones cabalísticas. Lo tenía todo anotado en su libreta, que abrió como un misal entre las rodillas.

—El incendio se provocó con un artefacto casero. En esencia, una bombona de camping gas con un rudimentario sistema de ignición. Podría haber fallado muy fácilmente, y en caso de haber estallado en una zona abierta los daños de la deflagración no habrían sido tan devastadores. El problema fue que, al lanzarlo desde fuera, por una de las ventanas, Colmado no pudo calcular dónde caía. Lo hizo desgraciadamente cerca de una turbina de calor del horno donde se seca la pintura de los largueros. Eso multiplicó el efecto. En realidad, fue la propia deflagración del horno lo que causó las ocho muertes... El informe de los bomberos es muy detallado.

—¿Y cómo has accedido a ese informe si yo no lo he visto?

—Ya le he dicho que la información de la empresa, aunque reservada, es accesible con relativa facilidad si uno sabe dónde mirar y quiere hacerlo —dijo con un atisbo de orgullo.

Virginia tensó el cuello. «¿Me está reprochando falta de interés? Sí, el muy cabrón me está juzgando. Cree que, pese al numerito de la sala de reuniones, lo único que me importa es la reputación de la empresa.»

—¿Qué más? —preguntó con sequedad.

—Jorge Colmado Blumer se suicidó cinco horas después. Saltó desde la azotea del edificio donde vivía con su familia cuando la policía iba a detenerlo.

Virginia le pidió al chófer de la empresa que la dejase a una manzana de casa. Necesitaba caminar un poco para despejarse. Anochecía, y caía sobre Manhattan una lluvia sucia, incapaz de hacer crecer nada entre las grietas del hormigón. En su cabeza el tiempo parecía una lenta y pesada lengua de alquitrán. Se dio cuenta de lo mucho que detestaba aquella ciudad, su ajetreo, su supuesta modernidad. Toda esa gente y, sin embargo, tanta soledad. Alzó el cuello de la gabardina y hundió la barbilla en el pecho para cruzar la calle saltando de charco en charco con una danza torpe que no evitó que se empaparan los zapatos y el dobladillo de los pantalones. Al llegar a la otra acera estuvo a punto de resbalar. Por suerte nadie se fijó en su ridículo palmoteo en el aire para mantener el equilibrio, excepto un maniquí que la observaba sin ojos en un escaparate. Virginia sintió una tristeza inexplicable ante aquella cabeza lisa, con los labios apenas esbozados y las orejas sin relieve.

Aquella noche, durante la cena, escuchó las noticias en el canal internacional de la CNN. De vez en cuando levantaba los ojos del plato y observaba con la expresión ausente el recorte que era ahora su vida, la casa vacía —Ana pasaba la noche con unas amigas y Sara se había marchado aquella misma mañana a España sin despedirse—, los muebles fríos, los cristales dobles que dejaban el ruido fuera. Estar allí sentada y sola era no estar en ningún lugar, hallarse en una caja de resonancia donde se multiplicaban las ausencias: su exmarido Luis, sus hijas, Soria, Julián... ¿Dónde habían ido todos? ¿Y dónde estaba aquella Virginia, la subinspectora que iba a cambiar el mundo? No lo sabía. Ya no estaba ahí. Lo que quedaba de ella estaba guardado en un estuche de madera que raramente abría ya: la medalla al mérito policial. Le dolía mirarla, tocarla. Le recordaba que hubo un tiempo en que pudo ser otra persona, que lo fue, en realidad: cuando era decidida pero sabía cuándo parar, cuando tenía principios, límites que ella misma se imponía y que se negaba a traspasar.

La echaba de menos. Se echaba de menos a sí misma.

Norman Hill veía desde la ventana la iglesia de Santa Isabel, en la calle 187. En el muro de un descampado, nadie se atrevía a demoler el retrato de Ron Perlman en *Crónicas mutantes* que había hecho un artista callejero. Su apartamento no era ni muy grande ni muy pequeño, el promedio que se suele asociar a gente de clase media con aires de ser más de lo que se es, pequeñoburgueses esperando en la puerta de la grandeza. Ordenado, limpio, aséptico y sin mucho espacio para los secretos o la intimidad. Aun así, en el pequeño trastero junto a la galería de la cocina disponía de un pequeño armario metálico cerrado con candado. No había mucho que esconder, ninguna infidelidad, ninguna perversión vergonzante, ni siquiera un pequeño vicio. Solo la caja de herramientas, cables de pequeños electrodomésticos, restos de alguna reforma, listones sobrantes de parqué, un bote de pintura verde manzana, bombillas, pilas, una taladradora... Nada en lo que alguien quisiera meter las narices.

Nadie se habría fijado en la pequeña caja de caudales en la balda inferior. Cada noche, al regresar al apartamento, se aseguraba de que seguía ahí.

—Pronto llegarán las respuestas —murmuró, acariciando la superficie oxidada antes de devolver la caja a su lugar.

Para sobrevivir a la soledad, Norman Hill había aprendido a aburrirse sin miedo. La cena había sido penosa, como de costumbre, y le reconfortó chafar patatas hervidas y judías con el tenedor como hacía cuando era un crío. Más tarde, se parapetó tras las páginas de la novela que estaba leyendo, imaginando que él era la tortuga que, como los Joad, también se dirigía al sur. Le habría gustado saber cómo terminaba esa historia de *okies*, qué pasaba entre la tortuga y Tom, pero al cabo de unos minutos se dejó caer en el sillón, apagó la lámpara de la mesita y se quedó un minuto recostado, observando la oscuridad imperfecta. Su rutina se había visto alterada y eso le causaba desasosiego. Ni siquiera cerrando los párpados y hundiendo los ojos en el cráneo con los pulgares era capaz de dejar de pensar en el interrogatorio al que le había sometido su jefa.

No sabía qué pensar. No sabía qué estaría pensando ella. «Que eres un bicho raro, un gato verde, una cabra con dos cabezas. Un incompetente...» Escuchó el silencio, la ausencia de los sonidos habituales durante el día, sustituidos ahora por otros mucho más sutiles: la caldera encendiéndose con una brevísima explosión al final del vestíbulo, junto a la galería del lavadero, el goteo de la cisterna en el aseo. El crujido de la piel sintética del sofá.

No lo era, se repitió. No era un bicho raro. Solo veía lo que otros ignoraban. Lo evidente. Lo que estaba a la vista, pero nadie percibía. Junto a la mesita tenía la libreta con todo lo que había podido averiguar sobre ese trabajador español. Se preguntó qué habría sentido al arrojarse al vacío. No podía sacarse esa idea de la cabeza. Tenía que saberlo.

Al cabo de unos minutos, se levantó del sofá, se puso el abrigo y recorrió descalzo el pasillo. Siempre colocaba los zapatos junto al felpudo de la entrada, como solían hacer sus padres y su hermano Edward. Cogió las llaves y subió a la azotea.

El cielo goteaba y la ropa tendida que no se había retirado a tiempo colgaba de las cuerdas. Norman se acercó hasta la barandilla y miró abajo. ¿Cómo lo había hecho Colmado? Probablemente encaramándose a la cornisa y dejándose caer. No había saltado, eso no. Simplemente debía de haber abierto los brazos, cerrado los ojos y permitido que la gravedad le reclamase. Si calculaba bien, no caería en una de las terrazas interiores del entresuelo.

Siempre imaginaba que los suicidas se arrojaban al vacío con los ojos cerrados. Quizá era demasiado hacerlo, saltar, con los ojos abiertos.

Norman se encaramó a la cornisa. Obligándose a mirar abajo. Sentía la brisa en el rostro, la punta de sus pies asomando al vacío, su respiración, extrañamente tranquila. Imaginaba otra cosa, que morirse, aunque fuera por decisión propia, le sumiría en el pánico y la confusión. Pero solo pensaba en la soledad de los muertos que no se sabe a dónde van. Estaba seguro de que a Colmado no le había flaqueado la determinación, seguro que no había sentido ninguna clase de miedo. Simplemente había abierto las manos y había permitido que la gravedad se lo tragara. A veces un suicidio es una acusación.

El teléfono vibró en el bolsillo del pantalón y sacudió a Norman. Retrocedió despacio, mirando al vacío como si no entendiera qué demonios había estado a punto de hacer.

El número era desconocido. Era tarde para llamadas desconocidas. Aun así, descolgó.

Era Virginia.

—¿Has estado alguna vez en Lanzarote, Norman?

—Nunca he viajado a Europa.

—Eso no es *exactamente* Europa. Aunque nominalmente sí lo es.

—No sé si la entiendo.

—Ya lo entenderás. Haz las maletas, te vienes conmigo.

12

Haría, Lanzarote

En el jardín delantero jugaban los dos pequeños con el perro del vecino. Ese chucho siempre se las apañaba para saltar el murete y rascar en la puerta hasta que los chicos salían a saludarlo. Dentro de la casa, Miriam escuchaba su programa de radio favorito en la cocina. Román podía verla en el recuadro de la ventana, moviendo la cabeza, sumida en sus propios pensamientos mientras preparaba la cena.

Le gustaba su mundo. No quería perderlo. Pero la visión de Vesna desnuda lo expulsaba de esa imagen fija de felicidad. Ni siquiera era capaz de decir por qué lo había hecho. Ni siquiera estaba seguro de que ella le deseara realmente. Simplemente, ella le había cogido de la mano y llevado a la cama, como quien cede a lo inevitable. Sin verdadero entusiasmo. Como si él no fuera distinto a otros usurpadores que habían querido poseerla.

Pero él era diferente. ¡Quería serlo! No era un depredador que venía a saquear un cuerpo. No buscaba eso. Entonces, ¿qué coño buscaba? Quería a su mujer, sentía devoción por sus hijos. No hubiera traicionado nada de eso por un pedazo de carne. No si hubiera podido evitarlo. Eso quería creer.

—Román. —Miriam estaba a su lado y ni siquiera la había visto llegar. Lo miraba con incertidumbre—. Hay un policía fuera. Pregunta por ti... ¿Ocurre algo?

Había una cafetería a las afueras del pueblo, en una gasolinera de la carretera. Román quiso evitar la conversación en casa, con su pareja y los niños a la vista.

—Oiga, no puede venir a mi casa y asustar a mi familia.

—Solo esperaba que pudiéramos charlar un poco más.

—Ya le dije cuando vino al hotel todo lo que sé de Vesna.

—Sí, me lo dijo. Pero ahora sabe un poco más, ¿verdad? En el hospital me han dicho que su amiga pidió el alta voluntaria. Alguien fue a recogerla. Usted.

Román retorció los dedos.

—No tiene más amigos aquí. Me llamó y le hice el favor.

—Todo un buen samaritano... ¿A dónde la llevó, exactamente?

—A su casa, en Punta Mujeres.

—¿Y no le pareció raro encontrar el apartamento saqueado? ¿No se le ocurrió llamar a la policía?

Román enrojeció.

—Eso no es asunto mío. Yo la dejé allí y me marché.

Soria movió la cabeza.

—Tampoco debe de ser de su incumbencia que Vesna no haya vuelto por el hotel, ni siquiera a recoger la liquidación. Sin despedirse, sin previo aviso.

Román titubeó.

—Los contratados temporales hacen esas cosas a

veces, son gente joven, se cansan y se van sin dar explicaciones... ¿Por qué insiste tanto?

—¿Le ha pedido Vesna que la ayude a salir de la isla?

—Ya le he dicho que la dejé en su apartamento y que no he vuelto a saber de ella.

Soria pidió en la barra dos cafés solos sin preguntarle a Román, que estaba rígido y miraba alternativamente a un lado y otro, como si fuera posible escapar de aquella situación.

—¿Sabe con quién está teniendo una aventura, Román?

—No estoy teniendo ninguna aventura —susurró entre dientes el ayudante de cocina—. ¿Por qué insiste en eso?

Soria no se alteró.

—Por supuesto que la tiene. Imagino que cree que se está follando a una bonita chica del Este con un cuerpo de veinte años y unos ojos que le quitarían el sentido común a cualquiera, eso puedo entenderlo. Pero deje que le ilustre un poco: detrás de ese rostro angelical hay una delincuente cibernética, creo que ahora se las llama así, buscada en media docena de países. ¿De verdad cree que vale la pena jugarse su matrimonio y a sus hijos por algo así? —Dejó tiempo para que la onda expansiva hiciera efecto—. Si sabe algo, ahora es el momento de decirlo.

Román tragó saliva, parecía que iba a derrumbarse, pero se recuperó.

—Ya le he dicho lo que sé; y ahora, déjeme en paz.

Soria echó un vistazo a los pocos clientes. Lo sentía por el cocinero, de verdad que sí; pero los asuntos afectivos que tuviera y sus consecuencias no eran de su incumbencia. Hay que saber tener la bragueta cerrada.

—Fíjese en esta gente. Aparentemente, nadie nos

presta atención, pero seguro que alguien tiene la antena puesta. Esta es una isla pequeña. Aquí es difícil guardar un secreto. —La voz de Soria se había ido apagando hacia el final. Odiaba hurgar en las heridas de la gente para conseguir sus propósitos, pero necesitaba coger aquel atajo.

Román había palidecido.

—Soy una buena persona, subinspector. ¿Por qué me hace esto?

—No lo dudo. Y yo soy un auténtico hijo de puta. Tómese el café; frío no vale una mierda. Piénselo, y si recapacita, llámeme antes de que los rumores lleguen a oídos de su encantadora esposa.

Soria salió de la cafetería y echó una ojeada al interior mientras encendía un cigarrillo. Román seguía en la barra, abatido. El subinspector sintió una pena difusa por él y una profunda repugnancia por sí mismo. Pero podría vivir con ello.

Su ayudante, el oficial Mario, le llamó por teléfono mientras iba hacia el coche.

—No hay ni rastro de Vesna, ni en el aeropuerto ni en los ferris que salen de la isla.

—¿Y qué hay de los antecedentes que te pedí del cocinero?

—Nada, limpio como una patena... Pero tengo una buena noticia. Parece que resolveremos rápido *el robo del siglo*. Tengo una pista fiable del ladrón del cepillo de su amigo el cura.

Soria le dio una calada al cigarrillo, que le sentó como una patada en las narices, igual que el sonsonete burlón del surfero.

—No me digas. Casi me desmayo de la emoción.

—Bernardo Estilar. Un habitual, ratero de poca monta. Hace tiempo que nadie lo ve por La Baranda.

—¿Qué es La Baranda?

—Un garito de mala muerte en lo peor de Arrecife donde se suele juntar la gente de mala vida y del menudeo de drogas. El tal Bernardo es un habitual, pero se ha esfumado.

—Pregunta por ahí, alguien habrá oído algo.

Oyó refunfuñar a Mario.

—No me dirán nada, subinspector. No se ha inventado lo que les haga hablar. Esta gente es sorda y muda cuando le conviene.

Soria empezaba a estar un poco hasta las narices de los buenos chicos y sus melenas al viento.

—¿Eres policía o el puto profesor Bacterio?

A Mario le hizo gracia la comparación. A Soria le sorprendió que conociera la referencia.

—Soy policía.

—Pues los buenos policías no inventan pócimas que no funcionan. Somos como Jesucristo, obramos milagros: hacemos que los sordos oigan y los mudos hablen... Entérate de qué ha pasado con ese puñetero ladrón, y más le vale no haberse gastado la colecta del cura. Ese jesuita es capaz de excomulgarlo o de mandarlo a la hoguera.

—Sí, señor.

—Y no me llames así, coño. Me haces sentir más viejo de lo que soy.

—Como diga... ¿Qué tal ha ido con el ayudante de cocina? Usted también ha multiplicado panes y peces.

«Algo así —pensó Soria—. Pan duro y peces podridos. Hay milagros que no merecen la pena.»

—Me sigue mintiendo y yo le sigo apretando.

El anciano Tobías había puesto mucho de su parte para que la ermita de Tías siguiera en pie. A su modo, era un hombre religioso, aunque no tenía mucha fe en nada que no pudiera oír, ver o tocar. Más bien era una cosa de la vejez.

—Los viejos nos volvemos miedosos, se nos va aguando la mirada y el tiempo se escapa hacia atrás, así que empezamos a pensar en el cielo y en el infierno. —Se volvió hacia los dos policías, sentados en la primera hilera de bancos—. ¿Entendéis algo de lo que digo?

Lo único que Soria entendía era que últimamente iba de iglesia en iglesia como un beato y que tenía que lidiar con curas y dueños del pueblo como si estuviera en una novela de Miguel Delibes. Mario le había dicho que para cerrar el puñetero robo de la colecta y los daños en la parroquia era necesario contar con la ayuda de aquel viejo, así que no le quedó más que hacer de tripas corazón.

—Se rumorea que Bernardo Estilar trabaja para ti.

El viejo Tobías se lo tomó con calma. Era como uno de esos funcionarios que acumulan trienios: veía caer imperios, pero él seguía en su puesto.

—Hay mucha gente que trabaja para mí en esta isla.

—Y La Baranda es tu oficina del INE, supongo. Dicen que eres el perista que mueve el material que se roba en la isla: teléfonos, coches, ordenadores que acaban en Marruecos o en Mauritania.

Tobías no se dejó intimidar. Era perro viejo.

—Dicen muchas cosas y pocas son ciertas. Me dedico a la compraventa de objetos de segunda mano. África es un buen mercado. Si puede demostrar lo contrario, ya sabe dónde encontrarme, subinspector.

Soria reconoció que, a su pesar, aquel viejo le resultaba *confortable*. Era un alivio tratar con gente de la vieja escuela.

—Lo dejaremos para mejor ocasión. Ahora, lo que quiero es que ese chico se entregue y deje de jugar conmigo al gato y al ratón. Una cosa es cabrear a un cura por cien euros y un candelabro roto y otra muy distinta cabrearme a mí.

El viejo se lo pensó unos segundos.

—¿Y qué gano yo?

—La medalla a ciudadano del año —ironizó Soria—. Y que, por ahora, decida no meter las narices a fondo en tu *negocio* de compraventa.

—¿Qué le pasará a Bernardo?

Soria se encogió de hombros. Un capo que se preocupaba por los suyos; eso era nuevo.

—Una falta de daños y otra falta de hurto, treinta días de multa y un buen tirón de orejas del cura. Puede que le haga limpiar las telarañas de la iglesia todo el verano.

El viejo Tobías dejó caer una risita de cascabel. Aquel gordo le gustaba.

—Veré qué se puede hacer.

Aquella misma tarde, Lourdes, la administrativa de la comisaría, llamó a la puerta del zulo-despacho que compartían Soria y Mario. Echó una ojeada al espacio con expresión de desagrado y soltó un suspiro.

—Menuda tristeza trabajar aquí. Habrá que hacer algo para adecentar este sitio.

Soria la observó con atención. Hasta el momento, apenas se había fijado en ella, saludos rápidos al cruzarse por las dependencias de la comisaría, la firma de algún documento y poca cosa más. Le había parecido atractiva sin más, de unos cincuenta años, que usaba tacones para compensar su baja estatura y que vestía ropa ajustada sin importarle unos kilos de más. Pero ahora se fijó mejor en unos ojos grandes y almendrados, muy risueños, y en la melena de color castaño que parecía una selva imposible de domar. Su voz era agradable, acariciadora. Intentó apartar la mirada del busto, generoso y alegre.

—Hay un chico temblando ahí fuera. Pregunta por usted, subinspector. Dice que se llama Bernardo.

Soria y Mario intercambiaron una mirada de alivio.

—¡Aleluya!

El chico confesó sin necesidad de presionarle. Odiaba a ese cura desde que era niño y tuvo que hacer con él la catequesis. Era un cabrón, siempre de mala leche, y tenía la mano muy larga.

—¿Te tocaba? —preguntó alarmado Soria, ya completamente solidario con el muchacho. Este negó con un gesto rápido.

—No en *ese sentido*. Lo que digo es que tenía la manopla muy suelta para arrear coscorrones y collejas.

—Y has decidido devolvérsela a tu manera. Una especie de reparación poética por aquellos malos ratos. Robar el cepillo, romper algunos jarrones y mearse en la puerta de la sacristía... Se te ha ido un poco la mano, me parece.

—¿Qué me va a pasar ahora? —preguntó el muchacho, mirando alternativamente a ambos policías.

Soria estuvo a punto de abrazarlo. Él habría quemado la iglesia con ese jesuita dentro.

—Te has metido en un buen lío.

—Te pueden caer hasta dos años —mintió Mario, solo para meterle el miedo en el cuerpo.

Bernardo se encogió en la incómoda silla. Nunca había pisado la cárcel de Tahiche. El viejo Tobías había pasado por ahí, y por la de Santa Cruz, y por la de Sevilla, y contaba cosas que ponían el vello de punta, aunque las peores, decía, eran las de Marruecos. Ahí te pisaban como a una cucaracha, porque en eso era en lo que te convertías. Él no estaba preparado, no lo soportaría.

—No puedo ir a la cárcel... No puedo, de verdad.

—No depende de nosotros. Y tampoco está tan mal, anímate. Podrás hacer un poco de ejercicio, igual hasta lees un par de libros.

Bernardo temblaba. Miró al techo como si allí hubiera una claraboya por la que escapar convertido en humo.

—¿Y si les digo algo que pueda interesarles? —dijo en voz baja—. ¿Eso jugará en mi favor? Ya saben, un trato. Lo he visto en las películas. Les doy una información y ustedes se olvidan de mí.

Soria se reclinó tras su escritorio. La cosa daba un giro interesante.

—Eso depende del valor de lo que nos cuentes.

—El atropello de esa chica que salió en *La Voz*... Puedo decirles dónde está el coche que provocó el accidente... Lo que queda de él.

El subinspector se irguió en la silla.

—¿Qué sabes tú de eso?

El muchacho abrió la boca. De repente cayó en la cuenta de que el miedo le había hecho hablar de más. Pero ya no podía tragarse sus palabras.

—Cosas que se oyen por ahí, en La Baranda.

El subinspector ya no tenía ganas de abrazar al muchacho, sino de exprimirlo como a un limón.

—¿Qué cosas, Bernardo?

El muchacho dudó. No sabía cómo salir del atolladero en el que se había metido solito.

—Dicen que los hermanos Driss tienen algo que ver, pero yo no les he dicho nada. Si se corre la voz de que soy un chivato, estoy acabado.

Soria se puso en pie, rodeó la mesa y se acercó al muchacho.

—¿Por qué tienes tatuado un lobo en la mano? —preguntó en tono amistoso, encendiendo un cigarrillo.

—No lo sé. Me gusta.

Bernardo Estilar no tenía muy claro el futuro, pero sentía que la vida debía ser otra cosa. No quería acabar atrapado en aquella isla, estaba harto de las migajas, de andar todo el día arriba y abajo trapicheando para el viejo Tobías. Por eso se había hecho el tatuaje en la mano. Era una promesa hecha a sí mismo. Una pequeña cabeza de lobo entre el pulgar y el índice. Supo que eso era lo que quería en cuanto vio el dibujo en el escaparate de la tienda de tatuajes, y no le importó el dolor que sintió al hacérselo, ni las bromas que le gastaron Malik y Hasán asegurándole que aquello, más que un lobo, parecía un chucho sin madre. Cuando sentía que flaqueaba, miraba los ojos del lobo y le entraban ganas de ponerse a aullar y a correr hasta que se le calmaba la rabia.

Soria le ofreció un pitillo. El chico vio que era Ducados y lo rechazó con desagrado.

—Más que un lobo pareces un lobito —se rio el subinspector—. Si lo que me cuentas vale la pena, te prometo que arreglaré las cosas con el cura y que lo que nos digas no saldrá de aquí. Imagina que aquí también vale el secreto de confesión. Ahora, dime dónde está ese coche y cuéntame lo que sepas de los hermanos Driss.

13

Caleta de Sebo, isla de La Graciosa,
a la mañana siguiente

Lo hecho ya no tiene remedio, se repetía Bernardo, metiendo a toda prisa su ropa en la mochila. A lo mejor ese subinspector gordinflón que apestaba a tabaco y caramelos de menta tenía razón: de algo malo puede nacer algo bueno, y esta era su oportunidad para cambiar. Se acabó el hacer de ratero en Arrecife, atracar a turistas alemanes en Teguise o reventar autocaravanas. Había que pensar a lo grande. Y a él lo que de verdad le gustaba era componer canciones, sacar toda esa rabia en forma de rapeo, ser como Snoop Dogg, Tupac Shakur, Canserbero o Lil Supa. Fantaseaba con llenar el estadio de la U. D. Lanzarote y que doce mil almas corearan sus rimas. *Las canciones del Lobo*. Tenía algo de dinero escondido debajo de la cama. Unos mil euros en billetes de veinte y de cincuenta. Viejos y sucios, pero ahora olían a libertad y a vida nueva. Podía ir a cualquier parte, a Cádiz, a Barcelona... ¿Por qué no a París, a Nueva York, a Chicago?

Metió el dinero y el billete de avión en el bolsillo de la mochila, impaciente, asustado, eufórico. Perdido en sus ensoñaciones, tardó en darse cuenta de que alguien le observaba. Había aparecido sigilosamente.

—He oído por ahí que te gusta hablar con la policía de cosas que no debes.

Bernardo se quedó paralizado. Tenía la mochila al hombro y el futuro en el bolsillo. Pero al ver que el tipo sacaba una navaja supo que todo había terminado antes de empezar. Levantó las manos.

—No he dicho nada, no he hablado con nadie.

Vio la mirada asesina de esa sombra, sus ganas de despellejarle vivo, y sintió el terror que se avecinaba.

—Lo has hecho, muchacho, y lo justo es que ahora hables también conmigo.

Mario se adelantó hasta el borde del montículo y señaló la casucha rodeada de palmeras y chumberas.

—Está ahí abajo.

Soria echó un vistazo a la pendiente pedregosa y resopló. Ya no tenía el cuerpo para ir haciendo la cabra por ahí.

—¿No hay otra manera de bajar?

Mario le regaló una mirada condescendiente.

—A menos que quiera dar un rodeo de media hora, me temo que no.

El subinspector aplastó bajo el tacón el Ducados a medio terminar y se resignó.

—Yo iré delante, si le parece —añadió Mario, ahondando en la herida—. Usted pise donde pise yo y, si quiere, apóyese en mi hombro.

Soria gruñó malhumorado.

—Ya veremos si eres tan arrogante cuando tengas mi edad y mis rodillas, jovencito.

Llegaron abajo sin percances, más allá de un par

de resbalones en los que Soria, tragándose el orgullo, tuvo que agarrarse al brazo de Mario. El subinspector se secó el sudor de la frente con un pañuelo, que metió arrugado en el bolsillo del pantalón. Se dio el tiempo justo para recuperar el resuello y encender otro pitillo. Mario se le quedó mirando como si no tuviera remedio.

—Hay métodos para dejar ese vicio, ¿sabe?

Soria tenía el rostro sonrojado por el esfuerzo.

—Ahora me dirás que el tabaco mata, ¿verdad?

Mario desvió la mirada.

—Haga lo que quiera.

—Eso está mejor. A ver, ¿dónde está el cuerpo?

—En el cobertizo.

Dos agentes uniformados custodiaban el lugar. A través de la puerta entreabierta asomaban unos pies descalzos. Las moscas revoloteaban histéricas alrededor. Soria arrugó la nariz, asqueado. Odiaba ver cadáveres. Una paradoja, teniendo en cuenta a lo que se dedicaba.

El cuerpo de Bernardo estaba boca arriba y con los brazos en cruz. Solo tenía puestos los calzoncillos. Se le había aflojado el esfínter. Tenía la cara masacrada, heridas de arma blanca en el tórax, marcas de ligaduras en el interior de los brazos y le faltaba la oreja derecha.

—Está ahí. —Mario señaló la oreja a unos pocos centímetros. Unos gruesos moscardones se habían adueñado de ella.

Soria se puso lívido. Instintivamente buscó en el bolsillo un caramelo de menta, pero no atinó a quitarle el envoltorio. Admiraba la tranquilidad con la que Mario se movía por el escenario del crimen, como si el muerto fuera solo parte de un enigma que resolver cuanto antes para pasar al siguiente. Ni siquiera lo *veía*.

Pero él sí lo veía. Y no importaba lo que aquel muchacho hubiera hecho en vida, no merecía una muerte como esa.

—Es culpa mía —murmuró—. Lo he presionado demasiado.

Por suerte, Mario no le oyó.

—A ver qué dice el forense, pero no hay que ser un genio para ver que lo han torturado a base de bien antes de darle ese tajo concluyente. —El oficial señaló con su dedo enfundado en látex azul el corte en la yugular.

Soria estaba deseando salir de allí. Si se quedaba mucho más terminaría arruinando con sus vómitos la escena del crimen que Mario empezaba a fotografiar.

—Te dejo que hagas lo tuyo.

Mario le cerró la retirada.

—Hay algo más. Algo que le va a gustar.

—¿Qué puede gustarme de todo esto?

A una docena de pasos dieron con una especie de cubierta levantada con planchas metálicas. Debajo había un bulto cubierto con una lona.

—Nuestro chico no nos contó toda la verdad, subinspector.

Mario descubrió la lona, que cubría un jeep Wrangler del que solo quedaban el chasis quemado y algunas piezas, los dos asientos, el cambio de marchas, una parte del motor. Con un gesto de triunfo, el oficial señaló el retrovisor de la derecha.

—¿Recuerda la tulipa de intermitente que encontramos en el lugar del atropello? Me apuesto lo que quiera a que coincide con ese retrovisor. Bernardo no solo sabía dónde estaba el coche. Él lo estaba desguazando y vendiéndolo por piezas.

Soria frunció el ceño.

—¿Y por eso lo han torturado de esa manera?

¿Por unas pocas piezas de motor? ¿Quién, los hermanos Driss?

Mario se encogió de hombros.

—Malik y Hasán Driss tienen una larga lista de antecedentes, pero ninguna por delitos violentos: robo con fuerza, menudeo de hachís, ese tipo de cosas. No parece su estilo.

—Pues nos queda encontrar al perista. El viejo Tobías. Hay que emitir una orden de detención contra él.

Mario mostró su escepticismo.

—Todo el mundo conoce en la isla a Tobías: no es ningún santo, desde luego, pero no creo que esto sea cosa suya. Nunca ha habido una muerte relacionada con él o con los suyos. Es de la vieja escuela.

Soria le echó una ojeada contrariado. Sabía lo que eso significaba: códigos, extraños, pero inflexibles. Nada de muertes. Tobías vivía en la isla, era parte de ella, y la gente, en el fondo, lo veía como a un benefactor. Una garantía de poder.

—Conocí hace años a un calabrés —dijo el subinspector, mirando las labores del equipo forense que estaba recogiendo los restos de Bernardo—, uno de los miembros de la *'ndrine* de Condello. Nadie importante, un *picciottu di sgarro*. Me contó cosas que hoy se saben, pero que en aquella época eran un misterio: el pueblo de San Luca, el santuario della Madonna di Polsi, los rituales de iniciación... También me habló con orgullo del origen de la N'drangheta, del juramento antiguo, Garibaldi, Mazzini y La Marmora, de la lealtad de la sangre, de la solidaridad de los calabreses. De sus códigos... ¿Sabes por qué quiso hablar conmigo aquel arrepentido? Porque a pesar de los códigos, de su orgullo y de su historia, acababan de matar a su hijo de siete años, a su mujer y a sus padres, y yo era su única posibilidad de salvarse.

Soria se quedó callado. Buscó malhumorado en el bolsillo el paquete de cigarrillos antes de continuar:

—... A lo mejor a ti te parece que el tal Tobías es un viejo corsario, un bucanero de novela, y puede que para esta gente sea Papá Noel. Pero yo te digo que cuando cruzas una línea, y esa línea es muy delgada, ya no hay forma de parar. La primera aberración minimiza las siguientes, y al final las normaliza. Hay que detener a ese perista. Si es culpable o no, ya se verá.

Los operarios del forense acababan de subir a la angarilla el cuerpo del chico. Durante unos segundos el brazo derecho se balanceó en el aire. Soria apartó la vista y se alejó arrastrando los pies hacia el coche.

—¿Lo salvó? —oyó que le preguntaba Mario—. Al calabrés. ¿Lo pudo salvar?

Soria no se volvió. Poder salvar a alguien y querer hacerlo eran cosas muy distintas.

No fue necesario detener al viejo Tobías. Se presentó voluntariamente en comisaría.

Una de las moscas atravesaba el desierto de la mesa. Tobías la acechaba. A su vez, Soria acechaba la mano en posición cóncava del anciano. Mano pesada, antigua, de uñas que se han hundido en la tierra seca. Un tipo inofensivo de la cabeza a los pies. Uno suele creer eso de la gente ligada al arado y al vaso de vino barato y espeso. La estampa del abuelo con boina y ojos desgastados que busca en el bolsillo del chaleco la caja de mistos para encender el cabo del caliqueño que se humedece en la comisura de la boca.

—¿Sabe cuánto vive una mosca, subinspector? Un promedio de veinte días.

Soria volvió a la mano trampa del anciano.

—Eso si logra mantenerse fuera de tu alcance, imagino.

Tobías sonrió.

—Son listas, las hijas de puta. Y rápidas. En el setenta por ciento de las ocasiones logran zafarse. Te ven venir, son capaces de anticipar tus movimientos. Lanzas el ataque y ya no están ahí. Siguen a la vista, pero fuera de tu alcance.

Soria no era un experto en moscas, pero sí en gente que se creía demasiado lista, hasta que él la aplastaba con la mano. Antes de que Tobías reaccionara, hizo un movimiento rápido con la mano derecha y atrapó una mosca. Piensas que la amenaza está delante, pero casi siempre está detrás.

—Muy interesante la clase sobre bichos. ¿Nos dejamos ya de tonterías?

Tobías rascó su mejilla derecha, blanda y cubierta de derrames.

—¿Va a matarla? A la mosca.

—Eso depende de cuánto me toque las narices. No soy muy paciente.

Soria abrió la mano y la mosca voló lejos de la mesa.

—Bernardo y el Wrangler desguazado. Hablemos de eso.

El anciano echó una mirada a Mario, que permanecía de pie junto a la puerta abierta, con los brazos cruzados.

—¿El marica tiene que estar presente? —dijo descendiendo pesadamente hasta Soria. El subinspector se puso de lado en la silla. Bajo la mesa podía ver los zapatos viejos de Tobías, el tacón desgastado. Andares de zambo.

No conocía los gustos sexuales de su ayudante ni le interesaban.

—El oficial es una especie de genio encontrando

indicios. Yo no lo provocaría gratuitamente con gilipolleces. Si vuelves a faltarle al respeto te lavo la boca con lejía, ¿estamos?

Tobías y Mario intercambiaron una mirada de viejas rencillas. El anciano echó hacia atrás el cuerpo y abrió las manos en señal de paz.

—Dios nos libre de provocar la furia del oficial —dijo con una sonrisa bufonesca.

Tobías cambió de esquina el caliqueño, que se empeñaba en apagarse. Una viruta de tabaco se le quedó en la comisura anterior.

—¿Qué pasó, Tobías? ¿El chico decidió desguazar un coche robado sin pedirte permiso y te cabreaste con él? ¿Querías dar ejemplo?

Tobías se lo tomó con calma. Le fatigaba el disimulo tanto como al subinspector, pero las normas eran las normas. Había que mantener las apariencias. En primer lugar, él era un ciudadano honrado, tenía sus asuntos en regla, etc., etc., etc.

—En segundo lugar, hay mucha gente que me cabrea y no voy matándola por ahí. Si lo hiciera, quedaríamos cuatro en la isla.

—Te contentas con darles una paliza y recordarles quién manda... ¿Es eso?

Tobías miró fijamente a aquel forastero. El caso es que le caía bien, un tipo de los de antes, con los que uno sabía entenderse.

—Yo no me dedico a eso. Ayudo a mi gente, pregunte por ahí. Estoy contestando a sus preguntas, que me suenan a acusación, sin haberle soltado todo eso de que solo voy a declarar con mi abogado. Un gesto de buena voluntad.

Soria puso los grilletes encima de la mesa. El puto viejo era correoso, duro de verdad.

—Y yo no te he detenido, todavía. Otro gesto de buena voluntad. Pero empiezo a aburrirme, ¿sabes?

Tobías tenía una mirada guardada para las grandes ocasiones, cuando tenía que ir a Marruecos a negociar un transporte, o cuando tenía que vérselas con los clanes mauritanos que distribuían por el continente su mercancía. Era una mezcla de páter comprensivo y sombra fúnebre.

Por su parte, Soria conocía el repertorio inagotable de las amenazas. Las había sufrido y proferido de todos los colores y formas.

—Hablemos en serio, Tobías. Tu expediente tiene más capítulos que el Antiguo Testamento, y no tengo ganas de repetirlos uno por uno. Abreviemos o dejo que sea Mario el que te ponga los grilletes. Y te aseguro que te van a doler.

Tobías se tomó su tiempo para recapacitar. Las putas moscas volvían a la mesa.

—Yo no he matado a Bernardo. El chico me caía bien. Además, he oído que han hecho con él una carnicería. ¿Por unas piezas de coche? No soy así.

Soria asintió.

—Pero le hiciste una visita, ¿verdad? Y no fue para hablar del cura y de su robo del cepillo.

—Entiendo que un chico joven quiera sacarse unos euros por su cuenta, que dé rienda suelta a sus ambiciones personales —admitió el viejo Tobías—, pero este negocio se basa en la reputación. Yo tengo la mía.

—Tienes un monopolio en cuestión de tráfico de piezas de coche. Eres todo un capitalista. Si alguien va por su cuenta, tú te enteras y lo devuelves al redil o lo hundes. Le sacudiste un poco el lomo al muchacho por andar vendiendo piezas del Wrangler sin tu permiso.

Tobías cruzó los brazos.

—¿Usted qué habría hecho? Tengo que proteger mi negocio.

Soria fulminó al viejo.

—Yo no soy tú. Soy policía.

—Le juro que lo solté con unos moratones y un aviso.

—¿Sabías que ese vehículo está implicado en un atropello que estoy investigando?

—Le doy mi palabra de que no lo sabía.

—Y yo debo creerte.

El viejo Tobías se quedó callado, pensativo. Recordó que en cierta ocasión se cruzó con ese viejo portugués con gafas, casi calvo y delgaducho que siempre andaba por ahí pensativo y cabizbajo. Saramago. Decían que era un escritor famoso, que había ganado el Premio Nobel. A Tobías no le interesaban los libros, y menos los que pudiera escribir un tipo de aspecto tan triste. Aun así, quiso acercarse y saludarle, por cortesía, porque era alguien importante, pero cuanto más se acercaba él, más se alejaba el escritor, volviendo la cabeza hacia atrás con más extrañeza que incomodidad, preguntándose seguramente por qué le seguía ese viejo con fama de delincuente. Esa fue la primera vez que Tobías tuvo noción de lo que es la aristocrática soledad.

—Yo soy lo que soy, no voy a arrepentirme a estas alturas de las cosas que he hecho. Pero soy otras cosas, subinspector. Soy un hombre de familia... Puede que le extrañe, pero quiero a mi gente, me preocupo por ellos. Vivimos según nuestras reglas, pero nos protegemos unos a otros. No importa lo que hiciera Bernardo, era un buen chico, un poco alocado, como todos a su edad, pero decente, a su manera. Yo jamás haría algo así a uno de los míos. Y no voy a parar hasta dar con los responsables.

Parecía conmovido, sincero. Furioso.

—Pues empieza por hablarme de los hermanos Driss, Malik y Hasán.

—Los he contratado alguna vez, son asiduos de La Baranda; podríamos decir que son personal externo... ¿Qué pasa con ellos?

—No lo sé, pero Bernardo dijo que tenían algo que ver con el Wrangler. Eso significa que están relacionados con mi caso. Los estamos buscando, pero no hay ni rastro de ellos.

El viejo Tobías frunció el entrecejo. Se puso en pie y se abrochó el botón de su vieja chaqueta.

—Si están en la isla, cuente con que daré con ellos. ¿Puedo irme?

Soria asintió.

—Solo entrégamelos, Tobías. No hagas ninguna tontería vengativa. No sabemos en qué grado están implicados, si es que lo están, en la muerte del chico. No compliques las cosas.

El viejo Tobías sonrió por una esquina de la boca.

—Soy un hombre tranquilo. Me gustan las cosas sencillas, el café espeso y el agua clara.

14

El sargento de la Guardia Civil observó con curiosidad a aquel subinspector del que ya había empezado a oír rumores.

—¿Qué interés tiene en esto? Es un atropello de hace semanas; nos pasaron el asunto, ya no es competencia suya.

Soria se encogió de hombros.

—Las cosas han cambiado. Hemos encontrado casi completamente calcinado el vehículo implicado y un cadáver. La presunta víctima del atropello, además, está desaparecida.

El sargento olía a loción de afeitar.

—Esta isla no es tan grande como para que alguien pueda esconderse indefinidamente. Tarde o temprano aparecerá. Podemos ayudar a peinarla si quiere.

Soria lo agradeció. Conocía bien lo susceptible que se vuelve la gente cuando intentas pisar su terreno.

—He oído lo de Bernardo. Ese chico era un dolor de muelas, pero cuesta entender que haya acabado así. Esta es una isla tranquila. No suelen verse cosas por el estilo.

Soria captó la indirecta. Lo decía como si él hubiera traído todos esos problemas.

—Aquí nos conocemos todos, sabemos dónde están los límites. Si piensa poner la isla patas arriba, debería andarse con ojo.

Soria percibió la antipatía. No le dio mucha importancia, solía caer mal a la gente. Estaba acostumbrado.

—Oiga, sargento, solo quiero ayudar. ¿Podría echar una ojeada al atestado del accidente? Prometo tenerle al corriente de cualquier progreso que hagamos.

El sargento lo miró fijamente. Qué tipo tan extraño. De los que te coronan o te echan a los perros. Una moneda girando en el aire. Descolgó el teléfono.

—Quintana, haga una copia de las diligencias del atropello de la LZ14 y entréguesela a la salida al subinspector Soria.

—Gracias, sargento.

El sargento cruzó los dedos sobre el escritorio. Manos limpias, seguras. Sortija de casado, uñas sin mordiscos. ¿Cuarenta, cuarenta y cinco años? Soria se sintió viejo y acabado.

—He oído cosas sobre usted, ¿sabe? No me cae bien. No me gusta la gente indisciplinada que va por libre. Siempre acaba trayendo problemas.

Soria puso cara de circunstancias.

—¿Qué puedo decir? Ya soy demasiado viejo para cambiar. Si le sirve de consuelo, usted tampoco me cae bien, me recuerda a alguien que conocí hace años. Envarado y arrogante. Pero creo que ha hecho un trabajo encomiable con este tema. Buenos días, sargento.

En la comisaría, Soria se concentró en las diligencias sobre el atropello de Vesna. Todo parecía bastante rutinario hasta que llegó a la diligencia de telefonemas. Había una llamada hecha desde las oficinas de una empresa, ALSACURSL. Un tal Migren, que se había identificado como asesor de comunicación, se había interesado por el avance de las diligencias. Soria saltó como un resorte de su silla y subió a la planta principal.

—¿Has visto a Mario?

Lourdes, la administrativa de la comisaría, le sonrió.

—Buenos días a usted también, subinspector.

Soria se sonrojó levemente. Aquella mujer tenía el don de turbarle. Desde luego que era atractiva, el tipo de mujer que había sido Pura hacía diez o quince años. En otras circunstancias, tal vez. Pero uno ama a quien ama y eso no se puede evitar.

—Disculpa, Lourdes. Es importante.

—El oficial ha pedido día de asuntos propios. Hoy no ha venido.

Soria lanzó un gruñido.

—¿En medio de una investigación? ¿Se ha ido a surfear o a la peluquería?

Lourdes hizo un mohín.

—¿Puedo ayudarle yo?

Soria se sentía inquieto, como un crío, en su presencia. «¡Pero qué coño te pasa, hombre! Céntrate.»

—Una empresa llamada ALSACURSL, ¿podrías averiguar algo sobre ella? Y de un tal Jorge Migren, jefe de comunicación.

Lourdes asintió con una media sonrisa y miró al subinspector como si fuera un extraterrestre.

—¿En qué mundo vives? ¿No ves la televisión ni lees los periódicos? ALSACURSL es propietaria de la nave industrial que se ha incendiado en el polígono de Altavista. Ha habido ocho muertos. Y Jorge Migren es el encargado de dar las ruedas de prensa, sale en pantalla día sí y día también.

Soria se sintió un estúpido. Ni siquiera se dio cuenta de que Lourdes había empezado a tutearle.

—Últimamente he estado en mi mundo, con el caso de Vesna y con el chico muerto.

Lourdes asintió.

—Tanto que ni siquiera te has dado cuenta de que te he conseguido una silla bastante cómoda para tu zulo ni de que además he colocado un par de tiestos de aloe en el escritorio y el archivador.

Soria movió la cabeza.

—Soy un perfecto idiota. Perdona... Tengo que subir a ver al comisario.

El despacho del comisario Pino parecía la sala de crisis del Pentágono después del 11S. Los teléfonos no paraban de sonar, entraba y salía gente incesantemente, y Pino, que parecía a punto de perder su flema natural, daba órdenes y contraórdenes con el gesto nervioso. El incendio de Altavista había puesto todo patas arriba.

—Tengo que hablar con usted, comisario. Es importante.

—Esto también lo es, mira a tu alrededor. Ocho muertos, un incendio provocado y el autor que se tira desde el tejado. Estamos desbordados.

—Creo que esto le va a interesar, por favor. Cinco minutos.

El comisario miró a su alrededor con los brazos en jarra.

—¿Te quedan cigarrillos?

—Siempre, pero no sabía que fumaba.

—Solo cuando van a fusilarme. Salgamos a la calle, necesito respirar.

Salieron a la puerta de la comisaría. Entre calada y calada, Soria puso al comisario al corriente de la evolución de su caso. Lo que había empezado siendo un atropello con fuga se había convertido en un caso de asesinato.

—¿De verdad crees que esa joven, Vesna, puede tener algo que ver con la muerte del chico del cura?

A Soria no le gustó que el comisario se refiriera a Bernardo en esos términos.

—Una chica bosnia con un pasado como pirata informática aparece en la isla, al poco sufre un atropello con fuga y horas después se produce un robo en su apartamento. Días después aparece el vehículo implicado en el accidente junto al cadáver de un delincuente de poca monta con claros signos de tortura. Estamos esperando las huellas del robo en el apartamento de Vesna, pero me juego mi enciclopedia de David Stevenson a que cuando las tengamos aparecerán las de los hermanos Driss, Malik y Hasán, también conocidos delincuentes. Tenemos a la presunta víctima, Vesna, y a los presuntos autores, los hermanos Driss, desaparecidos.

—¿Y cómo hilas los hechos? ¿Cuál es el relato?

—Estas son las opciones que se me ocurren: el atropello no fue accidental, sino intencionado, el robo está relacionado con algo que Vesna tenía y que alguien está interesado en recuperar. Para obtenerlo contrata los servicios de unos delincuentes locales y, una vez obtenido lo que busca, se deshace de ellos y de la chica para borrar su rastro.

—O puede que solo fuera un robo de oportunidad. Es la opción menos rebuscada: si el tal Bernardo atropelló a la chica porque iba borracho o colocado, quizá encontró las llaves en el bolso y vio la ocasión de desvalijar el apartamento. Tal vez llamó a sus colegas de La Baranda, los hermanos Driss, para que le ayudaran. No todo es siempre tan complicado.

Soria disimuló lo mejor que pudo su impaciencia.

—Pero eso no explica la tortura a ese chico ni su muerte. Veamos. Se tortura a alguien para obtener una información. Eso significa que el asesino sabe que Bernardo había hablado con nosotros y quería sacarle lo que nos había dicho. Apunta directamente a los hermanos Driss.

—Eso ya se verá.

—Y hay algo más que me está haciendo arrugar la nariz. Puede que sea anecdótico, o puede que no. Alguien de ALSACURSL llamó a la comandancia de la Guardia Civil hace un par de semanas preguntando por el caso, un tal Jorge Migren.

—¿El de la prensa?

—El mismo. Quiero traerlo a comisaría para interrogarlo.

El comisario inspiró. Todo iba bien, joder, una carrera conducida con suavidad, sin sacudidas graves, un discreto, pero seguro, ascenso hacia la inanidad. Y ahora, de repente, aquel socavón enorme en forma de carcamal que ya debería estar jubilado.

—Me vas a complicar la vida, ¿verdad?

Soria se acordó de cuando, tres años atrás, Julián Leal se presentó en su casa con aquellas grabaciones del magistrado para pedirle ayuda.

—Siempre hay alguien que nos la complica, comisario. A veces olvidamos que nuestro trabajo no es ponernos las cosas fáciles los unos a los otros, sino todo lo contrario.

El comisario apuró el cigarrillo. Joder, estaba asqueroso.

—Adelante. Pero no pises más pies de los necesarios. Lo último que quiero ahora es una queja por tus métodos.

Soria sonrió. No había método, no tenía ninguno. Solo instinto.

15

La Grieta de la Montaña Blanca, San Bartolomé, Lanzarote

Aunque desde abajo no podía verse, era una grieta dentro del volcán. Accedieron a ella bajando unos cien metros por una ladera. Malik iba delante, le seguía Hasán. Ambos iban con las manos atadas a la espalda con bridas.

—No está bien que nos traigas aquí, tío. Tengo claustrofobia.

Malik era el bocazas. Hasán el que usaba la fuerza. Él no decía nada, solo observaba las estrechas paredes, que se iban cerrando cada vez más, buscando una escapatoria. No la iba a encontrar.

—No puedes matarnos como a perros y dejarnos aquí tirados, joder. Somos musulmanes, tenemos derecho a rezar.

¿Qué clase de musulmán era ese? Un culero que se metía bolas de hachís en el ano, que robaba todo lo que estaba a su alcance y que se pasaba el día bebiendo y esnifando en La Baranda.

—A ver, dime, ¿cuándo leíste una sura por última vez? Dime una sola, venga, recítala... ¿Has leído acaso el Corán una puta vez en tu vida? ¿Acaso sabes siquiera leer?

—«Todos pertenecemos a Al-lah y a Él hemos de retornar.» La oración fúnebre, la sura *yasin* —murmuró su hermano Hasán.

—Nosotros no sabemos nada de esa chica. Y ya le dimos a tu socio lo que quería. No tienes que hacerlo, tío. Mi hermano y yo no somos tan bocazas como ese idiota de Bernardo. No hemos dicho una palabra.

—Las estás diciendo todas ahora. Deberías rezar, en lugar de mentir, como hace tu hermano.

Cuando llegaron a la parte más estrecha de la grieta les ordenó parar.

Malik y Hasán se miraron de reojo. Malik lloraba, tenía los pómulos muy prominentes y las mejillas hundidas, como si sorbiera el aire. Hasán le sonrió y apoyó en su cabeza la frente.

—No quiero morir.

—Pues no deberías haber nacido, chico.

Cuarte parte

Cuando éramos mejores

16

Hotel VIK, Arrecife, Lanzarote,
tercera semana de mayo de 2008

Norman Hill miró la hora. La luz ya entraba por la ventana. Había dormido mal, despertando bruscamente por culpa de la apnea, como si emergiera del mar en el que estaba ahogándose. Cuando ocurría, y era a menudo, saltaba de la cama con la glotis cerrada y abría mucho la boca para tragarse el aire a su alcance. Estaba convencido de que un día no despertaría. Lo encontrarían en la almohada asfixiado por culpa de sus pesadillas con Oliver Huberty y las hamburguesas del McDonald's.

Echó la mano bajo la cama. El tacto de la pequeña caja metálica lo tranquilizó. Seguía allí.

Era temprano, así que imaginó que la jefa dormía todavía. La noche anterior había sido larga, Virginia había bebido más de la cuenta —aunque Norman no tenía precedentes con los que comparar si cuatro vodkas secos eran muchos o pocos para ella— y le había dado por hacer confidencias. Un largo monólogo, entrecortado por los tragos, al que Norman había asistido como invitado de piedra. Su fracaso matrimonial, los problemas con su hija mayor, que había huido a la

Costa Brava con su abuelo porque la odiaba, su hija pequeña, que solo aspiraba a ser la nueva Sarah Palin, el pasado como subinspectora, gente de ese pasado —Julián, Soria, Clara Fité, el Chinchilla, Heredia—, nombres e historias que no significaban nada para Norman.

—Yo era buena en lo mío, ¿sabes? —dijo cuando los párpados ya le pesaban demasiado y la lengua se le trababa—. Habría llegado a comisaria. La más joven de mi promoción, la más brillante. Me encantaba, joder. Ya lo creo.

—Entonces, ¿por qué lo dejó?

—Cedí... Cedí a la voluntad de mi padre. Nadie puede decirle que no mucho tiempo a Armando Ortiz. Lo hice para salvar a un amigo... Y luego culpé a ese amigo de mi decisión. ¿Tiene sentido para ti?

Nada de lo que su jefa había dicho tenía sentido para Norman. No se le daba bien la intimidad, ni con hombres ni con mujeres. Lo único que fue capaz de hacer fue quedarse sentado en ese taburete, oyéndola —a medida que avanzaba la noche, y con ella la borrachera, Virginia hablaba cada vez más en español— hasta que el último vodka se derramó sobre la moqueta.

—Creo que es hora de retirarse —se atrevió a decir Norman. Ella no opuso resistencia, se dejó llevar hasta el ascensor. Norman esperó dos intentonas de introducir la tarjeta magnética en la cerradura antes de osar quitársela de la mano y abrir la puerta él mismo. La acompañó hasta la cama, donde Virginia se desplomó. Ni siquiera se atrevió a quitarle los zapatos.

Esperaba poder desayunar a solas, tranquilo, y quizá dar un paseo por la playa antes de que ella despertara. Pero ahí estaba, tomando un zumo de arándanos y una tostada. Despejada, sin rastro de resaca.

—Pareces contrariado, Norman.

Norman se resignó. Adiós a su momento de calma.

—No he dormido mucho.

Ni un comentario sobre lo ocurrido en el bar del hotel durante la noche.

—Siéntate y desayuna algo. Tenemos mucho que hacer.

Norman obedeció sin energía. Era como si ella lo centrifugara todo, como si lo electrificara con sus gestos directos: rasgar el sobre de azúcar, untar la mermelada. Resultaba casi violento.

Diez minutos después salían por la puerta del hotel. No fue necesario pedir un taxi. Un Omega con los cristales tintados los esperaba en la puerta. Al verlos salir, el tipo lanzó el cigarrillo que estaba fumando con celeridad y les salió al paso. Era Jorge Migren.

—Bienvenida a Lanzarote, señora.

Norman observó con reticencia a aquel gigante con músculos de portero de discoteca mientras subían al coche.

—Trabaja para la empresa subcontratada de la que depende la planta incendiada, lo que significa que trabaja para nosotros —le aclaró Virginia—. ALSACURSL está participada en un sesenta y cinco por ciento por CITRAORCOMPANY. Así que ellos somos nosotros.

Migren se puso al volante y pidió instrucciones. Su tono era educado, pero no rozaba lo servil. Parecía poco intimidado por la presencia de la hija del jefe.

—¿Para qué necesitamos a este gorila? —se atrevió a susurrar Norman, apartándose un poco.

Virginia tenía buen ojo para calibrar a los luchadores.

—Porque conoce bien la selva.

—¿Qué función desempeña en ALSACURSL? —preguntó con desconfianza Norman Hill.

Jorge Migren le oyó sin inmutarse.

—La que me ordena el señor Ortiz —dijo dirigiéndole una mirada intimidatoria a través del espejo retrovisor interior—. Normalmente me ocupo de mantener a raya a los medios de comunicación. Ahora mismo, en cambio, mi tarea es ser su chófer y su guía.

Virginia se dirigió a él con brusquedad.

—Pues empecemos. En primer lugar, quiero ir a la planta siniestrada.

Migren intentó hacerla desistir.

—No es buena idea. El ambiente está un poco caldeado ahí por los despidos, los muertos y la presión de la prensa. Hay piquetes sindicales y cámaras todo el tiempo.

Virginia le lanzó una mirada furibunda.

—No necesito niñera. Tú dedícate a conducir.

La chulería del gigante musculoso se agrietó. Norman Hill miró a su jefa y sintió que su respeto por ella se elevaba varios enteros.

Jorge Migren tenía razón. El polígono industrial era un hervidero de gente en las puertas de las fábricas, había cámaras y periodistas por todas partes y pancartas colgando en las naves industriales reclamando la readmisión de los trabajadores de la planta y justicia para los que habían muerto por la explosión. Las cosas no mejoraron cuando el coche de vidrios tintados enfiló la calle en la que estaba la planta siniestrada, custodiada por una única patrulla uniformada de la Policía Local. Familiares de las víctimas y de los despedidos hacían causa común frente al puerto de carga y descarga de los camiones.

—¿La planta sigue funcionando? —preguntó Virginia sorprendida.

—La explosión solo ha afectado a una zona de la cadena, que es la que está precintada y bajo investigación. El resto sigue operativo. Los responsables de la planta consideraron parar, pero recibieron órdenes de continuar con la producción.

—¿Órdenes de quién?

—De su padre.

Norman Hill prefirió desviar la atención hacia lo que pasaba fuera.

—¿Cuánto tiempo llevan ahí?

—Desde el incendio. Los primeros días hubo mucho jaleo, sobre todo cuando se decidió seguir con la planta abierta. Hubo cargas policiales y algún hueso roto. Ahora son menos, pero los que quedan hacen ruido y a los periodistas les gusta. Mantiene la noticia en la actualidad informativa. Algunos han acampado con sus hijos. Hemos pedido que los desalojen, pero el comisario del operativo se niega. Dice que *tienen derecho* a estar ahí. Pero se equivoca: esos terrenos son propiedad de ALSACURSL.

—No se refiere a ese derecho —murmuró Virginia, absorta en la contemplación de aquel campamento improvisado—, sino a que tienen *el derecho* a estar ahí. Es lo único que les queda... ¿Quién es ese comisario?

—Ramón Pino. Un hueso duro de roer.

Virginia anotó mentalmente el nombre.

—Para el coche.

Migren apretó los nudillos sobre el volante, pero no dijo una palabra. Detuvo el vehículo a menos de cincuenta metros de la planta y se bajó rápidamente. Ágil como un gato gigante, tal y como había previsto Virginia. Sin embargo, Norman aconsejó que el gigante se quedara a una distancia prudencial.

—Si ven a ese armario con nosotros haciendo de guardaespaldas todo se va a complicar.

Virginia lo miró con curiosidad.

—Creía que estabas asustado.

—Y lo estoy. Cagado de miedo, en realidad. Pero el cerebro reptiliano no ha bloqueado, todavía, todo mi sentido común.

De nuevo, con reticencias que se expresaron en la forma de apretar la mandíbula, Migren obedeció.

—Si le pasa algo, su padre me lo hará pagar a mí.

—Sobrevivirás, llegado el caso.

Con la carpeta contra el pecho, Norman Hill trataba de controlar su agitada respiración. Virginia parecía más sosegada.

—¿Qué hacemos exactamente aquí, jefa?

—Bajar de la puta torre de marfil, Norman. Eso es lo que hacemos.

Treinta personas llevaban días viviendo al raso, habían abandonado sus hogares, comían conservas y bocadillos, solidarios en un silencio impregnado de rabia y de dolor. Ocho vidas humanas eran ocho vacíos en la vida de otras tantas. Cada pérdida se multiplicaba por dos, por tres. Padres que dejaban hijos, hijos que dejaban padres, novios, embarazadas, deudas que no se pagarían, hipotecas que se ejecutarían, historias de amantes infieles que ya carecían de importancia.

Norman conocía las historias de cada uno de ellos:

—Tres españoles, dos guineanos, una rumana, una italiana, una portuguesa. El mayor tenía cincuenta y dos años; la más joven, veintitrés. Uno de los españoles era diabético, la rumana estaba estudiando español online en el Instituto Cervantes, los guineanos eran primos, la italiana era de Bari y pensaba casarse en la iglesia basílica de San Nicolás el próximo verano, la portuguesa se acababa de incorporar tras una baja por maternidad. Sus nombres... Andrés, Pedro, José Luis, Brian y Jules, Irina, Iva, Rosário.

—Y Colmado.

Norman Hill asintió.

—Sí, Colmado también.

Fue Norman quien la vio, algo apartada, junto a una pancarta que se había rasgado como una bandera tras la batalla. JUSTICIA PARA TODOS. Un eslogan simple, sincero. Imposible.

—Es ella —le susurró a Virginia—, está aquí. La viuda de Colmado. Con dos de sus hijos, por lo que veo. Es la mujer del pelo corto rubio.

Virginia se fijó mejor en aquella mujer demacrada que se había parapetado entre sus hijos, obligándose a custodiar aquella pancarta como si fuese su única misión en el mundo. Justicia para todos. También para su marido, el hombre que había lanzado el artefacto explosivo. También para ella y sus hijos, tan víctimas como los demás. Doblemente víctimas, si acaso. Del abandono, la pérdida, el estigma y la vergüenza de por vida. Que estuviera allí, cerca de los demás, aunque sin mezclarse con ellos, era inaudito. Un gesto de valor o de desesperación cuyo alcance Virginia no fue capaz de calibrar.

Sin más, se dirigió a ella. No sabía lo que iba a decirle, no sabía lo que ella le diría. Solo sabía que necesitaba hablar con esa mujer, de lo que fuera. *Tenía* que hacerlo. Detuvo el impulso a escasos metros de esos ojos vidriosos, agotados, que la observaron con una interrogación. Los últimos días debían de haber sido muy duros para ella y sus hijos, y no solo por el suicidio de su marido. La gente, cuando odia y siente rabia, se vuelve cruel con quien no tiene culpa. Intentaba mantener la entereza, pero estaba hecha trizas. Virginia se preguntó de dónde sacaba las fuerzas para levantarse de la cama cada mañana. Luego se fijó en los dos chiquillos.

—Me llamo Virginia Ortiz. Trabajo en CITRAOR-COMPANY.

La mujer la miró sin nada dentro.

—¿Y eso qué tiene que ver conmigo?

—La empresa en la que trabajaba tu marido es nuestra. Así que, en cierto modo, yo soy responsable de todo esto. De los despidos, de lo que ha hecho tu marido, de que estéis aquí.

La cara de la mujer se cerró como una cortina. Solo le quedaron muy abiertos esos ojos grandes y tristes. Se le notaba el ir y venir de la sangre en el cuello, venas azul verdoso como ramas que se extendían hacia el mentón.

—¿Le pusiste tú la bomba en la mano? ¿Le dijiste que la arrojara por la ventana sin ver quién había dentro?

—No, claro que no..., pero...

—¿Le subiste de la mano a la azotea y lo empujaste al vacío?

Virginia negó lentamente.

—Entonces tú no mataste a esas personas ni tampoco a mi marido.

—He venido a entender...

La mujer se apretó con fuerza las manos entrelazadas.

—¿Qué hay que entender? Arruinaste ciento cuarenta y cuatro vidas, pero ciento cuarenta y tres decidieron seguir adelante, pelear. Solo uno actuó como un cobarde, desesperado, como si lo único que le importara fuese su rabia; no su familia, su mujer, sus hijos, no sus amigos, sus compañeros de trabajo; solo su ira.

Durante la tensa escena, Norman Hill se había mantenido prudentemente al margen, unos pasos detrás de Virginia. Pero en ese momento decidió intervenir. Estaban llamando la atención, la gente empezaba a acercarse.

—Será mejor que nos vayamos. Aquí no hay nada que hacer, por ahora.

Virginia miró fijamente a la mujer. Luego retrocedió lentamente, llevada por Norman.

—¡¿Tú eres la zorra que ha provocado todo esto?! —gritó un joven de unos dieciocho años, con la cara desencajada. Iba con el torso desnudo y llevaba la camiseta ceñida al cinturón del pantalón. En la mano izquierda sujetaba una piedra de dimensiones considerables. Había oído a Virginia, y los que le secundaban también. Los gritos empezaron a propagarse y a su llamada acudía más gente, al principio renuentes, pero cada vez más agresivos.

—Estaréis contentos, hijos de puta.

—¡Cuántos sueldos cuestan esos zapatos que llevas!

—Mierda de capitalistas. Hacéis y deshacéis como os da la gana y nadie os para los pies.

—¡Fuera de aquí, fuera!

Virginia vio venir la piedra y la esquivó a tiempo, la botella que voló a continuación se rompió en la cara de Norman Hill, que se encogió con un grito de dolor. La sangre, lejos de amilanar a los demás, los incitó con más rabia. Una mano atrapó el cuello de Virginia. Ella intentó desembarazarse del ataque y al hacerlo soltó a

Norman. Cayó al suelo, bajo un bosque de piernas. No lograba ponerse en pie, lo único que pudo hacer fue protegerse adoptando una postura fetal y cubrir la cabeza de Norman, tumbado a su lado.

Entonces vio a Migren abriéndose paso a fuerza de puñetazos y patadas. Era como un dios furioso que aplicaba una mecánica fría. Una combinación aterradora.

—¡Al coche, rápido! —gritó.

Virginia levantó a Norman, que había perdido su carpeta y sangraba abundantemente. Tiró con fuerza de él y corrió los cincuenta metros hasta el coche mientras Migren les cubría la retirada.

Calle arriba subía el vehículo de la Policía Local con las señales acústicas y luminosas encendidas.

17

El comisario Ramón Pino tenía buen talante, todo el mundo coincidía en ello. Únicamente los que habían sentido de cerca sus arrebatos de ira, bastante excepcionales, sabían lo correoso que podía llegar a ser. Si la puerta de su despacho se cerraba y caían las persianas, se podía dar por segura una tempestad bíblica.

—¿Se puede saber en qué estaba pensando? ¿Le interesaba por alguna razón que se me escapa montar un altercado de orden público o ha sido simplemente inconsciencia y memez?

Otro carácter habría corrido a refugiarse en la cueva más profunda, pero no Virginia. Estaba sentada delante del comisario, todavía magullada, aún dolorida —más por dentro que por fuera—, pero sin pestañear.

—Necesitaba conocer de primera mano lo ocurrido en la planta. Ir allí, hablar con esas personas.

—Bonita forma de hacerlo. Ese gorila suyo ha roto dos tibias y ha dejado hecha puré a gente que solo expresa su dolor. Por no hablar del norteamericano, que casi pierde un ojo. Todo a vista de las cámaras.

—Norman se pondrá bien. Solo tiene algunos golpes y unos puntos de sutura en la ceja. En cuanto a Migren, ha hecho su trabajo...

Ramón Pino la interrumpió con un gesto autoritario. Todavía no había alcanzado el umbral de su enfado. Como cualquiera poco acostumbrado a dejarse llevar por esa sensación, cuando lo hacía se desataba en él una furia embriagadora.

—¿Qué es lo que le cuesta tanto entender? —dijo muy lentamente, como si las palabras fueran rocas desplazándose, acelerando, ladera abajo—. A mí me importa una mierda lo que usted o su padre estén buscando aquí, si ha ido al polígono porque le preocupa su conciencia o porque su padre la ha mandado a hacer una campaña de lavado de imagen. Me traen sin cuidado su apellido, su legión de abogados y su dinero. Solo me importan las víctimas. Hasta que el juez dictamine lo contrario, hay una investigación en curso y usted no es nadie, repito, nadie, para entrometerse. ¿Le queda claro o quiere que se lo ponga por escrito?

Fue inevitable que Virginia comparase al comisario Pino con su antiguo jefe, el difunto comisario Heredia. Era evidente para cualquiera que Pino no dormía bien desde hacía muchas noches, pero su inquietud nerviosa no tenía que ver con su futuro o la presión de los de arriba. Cómo afectaría todo esto a su carrera le importaba un comino, no era ambicioso, no como Heredia; lo que quería era proteger a las víctimas y resolver el caso. Era un policía de verdad, no un cortesano.

—Usted le habría gustado a un buen amigo.

El elogio desconcertó un instante al comisario. Sin embargo, se recompuso con rapidez. No era de los que se calman cuando les pasan la mano por el hombro.

—¿Se refiere al exinspector jefe Julián Leal? Yo no estoy tan seguro de que él me hubiera gustado a mí. No soy de los que se saltan las reglas cuando no me convienen. Juego con lo que tengo.

—¿Le gusta jugar con una mano atada a la espalda? —soltó Virginia con cinismo.

—Se llama Estado de derecho. Julián Leal nunca debería haber olvidado que no estamos en una república bananera. Y usted tampoco debería hacerlo ahora. No puede venir aquí y hacer lo que le dé la gana solo por ser quien es. —El enfado del comisario iba menguando, pero todavía burbujeaba—. He leído su expediente, señorita Ortiz, estoy al corriente de su currículo en la policía. Dicen que era usted brillante, que seguramente hubiera llegado a comisaria en unos pocos años. Pero nos dejó, se largó.

—Tenía mis motivos.

—Los tendría y estaba en su derecho. Pero ya no es de los nuestros. No puede esperar de mí que sea condescendiente solo porque en el pasado lo fue. Si busca ese tipo de trato favorable le aseguro que conmigo ha pinchado en hueso. Para mí no es ni una rica heredera ni una expolicía, es una ciudadana más, y si vuelve a hacer algo como lo de esta mañana, la detendré por obstrucción, espero que le haya quedado claro.

—Meridiano, comisario —respondió Virginia con una voz nostálgica. Quizá pensaba que, en otra vida, le habría gustado estar bajo las órdenes de un hombre como aquel. Las cosas podrían haber sido muy distintas.

Cuando Ramón Pino descendía de nuevo a su estado de equilibrio natural tras uno de sus arrebatos, le quedaba el regusto en la boca del exceso, como el guerrero que enloquece y al volver en sí ve a su alrededor un montón de cadáveres y se pregunta cómo ha sido capaz de hacer algo semejante. Una especie de remordimiento ante la visión de lo que era capaz cuando perdía los estribos. ¿Había exagerado? ¿Estaba más nervioso de lo que quería admitir? Quizá no era tan impermeable a las presiones como quería aparentar, ni tan objetivo en sus percepciones como se lo exigía su trabajo. A fin de cuentas, tenía sus prejuicios. Hijo de la clase obrera, sin padrinos ni recursos, nadie le había puesto una alfombra en el camino para llegar a su posición. Más bien, todo lo contrario. Que su padre muriese tras una larga agonía por una afección pulmonar después de haber trabajado más de treinta años en una fábrica de productos químicos sin que la empresa mostrara un mínimo de empatía tampoco le ayudaba a ver con buenos ojos a gente como Armando Ortiz, y por tanto a su hija; le causaban repulsa todos esos empleados que CITRAORCOMPANY había movilizado para influir en las conclusiones de la investigación, la manipulación informativa y el ninguneo hacia las víctimas y sus familiares.

Pero era policía. No juez.

—Dicho esto, alguien que trabajó con usted en Barcelona me ha asegurado que es una persona decente. Ese es el término que ha utilizado exactamente, *decente* —dijo, tratando de desandar lo andado—, aunque también asegura que es rígida, tozuda y un tanto arrogante.

Virginia puso cara de circunstancias. El perfil trazado por el comisario le hizo entender con rapidez quién era su informante. Una sonrisa casi infantil le salió espontáneamente.

—¿Conoce a ese gordo gruñón? Creía que estaba jubilado, por edad le corresponde.

El comisario Pino respiró algo más aliviado al comprobar que, al menos, había un puente que ambos podían cruzar juntos.

—Sí, debería estar en casa. Pero me lo han mandado a mí, con la recomendación de que lo vigile estrechamente.

Virginia se entristeció.

—No es justo. Soria es un buen policía. *Sui generis*, pero bueno. Él me sacó de una buena, ¿sabe? Desde que me marché no hemos estado mucho en contacto.

El comisario se puso en pie, recuperado ya su aspecto un tanto lánguido, esa gesticulación pausada del vive y deja vivir.

—Pues ahora podrá arreglarlo. Soria está en este mismo edificio, dos plantas más abajo. En este momento imagino que le estará apretando las tuercas a ese gorila suyo, Jorge Migren.

Soria le echó una ojeada al despacho que le habían prestado. Una ventana con luz natural, un mobiliario decente, espacio amplio. Casi echó de menos los montones de cajas apiladas y los tiestos de Lourdes. Para colmo, estaba prohibido fumar. Aun así, se entretuvo doblando y volviendo a doblar un folio en blanco hasta convertirlo en un cenicero. Jorge Migren le observaba hacer, sentado al otro lado de la mesa con las manos cruzadas.

—¿Una clase de papiroflexia? ¿Para eso me ha citado?

Soria no levantó la cabeza hasta que el cenicero quedó perfecto. Sin más, encendió uno de sus Ducados.

—He intentado dejarlo muchas veces, hipnosis, libros de autoayuda, parches, pero ni siquiera las amenazas de mi mujer han logrado quitarme el vicio. Lo intenté un tiempo con caramelos de menta. Ahora tomo caramelos de menta, fumo y tengo a mi mujer permanentemente cabreada... ¿Usted no tiene vicios? Todo el mundo tiene uno como mínimo. Me refiero a vicios confesables.

Migren movió su enorme espalda en la silla y esta crujió.

—¿Quiere reclutarme para un grupo de terapia? Usted parece tener mucho tiempo, pero el mío vale oro.

«A los gilipollas no los aceptan en los grupos de terapia», pensó Soria.

—Solo digo que no me fío de los hombres sin vicios. Excepto los ascetas, claro. Conocí a alguno en el pasado. Pero usted no parece uno de ellos.

A Jorge Migren le dio la impresión de que aquel caimán gordo y de voz pastosa era un fardo inútil.

—Pues no sé qué decirle, subinspector.

—Solo estamos charlando.

—Si es por lo que ha pasado esta mañana en la planta, ya he declarado arriba hace quince minutos. Vi en peligro a la señorita Ortiz y a su acompañante e intervine para protegerlos.

El subinspector parpadeó levemente al escuchar el apellido de Virginia. Pino le había avisado de que estaba en el edificio. Soria no sabía cómo sentirse al respecto.

—Ese asunto es cosa del comisario Pino. Yo estoy aquí por otro tema: ¿qué interés tiene ALSACURSL en Vesna Gujic?

Migren tensó involuntariamente el bíceps y el tejido de la americana se estiró hasta perfilar un brazo que a Soria le pareció una pata de jamón.

—¿Quién es Vesna Gujic?

—Usted llamó a la comandancia de tráfico de la Guardia Civil en Lanzarote interesándose por su atropello. ¿Por qué?

Migren juntó los labios y bajó un instante la mirada hacia sus nudillos como si tratara de recordar. Al cabo de unos segundos asintió.

—El coche, sí. Verá, mi empresa tiene varias actividades, algunas de ellas relacionadas con el turismo. Gestionamos varias franquicias de alquiler de vehículos para turistas aquí, en Tenerife, y también en Las Palmas. Hubo un robo en uno de nuestros locales. Se llevaron un Wrangler. Lo denunciamos en la Policía Local, puede comprobarlo. Luego nos enteramos del atropello. Quería saber si nuestro vehículo estaba implicado.

Soria asintió con calma.

—¿Y llama a la Guardia Civil por cada accidente de tráfico que hay en la isla para ver si un vehículo de su empresa está implicado?

Migren le observó sin inmutarse.

—Leí la noticia en *La Voz* y pensé que podía ayudar.

«Es duro el cabrón este. No pierde los nervios.»

—Cuando usted llamó a la Guardia Civil el vehículo todavía no se había localizado. Apareció ayer mismo, desguazado. ¿Por qué se le ocurrió que podía estar relacionado con el atropello?

—No lo sé. Pura intuición, supongo.

Soria le dio una calada al cigarrillo y soltó la ceniza, que cayó fuera del cenicero de papel.

—¿Es usted muy intuitivo? —preguntó con sorna.

—Lo soy —respondió Migren sin mover una sola pestaña. El puto Iceman.

A Soria le agotaba aquel juego de idiotas. Yo te pregunto y tú me mientes, yo finjo que te creo y te vuelvo a preguntar.

—¿Y en qué intuye que estoy pensando ahora mismo?

—Su mente es una nebulosa para mí, subinspector. Puede que sea cosa de la humareda que tiene delante de la cara.

Soria miró al techo. No había detector de humos.

—¿Le suena un tal Bernardo Estilar? ¿Los gemelos Driss, tal vez? ¿Un perista al que conocen como Tobías?

—¿Por qué iban a sonarme?

—Tienen vicios: alcohol, drogas, putas y el gusto por lo ajeno. Eso los hace, paradójicamente, más previsibles. Ninguno de ellos es un asceta. No sé, me ha dado por pensar que a lo mejor le gusta a usted darse una vuelta de vez en cuando por La Baranda. Soy nuevo en la isla, pero me han dicho que aquello es una especie de *self-service*; si uno quiere algo, va y lo coge.

—No frecuento esa clase de ambiente, si es lo que me pregunta.

Ufano, seguro. No se dejaba atrapar.

—Se identificó como asesor de comunicación de ALSACURSL, pero no parece asesor de comunicación.

—Usted no parece policía.

—Tengo una placa que lo demuestra.

—Y yo tengo un doctorado y varios másteres, he trabajado en comunicación en cuatro países, hablo alemán, ruso, francés y mandarín. Puede investigarme.

Final del asalto, Soria. Te han dado unas cuantas hostias bien dadas. Mejor dejarlo. De todas maneras, el despacho empezaba a estar cargado de humo y tras el cristal de la puerta había aparecido una silueta conocida.

—Una última pregunta. He visto en el registro de sociedades que ALSACURSL depende de CITRAOR-COMPANY.

—Indirectamente.

—Como sea. ¿Por eso Armando Ortiz le ha pedido expresamente a usted que vigile a su hija?

—Me ha pedido que la proteja. No que la vigile.

Soria recogió la estocada sin pestañear.

—Un trabajo extraño para un asesor de comunicación.

Migren empezaba a impacientarse.

—Tengo otras habilidades.

—Ya me he dado cuenta. Aunque esas no aparecen en su currículo.

—Así que sí me ha investigado.

—Claro. Es usted un exmiembro condecorado de nuestras Fuerzas Armadas. Honores a nuestros héroes.

Migren enrojeció levemente por primera vez. Reaccionó rápidamente y se puso en pie.

—Eso fue hace mucho tiempo. ¿Hemos acabado?

Soria aplastó el pitillo en el cenicero, lo arrugó y lo lanzó a la papelera. Esperaba que no hubiera un incendio.

—Nunca se sabe. Gracias por su tiempo.

La puerta del despacho se abrió. Migren y Virginia cruzaron una mirada en el umbral. El gorila murmuró algo antes de desaparecer y ella asintió.

Luego se concentró en el Gordo Soria.

No corrieron a darse un abrazo.

Virginia buscó en ese hombre plantado allí en medio con las piernas abiertas a su viejo compañero, pero le costó reconocerlo. Su abandono era alarmante, las ojeras, el pelo, el traje arrugado.

—¿No tienes a nadie que te diga lo que te niega el espejo? —preguntó con sarcasmo.

Soria la saludó con una sonrisa. Una mano en el

bolsillo, la otra tocándose el cabello como si se lo hubiera cortado él mismo.

—Pura no ha querido acompañarme en el destierro. Se ha quedado en Barcelona con el cretino de nuestro hijo.

Virginia se acercó despacio.

—Los hijos cretinos. Eso me suena. La adolescencia es una enfermedad que tarda en curarse, pero no es mortal, tranquilo.

Ambos dudaron. Nunca tuvieron muy claro cómo demostrarse el afecto mutuo.

—Hola, Soria.

—Jefa...

—Ya no soy tu jefa... ¿Qué te parece si salimos de aquí y nos tomamos un par de cervezas?

Soria asintió.

—Mientras se pueda fumar, de acuerdo.

Era raro. Hablando de sus respectivos hijos, de la paternidad y de la maternidad, de su incompetencia ante las nuevas generaciones que les pasaban, literalmente, por encima, como la época.

—Al menos yo tengo excusa. Tuve a mi hijo demasiado tarde. Si hubiera hecho las cosas bien, a estas alturas tendría a un treintañero que me llevaría los viernes al Centro de Atención Primaria para hacerme los controles de orina, un nieto cabroncete y una nuera metomentodo. ¿Y qué tengo? A un niñato de veinte que no sabe ver más allá de su puñetero ombligo.

—Y le quieres.

—Y le quiero. Y el mamón lo sabe y abusa.

Virginia estudió la postura de Soria. Encorvado sobre la mesa, atrapado en una especie de amargura sin tensión. El comisario Pino tenía razón. Él se había llevado al final la peor parte.

—Me pregunto si he sido una madre ausente para mis hijas —dijo, bebiendo del botellín, como si, a fin de cuentas, ella también hubiera pagado su precio. Para confirmarlo, le mostró a Soria la nota que había encontrado en la habitación de su hija.

—Nuestro trabajo era así. Te conviertes en un extraño para ellos, no te ven nunca en casa, y cuando apareces se supone que deben recibirte en la puerta moviendo la cola como mascotas. Pero solo nos ven como intrusos. Ahora ya es tarde para arreglarlo, a veces creo que en mi familia no somos tres, sino dos más uno, dos equipos, Pura y él en uno y yo en el otro. Y el que sobra soy yo.

—Mi hija mayor ha decidido volver a España. De repente quiere estrechar lazos con su padre; eso dice.

—Eso está bien. Su padre es su padre, y cuernos al margen, tengo la sensación de que Luis no es un mal tipo. Quizá llevaste las cosas demasiado lejos por aquel desliz.

Un desliz. Una tontería. Eso es lo que le dijo Luis la última vez que se vieron, al despedirse en el aeropuerto de El Prat cuando Virginia y las niñas iban a embarcar rumbo a Nueva York, a un adiós sin retorno: «Ha sido una tontería, Virginia. ¿De verdad vas a tirar lo nuestro por la borda por un polvo?». Los hombres y su cretina solidaridad.

—No digo que sea mal padre. Solo es un cobarde y un narcisista patológico. Un crío, en el fondo, egoísta e inseguro. Alguien de quien ya no puedo fiarme, así que no le justifiques. A lo que tú llamas *desliz*, yo lo llamo *deslealtad*.

Soria pensó en la administrativa Lourdes y en su

escote, pensó en Román y su aventura fugaz con Vesna. En eso tenía que darle la razón a Virginia. Hay cosas que se rompen y no se pueden recomponer.

—... El caso es que Luis no tiene donde caerse muerto. Ni siquiera puede pasar la manutención. Sara se ha ido a casa de su abuelo, en la Costa Brava. Eso me preocupa mucho más. Yo sé de lo que es capaz la sombra de mi padre.

Soria frunció el ceño.

—Hablando de tu padre, ese morlaco que te ha puesto de escolta... Ten cuidado con él, no es trigo limpio.

—Jorge Migren. ¿Por qué lo dices?

—No tiene antecedentes penales ni policiales. Tiene el culo limpio como un bebé. Pura proteína sin grasa. Pero no me fío. Ese tío es una máquina de matar, jefa. Se ha pasado años en las fuerzas especiales: ha estado en todas las guerras, declaradas o no, en las que España ha metido el pie desde 1990 hasta 1996. Francotirador de primera licenciado con honores en lo mejor de su carrera. Apuesto a que se hizo contratista particular.

—Mercenario.

—Llámalo como quieras. No entiendo por qué tu padre tiene en nómina a un tipo como ese.

Una agitación animal sacudió a Virginia.

—Hay cosas de mi padre que yo misma no entenderé nunca. ¿Por qué investigas a Migren?

Soria respondió como si hubieran recuperado el automatismo de la época en la que ella era la jefa y él el veterano renuente.

—Una chica desaparecida. La atropellaron y robaron en su apartamento. Una hacker. Tu chico llamó a la Guardia Civil interesándose por la investigación.

—Puedo hacer algunas llamadas y ver qué averiguo.

Soria sonrió.

—¿Te sigue tirando esto? ¿Lo echas de menos?

Virginia acabó de despegar la etiqueta del botellín y lio con ella un canuto. Juegos de manos para disimular la situación embarazosa que se avecinaba.

—A veces... Casi todos los días —admitió—, aunque ahora tengo que preocuparme de cosas muy distintas.

—Menudo lío tenéis en ese polígono. No será fácil para ti, con todos esos muertos y tu padre moviendo los hilos por detrás.

Virginia inclinó el cuello como si se lo ofreciera al verdugo. Sonrió con pesar.

—Según me ha dicho tu nuevo comisario, aquí ibas a estar tranquilo hasta la jubilación.

Soria se palmeó los muslos.

—Supongo que es el karma.

Ella lo miró con una ternura que Soria hubiera rechazado de haberse verbalizado o materializado en un gesto.

—¿Por qué has aguantado tanto a esos cabrones? Podrías haberte jubilado después de lo de Barcelona. ¿Es por el dinero? Yo podría ayudarte con eso. Encontraríamos algo para ti en la empresa, si quieres.

Soria esbozó una mueca de resignación.

—¿Me ofreces un empleo?

—Te ofrezco una amistad.

Soria apretó los labios como si quisiera sacarse algo de las encías. Las emociones no se le daban muy bien. Estaba cansado, era cierto. Harto de tantas cosas, de tantos años. Sabía que su tiempo ya había pasado. Pegar el culo a la pared, coger la pasta y largarse. Era lo único que esperaba. Pero entonces ocurría algo, un sencillo atropello que se complicaba, un joven torturado y asesinado tirado como un despojo en un barranco y volvía a recordar cosas, sensaciones que había perdido hacía mucho: quién era, o quién había sido alguna vez, a los treinta, a los cuarenta años, antes de ser un bicho que solo deseaba regresar a su agujero, a los brazos confortables de una mujer cansada de soportarle, a sus dioramas y batallas de una Primera Guerra Mundial que nunca libró.

Y en ese momento aceptaba que había nacido para ese trabajo. Que era lo que era y no deseaba ser otra cosa, por mucho que le jodiera.

—Miedo. Esa es la palabra tabú. Por eso me quedé.

—¿Miedo? ¿Tú?

—Miedo a perder lo único de mí mismo que tiene sentido, lo único que sé hacer. Buscar a esa chica desaparecida, averiguar quién intentó matarla y atrapar al asesino de Bernardo, cosas que a nadie le importan. Mantener el equilibrio. Sin eso, no soy nada. Solo un viejo gordo y con mal genio sin fuerza de voluntad para dejar de fumar.

Virginia le lanzó una mirada vidriosa, maravillada de haber convivido con aquel hombre tantas horas sin conocerle. Hizo ademán de tocarle el hombro, pero se detuvo a medio camino, insegura.

—Has cumplido de sobra, Soria. Y todo se acaba.

—Pero no todavía. He aguantado treinta y cinco años. Puedo aguantar tres meses más.

Soria llamó al camarero. Pidió dos cervezas más, aferrando con ambas manos su vaso vacío. El momento confesionario había pasado. Casi fue un alivio.

—Bueno, y, rebeldías de adolescentes y confesiones al margen, a ti cómo te va la vida de ricachona en la capital del mundo.

Virginia puso cara de circunstancias. Le habló de los tipos insulsos con los que se acostaba esporádicamente, de los quebraderos de cabeza y de las puñaladas traperas del mundo financiero, de la mierda que los ricos también tragan para mantenerse ahí arriba. No se atrevió a insinuar que antes su vida era, si no más feliz, en cierto sentido más sencilla. En lugar de eso le habló del incendio de la planta, del artefacto explosivo de Colmado y de su suicidio... Sin darse cuenta, acabó hablando de Norman Hill.

—Es como un unicornio. Casi transparente. Algo raro en mi mundo de ahora. Tiene principios, sentimientos. Aunque algo le atormenta, y no sé qué es.

—¿Te has comprado un unicornio de mascota? ¿Para moldearlo a tu imagen y semejanza?

—No seas bestia, claro que no.

—Mejor. Porque por experiencia te digo que los unicornios no existen. Y los mirlos blancos, tampoco. Todos tenemos barro en alguna parte.

—Nosotros conocimos a uno. A un mirlo blanco, quiero decir.

Ahí estaba, la sombra de Julián Leal, de la que no querían hablar, pero inevitable. ¿No era esa la verdadera razón por la que Virginia había invitado a Soria a compartir cervezas y confidencias? Para saber. Aunque no quisiera saber.

—¿Cómo está?

—¿Por qué te cuesta decir su nombre? Se supone que erais íntimos. A mí ni siquiera me caía bien.

—Supongo que lo he culpado estos años de mi debilidad. Por haberme forzado a ceder al chantaje de mi padre.

Soria negó con fuerza.

—Nadie nos forzó a nada. Tú y yo decidimos ayudar a Julián porque quisimos. Creímos que era lo correcto.

Virginia miró a los ojos al subinspector.

—¿Y seguimos creyéndolo, Soria?

El teléfono de Soria sonó en el bolsillo de su chaqueta.

—Eso deberías preguntárselo a él —dijo mirando la pantalla. Era el número de Lourdes, la administrativa con la que soñaba, aunque no quisiera soñar. Pero quién puede controlar esas cosas—. Perdona, es importante.

Soria se puso en pie y se alejó un poco.

—Mario está intentando localizarte. ¿Dónde estás?

—Tomando una cerveza con una vieja amiga. ¿Es urgente?

—Han llegado las huellas de la Científica en el robo del apartamento de esa joven que andas buscando.

—No me lo digas... Los hermanos Driss.

—Chico listo... Pero no te alegres tanto. —Lourdes tenía una manera sensual de dar incluso las malas noticias: los hermanos Driss habían aparecido. Estaban muertos.

Soria maldijo por lo bajo.

—¿Qué os pasa en esta isla? ¿Sembráis muertos?

Lourdes no se lo tomó bien.

—A lo mejor se te están cayendo a ti de los bolsillos, subinspector.

En el tiempo en el que Soria buscó la palabra para disculparse, Lourdes ya había colgado. Contrariado, el subinspector regresó a la mesa.

—Tienes que irte... —adivinó Virginia, con una especie de envidia en la mirada.

Soria asintió.

—Ya sabes cómo es esto.

Ella hizo una mueca de añoranza.

—Voy a quedarme unos días por aquí, hasta que se calme lo de ALSACURSL. Me gustaría invitarte a cenar, que charlemos con calma.

—Claro... Y vigila de cerca a ese perro mastín de Migren. Hay algo en él que es peligroso.

18

Mario no estaba acostumbrado a esa clase de erupciones volcánicas cuando era agente en la unidad de delitos económicos. Lanzarote era una isla tranquila, si no un paraíso, al menos algo que se le parecía. Por eso la había pedido como destino para tratar de superar la ruptura con Alejandro, cambiar de aires y recomponer su vida. Y en pocas semanas, tres muertes violentas, una desaparición y un subinspector con párpados de tortuga que fumaba esos apestosos cigarrillos sin parar —por no hablar de esa manía un tanto repulsiva de acariciar con la lengua los caramelos de menta.

Empezaba a echar de menos Madrid.

—Están ahí, al fondo de la grieta —dijo señalando los cuerpos de Hasán y Malik. Hasán estaba un poco más arriba que su hermano, vuelto hacia arriba. Un disparo a quemarropa en el pecho. Malik se hallaba unos metros más abajo. Había quedado en una forma extraña, como si nadara en el aire. Dos disparos, esta vez por la espalda. Probablemente el mismo tirador con la misma arma.

Soria observaba la escena con una mano en el bolsillo y la otra en el inevitable pitillo. El joven oficial seguía preguntándose si confiaba o no en el subinspector. El comisario Pino le había pedido que lo vigilase de cerca:

—Es un buen policía, pero hay que atarlo en corto.

Mario no sabía a qué atenerse. Por el momento, lo único que podía hacer era concentrarse en lo que tenía delante. Los gemelos Driss. El método sistemático, eso era lo que más le gustaba. La repetición exhaustiva de cada paso para llegar a conclusiones lógicas. Ciencia pura sin especulaciones ni trucos de magia. La mirada entrenada en el detalle que le permitía dejar de lado la intuición: una colilla de Palmer junto al cuerpo de Malik, la rasgadura en la camisa de Hasán, en la que había quedado atrapado un hilo de otro tejido, la fotografía de las heridas, que más tarde en el laboratorio serían analizadas milímetro a milímetro.

—Tenían las manos atadas, pero el asesino se ha tomado la molestia de cortar las ligaduras —aseguró el joven oficial, todavía con los guantes de látex puestos. Tenía el cabello enmarañado y los pantalones cubiertos de tierra seca—. Habrá que esperar a lo que digan en el instituto forense, pero diría que se los han cargado hace menos de veinticuatro horas.

Soria miraba los cuerpos con el rostro serio.

—Vivieron juntos, robaron juntos, murieron juntos. ¿Crees que es cierto eso que dicen del vínculo entre gemelos?

Mario no podía saberlo, era hijo único. Soria se apartó de la grieta. Basta con apartar la mirada para que las cosas feas desaparezcan. Solo que siguen ahí.

—¿A estos también los han torturado?

Mario negó fehacientemente.

—No de manera tan sistemática como al Lobo. Los han golpeado, eso está claro, pero no hay... —buscó la palabra adecuada— refinamiento.

—Eso significa que quien lo ha hecho no necesitaba obtener información de ellos, a diferencia de Bernardo. Solo quería quitarlos de en medio.

—O que se trata de dos asesinos diferentes —se atrevió a apuntar el oficial.

¿El mismo caso y dos asesinos diferentes? No tenía ninguna lógica, pero Soria ya no sabía qué pensar.

Un policía de uniforme se acercó a Mario y le susurró algo al oído. El oficial palideció.

—¿Qué sucede? —le preguntó Soria.

El oficial parecía desconcertado.

—Ha aparecido otro cuerpo, en la Peña del Chache. Es el ayudante de cocina. Román... Parece un suicidio.

Soria se acordó del reproche de Lourdes y se miró en los bolsillos, por si tenían un agujero. Uno por el que pudieran caérsele los muertos que iba dejando a su paso.

Seis horas antes, Román se asomaba al borde del acantilado. Se quitó la chaqueta y la dobló cuidadosamente. Por alguna razón, también se quitó los zapatos. Llevaba noches sin dormir.

Quiero a mi familia. Movió negativamente la cabeza. Tú no quieres a nadie, solo eres un monstruo que finge un dolor que no siente, aunque te gustaría sentir algo de verdad, ser capaz de sufrir por alguien que te importe más que tú mismo, pero no puedes. Eso no es cierto, me arrepiento de lo que he hecho. Solo porque la culpa es una afilada navaja, pequeña, delgada y puntiaguda que te alivia, un corte aquí y otro allá; a mí no me puedes engañar, porque soy tú. Solo eres una voz en mi cabeza. Soy tu voz, no estoy dentro de ti. Soy tú.

Román empezó a sollozar. Puedo arreglarlo, no está todo perdido. Demasiado tarde. No lo es, se lo contaré todo a Miriam. Crees que podrás volver a casa y seguir con tu vida y tus mentiras, tus arrepentimientos y tu papel de buena persona, pero no va a parar: lo que has hecho te hará daño, te reventará desde dentro poco a poco hasta sacarte la razón, hasta volverte loco. Solo hay una solución. Solo una; librarás a tu familia de tu presencia antes de que los destroces a ellos también, como hiciste con tu primera mujer.

Eso no es justo. Ninguna memoria lo es.

Su primera mujer. Román recordaba la luz del amanecer que aquel día se filtraba a través del postigo y también se acordaba de que abrió los ojos con una sensación extraña; estaba solo en la cama. También resultaba llamativa la ausencia de los olores habituales en la casa. Marta dejaba un rastro inconfundible al levantarse, mezcla de tabaco y café, pero la cocina estaba vacía. El apartamento respiraba un frío extraño. La puerta del baño estaba entornada y eso sí era extraño de verdad. Marta la cerraba con llave cuando estaba dentro. Decía que hay intimidades que ni siquiera se deben compartir con tu marido. A él siempre le hizo gracia ese exceso de pudor, pero lo respetaba. Con los nudillos llamó antes de abrirla.

—¿Marta?

En el interior del baño flotaba una mezcla de olores desagradables. Marta tendida entre el bidé y la ducha. Un pie descalzo asomaba por debajo del camisón. Un poco más allá estaba el zapato que había perdido. Ahí, tumbada, y la mano colgaba sin fuerza, casi rozando con los dedos curvados el pie de la ducha. Las venas abiertas y la sangre fluyendo hacia el desagüe. Román se abalanzó hacia ella. Le espantó la rigidez del cuerpo, el frío de la piel. No podía creerlo. Estaba muerta. Román retrocedió espantado, sin apartar la vista del cadáver. Se golpeó el hombro con el quicio de la puerta y cayó al suelo. Se arrastró de espaldas hacia el pasillo y se quedó ahí, mirando el pie descalzo de Marta, incapaz de reaccionar. No recordaba cuánto tiempo pasó hasta que fue capaz de ir a buscar el teléfono y avisar a los servicios de emergencias. Pasaron diez minutos, una hora. El tiempo dejó de tener sentido.

Lo acusaron de haberla matado. De haber asesinado a su mujer. No avisó inmediatamente, tenía sangre en la ropa, la cuchilla tenía huellas suyas, habían iniciado los trámites de divorcio —Marta había contactado con un abogado sin decírselo—, salieron a la luz las infidelidades de él.

Pero era inocente. El fiscal llegó a la misma conclusión tras cuatro meses en prisión preventiva, aunque eso ya no importaba, el daño estaba hecho. La justicia lo había absuelto, no sus vecinos de escalera, ni los amigos del bar, ni los compañeros de trabajo, ni los periodistas sin escrúpulos que siguieron acosándolo, ni el concejal oportunista ni el banco, que se negó a concederle una prórroga en el pago de la hipoteca. Como un boxeador grogui, se mantenía en pie por pura inercia, incapaz de defenderse, de reaccionar.

No era feliz. Marta no era feliz. Nunca lo fue, a pesar de sus promesas, de sus sonrisas, de sus besos.

Yo no la hice feliz.

Tú eres el culpable.

La culpa acudía en su ayuda como un resorte, y el veneno paralizante de la autocompasión. La veía por todas partes, sus gestos repentinos, echarse el pelo hacia atrás sin decir nada, chasquear los dedos y ponerse a bailar descalza escuchando *Sobreviviré* de Mónica

Naranjo, encender un pitillo y apagarlo enseguida como si le partiera el cuello. Las veces en que se empeñaba en cocinar, aunque se le daba fatal, su mirada inquisitiva durante el desayuno cada vez que una mujer rondaba invisible como un fantasma entre ellos.

Y ahora volverá a pasar.

No esta vez, yo amo a mi mujer y a mis hijos, tengo otra oportunidad de hacer las cosas bien, mejor.

No la tienes, lo que te queda es un amor repleto de sobresaltos y contradicciones y de nuevas mentiras e infidelidades.

No es cierto, estamos a medio camino, aprendiendo el uno del otro, tenemos por delante cuarenta o cincuenta años para acabar de entendernos, para perdonar lo que deba ser perdonado.

¿El asesinato, la mentira o la traición?

Lo he hecho por Miriam y los niños. Una nueva vida.

Una nueva mentira, pero ahora ellos lo saben; siempre se acaban sabiendo las cosas.

Me chantajearon, tuve que hacerlo.

Y cediste.

Era la única manera de protegerlos.

No, solo te protegías a ti, pero ya es tarde.

Todo se sabrá.

Ahora vendrán a por ti, a por Miriam y los niños si no haces algo.

Puedo explicarlo, puedo salir de esta, no soy un mal hombre.

¿Eso quieres que te perdone Miriam?

Ella lo entenderá, envejeceremos juntos, la querré, llegaremos a esa perplejidad incómoda en las cenas de Navidad de los matrimonios que duran toda una vida.

No lo harás, nada de eso será posible y lo sabes. Y es

inútil rezarle a Dios para que todo haya sido un error, una pesadilla, porque Dios calla. ¿Qué puede decir Dios de los hombres y de las mujeres si no los conoce?

Nos necesitamos mutuamente.

No os necesitáis, ella finge darte la esperanza de otra posible vida y tú finges creerlo. La ficción es lo único que importa. Lo único que aleja el miedo a la nada. Como el goce y la pena.

Solo al final, cuando has ido más allá de lo que crees soportar, algo se libera, pequeño, todavía: un nuevo empleo, una nueva ciudad, una mujer que te mira en una cafetería. Pero suficiente para volver a creer en algo, un teatro, una apariencia, que con el tiempo y la práctica apaciguará el dolor y lo esconderá donde otros no lo puedan encontrar.

Tengo que saltar.

Tienes que saltar.

19

Norman Hill se puso la camiseta con una mueca de dolor. Tenía moratones por todo el cuerpo. Aunque fingía estar bien, seguía soñando con la turba pateándole en el suelo. Llegó a pensar que iba a morir así, pisoteado por una masa enfurecida de desconocidos en un maldito polígono industrial de una isla, tan lejos de Ohio. Una muerte que habría sido de lo más absurda e inesperada y, lo que más le enfadaba, sin sentido.

—Siempre es el destino el que decide —murmuró frente al espejo—. El destino pone en tu camino a Oliver Huberty y a las hamburguesas dobles del McDonald's. Es inútil preguntarse por qué. El destino no proporciona ningún alivio.

Abrió con precaución, como si se tratara de un artefacto explosivo, la cajita de caudales que siempre llevaba consigo. Ahí seguían el dedo pulgar y el proyectil de 9 mm con la punta ensanchada.

Cogió la libretita donde anotaba el nombre de todas las víctimas, cualquier detalle sobre ellos que le pareciera significativo o curioso: diabético, un lunar detrás de la oreja izquierda, soriasis, un tatuaje en la mano. Aquella era su biblia, su misión sagrada.

Virginia estaba sentada en uno de los sofás de la recepción, colgada al teléfono. Pocas personas eran capaces de arrinconarla como lo hacía su padre. No podía darle el gusto de perder los nervios.

—Me he enterado de lo ocurrido. De no haber estado ahí Migren, Dios sabe lo que podría haber pasado. ¿Me puedes decir qué narices pretendías hacer, Virginia?

—Mi trabajo, papá. Es mi empresa, igual que tuya —respondió, tratando de mantener la calma—. Tú lo decidiste así cuando me obligaste a renunciar a mi carrera para trabajar contigo.

—No juegues conmigo, Virginia. Esto está fuera de tu competencia. Deja de entrometerte. No es un buen momento para escándalos, estamos a punto de cerrar la ampliación con los italianos. Nos jugamos mucho y debemos mostrar seriedad y control.

La ampliación: miles de millones de dólares en juego con el fondo de inversiones de Massimiliano Petrucci. Millones a los que su padre no iba a renunciar por un puñado de trabajadores muertos.

—Esas personas necesitan que se les dé una explicación.

Oyó a su padre masticar la impaciencia:

—Nuestros expertos ya se están ocupando del asunto de las indemnizaciones. El dinero es la explicación más convincente.

—No es tan sencillo, papá. Hay ocho personas muertas. No lo arreglarás solo con dinero.

En ocasiones, a Armando Ortiz le costaba aceptar que Virginia fuera hija suya.

—Todo esto se olvidará, seguiremos con nuestras vidas y ellos con las suyas. Solo deja que las cosas sigan su curso.

Virginia vio salir del ascensor a Norman Hill y le hizo una señal para que la esperase en la barra de la cafetería.

—El comisario encargado de la investigación no suelta prenda. He hablado con él. Ramón Pino, un buen comisario, no te va a resultar sencillo sacarle nada. Diría que la gente como nosotros no le gusta demasiado.

—¿Qué significa la gente como nosotros?

Virginia no perdió la oportunidad de lanzarle una pulla, inútil y estéril, lo sabía.

—La gente que deja que las cosas sigan su curso, papá. Sea como sea, no creo que funcione la intimidación o el soborno con él.

Armando Ortiz ni siquiera fingió sentirse ofendido.

—No sé por quién me tomas.

—Por quien eres, papá.

La eterna retahíla de los reproches, la cadena que nunca iba a terminar entre ellos.

—Me han dicho que has visto a un antiguo compañero tuyo, un subinspector. Podría sernos útil. Quizá pueda darte alguna pista de cómo van las diligencias.

Virginia descartó la opción inmediatamente. Tal vez de manera precipitada.

—¿Por qué iba a hacerlo?

—No lo sé. Encuentra algo que pueda interesarle. Tú le conoces mejor que yo.

Habían llegado al punto muerto en el que él nunca perdía y ella debía abandonar toda resistencia. Imaginó a su padre irguiendo la cabeza, con la espalda muy recta en su despacho, contemplando el cuadro de caza.

—No me has preguntado por Sara. Está bien, por si te interesa saberlo.

Virginia acusó el golpe. Como aquella vez que, a

los catorce años, se afeitó las cejas imitando a su tía Amparo, la moderna, para hacérselas con lápiz, y él le dijo que su tía, la hermana de su madre, era una puta. De las caras, pero puta: «Si vas a ser como ella, mejor te largas de casa y que te enseñe bien el oficio».

—A veces creo que eres un auténtico hijo de puta, ¿sabes?

—Y a veces tienes razón —respondió él con frialdad—. Acaba ya con ese numerito de la empresaria comprometida y humanitaria y ocúpate de tus hijas. Ellas te necesitan más que esos muertos.

Virginia colgó. Con el teléfono todavía temblándole en la mano, se acercó a la barra de la cafetería. Norman Hill la recibió con expresión suspicaz. Había aprendido con rapidez a hacerse invisible cuando veía esa pose en su jefa.

—¿Qué sabes del Fondo de Inversiones Milanés, con el que mi padre está negociando? —preguntó Virginia a bocajarro.

«Estoy bien, las heridas cicatrizan, aunque sigo teniendo pesadillas. Gracias por preguntar», pensó Norman Hill. Aquella mirada de su jefa le intimidaba, sin embargo; le obligaba a buscar las palabras que se negaban a salir.

—No mucho. Sé lo que saben todos.

—¿Y qué saben todos? —preguntó ella, impacientándose.

—El fondo posee un portafolio importante, principalmente en Rusia y la antigua Yugoslavia, y algunos clientes de países de África oriental. Hacen jugadas arriesgadas. Si los accionistas entran en CITRAORCOMPANY nuestras posibilidades de mercado se ampliarán mucho en el campo energético y de minerales. Parece una buena opción.

Virginia no se dio por satisfecha.

—No quiero especulaciones. Tú eres analista, ¿verdad? Pues analiza. Quiero que estudies los datos a conciencia y me hagas un diagnóstico lo antes posible.

Norman Hill intuyó el peligro. Tartamudeó y buscó una salida imposible.

—Eso es complicado. Necesitaría acceso a los números, y no lo tengo.

—Tampoco lo tenías para conocer los detalles de lo ocurrido en la planta siniestrada y te las arreglaste bastante bien —respondió Virginia. Podía interpretarse como un comentario irónico o como una amenaza. En cualquier caso, Norman Hill estaba bien jodido.

—¿Qué es lo que tengo que buscar?

—Cualquier cosa que te llame la atención.

Salieron del hotel y la berlina de la empresa los esperaba en la puerta.

—¿Todo bien? —preguntó Migren, dirigiéndole una mirada irónica a Norman Hill—. ¿Has podido descansar?

—Basta de tonterías —atajó Virginia. Le dio una dirección y subió al coche.

Migren enarcó una ceja.

—Ese es un barrio complicado, señora.

—Nos las apañaremos.

Mientras la carretera se alejaba del centro, Virginia estudió mejor a su acompañante.

—¿Cómo lo llevas? —preguntó, señalándole las grapas sobre la ceja. Era su manera de disculparse por haberle tratado como una mierda y por haberle usado como saco para descargar la furia contra su padre. El joven carraspeó. Estaba bien, todo lo bien que se podía estar. Virginia buscó algo que decir, pero no estaba acostumbrada a disculparse.

—Te he traído esto —dijo, pasándole un expediente—. Un regalo.

—¿Un regalo?

—Te obsesionan las catástrofes, ¿verdad? Pues ahí tienes una de las que te pedirán semanas de análisis. Ocurrió en Tenerife, en el aeropuerto de Los Rodeos, en 1977. Un choque entre un Jumbo de Pan Am y otro de KLM. Casi seiscientos muertos.

Norman Hill abrió el expediente como si accediera al grial. Conocía la historia, por supuesto; cualquier cazador de desastres la conocía. Solo sesenta y una personas sobrevivieron a ese accidente. Ahí estaban sus vidas, sus declaraciones. Incluso la investigación, que en un primer momento apuntó la hipótesis de un atentado por parte de un movimiento independentista formado poco antes por Antonio Cubillo.

—Se acabó demostrando que fue un error fatal del piloto de KLM, Van Zanten.

—En realidad fue un acto de arrogancia —corrigió Virginia—. El capitán inició la maniobra de despegue sin permiso de la torre de control.

Norman Hill la miró con unos ojos distintos, de repente más brillantes y profundos. Seguro de sí mismo.

—La arrogancia suele ser el más común de los errores fatales.

El edificio, desoladoramente feo, era fruto de la especulación inmobiliaria de los años setenta y principios de los ochenta. Alrededor, todos eran parecidos, colmenas de protección oficial. Virginia conocía bien esa clase de barrio, se repetían idénticos por toda la geografía. Se escribían novelas y se hacían películas, se pintaban las fachadas y se ponían parques con árboles raquíticos, se romantizaban los bares y las esquinas, la lucha vecinal, el casal okupa, la sede sindical, se reponían los contenedores que ardían por la noche y se abrían comisarías de proximidad... Pero para sus habitantes la trayectoria era tan rectilínea como la de una piedra cayendo en un pozo.

Vio pasar a un chico sin camisa y sin casco en una motocicleta. Y esa imagen la llevó a una aparición mariana a los trece, catorce años, cuando en secreto decidió que sería monja obrera, misionera en un lugar muy romántico y pobre, probablemente en África o en Centroamérica. Y acudieron los recuerdos de las caminatas a Montserrat con la JOBAC y los hijos de los prebostes del franquismo burgués y católico, los amigos de su padre que luego se hicieron catalanistas y más burgueses pero menos católicos. Y volvió a los trenes que partían de la estación de Francia a Lourdes cargados de peregrinos, tullidos y enfermos a los que dedicaba dos semanas de sus vacaciones estivales, haciendo de enfermera voluntaria con un bonito y almidonado uniforme blanco con cofia de juguete; recordó las misas multitudinarias, las botellitas de plástico con el agua milagrosa y la silueta de la Virgen y su lazo azul, que se vendían a ocho francos, los corros con guitarra junto a los seminaristas y *brancardiers* de Sessé, el primer cigarrillo, el primer beso, la primera mamada y el regreso a Barcelona, despidiéndose para siempre de su Pijoaparte.

—Jefa, ¿se encuentra bien?

Virginia parpadeó. Asintió y salió del coche.

—¿En qué piso viven?

La niña pequeña observaba sin pestañear y con la boca entreabierta a los recién llegados. Escondía las manos debajo de los muslos y balanceaba un pie descalzo. Sobre todo, estaba fascinada por la mujer morena. Desde que había entrado, la casa olía de un modo distinto, a hierbas y naranjas. No dejaba de mirar su bonito pelo oscuro y le habría gustado tocarlo, pero su madre la habría regañado.

El hijo mayor también observaba a esos dos desconocidos sentados a lado y lado de su madre como policías, pero su mirada era más bien recelosa. Ya tenía edad para intuir en los gestos de su madre que aquella no era una visita amistosa. Reconocía al que no paraba de mirar un cuaderno abierto entre las rodillas juntas. Había estado en la pelea en la planta donde trabajaba su padre.

El resto de los hijos andaban desperdigados por el barrio, en casas de amigos y familiares hasta que las cosas se calmasen. Habían aparecido pintadas amenazadoras e insultantes en el edificio. Les echaban la culpa de lo ocurrido.

—¿No han montado ya bastante jaleo? ¿Por qué están aquí? Van a complicarme la vida. —La viuda de Colmado tenía una uña rota y llevaba puesta la alianza de casada. El luto la enaltecía, al respirar ensanchaba el pecho de joven madre de familia numerosa. Virginia se dio cuenta de que algo había cambiado desde el encuentro en la puerta de la fábrica. Entonces ella le pareció esculpida en un bloque de hielo. Ahora esa pureza poderosa se estaba derritiendo. Vio las cajas junto a la puerta y las maletas.

—¿Se mudan?

La mujer miró de reojo a su hijo.

—Las cosas se han puesto difíciles aquí. Estas calles no te dejan olvidar quién eres.

Virginia observó alrededor. A pesar del espacio reducido y de la pobreza que rezumaban los muebles viejos y desconchados, llamaba la atención el gigantesco televisor.

—Querría hacerle un par de preguntas sobre su marido.

El contraste de informaciones era una práctica adquirida en sus años como inspectora. Una cosa es lo que dicen los datos y otra lo que cuentan las personas. Necesitaba entender qué clase de hombre llega al punto de desesperación en el que deja de importarle la propia vida y la de los demás, pero si esperaba encontrar matices sobre Colmado que Norman Hill no le hubiera proporcionado ya, se equivocaba. El discurso de la viuda acerca de quién era su marido fue desapasionado, como si lo hubiera sacado de una biografía de Wikipedia, lo hubiese aprendido de memoria y lo repitiera como un loro: era un buen hombre, trabajador, buen padre, sin vicios, tenían una vida sencilla, eran felices. No, nunca fue un hombre violento ni impaciente. Tampoco especialmente alegre. Un marido con el que una mujer podía conformarse. Eso era todo.

Era difícil enfrentarse a alguien que parecía no necesitar nada de ella. La conversación se prolongó durante otros diez minutos sin dar más de sí.

Cuando la viuda se levantó, dando por acabado el tiempo que les había concedido, Virginia volvió a fijarse en el chico. Tenía una mirada huidiza, ausente. Podía ser la mirada sin horizonte de un soñador o el ensimismamiento de un bobo; a veces se confunden. Virginia se detuvo en sus zapatillas, de marca, nuevecitas. Volvió la vista hacia la niña, que no había abierto la boca. Le sonrió y el hoyuelo de la chiquilla se hizo más profundo.

—Las cosas no siempre tienen que acabar mal —dijo en la puerta, cuando se despidieron.

La viuda le sostuvo la mirada con impaciencia.

—Tal vez en su mundo de fantasía, pero no en el mío. Aquí no hay finales felices.

Al volver al coche, Virginia echó un último vistazo al edificio. Flores en los maceteros, ropa en los tendederos, aparatos oxidados de aire acondicionado y antenas parabólicas.

—Investígala. A la mujer y al chico mayor. Quiero saberlo todo sobre ellos.

Norman Hill no entendió bien a qué se refería.

—Todo —repitió Virginia—. Hay algo en esa familia que no encaja. Y quiero saber qué es.

20

El oficial Mario ya no frecuentaba los reservados de ciertos bares ni los callejones traseros; eso era agua pasada, los tiempos en los que era capaz de cualquier locura para tener contento a Alejandro. Los encuentros con desconocidos, las fiestas, las drogas, los intercambios, los dramas y las reconciliaciones... No lo echaba de menos, entró en ese mundo por amor y salió de él por supervivencia, y en el camino había perdido partes de sí mismo que no recuperaría jamás.

El G&GT era un local tranquilo, regentado por una pareja de italianos discretos y sonrientes. La música por la tarde era relajada, no había mucha concurrencia, algunos alemanes y un par de ingleses que charlaban animadamente en la barra frente a una gigantesca pantalla de televisión donde se transmitía un partido de la Premier. Mario había llegado con tiempo a la cita, le gustaba anticiparse para controlar el entorno, darse tiempo para serenarse y tener cierta ventaja.

Uno de los dueños del bar le saludó con una sonrisa y le sirvió un Amaro Lucano con hielo. Antes de llevárselo a los labios, vio entrar al hombre que esperaba e irguió la espalda en el taburete, poniéndose de medio lado.

—Bonito lugar —dijo el recién llegado echando

una rápida mirada a izquierda y derecha mientras se acercaba a la barra con calma.

Mario no necesitaba hacer conjeturas. Todo en aquel hombre era una advertencia: no te acerques o te arrepentirás. Sus ojos, que eran crueles en su pureza oscura, su complexión, fácil de adivinar bajo la ropa elegante —músculos que podían soportar mucho más que la mayoría sin alardes innecesarios—, la determinación en cada gesto y en su economía. Esa clase de hombre que consigue lo que quiere, de un modo u otro. El recién llegado se sentó en el taburete y observó la colección de bibelots, a la que los dueños eran aficionados y que estaban por todas partes.

—Una decoración un poco *kitsch* para mi gusto.

Mario aventuró cuáles serían esos gustos: acero, maderas nobles, espacios abiertos, monocromáticos, muebles sin relieves, funcionales. Una vida sin adornos y un armario ropero bien nutrido y poco variado. Apostó a que le gustaban las monodias gregorianas y que leía a Martha Nussbaum.

—¿Has sido tú? ¿Has matado al chico y a los gemelos? Tu jefe no me paga para esto.

La paz. Ese sueño al que aspiran todos los arrepentidos después de haberse gastado las treinta monedas.

—No creo que te interese hacerme esa clase de preguntas. Tú limítate a darme información sobre los pasos del subinspector. Y deja que yo me ocupe del resto.

Era fácil saber lo que ese joven policía estaba pensando. Lo leí en su cara. Creía que yo era la peste negra llegada desde el otro lado del Atlántico para asolar su pequeño y, hasta ahora, plácido mundo.

No me esforcé en convencerle de lo contrario. La gente cree lo que quiere creer. No hay nada que hacer cuando una certeza arraiga en una mente que duda. Penetra hasta el tálamo, se enreda con verdades y mentiras y ya no hay modo de sacar esa mala hierba de ahí.

Si creen que eres un monstruo, eso es lo que eres. Mi hermana también había decidido creer que yo era el asesino de la Vía Mendoza, y al hacerlo había sellado el futuro a cualquier otra posibilidad. Por eso me había traicionado y lanzado a las garras del Oso Dávila. Ella creía que el mundo sería un lugar mejor sin gente como yo. Probablemente estaba en lo cierto.

Soy lo que soy. Pero no me gusta añadir a mi historial méritos que no me corresponden o que otros intenten endosármelos. Me habían contratado para encontrar a Vesna, conseguir de ella lo que el cliente necesitaba y eliminarla. No para hacer una carnicería. Ser profesional es una cosa. Banalizar el asesinato y la tortura otra muy distinta. Maté a Margar en Cubagua porque tenía que defenderme, maté al chico que limpiaba el coche del Oso porque era necesario para que Elisa y su hijo siguieran respirando. Puede que no me arrepienta de esas muertes, pero eso no significa que no me importen.

Mario me entregó una copia de las diligencias de Soria.

Estudié las fotografías de los cadáveres. Los muertos recientes tienen una forma casi humana, una especie de residuo de lo que han sido. El rostro de Bernardo seguía crispado, desde luego no se había ido en paz. Lo habían martirizado a base de bien, durante horas. Cuchillo corto, afilado, lazos de acero, quemaduras, tenazas. No parecía la clase de individuo que resiste mucho; de haber sabido algo lo habría soltado con la primera falange rota. Si no había dicho más era porque no sabía más. Aun así, el torturador había seguido causándole dolor. Metódico, sistemático. Sin perder el control en ningún momento. Hacer algo así sin pestañear, sin que se altere el pulso, durante el tiempo que se desee, alargar una agonía durante horas o días, requiere adiestramiento en el manejo de los instrumentos y en el conocimiento de la fisiología humana. También en la superación de cualquier límite emocional. Para esa clase de vaciado interior se necesitan años de exposición al horror hasta volverse inmune.

Me concentré luego en los hermanos Driss. Malik tenía los labios sellados con miedo, en Hasán eran más profundas las marcas de la serenidad, una calma que probablemente no tuvo en vida. Quizá esté ahora en un lugar en el que los errores no se tienen en cuenta.

—¿Cuál es la teoría de Soria?

—Ha interrogado a un perista, Tobías. Parecía su principal sospechoso, pero el subinspector lo ha descartado sin darme más explicaciones. Ese gordo no parece capaz ni siquiera de encontrarse el culo.

Acerqué un cuenco de frutos secos, luego recordé que poca gente se lava las manos cuando va al baño. No los probé.

—Conozco al subinspector. No deberías fiarte de las apariencias... ¿Qué hay del ayudante de cocina?

Mario me enseñó la ficha de antecedentes:

—Se la he ocultado a Soria. Él cree que todo se resume a una aventura con una chica más joven que Román trataba de ocultarle a su mujer. Pero el tipo estuvo cuatro meses en prisión, lo acusaron de haber asesinado a su primera mujer hace diez años. Tuvieron que soltarlo por falta de pruebas.

—Lo que no significa que fuese inocente.

—Sospecho que Román no se lo contó a su actual pareja y que quería mantenerlo en secreto, y creo que alguien más tenía esta información y que lo estaba chantajeando de alguna manera.

Tipo listo, el tal Mario.

—Lo que estás diciendo es que usaron esa información para forzarle a acercarse a Vesna.

Mario negó lentamente.

—Más que eso. —Sacó del bolsillo unas llaves y las colocó sobre la barra—. Son del Wrangler que atropelló a Vesna. Las he encontrado en la taquilla del hotel donde trabajaba Román. También había un teléfono de prepago con un único número en la memoria. Hay siete llamadas. La primera se hizo poco después del atropello. La última, treinta minutos antes de que el ayudante de cocina se suicidase.

—¿De quién es el número?

Cuando una rata cree haber dado con un buen pedazo de mierda, es difícil apartarla de ella. Se vuelve glotona.

—Quiero acabar con esto. Necesito una garantía de que si te lo digo, quedamos en paz.

Sonreí. Yo solo doy una clase de garantía, y no hay recibo ni cheque devolución si no te conviene lo que has comprado. Al final cogí un cacahuete y lo dejé encima de la barra. Lo miré como si fuera la recreación de un meteorito que recuerdo haber visto en un libro de texto cuando era niño. Un meteorito con forma de cacahuete extinguió a los dinosaurios. Quizá otro con forma de avellana destruiría a los humanos.

—Te lo preguntaré por las buenas, y solo lo haré

una vez más: ¿quién es el titular del número de teléfono al que llamaba el cocinero?

Entre la supervivencia y la codicia, hasta las ratas saben lo que les conviene cuando les das una buena patada en el vientre.

—Jorge Migren.

El rottweiler de Armando Ortiz... Desde luego, chico listo.

Examiné con curiosidad a aquel joven capaz, con aspecto de haber salido de una película para adolescentes de los años noventa.

—Eres un buen investigador, y seguro que habrías sido un buen policía...

Me miró con extrañeza.

—¿Vas a juzgarme, precisamente tú?

—Eres joven. Quién sabe, quizá logres olvidar por qué vendiste tu alma al diablo.

Mario se me quedó mirando con una interrogante dolorosa.

—¿Y tú? ¿Has olvidado por qué vendiste tú la tuya?

Me puse en pie y me abotoné la americana observando de reojo el televisor. En las noticias seguían hablando del incendio. El rostro de la exinspectora Virginia Ortiz estaba en todas partes.

No, claro que no lo había olvidado. Fueron algo más de treinta monedas de plata.

21

Guadalajara, México, año 1976

El hombre se quedó quieto unos segundos. La puerta la había traído desde Tlaquepaque en la camioneta. Una vieja y pesada puerta colonial. Estaba trabada con un grueso tablón entre dos anclajes de hierro viejo que él mismo había soldado. Una cadena con un pasador en la jamba unía los extremos y los cerraba con un candado. No era gran cosa, cualquiera con un poco de voluntad habría podido tirarla abajo, pero él no era herrero y tampoco había tenido mucho tiempo para improvisar aquella especie de cárcel en la parte trasera de la finca.

Sopesó la cadena y acercó el oído a la puerta. Podía oír la respiración agitada de la chiquilla al otro lado, el leve crujido de los muelles del camastro al moverse y su llanto. Supuso que estaría de cara a la pared, mirando esa absurda foto de Jorge Rivero que tenía pegada a la altura de los ojos como un sueño imposible.

Sacudió la cabeza y regresó a la casa.

—¿Quién puede entender a estos jóvenes?

Al regresar a la casa dejó las botas fuera, por la costumbre. Se quitó los calcetines y los puso junto a la chimenea; los calcetines enseguida empezaron a humear.

El hombre echó un vistazo al rincón que hacía las veces de cocina —una pila de piedra, un viejo horno de leña y una alacena desconchada—. Tocó la perola, todavía estaba caliente. Se sirvió una taza grande, observándolo todo como si fuera la primera vez que lo veía. En el techo se había abierto un gran agujero y caía el agua, rebosando los cubos que había puesto debajo. Pensó en vaciarlos, pero se quedó mirando el agua sucia sin reaccionar. Bebió el caldo a sorbos y limpió la taza, la secó a conciencia con un paño y la colocó en el estante. El reloj de la pared se había parado. El mecanismo volvía a fallar.

Pensó que por la mañana lo arreglaría. Antes de irse a dormir, besó como cada noche el retrato de su difunta. En esa foto ella llevaba puestos esos zapatos de tacón ancho y punta chata que al hombre nunca le gustaron porque le parecía que a su santa le quitaban gracia al andar y la hacían parecer más vieja de lo que era. Se santiguó de rodillas frente a la cama tres veces, rezó su plegaria ante la estatuilla de yeso de san Sebastián y soltó todo el aire que le quedaba en los intestinos.

Tenía un dormir profundo y rápido. Era una suerte, desde niño. Una conciencia tranquila y un viejo revólver debajo de la almohada eran el mejor somnífero.

Pero cuando metió la mano buscando el familiar tacto del hierro, vio que no estaba.

—¿Buscabas esto?

Un crío esmirriado y con unas largas pestañas lo encañonaba. ¿Cuántos años tenía aquel saco de huesos?, ¿doce, trece? Una rata salida de Oblatos o de una colina peor.

—¿A ti quién te manda? —preguntó sin dejarse intimidar.

—¿Eres tú Roberto Parón? ¿Ese que llaman Caballito?

Le llamaban Caballito por las apuestas que amañaba en el hipódromo de San Carlos. Toda la ciudad le debía favores o dinero por eso. Las malas lenguas decían que también lo llamaban así por lo que tenía entre las piernas y lo que les hacía a las potras jovencitas. Para el arrastre y sin arreglo, se jactaba de dejarlas. Al norte de la ciudad estaba su coto de caza. Un peso pesado. De los intocables.

—Lo soy, y ya sabes lo que voy a hacer si no dejas de apuntarme.

El mijo no se arredraba pese a saber a quién estaba apuntando. Se movió hacia la derecha. Cogía el revólver con la mano izquierda.

—Me manda el Oso Dávila. Pregunta por la chica. ¿Dónde está?

Caballito Roberto Parón torció la boca. Mal asunto.

—Así que vas de estreno, ¿eh? El Oso te manda a por mí para que demuestres que sirves. Pero así no se negocia, chico. Suelta eso y podremos hablar. —Movió la mano hacia él como si uno sostuviera el revólver y el otro un cirio funerario.

El chico reaccionó de manera automática, como si el gesto —apretar el gatillo— hubiera estado siempre escondido en su dedo índice.

Con los años iría aprendiendo que hay que rematar lo que se empieza, pero era su primera vez y dio por supuesto que un solo disparo bastaría para acabar. Quizá una única bala del 38 habría bastado para un conejo o un cocker, pero no para un elefante. Todavía no sabía que hay animales que tienen más de un corazón y la piel de un rinoceronte. Así que se quedó viendo cómo brotaba la sangre en forma de loto negro en la barriga de Caballito. Tan aturdido que no se dio cuenta de que el tipo no se derrumbaba y que arremetía contra él, con el plomo en el cuerpo, muriéndose ya, pero no todavía. Hirviendo de terror e indignación. Morir así, a manos de un advenedizo, era demasiado para su orgullo; tenía que estrangularlo, asfixiarlo, al menos, cayéndole encima, para que los compadres no se burlasen cuando dieran con sus cuerpos. Caballito tenía una reputación que llevarse al otro barrio.

El chico volvió a disparar, ahora a bocajarro y con los ojos cerrados. Y esta vez fue el plomo el que decidió por sí mismo corregir su inexperiencia yéndose a incrustar entre ceja y ceja como un tercer ojo. Caballito salió disparado hacia atrás y cayó boca arriba sobre la cama. Fulminado. El muchacho recordaría más tarde las risas del Oso Dávila al contarlo:

—¿No miraste dentro del agujero? Apuesto a que tenía un baúl vacío por cerebro.

Iría mejorando. Dentro de poco, a la tercera o cuarta muerte, dejaría de aflojársele la vejiga. Aprendería a ver a sus cadáveres como quien mira caer las hojas en invierno. Estaban y ya no están, eso sería lo único que importaría en adelante. Aquella primera vez, amarrado al cemento de la pared, tuvo tiempo, sin embargo, para despedirse de su infancia y para llorarla ante la estatuilla de san Sebastián, salpicada de sangre y sesos. No duró mucho la visión de la eternidad y sus tormentos venideros; aquella parte de la ciudad era territorio enemigo y los disparos habían despertado a los perros y a los gallos; no tardarían en aparecer los demás.

Y todavía le quedaba la mitad del encargo. Le echó una última mirada al muerto, el bigote lacio, los ojos vidriosos y la carne espesa. No tenía cara de santo ni de dueño del barrio. Solo el gesto desabrido que te queda cuando la muerte te pilla con vergüenza, como si estuvieras cagando.

Salió de la casa y fue hasta el cobertizo.

Nada más vencer el candado y abrirse la puerta, sintió que algo le salpicaba en la cara. Mierda humana. En los labios, en la ceja y en la frente. Una caca enferma, líquida, malnutrida. Las sábanas sucias estaban tiradas en el suelo y en el colchón había una mancha reciente.

La chica estaba de pie, con el camisón hecho una pena. Quizá diez años, algo menos o algo más, difícil saberlo. Tenía las mejillas hundidas, como si se hubiera bebido su propia carne, y alrededor de los labios le había salido una úlcera que lamía compulsivamente con la lengua. Movía la cabeza con agitación, negando sin parar.

—No voy a hacerte daño. Vengo a buscarte —murmuró el muchacho, acercándose despacio.

La chica intentó morderle, forcejearon, y por fin él logró que dejase de luchar, sujetándola por las muñecas.

—Cálmate. Ya se ha acabado. He venido a liberarte.

La chica fue cediendo lentamente, los chillidos se fueron ahogando y acabaron en un sollozo.

—Quiero irme a casa...

El muchacho tragó saliva.

—A casa nos vamos.

Sonó el disparo. Pequeño, de verbena. Los perros lo oyeron en la colina.

De repente la chica crispó el rostro y abrió mucho la boca sin emitir sonido alguno. Muy despacio, sus ojos descendieron hacia el vientre, como si no entendiera que aquella sangre y aquel dolor eran suyos.

—Shhh... Ya ha pasado... Todo va a estar bien.

Ella apenas dejó ir un poco de aire, le clavó las uñas en el hombro y se deslizó hacia abajo. Él acompañó el cuerpo con cuidado hasta el suelo y esperó a que dejase de respirar sin atreverse a poner fin a su sufrimiento. Tardó unos minutos en apagarse. El chico le cerró los párpados; no estaba bien irse de este mundo con los ojos abiertos.

Quinta parte

Caza mayor

22

Montañas Volujak, Bosnia, invierno de 1993

El guía echó una ojeada a la pareja para calibrar cuántos problemas iban a causarle. Apostó a que eran musulmanes que huían de la República Srpska. Un matrimonio con dos niños, un chico de tres o cuatro años y una chica de unos siete. Mal asunto, los niños tan pequeños ralentizaban la marcha, hacían ruido y se asustaban con facilidad. La mujer era la que parecía más entera, se las apañaba para mantener cerca a los niños, protegiéndolos bajo su abrazo.

Era casi media noche y volvía a nevar. Pronto se cerraría el puerto y los pasos de montaña se volverían impracticables, eso sin tener en cuenta las patrullas del ejército. El guía calculaba opciones... ¿Dónde coño se había metido Konstantin?

—¿Qué ocurre? ¿Por qué no nos ponemos en marcha? —le preguntó la mujer.

—Esperamos a mi socio —contestó el guía de mala gana.

—Mis hijos tienen frío y el tiempo corre. Deberíamos irnos.

El guía observó el abrigo de la mujer; era caro, como el reloj de pulsera que trataba de esconder bajo la manga. ¿Qué más ocultaba? Seguro que cargaban con joyas familiares y con cosas que pudieran servir de moneda de cambio al otro lado. Quizá las había escondido en la ropa interior de los niños. Había visto cosas peores.

—Es peligroso ir ahora. Las montañas se han llenado de soldados y los pasos están cubiertos de nieve. No será fácil cargando con esos críos.

La mirada de la mujer se oscureció con una mezcla de temor y de determinación.

—Los niños son cosa nuestra; además, le hemos pagado ya a su socio, y muy bien, por cierto. Ahora tiene que cumplir con su parte. Es lo que acordamos.

Unos gemelos de oro, un camafeo y un collar de perlas —imposible saber si eran auténticas—; ahora no parecía un precio tan alto, Konstantin debería haber regateado mejor; a fin de cuentas, la desesperación jugaba a su favor. El guía decidió tentar un poco más la suerte y ver hasta dónde estaba dispuesta a llegar la mujer para poner a salvo a su familia.

—A mayor riesgo, mayor precio —dijo, señalando el reloj que la mujer trataba de ocultar. Ella lo estudió con incredulidad.

—¿Qué clase de hombre es usted?

El guía no se inmutó.

—La clase de hombre que puede poneros a salvo. O si prefieres, podéis dar la vuelta. Seguro que el VRS os recibe con los brazos abiertos.

La mujer miró a sus hijos y luego a su esposo. Tenía la humillación y la derrota grabada en el rostro. Muy despacio, se quitó de la muñeca el reloj, lo examinó unos segundos, como si se despidiera de una parte de su historia, y se lo entregó al guía.

—Usted ni siquiera es serbio. ¿De dónde es?

—Soy una sombra del bosque.

—¿Cuántos años tiene, veintidós, veintitrés? Debería darle vergüenza hacer esto. Un día, la historia vendrá a pedirle cuentas.

El guía examinó el reloj. Parecía bueno. Le gustaban los relojes buenos. Los coleccionaba. Se lo guardó en el bolsillo mientras observaba a la mujer con indiferencia.

—La gente como yo no existe para la historia, señora. No tenemos nombre, solo somos fantasmas, colaboradores necesarios en la rueda de lo inevitable.

—¿De qué habla?

El guía escupió lejos.

—Será mejor que nos pongamos en marcha.

La nieve relucía en la noche y, a ratos, la luna iluminaba aquella triste y silenciosa fila de sombras que avanzaba con dificultad, esforzándose en no perder de vista la silueta del guía. El hombre cargaba con la maleta y con el más pequeño de los niños en brazos, cubierto con una manta. Unos metros por detrás se oía la respiración esforzada de la mujer y de la niña, que caminaba de su mano. A ratos, el chiquillo más pequeño se quejaba, pero el guía no aminoraba la marcha. Tenía prisa por acabar con aquello. Además, no le gustaba sentir en la nuca la mirada acusatoria de la mujer. No parecía entenderlo, que aquello era la vida para los perdedores, que él no había inventado la puta guerra ni sus miserias. Solo se aprovechaba de las circunstancias.

En lo alto de la montaña se oyó el sonido de algo que se deslizaba ladera abajo. Un sonido que el aire extendía y el eco multiplicaba.

—¿Qué es eso? —preguntó la mujer, alzando la cabeza hacia las cumbres.

—No es nada, la nieve que se mueve —respondió el guía evasivamente.

—Pues suena como un animal.

—Te digo que es la nieve —refunfuñó el guía, alargando la zancada.

Algo más adelante, la mujer se desanudó la bufanda que llevaba al cuello y apoyó las manos en las rodillas, doblando el cuerpo. Respiraba con la boca abierta.

—Los niños necesitan descansar —dijo.

El guía echó una ojeada al rostro agotado pero pétreo de la niña, que lo miraba fijamente, y movió negativamente la cabeza.

—Te lo advertí. Nada de descanso.

Esta vez fue el hombre el que dijo algo, en croata. La mujer discutió con él en voz baja.

—¿Qué ocurre ahora? —se impacientó el guía. La mujer se le acercó.

—¿Se ha perdido? Hace horas que caminamos, pero es como si apenas nos moviéramos, o como si estuviésemos dando vueltas en círculos. Todo me parece el mismo paisaje, idénticos árboles y peñas.

El guía la taladró con la mirada.

—A menos que los bosques y los ríos hayan cambiado de sitio, no estoy perdido. ¿Alguna pregunta más? —dijo, secándose los labios con el dorso de la mano.

La mujer habría querido saber a qué distancia estaba el pueblo, cómo podía el guía estar seguro de que aquel era el camino si no se veía nada por delante ni a los lados, pero la mueca del hombre le derritió las palabras en la boca.

—... ¿No? —la desafió aún el guía—. Pues venga, en marcha, que el alba se nos echa encima.

Aquel ruido extraño que venía de lejos volvió a

oírse, esta vez de manera mucho más nítida. Como si se acercara. El guía miró por encima de las copas de los árboles, que se mecían sacudiéndose la nieve blanda. Aminoró el paso hasta que la mujer y la niña pudieron alcanzarle.

—¿Sabes qué es ese ruido? —dijo mirando a la chiquilla, en el fondo admirado por su entereza—. Es el *tur*, el toro gigante que vive bajo tierra, bostezando. Dicen que un solo parpadeo suyo puede provocar un terremoto. Pero no debes preocuparte, el *patujak* es un duende bondadoso, le susurra a *tur* en la oreja para que siga durmiendo.

Un breve escalofrío recorrió la espalda de la niña.

—¿Y qué pasa si el *patujak* se duerme también o se aleja del *tur*?

El guía escupió en el suelo y apretó el paso.

—Entonces hay que correr.

La mujer apartó a la niña.

—¿Por qué le cuenta esas cosas? Solo es una cría.

—Porque más vale que crezca deprisa.

A ratos, la ruta se ensanchaba y discurría cuesta abajo, pero la mayor parte del tiempo era tortuosa y empinada, o pasaba por veredas que cortaban en oblicuo la cresta, con peligrosos hoyos que la nieve disimulaba y en los que era sencillo torcerse el tobillo. Aunque apenas podía despegar los ojos de la tierra, anticipando dónde pisar, la mujer tuvo ocasión de erguirse un par o tres de veces y contemplar —o más bien intuir— la belleza de aquellas montañas, los pliegues en los que se doblaba, los barrancos y las cascadas heladas. Imaginó cómo sería verlo todo cuando saliera el sol, o en primavera, las ramas de los árboles, ahora yertas, cubiertas de hojas, los tamarindos, los agaves puntiagudos, los arroyos, sobre los que flotarían nubes de mosquitos y abejas. Seguro que era un lugar hermoso. Uno donde comenzar una vida nueva.

—Estaremos a salvo, ya verás —le dijo a su marido, arrimándosele al hombro como si pudiera leerle el pensamiento. El niño que el hombre cargaba a cuestas se le había dormido encima del cuello arrugado de la camisa. La niña seguía caminando, pero lo hacía por inercia, casi con los ojos cerrados. Se habría quedado dormida andando de no ser por su madre.

Por fin se detuvieron. El bosque se abría un poco y el sendero se allanaba. En uno de los márgenes vieron un carro abandonado con una rueda trabada en una zanja y el eje roto. En el suelo quedaba algún adral podrido y una vieja estera. Parecía llevar mucho tiempo allí, testigo mudo de otros que habían hecho la misma ruta y de lo que tuvieron que dejar en el camino.

El guía se acercó a una linde cubierta de plantas espinosas. Más allá se extendían otros campos, que iban descendiendo de la montaña escalonadamente.

—Ahí tenéis la frontera —dijo. Muy abajo, un otero aglutinaba a su alrededor un puñado de casas y el pequeño campanario de una iglesia dormida. En el centro se alzaba lo que parecía una antigua fortaleza otomana abandonada hacía decenios.

Empezaba a amanecer.

—Os tenía que traer y aquí estáis. Será mejor que empecéis a bajar. El camino ya no tiene pérdida. Si os dais prisa, llegaréis antes de que el sol esté por encima de las ruinas del fuerte.

El descenso no fue menos penoso de lo que había sido el ascenso. Empujados por la premura y el miedo a ser descubiertos, agotadas las fuerzas, los cuatro miembros de la familia llegaron a las estribaciones de la antigua fortaleza.

Y entonces se oyó de nuevo aquel rumor de la montaña, solo que mucho más cerca, como si los rodease.

—¿Ha despertado el toro gigante? —preguntó la niña, asustada.

La mujer la atrajo hacia sí, sujetándola con fuerza de la mano. El hombre dejó al chico en el suelo, mirando a izquierda y derecha. Su cara se había descosido de los huesos, como si le colgara la expresión.

—Algo va mal —dijo.

Junto a un muro había recostada una laya de punta roma y la cogió a modo de lanza. Entonces vio aquel destello metálico, a unos doscientos metros, entre las rocas. Intuyó lo que era al mismo tiempo que sonó aquel ruido hueco, lanzado al vacío. El impacto le alcanzó directamente en la cabeza. Se quedó un instante erguido y enseguida cayó como un árbol talado.

Todavía no había tocado el suelo cuando un nuevo destello, seguido de un segundo disparo hecho a la misma distancia, pero algo más hacia la izquierda, alcanzó en el cuello a la mujer. La niña vio a su madre echarse las manos a la garganta, como si se hubiera atragantado con algo. No fue capaz de gritar hasta ver la sangre entre los dedos.

Un tercer disparo hizo saltar la nieve cerca de su hermano, que se había quedado junto al cuerpo de su padre, mirándolo con la boca abierta. Por puro instinto, la niña lo agarró del brazo y echó a correr hacia el bosque. Sonó un cuarto disparo, más espaciado que los anteriores.

Corrió sin mirar atrás, le dolían los brazos y las piernas, le escocían los ojos, y en la carrera perdió una bota, pero no se detuvo. No podía oír lo que sucedía a su alrededor, el crujido tumultuoso de sus zancadas sobre la nieve, y no sentía los golpes y los arañazos de las ramas en el cuerpo. Corría, aunque sentía que iba a reventarle el corazón, notaba las lágrimas recorriendo sus mejillas mezclándose con los copos helados. Tenía que seguir corriendo para huir de lo que había visto. Pero lo que había visto le perseguía.

Y de repente una nueva detonación, la quinta.

Notó que el agarrón de su hermano se aflojaba y luego que se le escurría de la mano. Se dio la vuelta y lo vio caer hacia la nieve como si flotase con una flor roja en la espalda.

23

Fogars de Montclús, Barcelona,
cuarta semana de mayo de 2008

Rafael Reyes ya no creía en la literatura, aunque seguía negándose a sí mismo esa verdad. Los libros que en su juventud le habían entusiasmado ahora eran un campo en barbecho. A los veinte años, imaginaba la vida convertida en una novela de Fitzgerald..., *Suave es la noche*, *El gran Gatsby*..., trágica y romántica, llena de aventuras y viajes, de amores y pasiones, lejos de Gandía. En ese relato había salones de baile y mujeres con elegantes vestidos de noche, amaneceres cargados de expectación, tormentas de ira, frutos rojos madurando en árboles imposibles de mencionar, días en las orillas de un mar gris y guijarros y viajes hacia un mundo fastuoso, la isla de Yerba, Túnez, Europa, América.

¿Cómo había acabado siendo el secundario de relleno en la novela de otro?

Observó a Julián Leal. No tenía buen aspecto. Llevaba días con una tos seca y sus ojos se iban hundiendo paulatinamente como una falla en el terreno. Pronto no quedaría nada. Rafael no era experto en dar consejos, pero en un par de ocasiones le había sugerido la posibilidad de que volviera a Barcelona.

—Aislado ahí arriba, en el pantano de Santa Fe, no tienes muchas posibilidades si sufres un ataque. Deberías estar en un hospital. No estás bien.

Julián entornó un poco la mirada. Tenía frío. Frío en primavera.

—Enfermedad. Muerte. Palabras que acariciamos hasta desgastarlas.

—¿También la amistad?

—Sobre todo la amistad.

Rafael se quedó callado, mirándole como si Julián hubiera cometido la peor de las traiciones. Morirse cuando empezaba a cogerle cariño.

—He hecho magdalenas.

La casa olía a vainilla y a limón. El horno estaba todavía caliente. La magdalena, gruesa y turgente, partida exactamente por la mitad en el plato. Sentados frente a frente, desayunaban, más aparentes que reales. Rafael leía el periódico con los párpados entornados y las gafas de pasta marrón con huellas en las lentes mientras bebía distraídamente su café. Julián percibió el cambio de matiz, ahora un tanto brusco, de su rostro.

—¿Malas noticias?

—¿Recuerdas el incendio de Lanzarote del mes pasado, el de la planta industrial? —Rafael giró hacia él el periódico—. El periódico publica una entrevista a la CEO del grupo industrial al que pertenece. ¿No la reconoces? —Señaló con un dedo la fotografía que ilustraba la entrevista a página completa—. ¿No es tu excompañera, la inspectora Virginia?

A la misma hora, un taxi se detuvo ante el número 42 de la calle Aribau. Sara Ortiz se bajó con una mochila colgada en el hombro derecho y el aire de una turista que no sabía exactamente qué hacer.

El ascensor de la finca era una reliquia, una caja de madera con puerta de reja que chirriaba amenazante en cada planta. Lento. No tenía cabida para la impaciencia ni para la gente aprensiva o que sufriera en los espacios cerrados. Había un espejo de cuerpo entero, con un marco de madera de estilo barroco teñido con papel de oro y diminutas oquedades en los lados.

Sara se observó en la superficie, ligeramente opaca. Ana no se habría detenido a mirarse más de lo estrictamente necesario, a su hermana le bastaba con una idea genérica de su aspecto, pero ella buscaba lo que significa ser alguien concreto más allá del cuerpo como un recipiente. Alguien vivía dentro del espejo, alguien que la observaba atrapada ahí desde Dios sabe cuándo. Era una mujer adulta —¿ella misma dentro de treinta años?— que mostraba síntomas de cansancio, cuyos ojos hundidos tenían una mirada concentrada y pequeña, con el cabello muy largo. Intentaba peinarlo un poco y aplacar los remolinos, humedeciéndose los dedos con saliva, pero era inútil.

Sara no se asustó, y tampoco le sorprendió la visión. Desde muy niña se había regido por su propia imaginación. Si ella veía a esa mujer, poco importaba que eso fuera materialmente imposible. Estaba allí y significaba que existía. Y la mujer del espejo le mostraba que se parecía más a su madre que a su padre, por mucho que eso la disgustara.

Cuando el ascensor se detuvo con una sacudida, la mujer del espejo se evaporó.

Sara se detuvo ante la puerta de la derecha. Había una placa con un nombre junto al timbre. No le dio tiempo a usarlo. Como si alguien pudiera escuchar su respiración agitada desde detrás de la puerta, esta se abrió y apareció un extraño. Su padre.

La primera impresión fue de fragilidad, un puñado de huesos y piel que bailaba dentro de un jersey grueso y unos pantalones no muy limpios. Tenía la garganta de cuerdas destensadas y nuez prominente, y al mismo tiempo unos ojos de mirada apaisada. Todo en él desmentía la imagen prejuiciosa creada por los relatos distantes de su abuelo y de su madre, la de un padre diletante y estrambótico. No era tan sorprendente esa disfunción entre lo aparente y lo real; de cerca, todos nos parecemos más a lo que somos.

—Hola, papá.

Luis parpadeó, mudo, a pesar de que llevaba horas pensando en lo primero que diría al verla.

—Hola, hija. Me alegra que me hayas llamado y que estés aquí —murmuró, ahogado por la emoción.

Se dieron un abrazo y tuvieron miedo por razones distintas. Lo que los separaba, lo que eran en el recuerdo del otro frente al presente, la búsqueda desesperada de un fino hilo que todavía los mantuviera unidos, la extrañeza de sus cuerpos que no se reconocían.

Estaban ahora sentados en sillas incómodas con una mesa de IKEA de por medio. Sara juzgaba lo que veía, el pequeño salón, el terrazo antiguo, los marcos de las ventanas de madera mal pintada, los muebles sin sentido, como si su padre los hubiera ido recogiendo aquí y allá. Olía a fregoteo rápido, como si hubiera estado ordenando y limpiando a toda prisa.

Luis notó un fulgor de impaciencia en sus pupilas.

—No se parece mucho a la casa de tu madre de Nueva York o a la masía del abuelo en la Costa Brava, pero te aseguro que no se está tan mal.

Sara puso cara de circunstancias. Su padre la malinterpretaba; que viviera en un sitio u otro no importaba; lo que la sorprendía, y puede que la dañara, era que su padre se las hubiera apañado para continuar viviendo estos tres años sin su familia.

—¿Quién es? —preguntó, mirando un pequeño marco de madera en un estante.

Luis se reprochó el descuido. Debería haber escondido la fotografía. Como todos los enseres personales que delataban la presencia de una mujer.

—Es una amiga. Quería hablarte de ella antes de que la vieras.

—Papá, soy mayorcita. Puedo apañármelas con la sinceridad...

Luis intentó explicarse lo mejor que pudo.

—Es alguien con quien intento volver a ser feliz. Se llama Lejla. Te gustará.

—¿Así se llama? Es un nombre raro.

—Balcánico. Nació en un pequeño valle del río Drina.

Sara se acercó al retrato, pero no lo tocó. Sintió que aquella mujer no era nadie, un ser sin nada notable. Ni siquiera era guapa, ni joven, ni parecía una pintora bohemia o una artista callejera, los prototipos de mujeres, según su madre, por los que su padre perdía la cabeza.

—¿La quieres o es una tabla de salvación? —preguntó con brutalidad, con ánimo hiriente. Al menos le debía ese desquite por haberlas dejado ir sin pelear.

Luis tensó el rostro. Por un momento pareció que Sara era un calco exacto de su madre, no solo físicamente.

—A veces no hay distancia visible entre el amor y la necesidad.

Sin pedirle permiso, Sara encendió un cigarrillo. Más allá del cenicero y del humo, Luis podía ver sus piernas larguísimas, vestida con colores chillones.

—¿Qué tal las cosas con tu madre?

Ella dudó un instante.

—Mi madre es complicada, y, al parecer, yo también lo soy. Por eso me han mandado a casa del abuelo. Ella cree que él podrá enderezarme, y ya sabemos lo que eso significa.

—¿Y qué significa?

—Convertirme en una máquina implacable de hacer dinero, recordarme que ya no tengo derecho a pensar por mí misma. No es que me importe, pero me gustaría tener algo más de vida antes de que me metan en el molde y me conviertan en una réplica de mi madre. Ese papel encaja más con Ana, no conmigo.

—¿No eres un poco injusta? Tu madre y tu abuelo os han ofrecido una buena vida a tu hermana y a ti. Tienen sus defectos, pero os quieren y eso es innegable.

Sara no se inmutó.

—Tú no lo entiendes.

Luis se dio cuenta de que la impersonalidad era la herramienta de Sara para excluirle de sus problemas. Él ya no formaba parte de la familia.

—Lo entiendo mejor de lo que crees. He vivido muchos años bajo la sombra de tu abuelo, y he visto lo que le ha hecho a tu madre.

Luis sabía lo que era haber vivido con alguien que, desde muy joven, y a su pesar, convertía su presencia en un acontecimiento allá donde iba: ser foco de atención de las revistas de cotilleo, que la fotografiaran sin permiso montando a caballo en la finca de la Costa

Brava, haciendo *topless* en la playa de Tamariu o saliendo de fiesta en una discoteca de Platja d'Aro con sus amigas, alimentar rumores que le colocaban novios un día sí y otro también. Sabía que Virginia siempre quiso mantenerse al margen de lo que significaba ser la hija de Armando Ortiz, la futura heredera de un gran imperio. Durante años, intentó por todos los medios ser algo propio, como si su alegría inconsciente rompiera el aire viciado de ese mundillo que la quería hacer adulta antes de tiempo.

Virginia fracasó en esa lucha por su libertad. Como probablemente fracasaría su hija.

Cada vez más incómoda ante la mirada de su padre, Sara ojeó el estante. Se fijó en *Memoria de elefante* de Lobo Antunes.

—Me cae bien ese psiquiatra empeñado en descubrir su verdadera identidad.

A Luis le sorprendió agradablemente que su hija conociera la ópera prima de su escritor fetiche.

—¿La has leído?

El rostro de Sara se suavizó un tanto.

—Durante un tiempo quise hacer todo lo que imaginaba que hacías tú, leer los mismos libros, escuchar la misma música... Pensaba que eso me mantendría cerca de ti. Incluso le robé a mamá su camiseta de Kaori.

Luis sonrió con añoranza.

—Era una cantante japonesa, tu madre y yo éramos fans del grupo Every Little Thing, en los años noventa... *Feel My Heart*, *Everlasting*. A ella le encantaba *Time to Destination*.

Sara negó lentamente.

—Ya no escucha nada de eso.

Luis se animó. Habían pactado que Sara se quedaría a pasar el fin de semana con él para ver qué tal iban las cosas y adaptarse a la presencia del otro sin que se pareciera a una intromisión.

—Te enseñaré tu habitación. Instálate y luego hablamos con más calma.

Sara se fijó en las migas que le habían quedado prendidas entre los pliegues del jersey a su padre, en la pequeña mancha de lejía en el pantalón, en el cinturón fuera de la trabilla, en la bragueta a medio subir, en el zapato derecho con el cordón suelto y en la respiración fangosa que inflamaba su pecho y que terminaba con una amenaza de flema.

Lo único que pudo conceder fue una sonrisa de azafata.

El cuarto era pequeño, se notaba que su padre lo había habilitado a toda prisa: un sofá cama, una pequeña mesa escritorio con un flexo y una silla de madera plegable apoyada en un armario no más grande que una taquilla. La ventana daba al hueco del patio de luces, y en el techo colgaba una lámpara con una tulipa que emitía una luz de color cerveza.

Sara inspiró.

—Joder, esto es deprimente.

Se sentó en el incómodo sofá y se preguntó qué estaba haciendo allí, qué mundo era aquel y quién era ese hombre que, se suponía, era su padre. Sintió la poderosa tentación de coger la mochila y correr escaleras abajo.

Sacó del bolsillo el teléfono móvil y escribió un mensaje a toda prisa.

«Abuelo, ¿puedes sacarme de aquí?»

La respuesta fue casi inmediata:

«Mandaré al chófer. Estará ahí en diez minutos».

Luis hablaba por teléfono desde la cocina con Lejla. Estaba animado.

—Creo que las cosas irán bien.

De repente, oyó la puerta. Con el teléfono todavía en la mano, fue a ver.

El ascensor empezó a descender. Sara buscó a la mujer encerrada en el espejo, pero esta vez solo vio su propio reflejo.

24

Campllong, Girona, cuatro días después

El programa para la jornada aseguraba un mínimo de avistamientos de dos a tres corzos machos. Además, antes de penetrar en el bosque, las más de doce mil hectáreas disponibles ofrecían la posibilidad de cazar una buena cantidad de jabalíes si se daba con una zona adecuada entre los campos de alfalfa y cereal que devastaban las piaras.

Con esas perspectivas optimistas, los privilegiados que habían sido invitados al rececho se congregaron en el gran salón, donde se había dispuesto un generoso bufete para el desayuno. No eran más de media docena y había una razón para que cada uno de ellos estuviera allí. Armando Ortiz no daba puntada sin hilo, los había escogido cuidadosamente: dos banqueros, el socio mayoritario de un bufete de litigios societarios y fusiones, el secretario general del principal partido de la oposición, el portavoz del Gobierno y un miembro destacado del CGPJ. Todos compartían intereses comunes y una larga y fructífera relación con el anfitrión. Y, excepto en el caso del portavoz del Gobierno, eran cazadores experimentados.

—El rececho está bien, pero yo prefiero la batida

—afirmó uno de los banqueros, sirviéndose café—. Menos segura, pero más intensa.

—Tú lo que añoras es el tiempo de las jaurías y las ballestas —se burlaba su homónimo de una entidad rival.

Discutían sobre los perros de rastro, si era mejor el teckel o el beagle. El miembro del CGPJ dio por sentado que el sabueso de Baviera no tenía rival.

—Además del olfato para rastrear a las reses heridas, por su peso y su fuerza, el sabueso de Baviera tiene la capacidad de abatir e inmovilizar a las presas.

Hablaban de armas. Algunos preferían los modelos tradicionales, como los Browning o el Winchester Field, otros se decantaban por modelos más dúctiles como el Benelli o los fiables Chapuis. El secretario general del partido de la oposición dejó claro que no había nada que superase su rifle Franchi del calibre 270.

—Equipado con una mira Steiner Sight T536 y munición Hornady de 130 *grains*. —En el buen ambiente reinante, todos estuvieron de acuerdo en que el secretario era un fantasma.

Armando Ortiz se mantenía un tanto al margen, los observaba, estudiaba sus expresiones, el humor que mostraban. En eso consistía su talento, en tejer redes, influencias, amistades fundamentadas en los intereses comunes. Averiguar qué los hacía felices y proporcionárselo discretamente, sin que sonara a favor que un día pensara cobrarse. Unas entradas en tribuna para ver un partido de Champions en el Camp Nou, un palco en el Liceo para una función de *Turandot*, una entrevista privada con el campeón de Fórmula Uno en el *backstage* de Montmeló, el préstamo del yate, del jet... Y, por descontado, esos otros placeres, apenas sugeridos, pero tan esperados; los clubes privados de intercambios, las putas de lujo, la cocaína colombiana de pureza única, una cacería privada y fuera de temporada en el coto del que era presidente.

A cambio, ni siquiera necesitaba pedir lo que esperaba recibir. Bastaba una jornada como aquella en su pabellón de caza, o un almuerzo en Via Veneto, para cerrar un nuevo préstamo, obtener algo de información privilegiada sobre borradores de leyes en el Parlamento Europeo en materia de monopolio, anticipar unas horas los movimientos de compraventa en el IBEX, obtener concesiones públicas o conseguir cierta flexibilidad en los pleitos judiciales. Algunos llamaban a eso corrupción. Para él, la cosa era sencilla: se trataba de supervivencia, de ver el mundo tal y como era sin rasgarse las vestiduras, conocer las reglas y utilizarlas a su favor para preservar y fortalecer su posición en el vértice de la pirámide.

Con algo de retraso apareció en el desayuno su nieta Sara. Algunos de los presentes la recordaban de antes de mudarse a Nueva York.

—¡Cómo has crecido! Eras una niña y mírate...

Otros la estudiaban con ojos caninos, inalcanzable, incluso para ellos. El tesoro mejor protegido de Armando Ortiz.

—No estaba seguro de que te decidieras —le susurró su abuelo, acercándose a besarla en la mejilla.

Sara estaba todavía somnolienta, y, aun así, desprendía una forma de luminiscencia que atraía toda la atención.

—Detesto la caza. Pero no podía negarme, ¿verdad?

Armando Ortiz la cogió del brazo, como si necesitara un bastón.

—Igualita que tu madre. Mejor esto que conocer a la novia de tu padre, sin embargo.

—No hurgues en la herida, abuelo.

—Razonáis de un modo parecido. No se trata de la caza, ni de lo que te gusta o te disgusta, Sara. Algún día, tú estarás donde estoy yo ahora y necesitarás a esta gente, o a sus sustitutos, para mantenerte a flote. Cuanto antes empieces a tejer tu propia red, mejor. Además —dijo, guiñándole un ojo—, todos estos carcamales se alegran de tener en el grupo un poco de sangre joven. Dales conversación, sé amable y te los meterás en el bolsillo.

Sara miró alrededor con desagrado.

—Esta gente representa lo que yo detesto. Lo que hace que el mundo sea cada vez peor. Deberías haber traído a Ana, ella estaría en su salsa.

Armando Ortiz no se enfadaba fácilmente con su nieta mayor. Era su debilidad. Y estaba empeñado en triunfar con ella allí donde había fracasado con su hija.

—Dejemos a tu hermana disfrutar de sus caprichos. Cada uno está hecho para lo que se le pide. Ella no podría seducir a toda esta gente que alimenta nuestra forma de vida y mantiene a salvo la burbuja en la que has crecido. Tú sí. Ten cuidado con no pincharla o verás lo rápido que desaparece todo lo que ahora piensas que es eterno.

Sara no daba su brazo a torcer.

—¿Por qué los necesitas? Tienes el dinero, la influencia, el poder...

—El poder no tiene amo, Sara. Es un equilibrio muy delicado. Ellos nos necesitan y nosotros los necesitamos. Y juntos hacemos que la rueda siga girando para el resto.

—Yo podría vivir sin todo esto.

Armando Ortiz la examinó con una ternura no exenta de condescendencia.

—Claro, y hacer pulseras en la playa, ¿verdad? ¿Por

eso has salido corriendo de casa de tu padre? ¿Porque te asustan las cucarachas que viven en su cocina?

—Tú no lo entiendes.

—Por supuesto que sí. Conozco esa filosofía: amar a todos los hombres como idea, pero ser incapaz de amar a uno solo de carne y hueso.

El desconcierto de Sara pasó a mal humor.

—Eso no es justo, abuelo.

Armando Ortiz inspiró con fuerza. Miró hacia el gran ventanal con puerta corredera. Alguien había aparecido y esperaba en la explanada donde los empleados estaban cargando los 4x4.

—Tómate un café y deja para después del almuerzo lo que es justo o injusto. Con el estómago lleno la ética se matiza... Tengo que dejarte sola un momento.

Sara siguió con la mirada a su abuelo. Lo vio acercarse a un hombre muy grande apoyado en el capó de uno de los todoterrenos, que se incorporó en señal de respeto. Intercambiaron unas frases rápidas. El hombre gesticulaba. El abuelo permanecía frente a él impasible, con los brazos cruzados y las piernas, con las botas y las polainas, separadas. No se estrecharon la mano al despedirse.

Cuando regresó dentro, Sara se dio cuenta de que, a pesar de disimularlo, su abuelo estaba alterado.

—¿Quién era ese grandullón?

Armando Ortiz le quitó importancia.

—Un empleado irrelevante. —Dio una palmada sonora, como si diera por terminado el desayuno y se dirigió a los presentes—: Bueno, señores, los corzos y los jabalíes nos esperan. ¿Qué les parece si nos ponemos en marcha? —dijo con la mejor de sus sonrisas.

Sara pensó que era un actor consumado.

Todavía no había amanecido y los perros olfateaban el aire, nerviosos en las jaulas, cuando los 4x4 se pusieron en marcha. Armando Ortiz le pidió a Sara que subiera en el suyo. Le gustaba conducir en las monterías. Los primeros kilómetros los recorrieron en silencio. Meditaba concentrado en la carretera. La oscuridad envolvía el paisaje, aunque los tonos se iban suavizando a medida que se acercaba, tras ellos, el amanecer.

—¿Qué piensas de tu madre? —preguntó inesperadamente Armando Ortiz.

Sara miró por la ventanilla. La echaba de menos más de lo que estaba dispuesta a admitir.

—Ha cambiado desde que nos mudamos a Nueva York. O tal vez sea yo la que está cambiando y ya no puedo verla como antes.

Su abuelo apenas parpadeó en señal de acuerdo.

—Todo lo que sobrevive necesita aprender a cambiar, Sara. Es el principio de la adaptación: o evolucionas o mueres.

—Me gustaba cuando era policía; aunque también estaba siempre fuera de casa y nerviosa, al menos creía en algo, había algo alegre. Parecía feliz.

—La felicidad está sobrevalorada. Ya lo aprenderás.

Accedieron a la zona de vigía al despuntar el día. Abandonaron los vehículos y los tiradores se dirigieron al área que cada cual tenía asignada. Los porteadores cargaban los trípodes y los aparatos de localización.

—¡Míralos! Ahí va la élite de este país. Ya ni siquiera son capaces de llevar sus propios acarreos, y mucho menos de salir a batir el campo —se burló Armando Ortiz, contradiciendo sus propias palabras de prudencia unas horas antes—. Cazadores, dicen. Ni siquiera sabrían decirte dónde está el norte si los dejaras solos en el monte. Este país se va a la mierda.

Estaba claro que la breve conversación con el desconocido en el pabellón de caza lo había trastocado de manera importante.

—Abuelo, ¿estás bien?

—Perfectamente —dijo sacando de la funda su rifle. La base era un Röwa, pero él lo había adaptado a sus necesidades y gustos—. Me lo hice personalizar en los talleres de Peter Hofer. Veinte años y jamás me ha fallado. Fue el regalo que me hizo mi padre cuando estuvimos cazando juntos en las montañas Karawanken. —Armando Ortiz entornó los ojos con nostalgia—. Habíamos ido hasta allí con unos estonios para cazar un oso. Yo llevaba un rifle prestado por uno de ellos. Cuando apareció el oso, fui el primero en disparar, pero no fue un tiro limpio, apenas le rocé el costado. El oso me vio y atacó, estábamos en una vaguada y no tenía una salida natural. Volví a disparar, pero el cerrojo se atascó. Era una preciosa hembra, poderosa y feroz; me habría destrozado si los otros tiradores no la hubieran abatido. «Nunca volverás a disparar un arma corriente», me dijo mi padre. Yo mismo viajé hasta Ferlach, en Austria, para discutir con el armero las características.

—Todas las armas me parecen iguales.

—No lo son. Y este es un rifle único, como un escudo heráldico —susurró, acariciando el pulido acero, el nogal y los componentes de la mecánica. El rifle desprendía un fino olor de aceite, de barniz viejo, de líquido abrillantador y de pólvora.

Su sola contemplación causó el efecto de templarle el ánimo. Señaló una zona elevada desde la que podían controlar las estribaciones del bosque y una amplia zona de cereal.

—Ahí lo veremos llegar.

Al cabo de algo más de media hora apareció un viejo macho en el sembrado. Armando Ortiz esperó pacientemente para asegurar el disparo. El animal, semioculto entre los árboles, no se mostraba nítido. Sara, tumbada en el parapeto junto a su abuelo, podía escuchar cómo la respiración y los latidos del corazón de este se acompasaban y disminuían hasta alcanzar una cadencia tan lenta que casi se detenía por completo. La mirada de concentración, el cuerpo relajado, la primera falange del dedo índice acariciando el gatillo.

Estaba tan ensimismada en lo que veía, tan extrañada de ver esa quietud en su abuelo, que el estruendo la encogió. En el instante en el que el macho se separaba de los árboles ofreciendo un disparo limpio, Armando Ortiz había disparado sin parpadear.

—Blanco de pleno —susurró satisfecho.

Descendieron sin prisa hasta el lugar en el que el precioso animal había caído fulminado. La sangre le brotaba de la nariz y del cuello y su cuerpo todavía tenía estertores.

—Está sufriendo —suplicó Sara.

Armando Ortiz se inclinó y acarició el lomo del corzo.

—Está muerto, aunque aún no lo sabe. Los temblores son el último acto reflejo, la sangre que se va quedando quieta, los músculos que dejan de luchar.

Cortó una pequeña rama de vegetación y la colocó con cuidado en la boca del animal. Seguidamente, manchó otra con la sangre que salía del orificio en el que había entrado la bala y se la guardó en el bolsillo.

—Es una tradición atávica que aprendí de los cazadores de Carintia. Es la Waidmännisch, una señal de respeto hacia la presa. Significa que ha sido abatida en buena lid.

Sara se sentó en silencio. El corzo era grande, pesaba unos treinta kilos, la cara ancha, de color oscuro, el cuello corto, robusto. Tenía una de las cuernas rotas. Tocó el hocico, todavía húmedo, y su mano se tiñó de sangre.

—¿Cómo puedes decir eso? ¿Qué posibilidades tenía ante tu rifle? Ni siquiera ha visto por dónde le llegaba la muerte. Hace un minuto estaba lleno de vida. Ahora está muerto... ¿Para qué, abuelo? ¿Para que tus amigos tengan algo que celebrar en el almuerzo?

Armando Ortiz se incorporó con el rifle en la mano derecha. Miró a su nieta como si fuera parte de un mundo que jamás entendería.

—Hubo un tiempo en el que éramos las presas. Pero un día fuimos capaces de invertir el ciclo de la vida y la muerte; eso ocurrió cuando aceptamos lo que somos. Cazamos porque nosotros, y no ellos, somos las fieras. Somos los depredadores. Más vale que lo entiendas de una vez.

25

Marina de Ostuni, Brindisi, Italia

Manuela Juan era una buena amiga, de los tiempos en la Facultad de Periodismo. Las cosas le iban bien en España, dirigía un informativo de máxima audiencia en la radio y sus editoriales matutinos marcaban los debates de las tertulias políticas en otros medios. A Clara le alegró comprobar que, a pesar del éxito, seguía siendo la misma persona entusiasta y risueña que ella había conocido en la facultad. Incluso se había vuelto mucho más combativa que cuando estaba en el Sindicato de Estudiantes.

También agradeció que su vieja amiga no se compadeciera de ella.

—Así que una librería, ¿eh? —dijo con ese desenfado aventurero que, por alguna razón, a Clara le recordaba a Meryl Streep en *Memorias de África*. Manuela fumaba dos cajetillas diarias de Papirosa, a los que se había aficionado en su época como reportera, primero en Chechenia y luego en Afganistán. Eso le confería una voz grave, rugosa y una tos que, cuando reía, la llevaba al borde del colapso respiratorio.

Atardecía sobre la cala de Rosa Marina y estaban solas en el Capanno, en una mesa de plástico frente al mar. Manuela y el camarero, quince años más joven, habían intercambiado varias miradas. A sus cuarenta y tantos años, seguía siendo una mujer irresistiblemente atractiva y le sacaba partido. Vivía sin expectativas sentimentales, disfrutaba y seguía jurando que no había nacido el hombre que la hiciera querer formar una familia. Clara nunca le había conocido una relación estable.

—Una librera que no vende libros. Aquí no vive mucha gente fuera de temporada. Pero me gusta, es tranquilo.

Manuela Juan tenía la virtud de las buenas periodistas y de las mejores amigas. Sabía escuchar sin preguntar. Tenía una ingeniosa frase al respecto: «Deja que el lazo se cierre solo». Bastaba con su mirada esmeralda y su gran sonrisa para derribar toda resistencia. En ocasiones era como esa figura tallada en un frontispicio ante la que el pecador deseaba caer de rodillas para confesar sus pecados.

Solo había dos personas que conocían el paradero y la nueva identidad de Clara Fité. Una era, por razones obvias, Julián Leal. Él le había facilitado esa huida tras llegar al acuerdo con el hombre de los ojos oscuros después de lo ocurrido en Barcelona.

La otra persona era Manuela. Nadie era capaz de aplicar como ella la máxima, sagrada en su profesión, de que un secreto era un secreto. Los hombres y las mujeres más poderosos le habían contado o mostrado cosas que ella jamás revelaría. Sobre eso se asentaba su reputación. Con respecto a la nueva vida de Clara, esa cláusula era, si cabía, más férrea todavía. Se fundamentaba en una amistad inquebrantable. Durante los últimos tres años habían mantenido una relación discreta, mensajes esporádicos, algún comentario de

Clara sobre la actualidad con la que trabajaba su amiga, llamadas a deshoras para ahuyentar la sensación de aislamiento y el acuerdo expreso de no verse en persona para no comprometer la posición de una y otra.

A no ser que fuera una cuestión de vida o muerte.

—Técnicamente, eres una delincuente, una fugitiva de la ley —le recordó con desenfado Manuela, haciendo sonar la media docena de pulseras que le colgaban en la muñeca derecha.

—Lo que te convierte en cómplice.

Ambas brindaron por eso con las dos cervezas que les llevó el camarero. El joven tenía unos bonitos ojos verdes y pestañas dignas de una película de Sorrentino. Manuela se dejó acariciar por esos ojos con una media sonrisa.

—He estado investigando lo que me pediste —dijo, olvidando por el momento esa tentación pullesa y centrándose en su cuaderno de notas. Como Clara, ella era de la vieja escuela, papel y lápiz, notas encriptadas que nadie más podría entender. Un cuaderno personal no podía piratearse.

Clara examinó la letra diminuta y jeroglífica de su amiga.

—Podrías habérmelo enviado por correo. Te has arriesgado demasiado viniendo.

Manuela se recogió la revoltosa cabellera castaña en una goma. Era el equivalente a arremangarse y ponerse seria. Cuando se concentraba, más que a la dulce y valiente Karen Blixen se parecía a Sigourney Weaver en el papel de Ellen Ripley.

—Nadie sabe de nuestra amistad, así que no van a relacionarnos. Además, no me iba a perder unos días en Pulla con mi mejor amiga.

Las dos sabían, sin embargo, que si Manuela estaba allí era porque había olido el rastro de sangre fresca.

Semanas atrás, Clara había escuchado por casualidad una conversación en Bari Vecchia. Dos mujeres estaban montando su puesto de *orecchiette* para vender a los turistas que se acercaban a la basílica de San Nicolás. Todavía era temprano y las mujeres, que hablaban en dialecto, acababan de fregar con lejía su parte de la calle. La mujer más joven estaba explicando que su hermana pequeña, Iva, se había marchado a vivir a España y que había encontrado trabajo en una fábrica de Lanzarote. Además, se había enamorado allí de un español y pensaba volver a Bari para casarse. Toda la familia esperaba el acontecimiento con la alegría de las grandes ocasiones, se había apalabrado la fecha con el cura de San Nicolás, y no era nada fácil casarse ante el patrón de la ciudad, todo estaba ya preparado, iban a venir familiares de Cisternino, de Ostuni y de Foggia. Pensaban celebrar el banquete en una *masseria* en Torre a Mare... Y entonces había ocurrido una desgracia, una cosa inexplicable. Un trabajador desequilibrado por su despido había hecho explotar un artefacto casero durante el turno de noche, provocando un incendio. Iva había muerto con otras siete personas.

—Dios nos ha dejado reír antes de hacernos llorar —dijo la mujer mayor, persignándose, con un acento que Clara apenas alcanzó a entender.

La periodista que llevaba dentro la empujó a buscar en las redes y en los periódicos españoles noticias sobre el incendio. Clara reconoció a la mujer que aparecía en algunos vídeos de internet y en entrevistas. Se trataba de la policía que la había interrogado tres años atrás, tras la muerte de su padre. Era la amiga de Julián Leal: Virginia Ortiz. No fue difícil averiguar que ahora la exinspectora era una de las directivas del *holding* de empresas dirigido por Armando Ortiz, y que Virginia era su hija y heredera. Empezó a atar cabos y no tardó en averiguar que ALSACURSL era una empresa pantalla de CITRAORCOMPANY. Fue en ese momento cuando decidió llamar a Manuela Juan y contarle lo que sabía de Virginia y de su relación con Julián. Manuela llevaba años investigando las actividades fraudulentas del grupo empresarial que dirigía con extremo secretismo uno de los hombres más importantes, discretos y opacos del país.

—No sé qué hay detrás de todo esto, Manuela, pero el instinto me dice que si escarbas encontrarás mucho más de lo que parece.

Una semana después, Manuela Juan cogía un vuelo Barcelona-Bari. Ella también tenía algo que contarle a Clara.

—He hablado con algunos contactos. En el mundo de las finanzas corre el rumor de que va a producirse una fusión multimillonaria entre CITRAORCOMPANY y el Fondo de Inversiones Milanés. Las negociaciones se están llevando con la máxima discreción y la cosa parecía encarrilada, al menos hasta ahora. Supongo que a los italianos no les habrá hecho mucha gracia el escándalo del incendio en Lanzarote. Esa publicidad llega en el peor momento para CITRAORCOMPANY, y eso explicaría la presencia de la hija de Armando Ortiz en la isla. Quieren controlar los daños a toda costa y que la cosa no se les vaya de las manos.

La explicación de Manuela no cuadraba con la imagen de Virginia Ortiz que Clara recordaba de lo ocurrido en Barcelona tres años atrás. La exinspectora tenía un carácter fuerte, poco proclive a dejarse utilizar, y menos por su padre, con el que no tenía buenas relaciones.

—Más bien creo que ella es un dolor de muelas. ¿Has visto los tumultos en la entrada de la planta? Se ve claramente que lo que ella pretendía era dialogar con los afectados.

—Y también he visto al guardaespaldas que iba con ella repartiendo hostias como panes. ¡Menuda manera de dialogar!

Manuela pasaba adelante y atrás las hojas de su cuaderno a una velocidad vertiginosa. Clara apenas podía entender lo que su amiga le señalaba con la punta del lápiz. El *holding* de Ortiz estaba a punto de catapultar su valor en bolsa y de abrir nuevos territorios de expansión: gas, petróleo, minerales, acero...

—Mira estos números: va a ser el mayor pelotazo desde la Guerra Contra el Terror inventada por los ideólogos de Bush. Así que me he puesto a indagar sobre el futuro socio de Ortiz; he preguntado qué hay del Comité de Competencia y Antimonopolio de Bruselas, he llamado a mis contactos en Washington y en Moscú... Y todo el mundo escurre el bulto, nadie suelta prenda. —Manuela alzó el vaso de cerveza vacío en dirección al camarero con la mejor de sus sonrisas—. Así que he recurrido a *otro* tipo de fuentes: gente que conozco en la Procuraduría de Lombardía, un antiguo oficial de la Guardia de Finanzas jubilado, un exagente de la extinta SISMI... Todos han sido renuentes cuando he mencionado el nombre de Massimiliano Petrucci, el propietario del Fondo de Inversiones Milanés. Pero he recogido algunas migajas, y rascando aparecen los primeros gusanos: H. Denorio, N. Gratare, V. Kostronov... ¿Te dicen algo esos nombres?

—Crimen organizado, tráfico de influencias, blanqueo de capitales, oligarcas rusos, señores de la guerra africanos...

—Sí, bingo. Nuestros amigos italianos no se cortan un pelo. Actúan como si no temieran a los entes reguladores ni a la justicia. Eso significa que están bien cubiertos.

El camarero llevó la cerveza. Manuela cerró el cuaderno con el lápiz entre las páginas y le dedicó una mirada sin posibilidad de mala interpretación. El camarero se sonrojó levemente, devolvió la sonrisa y se retiró.

—Tiene pinta de avispero.

Manuela encendió otro Papirosa y se lo fumó con calma. Parecía feliz.

—De los gordos... Amiga, tienes un instinto que merece mucho más que vender libros de Elena Ferrante. Tenías razón desde el principio. Esto huele a Pulitzer, o a que nos peguen un tiro a cada una. La cosa es que, si seguimos adelante, no tenemos ni idea de lo que nos vamos a encontrar.

Clara intercambió una mirada con Manuela. Ambas comprendían perfectamente que lo que se desea también puede ser lo que aterra. Por un momento, Manuela abandonó esa especie de seguridad suicida con la que acostumbraba a disfrazarse y su hermosa sonrisa dejó espacio a una expresión de gravedad.

—No sería una buena amiga si no te aconsejara que no te metas en esto, Clara. Sé por lo que has pasado y el precio que pagaste. Ya has hecho mucho, si decides quedarte al margen lo entenderé.

Clara miró hacia el mar. El siroco encrespaba las olas, una pareja de adolescentes se besaba entre las dunas, un anciano paseaba con su perro al borde de las olas. Era hermosa aquella quietud, y engañosa. Antes esa visión la calmaba. Pero había perdido esa capacidad.

—¿Y dejar que te lleves toda la gloria? Ni de coña —bromeó.

Manuela dio una palmada sobre el cuaderno, visiblemente aliviada.

—Esa es mi chica.

Se dieron un abrazo. Era uno de esos abrazos que se dan los camaradas antes de salir juntos de la trinchera, para darse ánimos. Para fingir valor. Manuela se levantó de la mesa, de nuevo rodeada por esa luminiscencia que la acompañaba siempre. Echó la mirada hacia la barra y dejó ir una risa de cascabeles.

—Y ahora, si me perdonas, tengo que solucionar otro asunto.

—Puedes dormir en mi sofá cama.

Manuela negó, guiñándole un ojo.

—Mejor que no; la que no dormirías serías tú.

Aquella noche, mientras su amiga follaba con el camarero para exorcizar todo el terror del mundo, Clara bebía una copa de vino en su pequeña terraza, a oscuras. Las noches todavía estaban preñadas de estrellas y el viento que sacudía los jazmines seguía siendo cálido. Pronto cambiaría el tiempo y llegarían los temporales de verano desde la costa de Albania y los cortes de luz. Tarde o temprano volverían el invierno y la soledad de la urbanización sin coches, sin veraneantes, los gatos callejeros se adueñarían de los jardines abandonados y las tardes en la librería se volverían eternas. Lo que Manuela le proponía era volver al mundo real. Olvidar aquella parodia de vida. Hacerlo tenía un coste, uno que no sabía si estaba dispuesta a pagar. No había olvidado lo que le hicieron en México, el infierno para desengancharse de la heroína ni al asesino de su padre.

Cada noche soñaba con él. Esperaba encontrar su imagen cualquier día en las noticias, tal vez muerto en un ajuste de cuentas; quizá arrestado en algún país lejano. Nada. Ni rastro de él. Era como buscar a un fantasma. ¿Y acaso no lo era? No conocía su nombre, ni su edad ni su lugar de origen. No sabía qué música le gustaba, qué libros leía, si tenía familia, esposa, hijos, hermanos, padres en alguna parte. Solo recordaba sus trajes oscuros, el timbre penetrante de su voz, el olor de su piel y esos ojos oscuros que seguían mirándola, aunque ella apartase la cara.

Y que le había perdonado la vida. Aunque nunca sabría por qué.

Sudaba y gritaba al despertar con su recuerdo, y se avergonzaba de lo que en ocasiones significaba ese sudor y ese grito. Se negaba a sí misma que sentía una atracción enfermiza e irresistible por él, fingía hasta la extenuación el odio que debía sentir por el hombre que mató a su padre, recordaba cada detalle terrible hasta reducirlo a su forma de monstruo... Y, aun así, deseaba volver a verle.

—Estás enferma. Eres una maldita loca, Clara.

26

Barcelona

Migren. A la joven le pareció un apellido raro, casi tanto como el tatuaje que le asomaba en el pecho a través de la camisa abierta. Un águila blanca bicéfala con un machete.

—¿Qué significa?

Tal vez era demasiado joven para saber algo sobre los *tigrovi*. Quizá prefiriera no preguntar. Mejor así. Migren le acarició el rizo que le cortaba la mirada. Sus gestos suaves, como sus manos, como sus pechos erguidos y pequeños, sus pupilas, que se movían como si apenas rozasen las cosas. Bonita, como las cosas intocadas. Pronto se marchitaría, como todas.

—Deberías marcharte a tomar tu copa a otra parte, no soy muy buena compañía esta noche —le dijo con una ternura insospechada. Un arrebato pueril, como si quisiera salvarla. ¿De qué? De los tipos como él.

La chica se alejó, herida en su orgullo, enseñándole el dedo corazón. Alguien encontraría en la discoteca que supiera tratarla como creía merecer. Migren sonrió y volvió a su vodka. Las jovencitas como aquella le divertían, siempre tan sobradas, tan seguras de sí mismas, sin tener ni remota idea de lo cerquita que estaban del peligro.

Quien sí conocía el significado del tatuaje era el tipo sentado frente a él. Migren tardó unos segundos en poder enfocarlo con claridad.

—¿Te debo algo? —le preguntó, agresivo, al darse cuenta de cómo le observaba.

El tipo se levantó y se acercó despacio. Elegante, traje caro, bonita corbata. No encajaba para nada en el sitio. Y no parecía muy intimidado por él. «Otro perro de pelea», pensó Migren.

—No lo sé —dijo con un acento extraño—. ¿Me lo debes?

Migren tensó el cuello. Nada de jaleos, le había advertido Armando Ortiz. Aun así, tensó los músculos. Una buena pelea le vendría bien.

—¿Tú de qué coño vas? ¿Te gusta tentar a la suerte? —dijo poniéndose en pie en tono amenazante.

El tipo sonrió, abrió las manos y retrocedió dos pasos.

—Solo quería verte de cerca.

Lo estuve esperando cerca de una hora en el aparcamiento de la discoteca. Apareció tambaleándose un poco, se paró a orinar entre dos coches con la cabeza hundida entre los hombros. No tendría una ocasión mejor; es difícil defenderse con la polla en la mano.

Así que fui a por él, rápido y contundente.

Migren abrió los ojos. Le dolía la cabeza y la sacudió como un toro, movió las manos para darse cuenta de que las tenía inmovilizadas, igual que los pies.

—Son buenos nudos. Cuanto más te muevas, más apretarán. El acero acabará cortándote las manos...

Pero supongo que eso ya lo sabes. ¿No te enseñaron esa clase de trucos en los Tigres de Arkan? ¿En el ejército, tal vez, antes de que decidieras ir por libre?

Migren echó una ojeada rápida a la habitación. Era un profesional. Uno de los buenos.

—¿Quién coño eres?

—Eso no es muy relevante. El caso es que yo sé quién eres tú. Y tengo algunas preguntas que hacerte. Te he visto en Lanzarote con Virginia Ortiz, y también en el pabellón de Campllong hace un par de días, con su padre. ¿Me cuentas para quién de los dos trabajas?

Me acuchilló con la mirada.

—¿Te dedicas a espiarme?

—Me dedico a estudiarte. Eso es lo que hacen los tigres antes de saltar sobre su presa, ¿no? Lo que haces tú.

—¿Por qué no te acercas y te susurro al oído lo que hago?

Entendí cómo iba a ir la cosa. Difícil, desde el principio. Y no tenía toda la noche. Mejor elegir el atajo, la vía rápida. Así que le pegué un tiro junto a la oreja, que lo dejó momentáneamente sordo. Creo que le arranqué medio lóbulo.

—¿Qué tal si te susurro yo a ti? ¿Me oyes bien?

No se puso a berrear ni a gritar. Apretó los dientes hasta que los oí crujir. Impresionante. Le dejé recuperarse, que el zumbido en el oído se fuera amortiguando y la sangre corriera cuello abajo. Intentó controlar la respiración, tenía que reponerse, pensar con claridad. Me di cuenta de que no era la primera vez que pasaba por una situación parecida. África, Serbia, sitios así..., son una buena escuela.

—Así va a ir la cosa, ¿verdad? —me preguntó.

—Más o menos. Depende de ti.

Me estudió con atención.

—... Esa manera de terminar las frases bajando el tono, el alargamiento de las vocales... Eres de alguna parte de Jalisco, casi seguro. Probablemente tapatío. Un sicario de algún puto cártel... Estás muy lejos de casa.

—Eres bueno detectando los acentos. Espero que también lo seas cogiendo las indirectas. —Le señalé con el cañón de la Glock la oreja que le quedaba sana.

—Trabajo para Armando Ortiz, si tanto te interesa.

—¿Lo de matar a esos desgraciados en Lanzarote ha sido cosa suya o vas por libre?

—No sé de qué me hablas.

—Claro que no. Y si te pregunto por el ayudante de cocina que se ha suicidado, el tal Román, tampoco. Y tampoco sabrás nada de un *pendrive* que los hermanos Driss robaron de un apartamento.

—Tú lo has dicho. No sé nada.

—¿Y qué me dices de Vesna? ¿No es tu pieza de caza?

—Ni idea de quién es.

—¿Ahora vas a darme tu número militar y vas a invocar los Tratados de Ginebra?

—No tengo nada que decirte.

Lo suponía. Me quité el reloj y los gemelos, doblé las mangas de la camisa tranquilamente.

—Pues yo te ayudo y tú me dices qué tal voy —le aconsejé, apoyando en la rodilla izquierda el cañón de la Glock—. Sé que chantajeaste al cocinero con sus antecedentes, sé que le proporcionaste el vehículo con el que debía atropellar a Vesna, y sé que le encargaste a los hermanos Driss que saquearan el apartamento de la chica y a Bernardo que se deshiciera del vehículo.

—Sabes muchas cosas, aunque no pareces muy listo.

Me hizo gracia.

—Todo tenía que parecer azaroso, un atropello con fuga, un robo con fuerza. Fin de la historia. Podrías haberte encargado tú mismo, pero no querías que la empresa para la que trabajas se viera comprometida (es decir, no querías comprometer a tu jefe, Armando Ortiz), por eso recurriste a terceros. Aficionados. El problema de los aficionados es que cuando consiguen algo creen merecer más.

—Putos aficionados. Tú lo pareces, un aficionado, preguntando idioteces sin saber dónde te metes.

Seguía haciéndome gracia.

—La chica se te escapa porque el cocinero se ha enamorado, los gemelos intentan sacarte más pasta a cambio de lo que les mandaste robar del apartamento de Vesna, el niñato del desguace al que le encargaste deshacerse discretamente del vehículo intenta sacarse unos euros vendiéndolo por piezas. Todo se va a la mierda, demasiados cabos sueltos, y encima ese subinspector que está haciendo muchas preguntas. Así que quien te sujeta la correa se cabrea y te dice que limpies tu mierda. ¿Voy bien?

Migren se mantuvo firme, sin parpadear.

—¿Y tú quién coño eres y qué pintas en todo esto?

—Yo soy la otra parte contratante... Digamos que soy tu competencia.

—¿Estamos compitiendo?

Negué con una sonrisa.

—En realidad, ya no. Ahora solo se trata de que me seas útil. ¿Quién es Vesna y qué interés tiene Armando Ortiz en ella?

Migren se echó a reír. El muy cabrón se echó a reír a carcajadas.

—No tienes ni puta idea, ¿verdad? Ni siquiera sabes de lo que estás hablando.

—Ilústrame.

—Suéltame y te hago un croquis.

No puedes dispararle a alguien indiscriminadamente. El dolor hará que se desmaye y la pérdida de sangre lo matará antes de que obtengas lo que quieres. Migren lo sabía. Esperaba que yo perdiera los nervios y que le ahorrase sufrimiento con un final rápido. Eso es no conocerme. No me doy por vencido tan fácilmente, así que tuve que recurrir a técnicas más artesanales, clásicas, podríamos decir. Golpearle hasta romperme los nudillos no iba a servir de nada con él, había visto lo que le había hecho al chico del lobo tatuado; el cuchillo tampoco. Aun así, tenía que intentarlo.

No obtuve resultados.

Me decidí entonces por el martillo y empecé por los dedos de los pies. Tuve que romperle tres para darme cuenta de que era inútil.

Me tomé un descanso. Encendí un cigarrillo, di un par de vueltas. Estaba cansado.

—Este trabajo no está pagado. Ninguna cifra merece que soportes esto.

Movió la cabeza aturdido. Creo que intentaba sonreír.

—Verás, el problema es que tenemos, digamos, un conflicto de intereses —traté de explicarle—. Alguien me ha enviado para hacer lo mismo que intentas hacer tú. Los dos cumplimos órdenes, pero el caso es que no podemos compartir beneficios ni yo puedo regresar con las manos vacías. Dime lo que sabes, ayúdame y acabemos con esto con cierta dignidad. Es lo mejor que puedo ofrecerte.

Migren alzó la cabeza lentamente.

—Te han mandado al matadero, tipo duro. Da igual lo que hagas. Ya estás muerto.

Cierto. Todos lo estamos; desde que salimos a este mundo la sierra empieza a morder el tronco y ya no se detiene ni un solo segundo.

—Hace tres años que vivo de prestado. Pero a ti, el préstamo se te ha acabado.

27

Barrio del Eixample, Barcelona,
segunda semana de junio de 2008

Contra todo pronóstico, Lejla se había enamorado de Luis, y eso complicaba su propósito.

Lo dejó dormir un poco más y se acercó a la ventana con un café recién hecho. No había nada donde posar la mirada: tuberías de desagüe, cables de internet, tendedores de ropa protegidos con cortinas de hule sucias y, abajo, un montón de pinzas, de calcetines desparejados y de colillas. Solo mirando hacia arriba —y para eso debía asomar medio cuerpo fuera— se divisaba un cuadrado de cielo que siempre era el mismo.

Echaba de menos los inviernos en las montañas Volujak, las largas caminatas por el valle de Suhja y los ascensos al Durmitor para descender por la cara norte hasta el lago. Soñaba con regresar un día y mostrarle toda esa belleza a Luis: el agua esmeralda con forma de corazón, los picos rocosos y el bosque de Vratrice en otoño, las zonas de paso de los osos a principio de la primavera, los lugares en los que anidan las grandes águilas, o las manadas de caballos que se crían en libertad bajando por la ladera.

Aquel era su mundo antes de la guerra, cuando las

fronteras no significaban nada para la gente que siempre había transitado los valles sin pasaporte o sin sentirse concernidos por la política. Y aunque negaran lo que ocurría fuera de las montañas, al final aparecieron los carteles que avisaban del peligro de campos minados, y luego los vuelos de los aviones de la OTAN, las partidas de caza de los paramilitares y los cadáveres de partisanos colgados como adornos de los árboles o los cuerpos de civiles ejecutados con las manos atadas a la espalda en los barrancos.

Tendría que contarle también eso a Luis, mostrarle el lugar en el que una vez estuvo su aldea, convertida tras la guerra en un puñado de piedras colonizadas por la vegetación, y el pequeño cementerio junto a los restos de la antigua fortaleza otomana, y llevarlo hasta el olmo que daba sombra a las tres lápidas sin nombre donde dormían eternamente los padres y el hermano de Vesna. Quizá si le explicaba cómo, por qué murieron, él podría perdonarla. Pero cada vez que estaba a punto de hacerlo encontraba una razón para seguir callando. El miedo a perderle, a no ser comprendida, a que él se negara a aceptar la verdad, demasiado horrible, o a que la mirase como se mira a una desconocida.

Oyó que Luis tosía y se movía de lado. Todavía era pronto, aún podían seguir durmiendo un poco más. Lejla volvió a la cama.

La cuenta tenía un doble sistema de verificación. El banco le pidió que introdujera un código enviado por SMS. El primer paso era obtener ese código. Para ello usó el duplicado de la tarjeta SIM. Introdujo los datos que había obtenido mediante el acceso al ordenador que había robado en la estación del metro. No fue difícil desbloquearlo, la gente pierde poco tiempo protegiendo sus claves: fecha de nacimiento, cumpleaños de un familiar, las combinaciones se reducían sustancialmente para el programa que buscaba aleatoriamente las combinaciones. Esta vez tardó menos de seis minutos. Una vez dentro, era como fisgonear en la trastienda de alguien: toda su vida en el ordenador, fotos, archivos, historial de búsquedas, contactos, facturas y pagos.

Ahora solo tenía que introducir el duplicado de la SIM en un dispositivo para acceder a los datos móviles y a los SMS del teléfono hackeado. Una vez abierta la puerta, solo necesitaba entrar en la app del banco. La víctima tenía un saldo de dos mil quinientos euros. Vesna hizo un cálculo rápido: con quinientos tendría suficiente para un par de días. Ordenó la transferencia a una cuenta ficticia y cuando el banco le pidió que introdujera el código de verificación no tuvo más que copiarlo y pegarlo del original. Para cuando el tipo advirtiera que le había desaparecido el ordenador y se enterara de la transacción, habría borrado todo rastro.

En total, no le había llevado más de veinte minutos.

Había prometido no hacerlo más, dedicar su talento a algo que no la hiciera sentirse como una rata. Pero las circunstancias eran las que mandaban, se dijo, tirando el ordenador a la papelera más cercana.

Volver a ver a Vesna era la prueba irrefutable de que ambas habían fracasado en su respectivo intento de empezar una nueva vida.

Lejla la contempló sentada en el banco de piedra, con la mochila entre las piernas. Tenía la mirada distante y sombría de épocas pasadas, estaba demacrada, encogida y con aspecto de haber estado durmiendo en la calle.

«Pobre niña mía —pensó—, nunca te dejarán en paz.» Se dieron un abrazo de reencuentro y tristeza. Era como volver atrás, al punto de partida.

—Sé lo que acordamos, pero no tengo a nadie más. Creo que me han encontrado y tenía que salir de allí —se disculpó Vesna.

Lejla se separó de ella y sujetó sus mejillas entre las manos. A pesar de todo, continuaba siendo su niña, preciosa e inquieta.

—Has hecho bien. Estoy aquí, todo va a ir bien.

Caminaron hasta una cafetería en la plaza de l'Àngel. Lejla deslizó discretamente la vista hacia la pierna rígida de Vesna. Prefirió no preguntar. Buscaron una mesa y Lejla pidió un desayuno completo para la joven. Ella se conformó con un zumo de naranja que bebió despacio mientras la veía devorar el bocadillo de jamón, recogiendo hasta las migas.

—Hueles a perro muerto, te hace falta una buena ducha. ¿Dónde has estado?

Vesna encogió los hombros, la cara hundida sobre el plato.

—Me las he apañado. Tengo algo de dinero, pero no quería registrarme en ningún hotel ni en una pensión.

Intercambiaron una mirada cargada de significados. Vesna dejó el resto del bocadillo y echó la cabeza hacia atrás.

—Has vuelto a hacerlo. Prometiste que no lo harías nunca más, Vesna. Creí que había quedado claro, nada de ordenadores —le reprochó Lejla—. Eso solo te traerá más problemas de los que ya tienes.

Vesna sabía que con Lejla no le iba a servir la batería de justificaciones que tenía siempre a mano para no sentirse mal consigo misma: el sistema capitalista estaba podrido, ella solo cogía lo que necesitaba, robarle a un ladrón no es robar, verse a sí misma como una especie de justiciera de la web oscura, una disidente dispuesta a dinamitar este mundo hipócrita, etc., etc., etc. Lo único que servía con ella era la sinceridad.

—Tengo que sobrevivir, y es lo que sé hacer. Estaba desesperada. No te preocupes, solo ha sido una vez y he borrado bien mi rastro. Además, solo han sido quinientos euros. El seguro del banco los repondrá.

Lejla no quería volver a las viejas discusiones. Solo quería protegerla, de sí misma si era necesario.

—Podrías utilizar ese don para cualquier otra cosa. Prometimos pasar página, Vesna.

La joven se exasperó. A veces, la santidad de Lejla era como un espejo roto en el que no quería mirarse.

—Quizá no deberían hacerse promesas sin conocer a dónde te llevarán.

Lejla la examinó como si se sintiera profundamente decepcionada.

—Vaya, así que ahora, además de delincuente, te has convertido en una cínica.

Habría sido mejor no atacarla. Vesna solo sabía defenderse, revolverse y atacar. Llevaba toda su vida haciéndolo.

—¿No es lo que somos ambas? ¿Mentirosas e hipócritas? ¿O acaso le has dicho a Luis quién eres, por qué te acercaste a él?

Más que herida, Lejla se sintió fracasada. Por no haber logrado sacar todo ese veneno de la sangre de Vesna, tanto rencor acumulado. No había sido capaz de hacerla saltar hacia la edad sin tiempo ni pasado, pese a haberlo sacrificado todo en el intento. Había vivido por y para ese propósito desde que la encontró medio muerta en las montañas, desde que decidió que ella sería la hija que nunca podría concebir.

Se puso en pie sin decir una sola palabra y sacó un juego de llaves del bolso. Se esforzó para que no le temblara la mano.

—Ahora estoy viviendo con Luis. Puedes ir a mi apartamento y quedarte allí. Dúchate, descansa y no te dejes ver mucho hasta que dé con una solución.

Vesna miró aquel llavero, una arandela sin adornos con tres llaves, sin tocarlo. Sus ojos se habían escondido bajo los párpados hinchados. El orgullo siempre castiga a quien menos se lo merece, como la ira. Es el camino fácil, atacar a los que tienen una capacidad infinita para perdonarnos. Sin alzar la vista, sujetó la mano de Lejla y tiró de ella suavemente para que volviera a sentarse.

—Lo siento —la palabra mágica, la que nunca perdía su poder—, estoy aterrada.

Lejla se dejó llevar hasta la silla y acarició aquel rostro que tantos desvelos le había regalado, demasiados en comparación con las alegrías recibidas. Pero así es el amor que se elige. No tiene contrapartidas.

—Encontraremos una solución.

Vesna negó con la cabeza.

—Pensé que era posible, lo que siempre hablamos. Tener otra vida, dejar atrás el pasado. Encontré trabajo, ¿sabes? Me gustaba Lanzarote, la vida tranquila, y conocí a alguien que me importaba.

Lejla recordó en ese momento una frase que Luis le había dicho la noche anterior, después de haber estado follando con una energía que se remontaba a las primeras veces. Luis estaba dolido —aunque lo negara— por la espantada de Sara; Lejla sabía con qué ilusión había preparado la llegada de su hija. Pero ella se había asustado o decepcionado. «Prefiere los lujos que le ofrece su abuelo —reflexionó él con amargura—. Supongo que es normal elegir el camino fácil.»

Lejla no intentó defender a Sara, no tenía por qué. Luis tenía razón. Los jóvenes buscan su propio centro de gravedad, y van donde se sienten más seguros.

—Puede que sea hora de que cuentes la verdad —le sugirió a Vesna—. Hacerlo públicamente. Quizá eso logre protegerte.

Vesna se echó hacia atrás con un gesto de vértigo.

—¿Y qué voy a contar? Ya no tengo las pruebas. Estaban en el *pendrive*. Lo único que conseguiré es ponerme yo sola la diana en la espalda. Y de paso, te arrastraré conmigo.

—Deja que yo me preocupe por eso. *Ahora* lo importante es mantenerte a salvo. Esconderte.

Vesna trataba de ordenar sus ideas, buscaba desesperadamente razones para creer en el plan de Lejla. Como cuando la sacó del bosque y le dijo que nunca más estaría sola.

—Todo era más sencillo en las montañas, ¿verdad? —dijo con una sonrisa melancólica.

Lejla estuvo de acuerdo. Quizá deberían haberse quedado allí para siempre, escondiéndose del *tur* y del *patujak*.

Aquella misma mañana, Lejla entró en la sucursal de su banco y utilizó la llave de la caja de seguridad. Al coger el grueso sobre que llevaba allí tanto tiempo durmiendo, sintió que estaba despertando a una fiera.

28

Montañas Volujak, Bosnia, invierno de 1993

La niña llegó exhausta a las estribaciones del bosque y se ocultó en el tronco hueco de un árbol muerto. Ovillada en ese vientre de madera, sin aliento y aterrada, comenzó a tiritar. Estaba helada, y pronto empezó a sentir un fuerte hormigueo en las manos por la falta de riego sanguíneo. No sabía de qué —de quién— huía. ¿Quién había hecho eso, disparar contra sus padres y su hermano? ¿Por qué?

Al cabo de un rato oyó las voces de unos hombres que se acercaban. Dos de ellos hablaban en serbiobosnio; los otros dos en inglés.

—Tiene que estar cerca. Hay que peinar el bosque, Konstantin.

Reconoció esa voz y el acento tan raro. Era la voz del guía que los había conducido a través de las montañas. Oculta entre los árboles, ella no podía verle, pero sí al que le acompañaba, aunque fue solo un instante. Iba vestido con un mono negro y tenía un tatuaje de los Tigres de Arkan en el lado derecho del cuello. Con un machete en la mano desbrozaba los matorrales.

—Esos capullos no deberían haberla dejado escapar. ¡Me dijiste que eran tiradores de primera y son unos putos aficionados! —protestó el hombre al que el guía llamó Konstantin. Incluso aterrada, Vesna reconoció ese acento, bosanski, las erres silábicas y esa forma de las consonantes; era la misma lengua de su padre, la que se hablaba en su ciudad natal de Zenica.

Los cuatro hombres se abrieron alrededor del campo como un abanico, buscando a derecha e izquierda a medida que se adentraban en el bosque. Lo hacían con movimientos lentos, buscando huellas, un rastro de sangre, algunas ramas rotas. Todos iban armados con fusiles. Los dos hombres que hablaban inglés entre sí eran los que llevaban los uniformes de camuflaje nuevos, como si los acabaran de estrenar. Escondida, Vesna solo pudo distinguirlos de lejos. Dejaban una distancia entre ellos, y hubiera podido tal vez escapar por uno de esos huecos —quizá veinte o treinta metros— y retroceder, pero mantenían el contacto visual unos con otros constantemente. Si decidía huir hacia delante también la verían y no tardarían en alcanzarla o en dispararle por la espalda, como habían hecho con su hermano. Una bala corre más que una persona. Lo único que podía hacer era apretujarse dentro del hueco del árbol y protegerlo lo mejor posible con algunas ramas caídas. Y rezar para que pasaran de largo. Con las manos pegadas a los labios intentó acordarse de la oración que su abuela, católica ortodoxa de la iglesia de la Natividad, recitaba antes de ir a dormir, frente al icono de san Eustaquio de Antioquía.

—Ayúdame, Señor, a mantenerme firme como el yunque al ser golpeado... —Con lágrimas de miedo, apretó los párpados. No lograba recordar las palabras siguientes, algo del trigo y la hostia, no ser entregada al mundo sino a Dios. Las preguntas y las imágenes se agolpaban en su mente hasta aturdirla y cerrarle la garganta. Era incapaz de reaccionar, de pensar o de moverse.

Uno de los hombres pasó tan cerca que pudo ver el barro en sus botas desgastadas y el último corchete de la polaina suelto. Si hubiera movido unos centímetros la pierna hacia la derecha habría topado con su cuerpo. Luego pasó, arrastrando la nieve.

Al cabo de una hora, ya no se oía nada, pero ella seguía sin moverse. Su cuerpo reclutaba la sangre y la concentraba en el corazón que seguía latiendo desbocado. Un poco después, cesaron los temblores, y empezó a experimentar una suerte de abotargamiento, el frío era muy intenso, pero ella solo quería quedarse allí acurrucada. Parpadeó despacio, como si se le hubieran posado en los ojos dos mariposas de piedra, y se tocó la cara para cerciorarse de que estaba todo en su sitio, porque no sentía nada.

Muy cerca, una liebre blanca la observaba con sus pequeños ojos rojos —¿estaba segura de lo que veía o era una alucinación?—, la liebre dio un par de saltitos alrededor, tentando su suerte, y luego se alejó, sin prisa, como si supiera que ella no podría alcanzarla. Vesna la siguió con la mirada, hasta que la perdió de vista.

A ratos se quedaba dormida, despertaba sobresaltada, volvía a adormecerse. En algún momento, el sol empezó a declinar. El frío aumentaba y la nieve se iba tiñendo de un color violeta, bonito. Vesna se estaba congelando, y a menos que se pusiera en pie, se moriría allí y nadie la encontraría hasta la primavera. Para entonces, los cuervos y los animales del bosque habrían dado buena cuenta de ella. Por mucho que temiera toparse con aquellos hombres, tenía que elegir entre dos miedos. Le asustaban más las alimañas que los hombres, aunque tal vez no habría sabido distinguirlos.

Al principio, las cosas no parecían ser tan malas. Si sabía dónde pisar no se hundía demasiado en la nieve y ya no sentía con tanta virulencia los cristales helados que el viento le arrojaba en furiosos remolinos contra el rostro. Dejó a la derecha una zanja, donde el sendero trazaba una larga curva y el terreno se elevaba ligeramente. No estaba segura de hacia dónde se dirigía. La montaña existía sin necesidad de indicarle la dirección. Aquel silencio helado estaba, paradójicamente, repleto de sonidos, ecos de piedras que caían, de algún pequeño animal que se movía en la maleza, el crujido de las ramas al partirse, el ulular del viento entre las copas de los árboles. Todo la alteraba, le hacía acelerar, tropezaba, se caía y volvía a levantarse. A medida que llegaba la noche, esos sonidos se confundían con su propia memoria auditiva: las avispas del leñero y el jersey manchado de tierra de su padre, las piñas abiertas y los dedos pegajosos de trementina, el gorgoteo del agua en el arroyo y los peces dorados del atardecer, el sonido de la ropa en la acequia, cuando su madre le gritaba que dejase de jugar y fuera a ayudarla con la colada, las letanías de la abuela, el silbido del gas en la estufa, la radio antes de cenar con las noticias de Sarajevo, la risa de su hermano pequeño cuando llegaba la hora de meterlo en la cama.

¡Era todo tan extraño! Su mundo, la felicidad de los días y la seguridad de que nada cambiaría nunca, se había venido abajo de forma repentina y pasmosa. De repente, lo que parecía eterno ya no existía.

Apretándose las manos bajo las axilas siguió caminando por la orilla del sendero, mirando continuamente atrás, temiendo ver aparecer a aquellos hombres. Estaba agotada, las piernas le temblaban, tenía hambre y sed. No entendía nada, no sabía qué hacer. De repente, se detuvo. Su cuerpo no podía resistir más. A la derecha, creyó ver una silueta que salía de la espesura, una persona que se le acercaba llevando de las riendas un caballo. Durante un instante, el corazón se le aceleró con una posibilidad absurda: echar a correr. Lo intentó, pero las rodillas se le doblaron y cayó de bruces.

Lo primero que oyó, todavía con los ojos cerrados, fue el piafar nervioso de un caballo. Enseguida el hocico húmedo de un perro que la husmeaba. Y luego un silbido.

Una mujer borrosa estaba plantada entre la cama y la puerta. Siempre se anunciaba así, como si las personas fueran cabras.

—Has despertado —dijo, apartando al perro e inclinándose para ponerle la mano en la frente—. Tienes fiebre, pequeña. Tienes que seguir durmiendo, recuperar fuerzas y ponerte bien —dijo, poniéndole en los labios una cuchara de sopa caliente.

Vesna volvió a cerrar los ojos. Lo único que escuchó, con una voz que le parecía muy lejana, fue el nombre de la mujer.

—Me llamo Lejla, y ya estás a salvo. Yo te cuidaré.

Sexta parte

El viejo mundo

29

Charco de los Clicos, Lanzarote,
tercera semana de junio de 2008

La visión de la laguna desde lo alto del mirador dejó boquiabierto a Norman Hill.

—¿Por qué tiene el agua ese color?

Mario le explicó que se debía a la acumulación de un alga marina. También intentó, sin mucho éxito, explicarle a qué clase de marisco llamaban clicos en El Golfo. Habían subido juntos hasta el mirador, dejando atrás a Virginia y a Soria. El oficial echó una mirada hacia el aparcamiento, a escasos cincuenta metros. Le hubiera gustado saber de qué estaban hablando esos dos, y de paso dejar de hacer de niñera de aquel yanqui que no paraba de hacer preguntas.

—¿Es posible bañarse?

—Parte del color verde es por el azufre. Yo no te lo recomendaría —bromeó—, pero podemos bajar a la playa. Pisarás lava que lleva trescientos años sedimentando. Imagino que en Ohio no hay cosas así.

Norman Hill captó el mensaje condescendiente del policía. Así que de eso se trataba, del Viejo Mundo frente al Nuevo Mundo, como siempre. Solo que el mundo era viejo, en todas partes:

—Deberías visitar alguna vez las Ohio Caverns en West Liberty. Se descubrieron en 1897 y todavía hoy en día no se conoce del todo su longitud ni su auténtica profundidad.

Mario se disculpó. Hacía días que no lograba dormir dos horas seguidas.

—Cuando no puedo pensar con claridad me comporto como un gilipollas, lo siento.

Norman Hill no estaba seguro de haber comprendido qué significaba el término *gilipollas*, pero aceptó la disculpa. Sentía algo parecido. Cumpliendo las órdenes de Virginia de investigar a la viuda del trabajador que puso el explosivo en la planta de ALSACURSL había descubierto algo inquietante, y no sabía qué hacer con eso.

—Si descubrieras algo ilegal pero que puede complicarte la vida y perjudicar a alguien que aprecias, ¿qué harías?

Mario le observó con curiosidad.

—No deberías hacerme esa pregunta. Soy policía.

Norman Hill puso cara de circunstancias y se alejó unos pasos, reprochándose su torpeza. Abajo, unos operarios con petos verdes recogían los desperdicios dejados por turistas que no sabían valorar la magia de ese lugar milenario.

Norman Hill los observó atentamente.

También hubo operarios con petos verdes que limpiaron los restos de sangre del McDonald's de San Ysidro en 1984, se llevaron a los veintidós muertos —el de James Oliver Huberty en una bolsa distinta— y evacuaron a los diecinueve heridos, recogieron los casquillos de 9 milímetros de la Uzi que había utilizado, la escopeta Winchester y la pistola BHP, también de 9 milímetros. Doscientos cincuenta y siete casquillos, por todas partes, encima de las mesas, debajo de las sillas, entre las patatas fritas, detrás del mostrador, en el servicio, en la cocina. Setenta y siete minutos disparando a placer. Y tres semanas después no quedaba ni rastro, ni un solo agujero en la pared, ni una sola mancha que no hubiera sido fregoteada o cubierta con pintura. Al final derruyeron el local y levantaron un monumento conmemorativo, convertido en un altar improvisado donde la gente seguía acudiendo para hacerse fotos años después, sin importarle realmente lo que allí había ocurrido.

Mario no le prestaba atención. Ahora, su máxima preocupación estaba cincuenta metros más abajo. Soria fumaba apoyado en el capó del coche y Virginia daba pasos a izquierda y derecha con los brazos cruzados. ¿Qué narices le estaba contando?

—Virginia dice que el subinspector es uno de los mejores policías con los que ha trabajado —afirmó Norman mirando en la misma dirección.

Mario torció la boca. Por su propio bien, deseaba que eso no fuera cierto.

Soria sacudió la ceniza entre las piernas. Tenía la garganta seca y los ojos irritados. Sentía moverse el cerebro como una vieja lavadora.

—¿Una mala noche? —le preguntó Virginia.

—Más bien larga. —Soria prefería no entrar en los detalles—. Cuatro muertos en una isla como esta y en tan poco tiempo son demasiados. Se suponía que iba a ser un retiro tranquilo.

Virginia sonrió. Por lo que ella recordaba, esa era la maldición de Soria: él huía de los problemas y los problemas lo encontraban.

—Esas muertes... ¿Crees que están relacionadas?

Soria se encogió de hombros. Todos los hechos determinantes son la concatenación de hechos secundarios. Soria no estaba seguro de quién dijo algo así, quizá fue el mayor Detlof Winterfeldt al verse obligado a firmar el Armisticio de Compiègne.

—Eso parece. De lo que estamos casi seguros es de que se trata de dos asesinos distintos.

—¿Cómo has llegado a esa conclusión?

Soria dirigió la atención hacia el mirador donde estaban Mario y Norman Hill.

—No he sido yo. Ha sido el surfero. El chico es listo, apunta maneras de buen policía. Le obsesionan los detalles, la forma de los nudos en las ligaduras, los cortes de arma blanca, la precisión en las lesiones. Además —añadió con gesto de repugnancia—, le encanta andar merodeando por el instituto forense y charlar con los especialistas sobre vísceras y cráneos agujereados. Está convencido de que la manera de proceder en el caso de Bernardo y en la ejecución de los hermanos Driss es distinta.

—¿Sospechosos?

Soria abrió las manos, como si las posibilidades fueran abrumadoras.

—Los que quieras... Hasta he llegado a tener en la quiniela a la chica, Vesna. Tengo cientos de páginas de declaraciones que no sirven para nada.

—¿La chica desaparecida? ¿Por qué está en tu quiniela de sospechosos?

El subinspector entornó la mirada en dirección al océano, como si tratara de asimilar su derrota, igual que el orgulloso general alemán forzado a firmar aquella rendición ominosa ante el intransigente mariscal Ferdinand Foch. Suspiró con una cierta comicidad al pensar que, a fin de cuentas, todos aquellos militares habían acabado siendo soldaditos de plomo en sus dioramas.

—No te he traído aquí para hablar de trabajo. Solo para disfrutar de una bonita mañana de turismo... De todas maneras, ya no es asunto mío. Me ha llamado el comisario Pino, van a trasladar el caso a los investigadores de la Comisaría General. Llegan esta tarde desde Las Palmas y creo que se traen a alguien de Madrid.

Virginia conocía esa mueca. Negar lo que no se puede aceptar. Eso se le daba bien al Gordo.

—¿Decepcionado?

—En realidad, aliviado. Solo quiero acabar aquí y largarme a casa. Ahora les toca a otros pelear —dijo, señalando hacia Mario, que descendía del mirador junto a Norman Hill.

—Pues no parece que estés aliviado.

Soria abrió las manos como si buscara la absolución, sabiendo que de todo aquello no saldría nada bueno. Alejó la mirada y parpadeó, como si viera a lo lejos una virgen de alabastro con el rostro de Pura.

—Anoche me acosté con Lourdes, la administrativa de la que te hablé —murmuró, y al mencionarlo le parecía increíble que hubiera sucedido—. La primera vez que engaño a Pura en más de treinta años. Eso es lo que me tiene jodido de verdad.

Virginia parpadeó desconcertada. Por razones obvias no se le daba bien la compasión en ese tipo de situaciones, pero no veía qué relación tenía esa confesión con nada.

—Después de eso no podía dormir —añadió Soria, continuando con su especie de monólogo en voz alta, sin mirarla—, me puse a fumar, a mirar por la ventana y a pensar. Una cosa me llevó a otra, acabé pensando en el caso de Vesna. Y fue como si la culpa al ver a Lourdes dormir con un seno asomando entre las sábanas me aclarase la mente. Extraño, ¿verdad?

—Eso cuéntaselo a tu mujer. Si crees que andar follando te hace mejor policía, deberías encontrar un empleo como cabrón a media jornada cuando te jubiles.

Soria asimiló la andanada sin inmutarse. Cualquier reproche que alguien pudiera hacerle ya se lo había hecho él antes.

—Las cosas que uno piensa en la cama después de haberle sido infiel a su mujer por primera vez en treinta años son muy extrañas. Por supuesto está la decepción, y cierto sentimiento de remordimiento que irá creciendo con las horas, pero al mismo tiempo se experimenta una libertad mental que antes no se sentía, y una especie de energía nueva. Ves las cosas, por un momento, de otro modo. Como si entrevieras todas las posibilidades que te rodean. No quieres admitirlo, pero te gusta sentirte así.

—De acuerdo —admitió Virginia intrigada—. Una tregua contigo mismo.

—Llámalo así, si quieres. Empiezas a colocar las piezas en línea, como cuando vas a recrear en un diorama la estación del Bois de Compiègne esa brumosa mañana del 11 de noviembre de 1918. Veamos, tienes los raíles, los árboles, el vagón, tienes los oficiales, los soldados de la escolta... Solo hay que empezar a colocar las piezas según las fotografías de la época, paso a paso. Y entonces te das cuenta de que algo está mal, y no sabes qué es: un uniforme que no corresponde con la graduación de ese oficial, un fusil que sostiene ese soldado que no pertenece a su regimiento, un hueco, un vacío. Y entonces lo ves, está ahí, el error, la incongruencia, el detalle que no encaja.

Se volvió hacia Virginia con una mirada extraña.

—No sé qué es, pero hay algo en esta historia que no me encaja.

El semblante de Virginia mutó de la curiosidad al recelo.

—¿Qué intentas decirme, Soria?

Soria sopesó sus siguientes palabras. Era un experto en provocar reacciones desproporcionadas, y, normalmente, eso le traía sin cuidado; pero Virginia era un caso especial, la apreciaba, y debía tener cuidado con las insinuaciones.

—Los intereses de tu familia aparecen y desaparecen en todo esto, el nombre de tu padre, ese tal Migren, con el que nadie ha podido contactar desde hace días... ¿Por qué tu padre tiene en nómina a un mercenario? ¿Por qué su compañía se interesa tanto por Vesna?

Virginia frunció el entrecejo.

—Me dijiste que lo habías interrogado y que no había nada.

Soria cabeceó inseguro.

—Eso fue antes de que empezaran a florecer los muertos por toda la isla. ¿No te parece muy oportuno que Migren y la hacker hayan desaparecido, precisamente, ahora?

—Puedo hacer algunas llamadas, si quieres.

—Ya te he dicho que está a punto de dejar de ser mi caso.

—Y, aun así, has insinuado que mi familia tiene algo que ver.

Soria puso cara de inocencia.

—¿Eso es lo que he hecho?

Virginia conocía lo suficiente a Soria para saber que jugaba a que todo le importaba un rábano, pero que tenía principios —muy enterrados, pero firmes y vigentes—. Si alguien lo había subestimado, había cometido un error fatal. Y, aun así, todo aquello parecía un callejón sin salida.

—Deberías concentrarte ahora en cómo vas a arreglar las cosas con tu mujer cuando vuelvas a casa. Es hora de dejarlo. Yo podría ayudarte con eso.

Soria sonrió con ironía. Echaba de menos la mentalidad pragmática de Virginia.

—¿Estás intentando comprarme?

Virginia se apartó el pelo de la cara nerviosa.

—Solo digo que te guardes esas suposiciones para ti y dejes que el nuevo equipo de investigación saque sus propias conclusiones. Mi padre está a punto de cerrar una operación muy importante con un fondo italiano, Soria. Y, créeme, no va a ponerle de buen humor perder una operación millonaria por unos rumores infundados.

Soria se volvió hacia el mar. Estaba completamente rígido.

—Yo me callo y a cambio tú haces unas cuantas llamadas y me devuelven a Barcelona: un destino discreto, administrativo, para cumplir con el tiempo total de jubilación... El viejo Soria nunca se mete en líos, ¿verdad?

—Tú lo acabas de decir. Esta ya no es tu guerra, deja que la libren otros.

Soria sopesó la cuestión mientras abría el envoltorio de un caramelo y se lo metía debajo de la lengua. No solía sacar ventaja de las situaciones que se le ponían a favor, por la falta de costumbre, pero él también necesitaba ayuda. El mundo no se iba a parar por un intercambio de favores.

—La Virginia que yo conocía hubiese tenido un nombre para esto: lo habría llamado soborno.

Norman Hill y Mario ya estaban bajando del mirador.

—La Virginia que tú conocías no existe ya, amigo mío. Y la nueva intenta protegerte.

Mario se dio cuenta del gesto del subinspector y de la cara de circunstancias de Virginia.

Ocultaban algo importante. Y necesitaba saber de qué se trataba.

30

Norman Hill no sabía qué pensar. Lo último que habría imaginado es que despertaría de la excursión al Charco de los Clicos en la habitación de su hotel junto al cuerpo desnudo de un policía español. No recordaba algo así —estar con un hombre en la cama con aquella sensación de placidez— desde el último año de universidad.

Mario fumaba relajadamente con la cabeza apoyada en la almohada. Con la mano libre acariciaba la cicatriz bajo la clavícula de Norman. Reconocía la marca que deja un disparo.

—¿Cómo pasó?

Norman se removió inquieto. No le gustaba hablar de eso.

—Déjalo, por favor.

Mario prefirió no insistir. No quería espantarlo antes de tiempo. Todavía no había obtenido de él lo que necesitaba.

Además, contra todo pronóstico, había disfrutado de la noche. Resultaba que Norman tenía fuego dentro, quién lo hubiera dicho cuando le invitó a tomar un par de copas para seducirle. Y a juzgar por el fervor con el que se había entregado tras los primeros besos titubeantes, hacía mucho que no estaba con alguien.

Conocía a algunos así, chicos de buena familia católica que negaban lo que eran o lo convertían en algo sucio y clandestino y que vivían un auténtico calvario que terminaba destrozándolos.

—Apuesto a que no ha sido fácil para ti.

Norman se lo quedó mirando con una interrogación.

—Imagino la clase de tortura a la que tuviste que enfrentarte durante años habiendo nacido en un pueblo del Medio Oeste americano, rodeado de puritanos, partidarios del Tea Party y predicadores del apocalipsis jurando que el sida era un castigo de Dios enviado a los homosexuales.

Norman se acordó de la ocasión en la que su mejor amigo, Sean, lo sorprendió con Thomas Lexington en los lavabos del Dourban College. Thomas Lexington era mayor, tenía catorce años, y le dijo que sabía «cómo se hacen estas cosas». Guio su mano sujetándole la muñeca hasta la bragueta y le indicó cómo debía acariciarle el pene para ponerlo duro, luego le sujetó la nuca y le dio instrucciones sobre cómo debía chupársela. Y en ese momento entró Sean y se tropezó con aquella situación que lo dejó mudo, boquiabierto, durante varios segundos, antes de salir corriendo. Nunca hablaron de ello, y Sean jamás lo contó a nadie.

Norman derramó una sonrisa melancólica. Pero no dijo nada.

Junto a la puerta estaba la maleta a medio hacer.

—¿Volvéis a Estados Unidos?

—La señora Ortiz ha cambiado de planes, sin previo aviso, como de costumbre —respondió Norman con un punto de exasperación—. Nos vamos a Barcelona esta misma noche.

Mario tanteó el terreno con mucho cuidado:

—Recuerdo Barcelona, estuve allí hace años. Te gustará... Puedo recomendarte un par de sitios en un pueblo costero, Sitges; es un paraíso, aunque imagino que, con el jaleo en las empresas de su padre, no te quedará mucho tiempo libre.

Norman observó el cuerpo desnudo de Mario, abandonado sobre las sábanas como un modelo bizantino. Realmente era la más rara de sus fantasías cumplidas.

—No nos vamos solos —dijo buscando los calzoncillos bajo la cama—, el subinspector Soria vuela con nosotros. —Encontró los calzoncillos y se los puso de espaldas a Mario. No quería que él viera que había vuelto a excitarse. Cuando se dio la vuelta, la erección no era menos evidente, pero el policía ni siquiera se percató. El rostro se le había contraído—... ¿Te ocurre algo?

—Soria se va a Barcelona con tu jefa —repitió mecánicamente Mario. Se recompuso a medias tras especular con lo que eso significaba—. ¿Sabes por qué?

Norman Hill encogió los hombros.

—No me da explicaciones, solo órdenes... Voy a darme una ducha. ¿Estarás aquí cuando salga?

Mario fingió la mejor de sus sonrisas. Se acercó a Norman, apretándole el pene por encima del calzoncillo.

—¿Por quién me tomas? Por supuesto que estaré aquí.

Norman Hill se sonrojó. Quería y no quería, esa era la tragedia de su vida.

Mario esperó a oír correr el agua de la ducha para saltar de la cama. No sabía qué buscar, ni dónde hacerlo, pero Norman era la única posibilidad que tenía de averiguar qué se traían Soria y Ortiz entre manos. Sobre el escritorio había varios rotuladores de diferentes colores perfectamente alineados, dos libros en inglés sobre accidentes aéreos, un cuaderno de notas y un bloc de pósits con números que parecían cuentas bancarias en una columna a la izquierda y algunos nombres asociados en la columna derecha.

—¿Qué son todos estos números y qué tramas, cerebrito? —murmuró. Reconoció uno de esos nombres, y no tardó en asociar dónde lo había escuchado, en las noticias: Mercedes Recena, la viuda del trabajador que había puesto la bomba incendiaria en la planta de Tenerife y que luego se había suicidado.

Tenía el ordenador y el teléfono móvil junto al cargador y los auriculares. Inútil intentar desbloquearlos. Seguro que alguien tan cuidadoso como Norman utilizaba una contraseña de más de ocho dígitos y que la cambiaba cada pocos días. Es lo que él mismo hacía. Miró en el armario, buscó en los bolsillos. Nada.

Solo encontró una pequeña caja metálica del tipo de caudales antigua entre los zapatos. La llave no aparecía por ninguna parte.

¡Mierda! Allí no iba a encontrar lo que necesitaba. Estaba perdiendo el tiempo.

A Norman le dolía la facilidad con la que Mario podía leerle por dentro. Porque tenía razón. Desde que entendió que le gustaban los hombres, todo había sido tristeza en su deseo, oscurantismo, negación, nunca plenitud ni libertad. Hasta que ese policía guapo le había besado en la barra del bar, a la vista de todo el mundo, con luz y testigos. Presa del aturdimiento momentáneo que concede la alegría inesperada, Norman Hill se dejó ir por todas las imágenes oníricas de la noche y deseó volver a experimentarlas.

Salió del baño dispuesto a todo, a ser lo que nunca se había atrevido a ser.

Pero la habitación estaba vacía.

En otra punta de la isla, Soria trataba de despedirse sin comportarse como un niñato mezquino. Eran las ocho de la mañana, pero Lourdes consideró que era el momento de servirse un whisky y dijo lo que él no sabía cómo decir.

—No necesito que me des explicaciones. Esto es lo que es, y nada más. Ha estado bien, para nuestra edad —bromeó—, así que no lo estropeemos montando un drama adolescente.

Soria admiró a aquella hermosa mujer con el pelo revuelto y los ojos somnolientos, dispuesta a no ceder al fracaso, que bebía whisky para negar la pena y que procuraba no ir más allá del momento. En otra vida, en cualquiera de ellas, se habría enamorado perdidamente.

Condujo desde la casa de Lourdes —ya nunca olvidaría las palmeras de su jardín ni la cicatriz de su pecho derecho— hasta la comisaría. Virginia le había puesto un mensaje con el horario del vuelo. Era su manera de recordarle el pacto al que habían llegado y de asegurarse de que Soria mantendría su parte.

Durante el trayecto le dio por pensar qué echaría de menos de ese poco tiempo en Lanzarote —aparte del olor de Lourdes— y se preguntó por qué hay seres humanos que se empeñan en vivir y ser felices en lugares donde ambas cosas parecen imposibles. Quizá algunos eran capaces de conseguirlo. Él se alegraba de volver a casa y temía ese regreso.

Le sorprendió ver a Mario esperándole en la puerta del aparcamiento. Era su día festivo y muy temprano.

—¿No pensaba decírmelo? —le espetó a bocajarro en cuanto el subinspector bajó la ventanilla.

—Pensaba que te alegrarías de librarte de un viejo como yo.

Le pareció un poco raro que Mario insistiera tanto en tomar un café en el bar de enfrente de la comisaría para despedirse. Soria debía recoger sus escasas pertenencias del sótano y no tenía mucho tiempo, pero accedió. El chico le caía bien.

—¿Qué va a pasar con el caso? —le preguntó el oficial en cuanto se sentaron en la barra.

A veces, Soria olvidaba lo ambicioso que era Mario, las prisas que tenía por ascender.

—Pino ha transferido la investigación de los asesinatos a la Central. Es lo lógico.

A Mario le hizo gracia la respuesta.

—Pensaba que la lógica no era lo suyo, que usted eras más de... ¿cómo lo llama?... corazonadas y tripas.

El subinspector le echó una ojeada divertida.

—Y yo pensaba que no te fiabas para nada de mis intuiciones... Que eran *poco científicas*.

—Pues ahora me interesan. Imagino que va a pasarle sus notas al comisario antes de irse.

Soria pidió un café solo. No quería azúcar.

—Es la idea.

—Me gustaría echarles un vistazo primero, si no le importa. Quiero seguir en el caso, y me daría algo de ventaja.

Soria no obviaba, ni juzgaba, el hecho de que Mario fuera ambicioso y tuviera prisa por ascender, pero él no hacía así las cosas. El subinspector era de los que piensan que lo que uno quiere se lo tiene que trabajar por sí mismo, sin pedir favores.

—Hablaré con Pino, le recomendaré que te incorpore al equipo nuevo. Te irá bien con ellos.

Mario se mostró pesimista.

—No sé yo. No tenemos nada convincente. Tres asesinatos, un suicidio, una desaparecida y un puñado de pruebas circunstanciales.

—No tan circunstanciales.

Mario no quería que le delatase la impaciencia, pero el tiempo se le acababa.

—Podría darme algo. Por ejemplo, decirme de qué habló con su excompañera Virginia en el Charco. ¿Le dio alguna información valiosa?

Soria dejó el café a un lado. Empezaba a impacientarse con aquel comportamiento tan extraño. Miró el reloj.

—¿Qué quieres decir, vamos a ver?

Mario decidió jugar fuerte.

—Digo que es muy raro que hablara con ella, que deje el caso y que a cambio regrese tan rápido a Barcelona.

Soria apretó más de la cuenta la taza de café. Eso sí que no se lo esperaba.

—Ten cuidado con las insinuaciones, Mario.

Mario comprendió que se había excedido e intentó retroceder.

—Solo le estoy preguntando si hay algo que los de la Central o yo debamos saber antes de que desaparezca. Algo que no me haya contado.

Soria dejó unas monedas en la barra. Odiaba las encerronas, sobre todo si venían de un pipiolo con ínfulas de inquisidor.

—Chico —remarcó con intención—, que yo sepa, tú

no eres inspector de Homicidios. Si quieres serlo, aprende en primer lugar a confiar en tus compañeros. Y un consejo más: si tienes una sospecha de corrupción, o formulas una acusación formal delante de tus superiores o te la callas. No lances globos sonda a ver qué pescas.

Mario demudó el rostro.

—No pretendía...

«Demasiado tarde, capullo», pensó Soria.

—Claro que pretendías. Y ahora sal de mi vista antes de que te haga tragar los dientes. Tengo que recoger unos geranios y subir a un avión.

Su enfado no había desaparecido cuando cruzó el vestíbulo hacia el despacho del comisario Pino. Antes de entrar, una agente de uniforme sentada en una mesa lateral le hizo una señal.

—Subinspector, han llamado de la Unidad de Violencia de Género de Barcelona preguntando por usted. Querían saber si los antecedentes sobre Román que le enviaron le han ayudado.

Soria la miró desconcertado.

—¿Violencia de Género? ¿Qué antecedentes? Román estaba limpio.

La agente lo miró con indiferencia.

—No lo estaba. Yo misma los recibí por fax y se los di a Mario. Me dijo que él se encargaría de informarle.

La cabeza de Soria empezó a acelerarse de una manera peligrosa, y estaba a punto de llevarle a preguntas incómodas cuando vio asomar al comisario reclamando su presencia.

El comisario Ramón Pino sostenía la orden de traslado firmada desde muy arriba, en Madrid, con carácter de urgencia. Alguien con el peso suficiente había hecho un par de llamadas, y el comisario imaginaba de quién se trataba.

—Veo que la exinspectora sigue teniendo mano con la cúpula. Tanta como para levantarte el castigo.

Soria apenas parpadeó. Seguía bajo el efecto de lo que la agente acababa de decirle y del extraño encuentro con Mario en el bar. Pino le presentó a dos de los inspectores que iban a encargarse de su caso. Uno era del grupo de Homicidios de Las Palmas, un tipo de unos cuarenta años, estirado, que le estrechó la mano con frialdad. Tenía ojos astutos y una expresión que parecía decir «ahora nos encargaremos los mayores». El otro venía directamente de Madrid, Soria recordaba vagamente haber coincidido con él en el pasado. Intentó hacer memoria.

—Eres Almansa... ¿Qué hacen aquí los de delitos monetarios? —preguntó con cierta curiosidad.

El tal Almansa ni siquiera se acordaba de que hubieran coincidido durante seis meses en el mismo destino, años atrás. Tenía más pinta de inspector de Hacienda que de inspector del CNP. Miraba como si le hubieran arrancado el corazón y le hubieran puesto en el pecho un programa de Excel. No se molestó en responder.

—La investigación podría tener ramificaciones inesperadas —intercedió Pino, siempre más dispuesto a tender puentes que a cavar fosas.

—¿Qué clase de ramificaciones?

—De las que ya no son de tu incumbencia —atajó el tal Almansa.

«Menudo par de cafres», pensó Soria, que llevaba bajo el brazo su informe. Se lo entregó, compartieron impresiones, los tipos tomaron algunas notas sin mucho interés, hicieron un par de preguntas protocolarias y se despidieron. Soria estaba seguro de que en cuanto se diera la vuelta tirarían todo lo hecho a la papelera.

—No te enfades, subinspector —contemporizó

Pino cuando se quedaron solos—, ellos son de otra generación, creen que nadie puede enseñarles nada, tienen hambre de éxito y de colgarse medallas. Pero quédate tranquilo, has hecho un buen trabajo teniendo en cuenta las circunstancias.

Soria no había hecho nada. Solo especular y dar tumbos de un lado a otro como un pollo sin cabeza. Él lo sabía, y el comisario también, pero le agradeció sus palabras.

—¿Algo más que quieras compartir conmigo? —preguntó Pino sin rastro de doble intención.

Soria midió bien lo que iba a decir. Algo le rondaba por la cabeza y confió, al menos, en que Pino llegara por su cuenta a las mismas conclusiones que el subinspector empezaba a encajar.

—Solo una cosa, comisario. Sé que no le va a gustar oírlo, y que es de los que confía en su gente mientras no le demuestren lo contrario, pero tengo que decirlo o reventaré. Debería vigilar de cerca a Mario.

Pino se quedó mirándole muy serio.

—¿Tienes algún problema con el oficial? ¿Algo que yo deba saber?

Soria vio la reacción, maldijo por dentro, negó con la cabeza.

—Solo es una corazonada. Usted verá.

—Pues deberías habértela callado, Soria.

El subinspector asintió. Siempre había sido su problema. Cuando abría la bocaza ya no sabía cerrarla. «¡A tomar por culo!», se dijo. Nada de aquello era ya asunto suyo.

Camino al aeropuerto, Soria recibió una llamada. Había registrado el número en su agenda de contactos con la palabra *Viejotocapelotas*. Era el número del viejo Tobías. Pensó si valía la pena coger la llamada o si debía dejarlo correr. Lanzó un suspiro de resignación.

—He oído que se larga, subinspector. ¿La melancolía del godo? —Se oía ruido de fondo. Música de Ico Arrocha.

—No se te escapa nada, Tobías... Pensaba que te habías olvidado de mí.

—La palabra es la palabra, ¿verdad? Hasta para la gente como nosotros.

A Soria no le hizo ninguna gracia el inclusivo, pero prefirió tragárselo.

—¿Has llamado para despedirte?

—Le llamo porque tengo una información que darle. Una buena de verdad.

Y, por supuesto, le puso un precio. Era un precio muy alto.

—¿Qué me dice, subinspector? ¿Le interesa o no?

Tratos con Virginia, tratos con un delincuente... Soria tenía la sospecha de que aquello iba a estallarle en la cara en cualquier momento. Y, aun así, no le quedaba más remedio que aceptar:

—Cuéntame, viejo tocapelotas.

31

Puerto Calero, Lanzarote, tres días antes

Konstantin detestaba a las mujeres que utilizaban postizos. Uñas, pestañas, pelucas y silicona. Por eso, de entre todas, eligió a la que parecía más desnuda de artilugios. Poca cosa, en realidad, como un árbol caído de la rama, de edad indeterminada, pálida y pecosa, pelirroja, de pechos de pera y ojos demasiado risueños para ser puta. Contra todo pronóstico resultó ser irlandesa. Católica, si debía fiarse del crucifijo que asomó cuando se quitó la camiseta. Dijo llamarse Lucy, aunque posiblemente su verdadero nombre debía ser Marie Anne o Geltrud, pero ¿acaso importaba? No llevaba mucho en el oficio, eso estaba claro. Era excesivamente entusiasta, y ese entusiasmo denotaba su falsedad, como si pudiera vencer el asco arrojándose completamente a él; no follaba ni mamaba con la economía necesaria en una profesional, sino con entrega fatalista. Además, miraba a los ojos y no decía nada, no fingía, no hablaba. Ni siquiera parecía impresionada porque él se hubiera quitado el parche del ojo y mostrara al descubierto el amasijo carnoso que lo había sustituido.

—Un cuerno de ciervo, hace mucho —explicó

Konstantin sin que ella se lo pidiera—. Tócalo, si quieres... Vamos, tócalo.

Ella no quería, pero lo hizo. Era gelatinoso, un bubón repugnante. Tampoco preguntó por los tatuajes de calaveras y escorpiones, ni por las cicatrices en el torso. Konstantin le daba miedo, y la mejor manera de exorcizarlo era hacerle gozar para que borrara esa expresión de querer hacerle daño.

Pero no parecía estar lográndolo.

—Eres blanda para esto —dijo Konstantin en un inglés con marcado acento eslavo. La sujetó con fuerza por el pelo mientras ella le hacía una felación y tiró hacia atrás para verla mejor—; sí, blanda. Te falta la mejor virtud de tu oficio. Saberte esconder, mimetizarte con tu desesperación. Sin eso, te destrozarás en poco tiempo.

Él podría enseñarle. Tenía experiencia en romper y recomponer espíritus. De vez en cuando echaba de menos los años de la guerra, las furgonetas apestosas en las que se amontonaban las chicas jóvenes que eran enviadas a Turquía, a Rusia, a Alemania. El olor del sudor, de orines, de miedo. Fue una buena época aquella, le encantaban las más rebeldes, las que se resistían y peleaban, las que le plantaban cara con un cortaúñas o se rajaban las muñecas con una botella rota. Domar a las fieras, eso se le daba bien. Devolverlas amansadas y sumisas al circo tras un par de semanas encerradas con él en cualquier tugurio de Zagreb o de Sarajevo. También hubo fracasos, claro; las que eran como esta irlandesa, débiles y apocadas, entregadas desde el principio, pero sin espíritu competitivo alguno. Como sacos que absorbían los golpes sin oposición. Eran casos perdidos, los clientes se aburrían, y a menudo acababan muertas tras una paliza a manos de un grupo al que se le iba la mano, o terminaban sus días en un limbo catatónico de alcohol y drogas, abandonadas en cualquier callejón de una gran ciudad.

Todas las vidas que Konstantin había vivido tenían algo excitante, el tráfico de armas, las drogas, la extorsión, el inmenso campo de posibilidades de la guerra, pero ninguna se podía comparar con la de proxeneta. Ellas, las putas —porque todas lo eran incluso desde antes de serlo— eran su legado al infierno. Su madre, una puta de las calles de Chisináu, le enseñó desde muy niño el poder de los coños. Nadie se resiste a ellos, no hay santo que no doble la rodilla ante ese altar. «Quien controla los coños controla la voluntad del mundo, no lo olvides.»

Konstantin no lo había olvidado, pero eran otros tiempos, había que adaptarse. Ya no se dedicaba a eso, aunque todavía le quedaban un par de horas para rememorar viejas glorias, pensó al coger el cinturón y anudárselo al puño.

El viejo Tobías nunca se hizo ilusiones respecto a la especie humana. A su entender, la inocencia era una falacia y la ingenuidad un problema, de modo que el mundo se dividía entre culpables e idiotas. Él se entendía mejor con los culpables, daban menos trabajo. Y casi todos ellos solían reunirse en La Baranda. No fue tan difícil enterarse de que había un pistolero nuevo en la ciudad, un bruto serbio con un parche en el ojo y un tatuaje en el lado derecho del cuello. Había estado haciendo preguntas sobre el atropello de la chica y sobre Bernardo. Días después, el pobre crío había aparecido desmembrado como un cerdo.

Lanzarote ya no era una isla de piratas, y si lo era,

ahora se dedicaban a los complejos hoteleros, no a pasearse por ahí con cara de ruso y un parche en el ojo.

—Mírale —murmuró despectivamente al verle salir del hotel desde el coche en el que él y dos de sus hombres llevaban vigilando toda la noche—, parece una caricatura, joder. Lo lleva escrito en la frente: soy el puto malo de las películas de mafiosos. Esa gente nunca aprenderá modales ni a pasar desapercibida.

Un minuto después salió Lucy, o Marie Anne, o Geltrud. Se detuvo en la puerta y encendió un cigarrillo con un gesto de dolor. Tenía la cara descompuesta y le costaba mantenerse en pie. La pelirroja irlandesa parecía haber envejecido cincuenta años. Esperó a que Konstantin desapareciera para acercarse al aparcamiento.

—¿Qué ha pasado? —preguntó Tobías, bajando la ventanilla, aunque no necesitaba muchas explicaciones; bastaba con ver las marcas en los brazos y en el cuello.

—Es un cerdo —murmuró ella al borde de las lágrimas.

Una víctima más de este universo sin armonía. Eso decían los ojos del viejo Tobías, aunque él nunca lo hubiera expresado de ese modo. A su manera, ciertas cosas le resultaban incomprensibles.

—¿Tienes algo?

—Tenía el móvil bloqueado, no he podido abrirlo. Pero he mirado en la cartera y tenía esto. —Le entregó a Tobías una tarjeta de visita de un bufete de abogados del centro de Milán, detrás de la cual había anotado unas iniciales, M. T., y un apellido, Tirelli.

—Estás hecha una Mata Hari —la felicitó Tobías, dándole una palmadita en la mano. No iba a justificarse por haber mandado a la chica al matadero, ni iba a fingir que era mejor persona de lo que era. El negocio era así y si no tenías estómago para ciertas cosas estabas acabado. Pero existían normas, reglas para controlar el caos, sencillas, claras para todo el mundo.

—También encontré esto —dijo la mujer, sacando del bolso una fotografía antigua. Konstantin y otro hombre, ambos jóvenes, vestidos con toda la parafernalia militar y posando con un cadáver a sus pies. Ufanos, felices.

El viejo Tobías tenía buena memoria para las caras. No le costó mucho reconocer al tipo que acompañaba al tuerto.

Eso lo iba a cambiar todo.

Mandó a la chica a casa con una gratificación. La vio alejarse tambaleante, dolorida, y sintió un nudo de cólera en la garganta.

—Dadle un par de semanas de vacaciones. Llevadla a un sitio bonito, que descanse —les ordenó a sus hombres.

La regla básica en su universo era no permitir que otros se inmiscuyeran en sus asuntos, anular la competencia antes de que se convirtiera en una verdadera amenaza. Solo así había logrado mantener el monopolio en Lanzarote. Otros habían intentado desbancarlo antes, peninsulares, marroquíes, italianos. De un modo u otro, Tobías se había deshecho de ellos, en ocasiones recurriendo a la violencia necesaria —él no tenía nada en contra de usarla, pero comprendía que utilizarla en exceso acaba provocando el efecto contraproducente de que se propaga como un incendio incontrolable— o a otro tipo de acuerdos.

Si alguien se atrevía a torturar y asesinar a uno de sus empleados, como en el caso del lobo, significaba que no temía las consecuencias. Lo mismo si decidía liquidar a los gemelos y tirarlos en un barranco como si fueran carroña. Nadie, excepto él, tenía ese derecho. Y jamás lo habría ejercido con esos mierdecillas que solo pretendían sacarse una paga extra. Un castigo severo, desde luego. Pero no esa carnicería. Si se corría la voz de que Tobías estaba perdiendo el control, toda la estructura se desmoronaría. No podía permitir que Konstantin y quienquiera para quien trabajase metiera la zarpa en sus asuntos. Si no lo atajaba de raíz, no habría modo de quitárselos de encima.

Podía iniciar una cacería a ciegas, ir tras el tuerto y sacarle las tripas por el culo y colgarlo en la ermita de Tías, a la vista de todo el mundo, sin saber lo que pasaría a continuación. O podía hacer otra cosa.

Podía utilizar el teléfono y llamar a ese gordo, el subinspector Soria.

32

Milán, Italia, dos días después

La lluvia hacía eructar la basura amontonada en las calles circulares del centro. Huelga de basureros, fiesta para las ratas y los gatos callejeros.

Konstantin admiraba, en cambio, la arquitectura del viejo palacio reconvertido en oficinas. Escuchaba el taconeo en las baldosas nobles y estudiaba la grandiosidad hueca de las columnas y de las esculturas de bronce; del mismo modo que se emocionaba con las películas de Leni Riefenstahl, sentía una emoción sin sentido crítico alguno por la magnificencia de la arquitectura fascista, la enormidad de los espacios y su inutilidad.

Hacía treinta minutos que esperaba en el sillón, vistoso pero incómodo, del vestíbulo. En ese tiempo había visto pasar frente a la sonrisa obsequiosa de la recepcionista a media docena de personas.

—Disculpe, señorita. Tenía cita con el señor Tirelli hace media hora y sigo esperando.

La recepcionista le echó una mirada especulativa a su traje, demasiado estrecho para una espalda tan ancha, y procuró no centrarse en el inquietante parche. Estaba acostumbrada a ver pasar por el bufete a gente de todo pelaje, pero este se llevaba la palma de los desgraciados.

—El señor Tirelli está reunido con un cliente, tendrá que esperar —dijo con sequedad.

Esperar era el verbo que peor conjugaba Konstantin.

—¿Le ha dicho quién soy?

La recepcionista vació los ojos, como si tuviera delante a un niño grande con un guisante por cerebro en esa cabeza de boxeador. Anunciado como la mismísima reina de Inglaterra, si le parecía.

—Por supuesto, señor. Le atenderá cuando sea posible.

Una puta, como todas, se dijo Konstantin. Lo adivinaba debajo de su traje chaqueta de Zara, detrás de esas asquerosas pestañas postizas y de sus distinguidas gafas de marca. Una zorra.

—Vuelve a llamarle —dijo, endureciendo la voz y pasando brutalmente al tuteo— y le dices que, si no me recibe ahora mismo, me largo.

La condescendencia de la recepcionista se disipó de golpe. Marcó la extensión de la centralita y descolgó. Repitió el mensaje de Konstantin con voz delgada, dijo dos veces seguidas «sí, señor» y colgó delicadamente, como si el auricular verde fuera a deshacérsele en la mano.

—El señor Tirelli le pide disculpas por la demora —dijo, sin atreverse a mirar directamente a Konstantin—; le ruega que le espere en La Volta. Es una cafetería, está al otro lado de la calle. Lo verá ahí en cinco minutos.

Konstantin estiró el cuerpo y se acomodó la americana.

—¿Lo ves? —murmuró con una sonrisa canina—. No era tan difícil.

Solo hay que presionar en el nervio adecuado.

La Volta era un cenáculo, poca gente, todos con trajes caros, murmullos entre el Smirnoff con hielo o el bourbon, luz tenue entre pesados cortinajes, música blanda de Dexter Gordon y láminas enmarcadas de Pollock, Tàpies, Miró... Dos camareros sin color en la piel detrás de la barra, como estatuas con pajarita roja, camisa blanca y chaleco a rayas. Olía a dinero, a poder, a transacciones de favores y amenazas. Algunas miradas con curiosidad desagradable se fijaron en aquel tipo que parecía un Staffordshire tuerto, pero enseguida lo ignoraron. Konstantin respiró con fuerza, llenando el pecho. No era de los que se dejaban amedrentar por las apariencias. Había conocido cientos de lugares como este en Zagreb, en Moscú, en Madrid, en Berlín, y todos eran idénticos: nidos de ratas asustadas fingiendo ser los amos del mundo. Mangantes y mediocres disfrazados de honorabilidad con un baño de papel de oro, tan falsos como los cuadros que decoraban las paredes. Los conocía, no importaba que no supiera sus nombres, todos eran iguales, todos querían las mismas cosas. Y solo la gente como él podía ofrecérselas.

Fue a sentarse en un puf incómodo al fondo de la sala. Tirelli apareció por la puerta recorriendo con la mirada el espacio hasta encontrarle, con un gesto de alivio. Konstantin sonrió para sus adentros. El abogado Tirelli tenía el mal gusto de copar todos los estereotipos de la elegancia, el atractivo catalogado de un hombre a medio camino entre la madurez y el ocaso que no respiraba personalidad ni imaginación. Traje gris a medida, corte de pelo clásico para resaltar las canas, bronceado como un insulto en esa ciudad que apestaba a basura acumulada y lluvia eterna, gemelos con sus iniciales y una pulsera con piedras de turmalina negra en la misma muñeca que su reloj de dos mil euros. Delgado y con fibras endurecidas en el club de pádel del bufete, con una frente senatorial y unos ojos que parecían haberse secado leyendo *Il piacere* de D'Annunzio, era cretinamente perfecto.

—Siento las molestias, pero hay cosas que no se pueden tratar en un bufete de abogados. Para eso están estos locales —se disculpó, estrechando la mano de Konstantin sin darle tiempo a incorporarse del todo. La escena, un tanto ridícula, creaba la sensación de que el tuerto le rendía pleitesía, como en un besamanos. Una manera sutil de recordarle quién estaba arriba y quién estaba abajo.

Konstantin captó el mensaje. El abogado se desabrochó el botón de la americana y tomó asiento. Al minuto, y sin que lo hubiera pedido, uno de los camareros arcangélicos le sirvió en un vaso tallado dos dedos de Jameson y un cubito de hielo.

—¿Te importa que te tutee, Konstantin? —dijo cruzando una pierna y echándose hacia atrás—. No ha sido muy inteligente aparecer por las oficinas, pero, ya que estás aquí, acabemos pronto con esto. Estoy seguro de que ninguno de los dos se siente cómodo en esta situación. —Sacó la estilográfica y escribió una cifra en la servilleta que tenía más a mano. Con el índice la acercó hasta la altura de Konstantin—. He hablado con mi jefe. Le transmití tu nueva propuesta, y no le gustó que cambiaras los términos del acuerdo inicial, pero esto es lo que he podido sacarle. No habrá más... ¿Dónde está el *pendrive*?

Konstantin miró los ceros. No eran suficientes, ni de lejos. Sacó la fotografía de Vesna y dio unos golpecitos sobre ella.

—Eso fue antes de empezar a hacer memoria. De pronto, me he acordado del invierno de 1993. Ahora la presa vale mucho más para su jefe. Tenemos que negociar.

El abogado Tirelli aspiró como si le hubiera llegado un tufo desagradable. A veces, odiaba esa parte del trabajo en la que le tocaba mancharse con la mierda. El olor se le quedaba impregnado en la ropa durante semanas. Se tocó el nudo de la corbata. Se obsesionaba con que estuviera torcido o con más de dos pliegues. Era un gesto instintivo que le salía cuando estaba nervioso. Saber que la corbata estaba en perfecto estado de revista le devolvía la sensación de control.

Desde que empezó toda esta historia de la chica bosnia y de la fusión con los españoles no dormía bien. Y ahora este cretino pretendía chantajearle. Quizá Tirelli era un cliché, pero incluso los hombres como él se desbordaban de vez en cuando por las costuras. El bicho tenía garras y dientes.

—¿Negociar? —preguntó lentamente—. Eso supondría que estamos en condiciones de igualdad, Konstantin. Y no lo estamos, ¿verdad? No somos iguales, y no lo seremos, aunque los polos se derritan y la Tierra deje de girar. Si en algún momento te he dado otra impresión, me disculpo, y te recuerdo los términos de nuestra relación, por si no están claros: tú eres un profesional, se te contrató para un trabajo, que solo has cumplido a medias. La chica sigue viva, y te permites el lujo de renegociar los términos del acuerdo para entregarnos el *pendrive* que guardaba. En otras circunstancias habría aplaudido tu osadía, pero el tiempo se te acaba. Sabemos que hay otro contratista buscando a Vesna. Si la encuentra antes que tú, no nos sirves para nada.

—¿Otro competidor? ¿Quién?

Tirelli dejó que la noticia calara hondo en aquel trozo de carne sin bautizar antes de volver a golpearlo con dureza.

—No es muy aconsejable chantajear a la gente para la que trabajo. Mi jefe es un hombre civilizado, le gusta que las cosas se resuelvan amistosamente, pero su paciencia no es infinita y tampoco es muy inteligente cabrearlo. Así que, si me permites un consejo de abogado, yo me levantaría de esta mesa, me disculparía amablemente, y arreglaría lo que has hecho antes de que otro lo haga por ti.

—¿Y si no lo hago?

Tirelli le observó con la delectación del que sabe que ya ha ganado.

—En ese caso, yo buscaría un agujero para esconderme, quizá en la alcantarilla de la que has salido, aunque ya te aviso que eso no te salvará. Cumpla su parte, señor Konstantin —dijo volviendo al tratamiento formal—, cobre el dinero y viva una vida larga y feliz. Espero no volver a tener esta conversación, ni a saber de usted hasta que me traiga la cabeza de Vesna en una bandeja.

Konstantin sabía cuándo retroceder, como sabía que la debilidad se pagaba cara en su oficio. Dar un paso atrás sin parecer que caía en la desbandada no era sencillo.

—No tengo el *pendrive* aquí. Lo tiene mi socio. Tenemos que vernos dentro de cuatro días. Hablaré con él.

El abogado Tirelli sonrió. Le brillaba el rostro. Salvaguardar el *statu quo*, colocar a cada cual en su sitio, le ponía de buen humor.

—A eso lo llamo yo colaborar. Es lo más inteligente. Y ahora, ocupémonos de otro inconveniente: el subinspector Soria, el policía español que está investigando el reguero de muertos que usted ha ido dejando a su paso.

Konstantin negó con la cabeza. Sabía por su socio que ese gordo andaba haciendo preguntas, pero no lo consideraba una amenaza. Tirelli lo sacó de su error.

—Mucha gente ha subestimado en el pasado a Soria, pero tenemos información de primera mano de que es mejor investigador de lo que cree. De hecho, tenemos indicios de que podría estar cerca de dar con Vesna. Nos haría un favor a todos, y se lo haría a usted mismo, si averigua lo que sabe y luego elimina discretamente la molestia.

—Matar a un policía no es tan fácil.

—No debería ser tan difícil para alguien como usted.

Konstantin tenía sus dudas. Ya no eran los años noventa ni estaban en las antiguas repúblicas yugoslavas. Si hacía lo que Tirelli le pedía, no volvería a poner un pie en esta parte del mundo.

—¿Y si no lo hago?

Tirelli movió la mano como si sacudiera un pañuelo con el meñique.

Konstantin volvió a mirar la cifra de la servilleta. Acabó doblándola y guardándosela en el bolsillo.

—¿Algo más?

Tirelli asintió.

—Ya que está aquí, podría hacerme un favor. Tómelo como un gesto de desagravio, para que olvidemos el desafortunado incidente y nos demuestre su buena voluntad. No le robará mucho tiempo, se lo prometo.

—¿De qué se trata?

—Una minucia. Querría que tuviera una *charla* con cierta periodista.

Una semana antes, Clara Fité había utilizado su falsa identidad como Laura Cervini para cruzar el control de seguridad. Manuela le había facilitado para la ocasión una credencial, también falsa, de una prestigiosa publicación mensual de economía y negocios. Eso había bastado para que en la sede del fondo de inversiones le abrieran las puertas. El anzuelo era un supuesto artículo sobre el alza del gas en Rusia y las posibilidades de que el conflicto con Crimea perjudicase los intereses de la UE. Sin embargo, a pesar de la abnegación reverencial, la persona que estaba dispuesta a contestar sus preguntas no era más que un cargo de segundo o tercer rango. En el momento en el que Clara se salió del guion y empezó a interrogarla sobre el *holding* de Armando Ortiz y la posible fusión con el Fondo de Inversiones Milanés, la persona balbuceó lugares comunes, anonadada y visiblemente incómoda.

—Al menos hemos metido la cabeza en la boca del lobo —se congratuló Manuela Juan desde Barcelona. De fondo se oían el mar y las gaviotas.

—Querrás decir que la he metido yo.

—Estamos juntas en esto, Clara. Ahora, si no me equivoco, esa persona les irá con el cuento a sus jefes: una periodista está husmeando en la fusión. Es lo que queríamos, ver cuál es su siguiente movimiento.

Manuela tenía razón. Los italianos no tardaron en mover ficha. Clara recibió una llamada del bufete que representaba al fondo de inversiones. La citaban para una nueva entrevista, esta vez con uno de los cargos principales, y prometieron responder a todas sus preguntas. Lógicamente, ese encuentro se llevaría a cabo en un lugar discreto, lejos de la sede social del fondo: el aparcamiento subterráneo de la piazza Luigi Einaudi, a las ocho de la tarde.

—Pero eso es... dentro de una hora.

—Lo toma o lo deja. Si llega tarde, no encontrará a nadie allí.

Sin apenas tiempo para meditarlo, Clara le puso un mensaje a Manuela, indicándole la dirección en la que iba a encontrarse con el representante del fondo de inversiones —una precaución que aprendió cuando era periodista en México—, cogió las llaves, el bolso con el ordenador portátil y pidió un taxi.

33

El taxista declararía días después ante los *carabinieri* que la mujer parecía nerviosa, que intentó varias veces contactar con alguien por teléfono sin éxito y que le preguntó si podía fumar. Por supuesto, le dijo que no, pero bajó la ventanilla de atrás y le sonrió.

Clara llegó con cinco minutos de anticipación al lugar en el que la habían citado, pero el aparcamiento estaba vacío. Dio un par de vueltas alrededor de las columnas y regresó una vez más hasta la rampa. Decidió marcharse, pero apenas había dado dos pasos cuando algo la hizo volverse. Apenas pudo lanzar un grito antes de que alguien le golpeara con un objeto contundente en la cabeza y la arrastrara, aturdida, hasta el maletero de un coche.

En el informe pericial de las autoridades italianas se determinó que los rastros de sangre hallados junto a la plaza B233 eran de una mujer, probablemente la víctima. En la plaza de aparcamiento encontraron restos de aceite y el tacón de un zapato. También comprobaron que la cámara de acceso a la rampa había sido saboteada, posiblemente antes del ataque. No dieron con testigos oculares o con alguien que pudiera haber oído algo. No se rastrearon las cámaras de seguridad de los comercios cercanos ni las de la piazza Luigi Einaudi hasta días más tarde por una demora en la petición judicial, y con ello se perdió un tiempo precioso para localizar a la víctima en las primeras horas del secuestro.

Clara no podía respirar dentro del maletero. La habían amordazado con una fuerza brutal y la sangre que bajaba de la frente se le metía en la nariz y en la boca cada vez que jadeaba. Tenía las piernas dobladas de un modo doloroso y apenas espacio para moverse. Debajo de las costillas notaba un hierro, tal vez el gato de la rueda de recambio. Olía a maquinaria agrícola y a hortalizas, y notó bajo las manos restos de tierra. El conductor daba bandazos, frenaba bruscamente y cambiaba de dirección a menudo, haciendo que se golpeara una y otra vez. Estaba completamente a oscuras y le habían quitado el teléfono. Le dolía muchísimo la cabeza.

El vehículo, un Fiat Tipo con una raspadura en el costado derecho, fue encontrado una semana después bajo uno de los puentes del acceso sur. Se comprobó que la denuncia por robo se había presentado ante los *carabinieri* en Orta San Giulio cinco días antes. El coche era propiedad de un campesino y se lo habían robado en su finca. En el maletero se encontraron restos de la misma sangre que en el aparcamiento y una chaqueta de piel de color rojo que el taxista identificaría después como la que llevaba la pasajera. En el bolsillo interior encontraron una credencial periodística a nombre de Laura Cervini. La revista *Empresa y Negocios* declaró que no tenía ninguna periodista destacada en Milán, ni con ese ni con ningún otro nombre. Más tarde se comprobaría que se trataba de una falsificación.

Lo primero que vio Clara al abrirse el maletero fue la luz de la luna filtrándose entre las ramas de una encina. Lo siguiente que sintió fue un frío intenso. A lo lejos escuchó el ladrido de un perro. Tuvo tiempo de incorporarse antes de que una mano la empujara brutalmente fuera. A la derecha, a mucha distancia, titilaba el resplandor de lo que parecía un pueblo o una ciudad pequeña. El resto era oscuridad, no se veía nada más allá de los faros del coche. Le pareció que estaban en una zona aislada, en medio de un campo.

Eran dos hombres. Uno de ellos, el del parche en el ojo, la obligó a arrodillarse y le arrancó la mordaza.

—Aquí podremos charlar tranquilamente —dijo, inclinándose hacia ella, como si se preocupara por la brecha que le había abierto en la cabeza—. Es un corte feo, pero sobrevivirás, si eres lista.

—¿Quién eres? ¿Qué quieres? —preguntó el otro, encendiendo un cigarrillo.

—Soy Laura Cervini, periodista, y... —empezó a decir Clara. Él la interrumpió abofeteándola con mucha violencia.

—Te voy a ahorrar unas cuantas mentiras. No te llamas Laura Cervini, tu credencial es falsa. —El rostro del hombre se iluminaba y se oscurecía en función de cómo se colocaba o se apartaba de los faros del coche—. ¿Por qué estás metiendo las narices en el Fondo de Inversiones Milanés? —intervino el otro, acuclillándose frente a ella.

—Yo no sé de qué habla —tartamudeó Clara. El tipo se irguió disgustado. El segundo hombre se acercó de nuevo y la pateó con fuerza en el estómago. Retrocedió, dio una vuelta sobre sí mismo, volvió a acercarse y, agachándose, tironeó con fuerza del pelo de Clara.

—¿Para quién trabajas? ¿Qué estás buscando?

—Ya se lo he dicho... Soy periodista, escribo un artículo sobre el gas ruso y la crisis con la UE —balbuceó Clara.

—¡Mientes!

—Mira, estúpida: te arrancaremos los dientes uno por uno hasta que nos digas lo que queremos. Y seguiremos toda la noche hasta dejarte hecha papilla. Te juro por mi madre que vas a gritar hasta que se te rompan las cuerdas vocales.

Clara comprendió helada que iba a matarla a golpes. Daba igual lo que dijera. Eran las consecuencias de meter la cabeza en la boca del lobo.

Uno de los tipos sacó del maletero su bolso y lo vació en el suelo. Cogió el ordenador portátil y el teléfono.

—Esto nos lo quedamos. No hay recibo, lo siento.

El cuerpo apareció en una zanja paralela a una carretera secundaria, en los alrededores de Brescia. Lo encontró el chófer albanés de un TIR que paró en la cuneta para evacuar. Era de proceso lento, le gustaba tomarse su tiempo para esas cosas, contemplar el paisaje, pensar en sus cosas. Con los calzoncillos por las rodillas y las nalgas al aire miró hacia la derecha y se dio un susto de muerte al ver entre los matorrales a la mujer. Estuvo a medio metro de cagarle en la mano.

En un principio pensó que estaba muerta, pero no se atrevió a tocarla, ni siquiera sabía cómo se hacía eso de tomarle el pulso a alguien. Nunca confesaría al contar esa historia de regreso en su país que estuvo a punto de fingir que no había visto lo que veía, y que su primera tentación fue subirse los pantalones sin limpiarse el culo y volver al camión. Tenía plazos de entrega y el tacógrafo manipulado. Aquello iba a traerle problemas. Pero lo pensó mejor, se santiguó, y llamó a los *carabinieri*.

La mujer estaba en muy mal estado, sucia, con signos de violencia extrema y deshidratada, pero viva.

—Conmigo se portaron bien los polis —comentaría días más tarde el chófer en el bar de Tirana ante sus amigos—, hicieron la vista gorda con el tacógrafo, solo me retrasé un par de horas, y, bueno, supongo que salvé a una persona.

34

Sant Cugat del Vallès, provincia de Barcelona

Migren se lo había montado bien. Una casa lujosa con piscina y un pasto verde bien cuidado. Sin vecinos alrededor. Utilicé la llave para entrar y desconecté la alarma. Apenas había muebles y los pocos que se repartían por el enorme espacio estaban cubiertos con sábanas. Esa casa debía de ser su plan de jubilación. La paradoja con gente así es que están dispuestos a lo que sea para acumular cosas, casas, coches, dinero, comodidades, a matar, a corromperse, a traicionar..., y luego no pueden o no saben disfrutar de lo que han acumulado.

—Así que este es vuestro nidito de amor.

La caja fuerte estaba en la segunda planta, en la suite, detrás de un cuadro, una naturaleza muerta, faisanes degollados, fruta macilenta... Muy inspirador. El código de seguridad era de cinco dígitos —Migren había vendido caro cada uno de ellos, uno por ojo, nariz y dientes—; dentro estaban, tal y como me juró antes de que acabara con su sufrimiento, el *pendrive* de Vesna y su ordenador personal.

Me senté en la inmensa y vacía cama. Por primera vez desde que había empezado todo aquello tenía la sensación de que empezaba a tener cierta ventaja. Alguien con orgullo habría bajado a la cocina a descorchar una de esas botellas de Moët & Chandon que Migren guardaba sin duda para celebrar con su socio el triunfo. Pero el orgullo es un obstáculo del que yo carezco. No me van las celebraciones. Nunca hay nada que celebrar en mi oficio, ganes o pierdas. Porque, en realidad, nunca ganas.

Lo que me apetecía, lo que necesitaba, mientras esperaba lo que iba a pasar, era tumbarme en esa cama gigantesca y fría y dormir profundamente, descansar por una vez sin verla a ella.

Se llamaba Leonor Gutiérrez Cabaña. La niña que secuestró Caballito en 1976. Nunca supe su edad con exactitud. En aquellos años su familia formaba parte de la inquieta burguesía tapatía que estaba floreciendo alrededor de los negocios inmobiliarios, igual que las amapolas florecen alrededor de los cardos. Burócratas, corruptelas a cuenta del erario, cenas con daiquiri, personajillos de las novelas de Carlos Fuentes. Era la nueva gente bien, ni muy blancos, ni muy negros ni muy mestizos; ni muy mexicanos, ni muy españoles ni muy yanquis. De modelo afrancesado o italiano decadente. De ropajes estridentes y coches con las lunas tintadas y colonias reservadas para los siervos del partido con pileta privada y seguridad las veinticuatro horas. De vicios pequeños y grandes los viernes y sábados por la noche y misa los domingos por la mañana. Sus hijas celebraban la comunión y la fiesta de los quince con vestidos de princesa que se quitaban en el baño para enfundarse las minifaldas tejanas en cuanto acababa la fiesta y la modorra mariachi. Niñas que corrían a brazos del golfo para fumar su primera marihuana, hacer su primera paja en la parte trasera de un Toyota y, con suerte, enamorarse. Todas querían ser lo que sus padres no eran; curar el cáncer, salvar la Amazonia, viajar a las estrellas. Y todas volvían a la colonia de madrugada, saltando el muro por la parte en la que dormía el guarda para despertar con un huevo duro y tostadas en la mesa, servido el desayuno por la Filomena en uniforme a la que llamaban, cariñosa pero engañosamente, Filo.

—Llévate las sobras para tus chicos, Filo; es una pena que se eche toda esta comida a perder. —Generosas en dar lo que sobra, lo que ya no se quiere, unos zapatos pasados de moda, un tejano que rompió la cremallera, un canapé manchado de vino o de otra cosa.

Puede que ella no fuera así, Leonor Gutiérrez Cabaña. No tenía edad para eso todavía cuando la maté. Cómo saberlo. Y qué hubiera cambiado. Quizá le robé a México su primera astronauta, o su primera premio Nobel en Medicina o su próxima presidenta del país; puede que segara de raíz a toda una estirpe de héroes y salvadores, de Gandhis o Mandelas, de Fridas o de Emilianos... O tal vez solo a una señorita bien que habría dado perfecta en las revistas de moda o en las telenovelas.

Los periódicos de la época se llenaron de superlativos en los pies de fotografía que se hicieron eco de su secuestro —buenísima estudiante, excelentísima persona—, y de barroquismos gacetilleros —la malvarrosa de Guadalajara, la mariposa dorada, prístina inocencia—; el gobernador de Jalisco en persona juró por su honor (¿?) localizarla en veinticuatro horas, se movilizaron hasta los federales y los afligidos padres recibieron una llamada reconfortante del señor presidente... Hubo algunas detenciones, se sospechó de empleados domésticos de la casa, de algún guardia de la colonia, se peinaron los arrabales, se rompieron unos pocos dientes y se torcieron bastantes muñecas, la cosa se iba a arreglar pronto, prometía el concejal de Seguridad, presionado por los donantes del partido, solidarios con la desgracia de sus iguales, temiendo ellos también por sus propias hijas. Amenazaron con exiliar a la mejor generación de la ciudad —a su brillante futuro de abogados, médicos y científicos, escritores y músicos del mañana— a la lejana, vieja y cómoda Europa, amagaron incluso con la insólita posibilidad de una revuelta —votar al partido oponente—; se daba por supuesto que Leonor aparecería cualquier día sana y salva.

Pero llegaron las inundaciones de la Baja California, la caída del peso, el cólico nefrítico de la primera dama y el estreno de la nueva película de Cándido Pérez, el Kirk Douglas patrio; el secuestro fue quedando atrás, archivado en la incómoda trastienda de la crónica negra sin resolver que, a mediados de los años setenta, ya empezaba a engordar.

Recuerdo la reacción en casa cuando se descubrió el cadáver, semanas después. El sollozo de mi madre, tapándose la boca, la mirada de horror y el abrazo a mi hermana, como si quisiera protegerla del mundo cruel. Y Elisa llorando por osmosis con la cabeza en su pecho. También recuerdo la palidez de mi padre, de pie ante la radio, paralizado. Sin atreverse a mirarme.

Lo que no logro recordar es qué hice yo, cómo me sentí.

Pensé que con el tiempo la olvidaría. Que otros cadáveres sepultarían el suyo dentro de mis tripas, empujándolo cada vez más abajo, más profundo. Me equivocaba. La primera vez es la única que importa, el resto son solo repeticiones mecánicas, rostros que se vuelven borrones en un espejo. Pero no ella. No Leonor Gutiérrez Cabaña, la niña de Vía Mendoza. Un día, sin más, empezó a abrirse paso entre el montón de muertos que la ocultaban. Primero asomó una mano, más adelante, un brazo, su cara, su cuerpo entero.

Ahora, Leonor Gutiérrez Cabaña es la reina de mi oscuridad, se sienta en el trono sobre los cadáveres que la siguieron, por encima de todos ellos. Y me observa, sin juicios, sin culpa, sin acusaciones. Solo está ahí. Me mira. Me mira todo el tiempo y nunca parpadea.

«Te estoy esperando», me dicen sus ojos.

35

Hospital oncológico de Bellvitge, L'Hospitalet de Llobregat, provincia de Barcelona

Julián agradeció que el oncólogo fuera sincero con el pronóstico. No había mejora, las pruebas eran concluyentes. Por supuesto, su obligación como médico era ofrecerle alternativas, nuevos combinados de quimio y medicación, insinuar ciertas esperanzas o, llegado el caso, ofrecerle algún tratamiento paliativo. Pero eso no iba a cambiar el resultado.

—Quién sabe, puede que un mes, tal vez menos. Quizá algo más. Lo sorprendente, en realidad, es que sigas en pie.

Julián enderezó la espalda para recibir las últimas recetas. Eso calmaría el dolor un tiempo, le daría cierta tregua. No se podía hacer más.

No se sintió apenado al salir al pasillo y ver a las enfermeras, las camillas, y a los familiares que ayudaban a pasear a sus seres queridos con batas de hospital y zapatillas que arrastraban por el suelo. Una mano en el hombro del hijo y la otra en la percha con ruedas del gotero. ¿Por qué iba a estarlo? Detestaba aquella antesala de lo inevitable, su fealdad, la condescendencia con la que el personal les hablaba a los enfermos, como si fueran niños bobos o ancianos seniles y no seres humanos que se estaban marchando, las cuñas de heces, las camas incómodas, las ventanas selladas que daban al patio interior.

Sí, se moría. Era algo que sabía desde que le dieron esa especie de indulto que le sacó de la cárcel; tenía los días contados y la cuenta estaba llegando al cero absoluto. Lamentaba que morir así fuera lento, farragoso, feo. Sin revelaciones finales, sin catarsis mágica. Sin arrepentimientos ni nostalgias. No era una película americana, no iba a hacer un último viaje en globo ni a empezar a meditar, no iba a hacerse creyente de ninguna religión ni a escribir un diario confesional. Se iría a casa, se bebería una botella de whisky con Rafael, fumaría una cajetilla entera de cigarrillos y escucharía toda la discografía del Boss. Un día tras otro hasta el último.

Fue en ese instante, a punto de compadecerse de sí mismo, cuando vio a Virginia al fondo del pasillo.

—Ha pasado mucho tiempo —dijo, deteniéndose a escasos metros. No sonrió, tampoco dio muestras de sentirse disgustado. Solo la miraba con cierta nostalgia.

Virginia asintió incómoda. Nunca se arrepentía de lo hecho, pero le golpeó ver lo que la cárcel y la enfermedad habían hecho con Julián en esos tres años. No quedaba rastro del inspector jefe que había conocido. Tampoco del amigo. Incluso su famoso mechón de pelo blanco había sucumbido al color pajizo de la radiación y sus poderosos ojos verdes se habían aguado.

—Soria me dijo que te encontraría aquí —titubeó.

Julián esbozó una sonrisa. Ya no era la sonrisa magnética de antaño.

—Este es el sitio que la gente en mi situación suele

frecuentar. No es muy agradable, pero llegas a acostumbrarte.

Dudaron. Se miraron, incompletos, tristes. Se dieron un abrazo que no les reconfortó. Hay distancias que ya no pueden salvarse. Tal vez si se daban algo de tiempo, si ponían de su parte, si hablaban. Solo tal vez.

—Salgamos de aquí —propuso ella—. He pensado que podríamos ir a aquel sitio de la Barceloneta, junto a la playa. ¿Te acuerdas?

—Hacen el mejor bacalao a la gallega de toda la ciudad.

Llegó una cazuela acompañada de una botella de Verdejo.

Julián observó alrededor. Recordó cuando iba con Virginia, Luis y las niñas. Pocas cosas habían cambiado desde entonces, solo que todo era más añejo, más descolorido, los carteles taurinos, las castañuelas y las guitarras en el pequeño escenario, los barriles en los que grupos de jóvenes con bañador y chancletas tomaban vino tinto y tapas de calamares fritos. Por aquel entonces las niñas eran todavía muy pequeñas y Luis tenía ese aire de John Keating que quieren tener todos los profesores de Literatura. Y Virginia era una inspectora en prácticas, verde como un tallo. En cuanto a él, se dejaba mecer por la sensación de encajar por primera vez en alguna parte, de que eran una familia.

Aquel cuadro solo era un espejismo, y los hechos habían acabado demostrándolo.

Virginia acarició la copa de vino, pensativa.

—¿Serviría de algo admitir que me equivoqué? No debería haberte dejado solo.

—Suena a disculpa. Impropio de la Virginia Ortiz que yo conocía.

—Hace años que debí hacerlo. Ir a visitarte a la cárcel, darte una explicación.

Julián no quería hacer el esfuerzo de seleccionar las palabras para que sonaran de manera más amable. La única ventaja para ambos era que, dijera lo que dijese, carecía ya de importancia.

—El hecho es que yo era culpable, que fui condenado por mis actos y no por mis intenciones. No te culpo de mis decisiones, y tú no deberías culparte de las tuyas.

—Y, aun así, lo siento, Julián.

—Pero no estás aquí por eso, ¿verdad? Has venido para hablarme de Soria.

Virginia se sintió acorralada por la mirada de Julián.

—Has hablado con él, ¿no? ¿Te ha contado algo sobre el caso que llevaba en Lanzarote?

Julián no lo confirmó. Se limitó a esperar que ella dijera lo que había ido a decir, deseando en el fondo, por la amistad que los había unido, que no lo hiciera.

—... Ha empezado a hacer suposiciones sin sentido, peligrosas. Me ha prometido dejarlo, olvidarse del asunto, pero ya le conoces. Es testarudo, imprudente, y me preocupa que haga alguna tontería. Sé que fue a visitarte regularmente a prisión, que mantenéis el contacto. Confía en ti, te aprecia... Esperaba que pudieras hablar con él.

Julián miró el bacalao sin probarlo. Sentía la amargura de la decepción en la garganta.

—Dice que has comprado su silencio a cambio de traerle de vuelta del destierro. La sombra de tu padre sigue siendo alargada, por lo que veo.

Virginia quiso justificarse.

—Intento que no se meta en un lío haciendo acusaciones infundadas.

Julián tardó un buen rato en responder.

—Intentas proteger los intereses de tu familia.

Virginia había ido demudando el rostro.

—¿Acaso no son ambas cosas compatibles?

Julián intentó recordar a la mujer ambiciosa, dispuesta a cambiar el mundo, cayera quien cayese.

—Siempre me gustó de ti que dijeras las cosas de manera sencilla, sin añadir nada, Virginia. Y al mismo tiempo, es una cualidad inquietante, porque lo que dices nunca deja escapatoria. Tienes razón, Soria es testarudo y caótico, poco académico, pero siempre lo ha sido. Y también pertinaz, una extraña propiedad en un policía. Temes que no cumpla su parte del acuerdo. Que siga investigando.

—A ti te escuchará. Solo pido que intentes hacerle entrar en razón. La gente con la que está negociando mi padre es peligrosa, Julián. Y hay miles de millones en juego.

Julián movió de lado la cabeza. No quería estar allí —siempre había odiado la decoración de ese sitio— y no quería mantener esa conversación.

—Que yo recuerde, en el pasado era a ti a quien escuchaba Soria, y no a mí. Por si no te acuerdas, me despreciaba. Decía que era un arrogante y un cretino.

Virginia se permitió una sonrisa.

—Lo sigue diciendo. Pero lo que ocurrió hace tres años cambió las cosas.

—Puede que no sea él quien ha cambiado, Virginia. Puede que seas tú. La policía y amiga que yo conocí jamás me habría pedido que presionara a un compañero o que intentara apartarlo de una pista. Y no lo habría hecho por dos razones: en primer lugar, porque su ética personal no se lo habría permitido. Y en segundo lugar porque esa inspectora me conocía perfectamente y sabía que yo no aceptaría algo así, ni siquiera siendo un moribundo.

Virginia entreabrió la boca. Le temblaba un poco el labio inferior.

—No he querido decir eso.

—Tu padre te obligó a dejar la policía. Y lo hiciste, renunciaste a tu vocación para salvarme a mí. Y ahora esperas que te devuelva el favor... Eso es lo que quieres decir.

Estaba cabizbaja y se miraba las manos, apoyadas en las rodillas.

—A esto hemos llegado... Al reproche, finalmente. Supongo que el hecho evidente de que te estás muriendo te otorga ese derecho.

—Que yo me esté muriendo no tiene nada que ver. Hay muchas formas de morirse, y tú pareces tan moribunda como yo.

Virginia se preguntó qué sentido tenía esa conversación tres años después. Por primera vez lo veía; no una sombra o un recuerdo, no al guapo policía caído en desgracia, no a esa especie de dios impertérrito o héroe troyano caído del pedestal. Tenía delante a un hombre —lo que quedaba de él— destrozado por la enfermedad. Un hombre que iba a morir solo, fiel a sus principios, ajados, ridículos, pero emocionantes. Porque él era así, leal a los suyos hasta las últimas consecuencias.

Joder, qué hijo de puta.

—No está bien que existan hombres como tú. Los demás no podemos estar a la altura.

Julián esquinó los labios.

—Tranquila, desapareceré pronto.

—¿Hablarás con Soria? ¿Tratarás de convencerle?

Julián Leal se puso en pie y negó lentamente con la cabeza.

—No, Virginia. No lo haré.

Pura sabía que algo no iba bien. Conocía a su marido.

—¿Ha pasado algo mientras estabas en Lanzarote?

Soria examinaba con una lupa la oruga de un blindado Renault FT-17, un carro de combate ligero que le dio buenos resultados al ejército francés en la contraofensiva del bosque de Retz de 1918.

—¿A qué te refieres? —preguntó, utilizando la pinza para quitar una burbuja de pegamento.

—Han pasado casi tres semanas desde que has vuelto a casa y apenas me miras, no me has tocado y procuras esquivarme todo el rato. Si ha pasado algo, quiero saberlo.

Soria dejó sobre la mesa el FT y tragó saliva. Pensaba a todas horas en Lourdes, no quería hacerlo, pero era incapaz de evitarlo. Tenía la cabeza hecha un lío. Cogió el paquete de cigarrillos y encendió un Ducados a pesar de saber que a Pura seguía molestándole muchísimo que hubiera vuelto a fumar.

—Cosas del trabajo —dijo, volviéndose hacia ella sin levantarse del taburete.

Pura lo miró fijamente, con las mangas de la camisa arremangadas y el delantal manchado de harina. Le dolió la tristeza con la que Soria la examinó, como si fuera algo que ya había perdido su lustre, y le dolió más todavía que le mintiera.

—La cena está lista —dijo, saliendo a toda prisa de la habitación.

Fue una cena apagada, una pena que se percibía en el sonido de los cubiertos y en el ruido de fondo de la televisión. Como si toda una vida estuviera acabándose. Soria buscaba algo que decir, pero cada vez que alzaba la vista del plato veía el rostro comprimido de Pura, sus ojos hundidos en el vaso de agua, y las palabras se esfumaban.

Fue un alivio que el teléfono sonara.

—¿Subinspector Soria? Soy Norman Hill, no sé si me recuerda. Trabajo con Virginia Ortiz.

Soria lo recordaba: el joven de aspecto tímido que siempre miraba al suelo. Lo extraño era que le llamara, y a esas horas.

—¿Ocurre algo? ¿Virginia está bien? —preguntó, alerta.

—Virginia está bien. Le llamo porque me gustaría hablar con usted de algo importante, y debo hacerlo en persona.

Norman Hill le dio al subinspector la dirección de la cita. Parecía nervioso, asustado. Ambas cosas.

—¿No puedes esperar a mañana? Tengo que cruzar toda la ciudad y es tarde.

—Por favor, subinspector. Le aseguro que lo que voy a enseñarle merece la pena.

Podría haberse negado, pero Soria se alegró de tener una excusa para salir de casa. Pura lo vio coger la chaqueta y las llaves del coche. No se movió de la mesa. Cuando se acercó a besarla, ella apartó la cara.

—Por mucho que huyas, tarde o temprano tendrás que decirme qué te pasa.

La escena resultaba chocante para Norman Hill. Un anciano sentado en un minitaburete lustraba los zapatos de un tipo que tomaba café y leía el periódico. El limpiabotas se hacía invisible para el resto de los transeúntes, que lo esquivaban con quiebros instintivos, como si supieran que entre la terraza del Sandor y la entrada del pequeño estanco había un obstáculo indeterminado.

Si alzaba la vista, la plaza Francesc Macià era magnífica, con sus fachadas semicirculares y blancas y los edificios de bancos y oficinas acristaladas. En medio, la enorme glorieta que distribuía el tráfico de la Diagonal mecía tranquila la copa de los viejos olivos que la adornaban. Una rata de grandes dimensiones estaba quieta en el prado de la glorieta, como si esperase el momento de cruzar al otro lado de la avenida. Los tranvías iban y venían en ambas direcciones y, por encima de todos, las gaviotas vigilaban las mesas de los bares, como buitres.

Mario estaba en lo cierto; Barcelona le parecía un asombroso juego de luces y sombras. El barrio de Sant Gervasi no tenía nada que ver con el de Gràcia, y cruzar ciertas avenidas como la Diagonal, la Gran Via o la Rambla era entrar en mundos independientes que solo compartían una continuidad física, una unidad aparente en la que, sin embargo, cada manzana, o incluso cada calle, estaba dotada de personalidad propia. Norman tenía la sensación de que la ciudad no juzgaba quién era quién mientras se pudiera pagar el precio por pertenecerle. «Una puta complaciente, pero cara.» Así la había definido Virginia.

Se alegró al ver aparecer al subinspector Soria.

—No estaba seguro de que fuera a venir.

Soria estaba de malhumor. Se le notaba por la forma violenta de expulsar el humo de su cigarrillo por la nariz.

—No me gusta subir por encima de la Diagonal, así que más vale que sea importante. ¿A qué viene tanto misterio?

Norman Hill se ajustó el puente de las gafas. Tenía bastante oxidado su español:

—Se trata de esto —titubeó, tendiéndole un portafolio—. Mi jefa me pidió que estudiase las cuentas bancarias de Mercedes, la viuda de Jorge Colmado Blumer, el trabajador que puso el artefacto en la planta de Lanzarote y que luego se suicidó. Fuimos a visitarla, y Virginia me dijo que había algo que no cuadraba.

—Era una policía excepcional, con buen olfato... ¿Qué tiene que ver conmigo?

—Verá, subinspector, resulta que sí es muy buena, debía de serlo, quiero decir. Me puse a ello y he descubierto que Mercedes ha estado recibiendo regularmente cantidades importantes de dinero en diferentes cuentas. Hasta el momento he sumado ciento cincuenta mil euros.

Norman había monitorizado el origen de los traspasos. Cuentas con titulares particulares y de una asociación benéfica, todas con origen en Liechtenstein, Malta y Andorra. Esos particulares no existían, la asociación benéfica era ficticia. Todo creado *ad hoc* para los pagos. No había sido sencillo, las transferencias habían dado muchas vueltas antes de llegar a su destino, pero Norman había encontrado el origen raíz.

—Todos esos pagos provienen de ALSACURSL.

Soria no lo entendía.

—¿Colmado destroza la empresa y ellos le pagan a su viuda?

Norman Hill carraspeó. Cuando debía decir algo incómodo sentía un picor en la garganta que le cerraba la glotis.

—En realidad, los pagos empezaron antes del incendio. He encontrado dos recibos, de diez mil y seis mil euros respectivamente, dinero en metálico, y están firmados por Jorge Migren. En el asiento contable consta la anotación «Pago a J. C.». Puede ser casualidad, pero coincide con las iniciales de Jorge Colmado.

Soria negaba mecánicamente con la cabeza, miraba aquellos números que no entendía, ajeno al bullicio que los rodeaba. Norman Hill se ruborizó. La mirada del subinspector le hacía sentir culpable, como si estuviera traicionando a su jefa. En realidad, era lo que estaba haciendo.

—Las cuentas de ALSACURSL son una fantasía. Toda la contabilidad está trucada; desde hace años apenas produce nada y, sin embargo, declara beneficios anuales millonarios cuyos dividendos se reparten entre los accionistas.

—Y el mayor accionista es el padre de tu jefa, Armando Ortiz.

Norman Hill no necesitó responder. Giró un poco el portafolio y señaló varias columnas del gráfico. ALSACURSL recibía flujos de otras empresas del *holding* CITRAORCOMPANY.

—Es complicado, pero es una fórmula para desviar flujo de caja. Compensan pérdidas para mantener alta la cotización en bolsa del grupo y de paso eludir impuestos de un país a otro a la hora de recoger beneficios.

Soria empezó a cuadrar los hechos: estrategia piramidal, mala praxis, fraude fiscal, falsificación de balances, ocultación de pruebas, soborno, por no hablar de ocho homicidios involuntarios... Delitos por los que alguien pasaría el resto de su vida en la cárcel. Por eso había visto en comisaría al inspector de delitos monetarios, el tal Almansa. A eso se refería cuando habló de que su caso tenía otras ramificaciones. Sospechaban algo, habían decidido investigar las cuentas de ALSACURSL y, tarde o temprano, esa investigación llevaría a la matriz, CITRAORCOMPANY.

Armando Ortiz tenía oídos en todas partes, alguien le había filtrado la información de la investigación, de modo que decidieron adelantarse y hacer desaparecer toda documentación comprometedora de manera que pareciera accidental. Un incendio sería lo ideal, en un turno de trabajo para que resultara menos sospechoso. Jorge Colmado era el candidato perfecto, recién despedido, familia numerosa, sin recursos económicos.

No debió de ser difícil que Migren lo convenciera; tenía que parecer un acto de despecho, una venganza, alguien de fuera, un culpable al que señalar. No habría víctimas, solo daños materiales en las oficinas de contabilidad. A Colmado le caerían unos años de cárcel, dos o tres a lo sumo, la empresa le prestaría apoyo jurídico y se encargaría de su familia. La suma desorbitada era imposible de rechazar. Pero algo salió mal, el artilugio incendiario que debía ser colocado en el Departamento de Contabilidad acabó en el horno de la cadena de producción, causando una explosión descontrolada y la subsiguiente tragedia. Nunca se sabrían las razones por las que Colmado no se ciñó al plan, quizá se precipitó por culpa del miedo, tal vez algo le hizo dudar, puede que quisiera echar marcha atrás demasiado tarde. Colmado era consciente de lo que le esperaba. Cuando la policía lo detuviera no tardaría en confesarlo todo. Migren no debió de dejarle otra opción: tenía que suicidarse si quería mantener a salvo a su familia.

Eso intentaba decirle Norman Hill.

Intercambiaron una mirada desolada.

—¿Sabes lo que significa esto, chico? Acabas de traicionar a Virginia, a alguien que te aprecia y que te ha dado una oportunidad. Lo que pase a partir de ahora te acompañará el resto de tu vida.

Norman estaba visiblemente incómodo.

—No lo considero una traición, al contrario. Dudo que Virginia sepa algo de todo esto. Debería haberla visto interesándose por los trabajadores, por la viuda.

—Entonces, ¿por qué me lo cuentas a mí y no has acudido a ella?

—No quiero comprometerla.

—Pues lleva esto a delitos monetarios. Te nombrarán ciudadano ilustre.

—Tampoco quiero que me peguen un tiro o que me atropelle accidentalmente un conductor.

—Chico listo.

—He oído a Virginia decir en varias ocasiones que usted es un buen hombre. Un policía de los de antes. Yo mismo le he observado estas semanas en Lanzarote, y creo que podría aconsejarme qué debo hacer.

Soria gruñó.

—¿Un buen hombre? ¿Y eso qué coño significa? ¿Qué no me como a la gente cruda? Joder, chico, deja de dorarme la píldora. Solo quieres que esto no te salpique y que Virginia no sepa de dónde ha salido la información.

También los cobardes disfrazan sus flaquezas con ilusiones de heroísmo y de ética.

Norman estaba abatido. Soria dejó de presionar.

—De acuerdo, tranquilízate; no has hecho nada que pueda perjudicarte, Norman; más bien todo lo contrario. ¿Le has enseñado todo esto a alguien más?

Norman Hill negó con angustia.

—Solo se lo he mostrado a usted. No sabía qué hacer.

—Nada más. Ya has hecho suficiente.

—Y ahora, ¿qué va a pasar?

—Espera noticias mías. Mientras tanto, te recomendaría que visites museos y disfrutes de la arquitectura, las galerías de arte o la playa. Virginia dice que eres un friki de las catástrofes. Aquí encontrarás unas cuantas. Me viene a la cabeza la riada de 1962, la explosión de gas en el edificio de la calle Capitán Arenas de 1972 o el arrollamiento en la estación de Castelldefels, me da igual; en esta ciudad encontrarás catástrofes de todo tipo, pero no quiero que hagas nada más ni que hables con nadie de esto. Yo me ocuparé de solucionarlo, ¿te queda claro?

Norman no estaba seguro de lo que significaba eso. Aun así, asintió en silencio.

Séptima parte

La verdad no os hará libres

36

Fogars de Montclús, provincia de Barcelona

Desde la última visita de Julián al hospital, Rafael se presentaba cada tarde en su casa sin ser invitado con el tablero bajo el brazo y una botella. Sin decir palabra, ambos se sentaban en el porche y jugaban, bebían y fumaban hasta que anochecía. A veces, sin que nadie se lo pidiera, Rafael preparaba cena para los dos y luego se sentaban en el viejo sofá a ver *La chaqueta metálica*. Rafael siempre sonreía como un niño en la escena en la que el marine gordo tenía que tragarse los dónuts. Luego se ponía a maldecir cuando el mismo gordo se volaba la cara con su fusil de entrenamiento.

—Nunca sé si odiar o admirar a esos jodidos norteamericanos.

Hacía comentarios del estilo durante toda la película, mirando de reojo a Julián, como si se hubiera autoinvestido guardián de su bienestar y considerase que el silencio, o dejarle espacio para pensar, era la peor de las amenazas. Hubo noches en las que amagó con quedarse a dormir.

—No sabía que tuvieras esta vena altruista —bromeó Julián cuando Rafael preguntó por las sábanas limpias para acomodarse en el sofá.

—¿Bromeas? Siempre he tenido vocación de cura disidente, de misionero en África, hasta sopesé la inconmensurable tarea de hacerme concejal de Cultura en mi pueblo.

Jamás le preguntaba a Julián por el pasado, incluso había cejado en su manía de gastarle bromas al respecto.

—¿Por qué te empeñas en ayudarme?

Rafael se mesó el bigote como un actor de teatro.

—La razón está clara: quiero que me declares heredero universal cuando la palmes; especialmente me interesan tu colección de discos de Bruce Springsteen y las pelis de Kubrick. En cuanto a tu biblioteca, podemos quemar todos los libros ahora mismo si quieres. Es una auténtica mierda.

—Hablo en serio, Rafael.

Pero era imposible hacerle hablar en serio. La seriedad significaba la realidad. Y la realidad le asustaba. Solo cuando bebían y llegaban al culo de la botella se agrietaba un poco su humor castigador de diletante y asomaba parte de ese temor.

—Siempre me pregunto para qué narices el universo ha gastado tanta energía conmigo.

—Ahora está de moda afirmar que todos tenemos un propósito.

Rafael enarcó las cejas con la expresión de niño travieso con la que pretendía hacerse perdonar todo.

—¿Y cuál sería el mío? ¿Derrochar mis talentos? Podría haber sido todas las cosas que no he sido, pero me he dedicado a malograr una oportunidad tras otra, como si me diera miedo lo fácil que es ser feliz. No he escrito, no me he casado, no he tenido hijos, no he sido profesor ni jugador de ajedrez profesional, tampoco periodista... aunque he sido un poco todo eso, solo que a medias, sin creérmelo del todo. He terminado en un pueblo fantasma montando un Todo a 100 como un chino de Gandía, y aquí me tienes, tratando de hacerme amigo de un poli corrupto y moribundo... Si mi vida tiene alguna lógica, yo no la veo.

Julián se preguntaba cómo habría encajado Rafael en la cuadrilla del cruceiro. Carmen y él se habrían detestado inmediatamente, se habría hecho amigo de correrías de Fouliña, habría sido capaz de enseñar a jugar al ajedrez a Gregorio y, por supuesto, habría intentado acostarse con Susana.

—Estás borracho. Traeré las sábanas. Hoy será mejor que te quedes a dormir.

—No vaya a ser que me dé por hacer algo dramático e irreparable —balbuceó Rafael—, como ponerme a leer a Larra.

Al quedarse solo, Julián sacó el frasco de plástico que llevaba en el bolsillo. Tenía un nombre muy científico, la molécula y sus asociados, pero en esencia era morfina combinada con otro tipo de calmantes. Si no los tomaba cada ciertas horas, el dolor se hacía insoportable; y si los tomaba, su mente vagaba en la indecisión. Calculó que en un par de semanas no podría levantarse ya de la cama. Se tomó la dosis correspondiente y salió al porche a contemplar el espectáculo del firmamento sin contaminación lumínica.

Fracasado o no, Rafael había tenido las vidas que su capricho le había pedido, sin cálculo, sin medir si valía o no la pena intentarlo. Se preguntó, en cambio, cuál había sido su propósito, si tal cosa existía. ¿Corregir el pasado? Eso le había condenado a no sentir la dicha del presente. A lo largo de su vida, una vez tras otra eligió acabar con los momentos en los que la dicha parecía una posibilidad, siempre con la excusa adecuada a mano: el honor, el deber, la amistad, el trabajo, los principios, el sacrificio... Pero detrás de su aparente estoicismo, de su inquebrantable voluntad por hacer lo correcto, nunca hubo nada, excepto la elección del cobarde, el camino seguro de la infelicidad.

El encuentro con Virginia había apagado los últimos rescoldos de esperanza que le quedaban. Lo que Soria le había contado acerca de lo descubierto por Norman Hill no había mejorado las cosas.

—No sé qué hacer con esto, Julián —le había dicho apesadumbrado—. Si se lo mando al comisario Pino, estaré poniendo una diana en la espalda de Virginia.

—Puede que ella no sepa nada, que sea cosa de su padre. Deberías preguntárselo.

Sin embargo, el hecho de que ambos dudasen era la dolorosa prueba de cuánto había cambiado la única persona por la que Julián había sentido algo de verdad.

—¡¿Has visto esto?!

Rafael apareció en el porche, en calzoncillos y con el pelo revuelto, sosteniendo entre las manos el ordenador portátil. No podía dormir y se había puesto a navegar en las noticias.

—Es tu chica italiana. Coño, la han jodido bien.

La noticia aparecía en la edición online de *La Stampa*: «Periodista masacrada en Brescia». La imagen que acompañaba la noticia era todavía más impactante. El cuerpo de Clara, con el rostro completamente desfigurado, en una camilla junto a la puerta de la ambulancia rodeada de uniformados.

Julián palideció. Tuvo que alejarse lo suficiente para que Rafael no le viera vomitar. Se recostó en una fachada y se secó las babas con un pañuelo. Rafael corrió a ayudarle. Julián se fue recomponiendo poco a poco.

—¿Estás en condiciones para conducir? —le preguntó a Rafael.

—Por supuesto, *mon chevalier blanc*; no hay alcoholímetro que no se apiade de mí si lo soplo con amor. —Debió de darse cuenta de que algo no iba bien y cambió el tono de voz—. ¿Vamos al hospital?

Julián negó lentamente, enderezándose.

—Necesito que me lleves al aeropuerto.

37

Hospital de San Raffaele, Milán, dos días después

El agente sentado frente a la puerta de la habitación de Clara no estaba allí para protegerla, sino para custodiarla, a la espera de que se aclarase su verdadera identidad y la falsificación de su documentación.

Julián tuvo que recurrir a la ayuda de Manuela Juan y de sus contactos. Conocía la amistad entre ambas y Manuela Juan no le caía bien. Era una buena periodista, de las mejores, pero también era ambiciosa, vanidosa y se pirraba por los índices de audiencia. Sin embargo, necesitaba su ayuda y sus contactos para poder entrar en la habitación.

—¿Eso significa que me vas a ayudar con mi artículo? —le preguntó al teléfono desde Barcelona la periodista.

Julián hizo de tripas corazón.

—Eso significa que me preocupo por una amiga; algo que al parecer es secundario para ti.

—No es justo, Julián. No sabes lo que estoy pasando.

—Consigue que entre en esa habitación, Manuela.

El exinspector estaba acostumbrado a ver todo tipo de cosas, pero no estaba preparado para encontrar en aquel estado a Clara. Días después, y a pesar de que la inflamación de los golpes había bajado, seguía siendo irreconocible. Abotargada por los calmantes, Clara lo recibió con una mirada de cíclope y un débil gemido de reconocimiento. Julián le besó la mano entubada con cariño.

—Genio y figura; te encanta tentar a la suerte, ¿verdad?

Ella posó el dorso de la mano en la mejilla seca de Julián. Era la primera vez que se veían después de tres años. A ninguno parecía haberle ido muy bien desde entonces.

—Lo siento —susurró con un hilo de voz.

Julián percibió todo el miedo de Clara, los demonios del pasado que habían despertado y que la estaban devorando por dentro. La historia que se repetía.

—No hay nada que sentir. Estoy aquí, voy a ayudarte.

Ella negó forzada por el collarín que le sujetaba la cabeza con rigidez. Los médicos decían que tenía un hematoma en la tercera vértebra. Había tenido suerte de que la médula no quedase afectada.

Algo en Julián hervía de rabia al contemplar aquella fría habitación de hospital en una ciudad de días nublados y enfermeras antipáticas, las máquinas que monitorizaban a su amiga, las flores que Manuela había encargado a distancia, el policía que vigilaba fuera con la puerta entreabierta porque el Estado era la burocracia, y un pasaporte falso valía más que una vida machacada.

—Cuéntame lo que ha pasado.

Clara le había metido el dedo en el ojo al bufete Tirelli, eso era como hurgar inconscientemente en el hormiguero de Massimiliano Petrucci. No se puede jugar con el verdadero poder, como una criatura con un palo, haciendo preguntas a quien no está acostumbrado a responderlas. Querían mandarla al cementerio y la habían mandado al hospital; pero no se conformarían con eso; ahora la hostigarían, esta vez con leyes y tratados de extradición, abogados y jueces, sellos y documentos; registrarían su casa, los cajones de su intimidad, escrutarían sus movimientos bancarios, sus redes sociales, sus amistades buscando cualquier indicio de algo, y cuando dieran con el pelo en la alfombra, la destrozarían.

—¿Quiénes eran, Clara? ¿Pudiste verlos? ¿Algo que pueda servir para identificarlos?

El ojo cíclope se concentró en el fluorescente del techo.

—Hablaban en italiano —murmuró como si tuviera los dientes molidos—, pero uno de ellos tenía un acento raro, del este. Tenía un parche... Es una bestia, Julián, un monstruo —susurró, y el ojo se cubrió de horror.

Julián le acarició el flequillo. Le temblaba el pulgar.

—Descansa un poco. Me quedaré aquí, contigo. Nadie volverá a hacerte daño.

El abogado Tirelli sentía un placer culpable cada vez que hacía una incursión en Quarto Oggiaro y se adentraba en el parque. Podría haber ido a cualquier otra parte de la ciudad y pagar un par de horas en un confortable hotel, pero había algo profundamente excitante y misterioso en recorrer las calles sin luz, buscando a los chaperos que fumaban sentados en los bancos, acordar un precio y llevarlos al asiento trasero del

Mercedes. A veces le gustaba repetir con el mismo, y últimamente se había encaprichado con uno de los nigerianos de la parte este. Era un chico joven, bien dotado, hablaba poco y no tenía problemas con la violencia sexual que demandaba el abogado.

Al terminar se quedó unos segundos de lado, recuperando el aliento. El chico estaba subiéndose los pantalones y Tirelli todavía sentía el calor de su semen dentro. Notó que se empalmaba de nuevo, le hubiera gustado besar al nigeriano en la boca, pero lo pensó mejor. Pasó a la parte delantera, abrió la guantera y buscó la cartera bajo la Beretta que siempre llevaba en el coche cuando iba a la zona 8.

—Ochenta euros por diez minutos —dijo sacando los billetes—. Tienes más suerte que tus colegas que recogen tomates con los meridionales.

El chico cogió los billetes, pero en vez de salir del coche como de costumbre se lo quedó mirando de una manera extraña.

—¿Qué ocurre ahora? ¿Te gusta mi cara?

El joven ahuecó una media sonrisa, afilada como una navaja. Antes de que el abogado pudiera reaccionar se abalanzó sobre él y le golpeó repetidamente la cabeza contra el salpicadero del vehículo.

Las luces de la autopista se divisaban a lo lejos como una serpiente luminosa. La ciudad era un rumor lejano y la noche apestaba a neumáticos viejos y basura en descomposición. Tirelli tenía las manos engrilletadas a la espalda y estaba recostado junto al tronco de un árbol.

Julián Leal estaba de pie frente a él y sopesaba la Beretta del abogado.

—Las armas solo son útiles si sabes utilizarlas. Pero esta está limpia. Apuesto a que nunca lo has hecho, dispararle a alguien. Para eso ya tienes a quién recurrir.

El abogado Tirelli no perdía los nervios con facilidad, de otra manera no habría durado mucho en su oficio; evaluó la situación con rapidez —grilletes de policía, el tipo de aspecto enfermizo que lo retenía, pero con aplomo profesional— para darse cuenta de que no se trataba de un simple robo o de una extorsión. Procuró mantener la calma y retener todos los detalles que pudiera. Y negar. Negarlo todo era siempre la mejor estrategia.

—No sé de qué me hablas. Si quieres dinero, en la guantera...

Julián se alejó unos pasos, dándole la espalda. Miraba el resplandor intermitente de la autopista, miles de milaneses que regresaban de un fin de semana, engullidos otra vez por la ciudad y sus rutinas, sin ser conscientes de la suerte que tenían de conservar esas vidas que consideraban aburridas.

—Mandaste a unos colegas tuyos a tener una charla con una periodista que empezó a hacer preguntas sobre Massimiliano Petrucci en tu bufete. Resulta que esa periodista es una persona importante para mí.

La cosa parecía complicarse. Aun así, el abogado Tirelli lo miró como si lo único que lamentara fuese que se hubiera echado a perder su camisa de Hermès.

—Yo no sé nada de eso.

Julián estaba cansado. Apenas lograba disimular el dolor, el viaje en avión desde Barcelona y la ausencia de las pastillas —necesitaba mantenerse lúcido— lo habían dejado sin fuerza, pero no podía permitir que Tirelli se diera cuenta.

—A tus amigos se les fue la mano, no sé si por indicación tuya o de tu jefe. El caso es que mi amiga está medio muerta en el hospital. He pensado que a lo mejor conmigo tienes más paciencia, igual puedes darme las respuestas que a ella le has negado.

El abogado Tirelli estaba dispuesto a volver a negar toda evidencia, pero Julián le lanzó un gesto de advertencia.

—Esto no es un tribunal, abogado. Aquí tus estrategias dilatorias no van a ayudarte. Si vuelves a decir que no sabes nada, te pego un tiro en la rodilla.

Tirelli comprendió que no iba a salir tan fácilmente de esto. Si la negación no servía, tal vez podía probar con la amenaza.

—Tu amiga fisgoneaba en el sitio equivocado. Además, no es quien decía ser, y necesitaba averiguar para quién trabaja... De hecho, me pregunto para quién trabajas tú. Massimiliano Petrucci no es un enemigo que quieras tener, créeme.

El viejo recurso de las amenazas y el miedo, la secular tradición de la violencia, el espejismo del poder y la codicia, ya no impresionaban a Julián. De haber tenido más tiempo, le habría gustado mostrarle al abogado el escáner de su riñón necrótico, los últimos estertores de un organismo que ya había perdido la batalla, la luz que se iba apagando. Pero no habría servido de nada. Los hombres como Tirelli se consideran inmortales. Lo único que funciona con ellos es demostrarles —por los actos, y no por las palabras— que se equivocan. Y él mismo lo había dicho: un arma solo es amenazante cuando se está dispuesto a usarla.

Eligió el hombro derecho.

Fue una detonación seca, la Beretta es un poco escandalosa, pero si el tiro es limpio —no a bocajarro—

el proyectil no causa daños irreparables, solo un dolor intensísimo al desgarrar el músculo deltoides. Como primer aviso, bastaba. Julián ni siquiera parpadeó cuando el abogado empezó a aullar y a retorcerse. Solo pensó que Tirelli jamás había probado antes su propia medicina, la dentellada de la realidad.

—Cuando te calmes podremos seguir hablando —murmuró, acuclillándose junto al cuerpo tendido—. De los dos matones que enviaste, me interesa sobre todo el del parche en el ojo y acento del este.

—¡Joder, me has disparado! —sollozó el abogado.

—Y volveré a hacerlo, las veces que sea necesario. Tardarás horas en morir cuando llegue al estómago. No es una agonía que merezca nadie, te lo aseguro. Así que deja de llorar y pónmelo fácil.

El abogado Tirelli había sentido miedo otras veces. Trabajar para Petrucci significaba vérselas con gente peligrosa, moverse en las sombras, acostumbrarse a los ladridos de fieras salvajes, y también se había acostumbrado a la presión de la Guardia de Finanzas, de los *carabinieri*, de la policía. Pero hasta ahora siempre había jugado con ventaja, con las reglas de un sistema que nadie sabía manipular como él. El problema con el tipo que le apuntaba es que no había reglas ni iba de farol, y no parecía importarle una mierda lo que pudiera pasarle.

Cuando Julián volvió a apuntarle, esta vez a la pierna, el abogado se orinó, literalmente, encima.

—Es un mercenario del este. Perteneció a los Tigres de Arkan. Organizaba para Petrucci safaris de caza, hace años. Massimiliano invitaba a esas cacerías a amigos influyentes a los que quería impresionar. La relación de Konstantin con el señor Petrucci viene de esa época.

—¿Qué clase de cacerías puede organizar un mercenario que es un criminal de guerra?

Tirelli se estaba mareando. El dolor se estaba apoderando frenéticamente de su cerebro.

—Cacerías especiales. Es todo lo que sé; el señor Petrucci nunca habla conmigo de esa época.

Julián no tenía mucho tiempo, el abogado iba a desmayarse de un momento a otro y él solo tenía ganas de acabar con todo eso y vomitar.

—¿Dónde puedo encontrar al tal Konstantin?

Tirelli recuperó por unos segundos el brillo en los ojos que le había hecho famoso en los tribunales. Ese momento en el que se acercaba al estrado consciente de que él sabía algo que la parte contraria ignoraba.

—No sabes de qué va todo esto, ¿verdad?

Aquello iba a ser divertido, después de todo. Si algo le gustaba en la vida, aunque fuera en esas circunstancias, era ganar, demostrar que era mejor que el adversario.

—Esto no va solo de tu amiga fisgoneando en los asuntos financieros del señor Petrucci. No sé quién eres, pero está claro que esto te queda grande.

—Sí, ya sé lo de la fusión con Armando Ortiz y la clase de clientes con los que trabaja tu jefe, mafiosos, delincuentes, traficantes... ¿Te estoy dando la impresión de que eso me asuste?

Tirelli apretó los dientes al incorporarse. Resultaba que decir la verdad por una vez no estaba tan mal, incluso había sido liberador.

—Yo jamás habría traído a una bestia como Konstantin; es cruel, violento innecesariamente, un psicópata de manual, y, además, ambicioso y tan estúpido como para pretender chantajearme. Un carnicero y, además, incompetente.

—Deberías mejorar tus criterios de selección de personal. ¿Dónde encuentro a esa bestia tuerta?

Cuando no se puede ganar, se puede intentar no perder. Llegar a un acuerdo, negociar los términos. No era algo que le gustase a Tirelli, pero a veces no quedaba más remedio.

—¿Vas a matarme? No parece que quieras hacerlo.

Julián encendió un cigarrillo. No debería fumar. Pero qué importancia podía tener ya. Lo que quisiera era irrelevante, pero pensaba en Clara en la habitación del hospital.

—Eso depende de lo que me ofrezcas.

Tirelli sentía que la balanza se estaba inclinando a su favor. Era una sensación de alivio. Pero también peligrosa, si no sabía ceder.

—Podrías quitarme las esposas a cambio de esa información.

Julián movió la cabeza desconfiado.

—¿Quieres que te dé también la pistola?

Tirelli negó con la cabeza.

—Si eres listo, te conviene llegar a un acuerdo. Tú sigues teniendo el arma y yo tengo la respuesta a tu pregunta. Matarme solo complicará las cosas para tu amiga.

Julián lo pensó unos segundos. Finalmente se inclinó y volteó sin miramientos al abogado para quitarle las esposas. Tirelli lanzó un grito de dolor.

—Konstantin está en Barcelona —dijo apretando el hombro herido. Estaba sudando.

Le gustó ver cómo la cara de aquel tipo se transformaba.

—¿Y qué ha ido a hacer a Barcelona?

—Cumplir con un encargo.

Julián volvió a encañonarlo para incentivarle a seguir hablando. El abogado abrió las manos.

—Hay un policía que anda metiendo las narices en un asunto que nos interesa llevar de manera discreta. Ha ido a resolver el problema.

—¿Has enviado a tu matón serbio a cargarse a un policía?

Tirelli miró al desconocido con curiosidad. De repente, parecía más alterado.

—Eres policía... O lo eras.

—¡Contesta a la pregunta!

Tirelli intuyó que acababa de meter el pie en un cepo. La ventaja que creía haber obtenido acababa de esfumarse por su torpeza.

—No es la prioridad —se apresuró a decir al ver que el tipo amartillaba de nuevo la Beretta—, debe sacarle información sobre un caso que ha estado llevando.

—No te volveré a preguntar —le advirtió Julián, metiéndole el cañón con fuerza entre los ojos.

—Una chica desaparecida... Creemos que ese policía sabe algo que puede llevarnos a ella.

Julián empezó a asociar ideas a una velocidad vertiginosa.

—¡¡¿Qué chica?!! ¡¡¿Qué policía?!!

—Una hacker, se llama Vesna. El policía es un subinspector, un tal Soria.

Julián se apartó y marcó a toda prisa el número de Soria. Le alivió escuchar su voz somnolienta.

—¿Dónde estás?

—En casa, son las dos de la madrugada, Julián. ¿Qué pasa?

Julián no tenía tiempo para medias tintas.

—Van a por ti, Soria. El mercenario que estabas investigando por las muertes de Lanzarote. Creen que sabes dónde está esa chica que estás buscando. Los italianos ya lo han mandado.

La voz de Soria se volvió bronca.

—Es el tuerto del que me ha hablado el viejo Tobías. Cree que es el que se ha cargado a sus chicos... ¿Cómo sabes que viene a por mí? ¿Y qué tiene que ver con unos italianos?

—Es muy largo de explicar. Te lo contaré todo cuando vuelva.

—¿Cuando vuelvas? ¿Dónde estás?

—En Milán.

—¿Y qué coño haces tú en Milán?

—Vuelvo esta misma noche a Barcelona. Deberías ponerte a salvo, Soria.

Julián colgó el teléfono. Estaba agotado. Sentía que las fuerzas se le escapaban.

Tirelli había oído parte de la conversación.

—¿Quién eres? ¿Por qué te importa nada de esto? No es solo por tu amiga, la periodista.

Julián respiró para contener una punzada de dolor muy intenso en el riñón. «Todavía no, joder. Aguanta un poco más.» Se volvió hacia Tirelli y le enseñó la galería de fotos.

—He hecho fotos de tu encuentro con el chico en el coche. Y aunque lo busques, no lo encontrarás. ¿Sabes lo que significa eso?

Lo sabía. Tirelli no era idiota. Presuntuoso, clasista, sin escrúpulos, pero no idiota: imaginaba las preguntas que suscitaría la noticia de que le habían disparado en Quarto Oggiaro; los rumores que ya circulaban cobrarían forma de certezas, su mujer y sus hijos tendrían que soportar la vergüenza. Pero lo peor sería la reacción de Petrucci: una cosa era hacer la vista gorda con la vida privada de su abogado y otra que esta se hiciera pública. Delincuentes o no, las familias de Calabria seguían siendo tradicionales en muchos aspectos, y si había algo que detestaban era a los maricones.

—Lo entiendo. Y te prometo que nadie tocará a tu amiga. La dejaremos en paz, a condición de que ella no vuelva a entrometerse... En cuanto a ti, seas quien seas, debes saber que iré a por ti, me parece justo advertirte. Te encontraré.

De modo que así iban a ser sus últimos días, nada de despedidas tranquilas, de instantes pacíficos ni de partidas de ajedrez con Rafael.

Julián sacudió los hombros, casi de buen humor.

—Te mandaré yo mismo la dirección del cementerio.

38

Nou Barris, Barcelona

A Pura se le pasaban muchas cosas por la cabeza, ninguna buena y todas a la vez. Paseando por la calle con la bolsa de la compra —procuraba entretenerse en el supermercado más de lo habitual porque no soportaba el silencio ausente de su marido—, se fijaba ahora en las mujeres más jóvenes, más guapas, más decididas, y se preguntaba si ella había sido alguna vez así; ya no lo recordaba. Soria había sido la única pareja de su vida. Quizá debería haber probado otras cosas, *tener otras experiencias*, como lo llamaban ahora, pero en la época del amor libre, el destape de Marisol y el *topless*, ella ya se sentía a salvo, con una familia, con un lugar en el mundo, así que nunca echó de menos esa supuesta libertad, los besuqueos en las discotecas o el meterse mano en la playa del Garraf con novios que cambiaban cada dos semanas, como hacían entonces sus amigas.

Nunca se planteó si amaba a su marido o si él la amaba a ella, lo daba por supuesto. El compromiso, la lealtad, la fidelidad; se suponía que eso significaba casarse, ¿no? Aceptar las cosas y seguir adelante, juntos. Claro que se apagó un poco la pasión, cómo no iba a pasar con la maternidad, el trabajo, el cansancio, la rutina y el acostumbrarse a ver al otro en situaciones poco románticas, pero eso debía ser lo *normal*. El amor, con todos esos ripios exaltados, estaba bien para las novelas y las películas —también para fantasear de vez en cuando—, pero no para el día a día. Se perdían cosas y a cambio se ganaba solidez, confianza y complicidad. Llegaba la ternura, ¿y qué tenía de malo esa confortable sensación de que lo malo no era lo peor? Ella se había conformado. ¿Por qué no lo podía hacer él también? ¿Qué necesidad tenía de buscarse a otra? Porque eso era lo que había pasado, estaba segura.

Su marido se había acostado con otra en Lanzarote. Pura no conocía todavía el alcance de los daños que eso les iba a provocar, si solo se trataba de un desliz o si era algo más serio. ¿Y si ahora, de repente, le daba a Soria por esa chochez que padecían muchos hombres de su edad y de pronto quería divorciarse, cambiar de vida, volver a sentirse joven? Le enfurecía esa huida hacia delante, mucho más sencillo que tratar de reconquistar a tu pareja de siempre. ¿Qué pasaría si ella hiciera otro tanto? Porque también tenía ganas de ser atractiva, de arreglarse, de sentirse deseada, de disfrutar un poco, y no faltaba quien la tentaba. Pero no era una quinceañera caprichosa, alguien debía ocuparse del supermercado, de las facturas, de la ropa y del desagüe atascado. Alguien tenía que ser realista, ¿verdad?

Sumida en esos caóticos pensamientos, no se había percatado de la presencia de aquel hombre con el parche en el ojo que llevaba rato siguiéndola. Si se hubiera fijado mejor, habría visto que aparcaba la furgoneta blanca y abría el portón trasero mientras ella se acercaba, mirando al frente, pero sin ver lo que tenía delante. Para acortar camino, Pura solía cruzar el descampado donde iba a construirse una nueva promoción de viviendas y que entretanto hacía las veces de aparcamiento improvisado detrás del mercado de Montserrat. Era un sitio un poco inquietante, tierra de nadie, y a aquellas horas no estaba bien iluminado. A Soria no le gustaba que pasara por allí sola, pero a quién coño le importaba ahora lo que pensara ese cabrón que le había puesto los cuernos.

—¿Quiere que la ayude con esa bolsa, señora?

La voz sacó a Pura de su caminar ensimismado. De pronto estaba frente a un hombre de aspecto amenazador. Apretó instintivamente el bolso que llevaba al hombro.

—No, gracias. —Aceleró el paso, obligándose a no volverse.

De repente, sintió que tiraban de ella hacia la furgoneta con el portón abierto. Ni siquiera tuvo tiempo de gritar. El hombre del parche la cogió por la nuca y la arrojó con fuerza contra la furgoneta. Aturdida, Pura no opuso resistencia cuando la empujó dentro.

En el suelo quedaron desparramados los tetrabriks de leche de avena. Eran más caros que la leche tradicional, pero Soria ya no toleraba la lactosa.

Soria ni siquiera se dio cuenta de la tardanza de Pura. Estaba concentrado en el ensamblaje de un aeroplano Fokker, pero no lograba que las piezas encajaran debidamente. Tenía la cabeza en otro sitio tras la llamada de Julián desde Milán. No había querido alarmar a Pura ni alterar sus rutinas, pero había sacado de la caja fuerte su viejo revólver de 22.

Tuvo que sonar el teléfono para que se diera cuenta de que estaba solo en casa y que Pura se había marchado al supermercado hacía casi dos horas. Aliviado, vio que el número que aparecía en la pantalla era el de su mujer.

—¿Qué ha pasado, acaso se han llevado el supermercado desde la Vía Julia al Puente del Trabajo? —preguntó con sorna, aunque sus bromas ya no hacían sonreír a Pura. Imaginó que ella aprovecharía para soltarle alguna pulla.

Sin embargo, no fue su voz la que respondió.

—Tu mujer tiene las tetas más pequeñas que una niña de cinco años, pero podré apañarme con ellas.

Soria aplastó el ala derecha del Fokker sin darse cuenta. Crispó el rostro y sintió que la sangre se le iba del corazón a las tripas. Tuvo que hacerse sangre en la lengua para no gritar.

Konstantin. Julián tenía razón.

—¿Qué quieres? —preguntó haciendo un esfuerzo sobrehumano para controlarse.

—¿Así de fácil, subinspector? ¿No me vas a dar un poco de diversión? En Lanzarote parecías bastante duro.

«Te arrancaré las tripas y te estrangularé con ellas, me cago en tus putos muertos, hijo de la gran puta. Voy a patearte hasta que se me rompa el pie.» Respiró hondo. «Mantén la calma, Soria.»

—Dime lo que quieres para soltarla sin hacerle daño.

Konstantin dejó ir una risita.

—¿Y cómo sabes que no la rajaré como a una cerda igualmente?

Soria apoyó la frente en la pared. Las piernas se le doblaban, pero no tenía fuerza para llegar a la silla. «Cálmate, gordo de mierda. Cálmate y piensa.» Necesitaba ganar algo de tiempo. Así que improvisó:

—Sé dónde está Vesna. Es eso lo que quieres, ¿verdad?

—Eres un poli listo.

—Te mandaré la ubicación aproximada, pero no te diré más hasta que compruebe que has soltado a Pura y que está bien.

—¿En serio estás negociando conmigo? ¿Quieres cabrearme, subinspector? Porque puedo desahogarme ahora mismo con tu mujer.

«¡Piensa, piensa, piensa!»

—De acuerdo, lo haremos de otra manera. Di un lugar y una hora. Yo mismo te la llevaré.

—Eso está mejor. Apunta bien la dirección. Tienes dos horas para traerme a la chica. Y ya sabes cómo va esto: si veo algo sospechoso, si intuyo que no vienes solo, se acabó. Y me daré cuenta.

En toda su vida como policía, jamás se había sentido tan acorralado ni había experimentado un miedo tan atroz.

—No hagas ninguna tontería. Podemos...

No pudo acabar la frase. Konstantin había colgado.

39

Sant Cugat del Vallès, provincia de Barcelona

Konstantin aparcó el coche a la entrada de la urbanización. Marcó el número de Migren, pero volvió a saltar el contestador automático. Llevaba así dos días, y eso no podía ser buena señal. Migren no era de los que desaparecían sin más. Era un compañero de armas, un hermano. Y lo más importante, nunca desaprovechaba una buena oportunidad.

Miró el reloj. El subinspector seboso no iba a tardar en aparecer. Tenía que decidirse. Lo mejor era ceñirse al plan. La improvisación nunca es buena. Ya lo habían comprobado recurriendo a esos aficionados en Lanzarote. Migren había insistido en que los Driss se encargaran del robo en el apartamento y el cocinero del asesinato de Vesna. El resultado había sido un desastre. Konstantin no debería haberse dejado convencer. Ahora le tocaba a él acabar con lo empezado.

—¡Joder! —gritó, golpeando el volante con furia.

Puso en marcha el motor y ascendió por la pequeña colina serpenteada con residencias y villas de lujo. La que buscaba era la más apartada de todas, entre los pinares.

Las luces estaban apagadas, las puertas y persianas

echadas. Todo parecía en orden, aunque no había ni rastro de su socio.

—Si me has jodido, te arrancaré la piel a tiras —murmuró Konstantin.

Abrió el maletero y observó a la mujer. Le dio un poco de asco que se le vieran las bragas. «Bragas de vieja», pensó. La guarra se había meado encima. Tendría que limpiar el maletero después. Eso le enfureció y le golpeó con fuerza en la cara ensangrentada. La arrastró fuera tironeando del pelo y la empujó hacia delante mientras usaba el mando para abrir la puerta del garaje.

Mi madre solía hablarme de la grandiosidad del porvenir que me aguardaba. No sé por qué motivo estaba absolutamente convencida de que sería un empresario de éxito —rico— con una hermosa casa, un carro de lunetas tintadas y una buena mujer, y también de que le daría media docena de nietos. Y, además, lo lograría siendo un hombre honrado, como si eso fuera posible en México. Nunca me dijo que esperaba de mí que los salvara a ellos también. «Tu padre y yo nos las apañaremos, pero promete que cuidarás siempre de tu hermana pequeña. Cuando lleguen los momentos duros, solo os tendréis el uno al otro.»

Se lo prometí. Solo podía pensar en eso. En mi hermana Elisa, que me había vendido, y en su hijo, del que no sabía nada. Así ocurre muchas veces: debes cumplir promesas que ya no te importan. Promesas que se hicieron cuando creías que tu madre era una vidente, la guía segura de tu destino, y no un rostro de cera comido por el cáncer y la pena en un ataúd barato. Prometes que protegerás a los tuyos, aunque tu hermana te escupa a la cara en el entierro de tu madre y te llame asesino delante de todos, y te culpe de haberla matado de la pena, como si la muerte fuera una poesía o un bolero. Callas y aprietas los dientes, aunque tu padre, en el extremo del cementerio, esquive tu mirada y huya en un coche negro como un perro en la lluvia.

Puede que solo cumplas promesas porque no eres un empresario —rico—, ni tienes una casa con jacarandas, ni una esposa gringa con media docena de cabroncetes de clase media alta, y porque si no lo hicieras no tendrías propósito alguno.

Así que, cuando vi desde la ventana del dormitorio aparecer a Konstantin —no esperaba que viniera con un paquete—, cogí el cargador auxiliar de la Glock, me lo metí en el bolsillo y dejé la corbata y el reloj sobre la cama.

Por fin se acababa la espera.

Bajé al garaje con cuidado.

Primero escuché los golpes. Secos, amortiguados. Como si alguien estuviera practicando boxeo en un saco. Luego oí la voz, hablando en serbio. Alterada, eufórica. Konstantin se había quitado la camiseta. Se lo estaba pasando bien con la mujer, que apenas reaccionaba. Pensé que, si no estaba muerta, poco debía faltarle.

—Yo que tú ahorraría fuerzas —le grité.

Se volvió despacio. Se había quitado el parche. El sudor le recorría el amontonamiento carnoso de lo que una vez fue su ojo. Tuerto o no, vio la Glock.

—¿Tú quién eres? —preguntó con la respiración sofocada por el esfuerzo de martirizar a la mujer.

—Un amigo de tu socio Migren. Me dijo que este es vuestro nidito, y que tarde o temprano aparecerías. No se lo tengas en cuenta, se resistió lo suyo.

Konstantin frunció el entrecejo. Tenía el rostro fiero, teñido de sangre que no era suya. En el cuerpo a cuerpo me habría destrozado, pero para situaciones así se inventó la pólvora. La cuestión era que lo necesitaba vivo, y a ciertas fieras solo las cabreas más si las hieres pero no las rematas.

A diez metros, en un lugar semioscuro y con alguien que sabe moverse no es sencillo. Si, en lugar de embestirme como un toro, Konstantin hubiera intentado escapar, probablemente lo habría conseguido. Pero no era su estilo. Disparé, apuntando siempre por debajo de la cintura y fallé las dos primeras veces. Le alcancé con el tercer disparo en la rótula cuando ya se me echaba encima. Verle caer a mis pies fue como ver a un rinoceronte furioso que dobla la rodilla justo cuando iba a reventarte. Incluso herido, logró agarrarme un pie desde el suelo. Tuve que golpearlo con todas mis fuerzas para que desistiera.

Encontré una bobina de cables y lo anudé por el cuello y las manos contra una columna. Gritaba y juraba en todos los idiomas, fuera de sí. Luego me acerqué a ver cómo estaba la mujer. Todavía respiraba, pero lo hacía como un elefante con los pulmones llenos de sangre.

Regresé junto a él y le registré los bolsillos hasta encontrar el teléfono de la mujer.

—¿Quién es la mujer?

—Una puta como cualquier otra.

Le di un puntapié en los dientes y me acerqué a ella.

—¿Puedes hablar?

Balbuceó algo que no entendí bien. Tal vez acabaría muriendo, pero necesitaba algo de tiempo con el serbio. La ayuda tendría que esperar.

Encontré una varilla y alambre de espino en otro rincón. Enrollé el espino alrededor del tubo con fuerza, cruzándolo varias veces. Eso serviría. Si Konstantin era la mitad de duro que su amigo, mejor no andarse con rodeos. Le bajé los pantalones y los calzoncillos sin importarme que gritara de dolor al girarle la pierna.

—Primero, me vas a decir quién te ha contratado a ti para matar a Vesna. Necesito saber quién es mi competidor. Luego quiero que me cuentes la historia de las fotos que aparecen en el *pendrive* de Vesna.

—No te voy a decir una mierda.

Le di una palmadita en la cara.

—Me lo vas a contar todo. Te lo prometo.

Me escupió en la cara. Una reacción poco profesional. De un cerdo. Y como a un cerdo lo iba a tratar. Le mostré el artilugio.

—Esto se llama *el puño de hierro*, es una técnica que aprendí en Phuket; por veinte mil bahts consigues a cualquiera que se encargue de hacerlo. Les encanta.

Me miró fijamente cuando me arrodillé y le abrí las piernas.

—No hay nada que puedas hacerme que no haya hecho yo o que no me hayan hecho otros. No te voy a decir nada, pocho de mierda.

—Yo creo que sí —dije, arremangándome la camisa—. Y tendrá que ser rápido. Esa mujer necesita una ambulancia.

Pensé que valía la pena esperar. En el maletero llevaba una camisa de repuesto y un neceser para higiene. Estaba anudándome la corbata cuando vi aparecer el coche. Reconocí al subinspector Soria. Saltó del vehículo con una agilidad asombrosa para su peso. Estaba buscando la entrada a la finca.

Usé el teléfono de su mujer.

—¿Quién es?

—Pura está en la planta de arriba. He parado sus hemorragias, he avisado a la ambulancia. Debería estar a punto de llegar. Creo que ella se pondrá bien. Y otra cosa; en el garaje te he dejado un regalito, subinspector. No me lo agradezcas, cortesía de la casa. Por los viejos tiempos. Y saluda a Julián de mi parte.

—Ese acento... Tú...

—Deberías ocuparte de tu esposa.

Tiré el teléfono por la ventanilla y puse en marcha el vehículo. Necesitaba darme una ducha y quitarme el asqueroso olor que, pese al agua oxigenada, se me había incrustado bajo las uñas.

40

L'Estartit, Costa Brava, 2 de julio de 2008

El tiempo se acababa. El Oso Dávila me mandó un pequeño recordatorio como incentivo. Era una fotografía de uno de sus hombres saludando desde la cantina de mi hermana. Tenía el brazo echado al cuello de mi sobrino. Más que abrazarlo, parecía estar estrangulándolo.

Guardé el teléfono y volví a vigilar la finca. Sara montaba a caballo, se le daba bien. Dicen que los caballos son extraordinariamente sensibles, animales que detectan y mimetizan las emociones de los jinetes. La yegua que montaba la nieta de Armando Ortiz parecía entender que la joven que la hacía girar suavemente a izquierda y derecha era de esa rara estirpe humana que domina los elementos y que vive en las nubes. Dioses ante los que solo queda doblegarse.

La joven se sentía a salvo tras el cercado. Reía y animaba a su montura con caricias en el cuello, la espoleaba y la retenía a su antojo. Me pregunté si tenía idea de lo que su abuelo había hecho y seguía haciendo para mantener en pie ese paraíso. Si acaso le importaba. Tal vez solo quería ser lo que era en aquel momento, una amazona bella en su adolescencia, con el cabello suelto y la camiseta sudada.

Las competiciones no me motivan. Cuando era niño y me obligaban a correr en el circuito del colegio con los demás, era de los que se lo tomaban con calma. Corría a mi ritmo, y lo hacía con un cigarrillo guardado en el calcetín. Al llegar a la meta, mientras mis compañeros echaban el corazón por la boca, yo me escondía para fumarme ese pitillo con los pulmones bien abiertos. No le veía ningún sentido a ser el primero. Sigo sin vérselo. A mí no me importa quién se lleve la medalla mientras yo consiga lo que quiero.

Pero tampoco me gustan las carreras amañadas. Y en esta carrera había más de un caballo, y algo me decía que yo no era el que iba a ganar. El Oso Dávila lo había decidido así, y él jamás perdía una apuesta.

Sin embargo, ocurre alguna vez, raramente, que quien debería ganar es quien gana, aunque la carrera esté amañada, tal vez porque hay cosas que no se pueden controlar cuando la sangre está caliente; uno olvida, en el fragor de la disputa, las consignas, le puede el pundonor, y en lugar de hacerse a un lado o fingir que se cae, espolea al animal que lleva dentro hasta la meta, sin importarle las consecuencias. Un instante de euforia para acabar con las piernas rotas en una cuneta y un balazo en la nuca.

Sara tomaba el sol en la piscina desbordante. Abajo, las islas Medas estaban rodeadas de pequeñas embarcaciones de recreo y de boyas de submarinistas. Por encima, la colonia de gaviotas revoloteaba inquieta ante aquella invasión que no terminaría hasta finales de septiembre. Un grupo de veinteañeros franceses había acampado en la cala. Le entraron ganas de mostrarse desnuda, de que cualquiera que mirase hacia la casa en lo alto pudiera verle las tetas y el pubis. Ella mearía desde arriba y los bobos abrirían la boca, extasiados. Estaba un poco borracha, y también fumada, un poco hastiada, un poco cansada, un poco triste, un poco loca, un poco de todo y de nada. Sin un lugar en el que sentir algo que fuera intenso de verdad. A ratos deseaba volver a Nueva York y en otros momentos deseaba quedarse allí para siempre, o cortarse las venas o ascender al Himalaya, follarse a cualquiera o hacerse monja. Una puta niña rica o una activista en Lampedusa. La vida, fuera de su cabeza, no le parecía real.

Su madre no dejaba de insistir en que se vieran, en hablar con ella, reconciliarse, volver a las cosas de antes, perdonarse, hacerse promesas, dedicarse más tiempo en el futuro. Sara quería y no quería, la creía y sabía que mentía. Su padre la había llamado también, dos veces, desde un lugar desconocido, con tono misterioso y preocupado. Le decía que tuviera cuidado con su abuelo, que no se dejara arrastrar. Sara le había respondido con sarcasmos, pobre fracasado. Y se arrepentía y se avergonzaba, pero detestaba su olor a pobreza y a esa guarra que se follaba, sin clase, sin ningún atributo que su madre no tuviera multiplicado cien veces.

Drogarse hasta perderse o empezar a hacer yoga. Esa era la cuestión. Y encontrar un puto mechero que funcionara, mierda. Se volvió en busca del bolso, tirado junto al libro que jamás acabaría y se quedó muy quieta. Un desconocido la observaba desde el otro lado de la piscina. Iba en mangas de camisa y llevaba la americana al hombro, la corbata floja y gafas de sol. Parecía un anuncio italiano. Las calles desiertas de Roma al amanecer tras una larga noche de farra.

No parecía impresionado por lo que veía. El cuerpo desnudo de una adolescente que tenía dificultades para mantenerse en pie y que había tomado demasiado el sol.

—Tú debes de ser Sara.

A ella no le importó que mirara. Se comportó con una voluptuosidad demasiado artificial para interesarle.

—¿Y tú quién eres? ¿El nuevo chófer de mi abuelo, su mamporrero o el profesor de latín que va a darme unos azotes por ser mala?

El anuncio italiano se quitó las gafas de sol y la miró como se mira una burda falsificación. Eso la hizo sentir ridícula, y de pronto quiso cubrirse. Él pareció darse cuenta y le acercó la toalla.

—Dile a tu abuelo que ha venido a verle un amigo de Migren, recuerda bien el nombre. Y que estaré en el restaurante mexicano del paseo. Seguro que le apetece tomarse conmigo unas fajitas... ¿Harás eso por mí, Sara?

Caricias que no se dan, manos que no te tocan. Oscuridades que solo puedes entrever durante un segundo y que te hacen temblar las piernas. Miradas que te arrancan la voz y que solo te permiten asentir.

Un hombre rico en bermudas y mocasines parece menos rico, da igual lo caros que sean esos zapatos o el bronceado que luzca. Siempre he encontrado más ridículos y vulnerables a los hombres poderosos cuando están de vacaciones. Sudan, asoman pelos grises en sus polos de marca, tienen restos de arena en los tobillos y huelen a crema solar. Funciona igual para reyes, premios Nobel, primeros ministros, papas o jefes del cártel. Por eso me gustan los trajes caros. Son una armadura de plomo a prueba de rayos X.

Las fajitas no estaban mal, pero una cantina mexicana que también sirve pizzas y pollo asado no puede tomarse en serio, así que todo aquello me parecía una broma. Damos por hecho que las cosas graves son complejas, retorcidas, producto de mentes astutas. A veces solo son el resultado de actos llevados a cabo por gente zafia que ha navegado toda su vida con el viento a favor. Me pregunté si sería el caso de Armando Ortiz.

Se sentó frente a mí sin pronunciar una sola palabra, se sirvió un vaso de vino de la casa, pero no lo probó. Se dedicó durante un largo minuto a examinarme sin mostrar emoción alguna. Entendí que lo suyo no era fruto de la buena suerte.

Terminé la fajita, en realidad la dejé a medias, y asentí.

—Tiene una casa bonita.

—Y tú has entrado en ella sin permiso para amedrentar a mi nieta. Quieres que sepa y ya sé... ¿Qué más?

—No se lo tome como una amenaza, más bien como una carta de presentación. Para que nos entendamos bien desde el principio.

Tengo que reconocerlo. Sus ojos me cayeron encima como una lápida. Solo quedaba por inscribir la fecha de defunción.

—No hay nada que entender. Le has dicho a mi nieta que eres amigo de Migren. Y eso significa que tienes algo que no deberías tener. Y ahora vas a ponerle un precio.

El dinero ahorra cosas como los preámbulos o los eufemismos, también ahorra las excusas y las negativas. El mejor prisma desde el que entender las reglas de la selva es puro mercantilismo. Y en eso Armando Ortiz era el mejor. Era hora de azuzar a mi montura.

—Los chantajeaba, ¿verdad? Migren, su perro fiel, decidió morder la mano que le daba de comer. Vio lo que había en el *pendrive* y decidió asociarse con su antiguo camarada de armas, Konstantin. Hay que reconocer que ambos tenían pelotas. Migren sacando tajada de su jefe y Konstantin del suyo, el tal Petrucci. Por eso estoy aquí. Por eso me ha mandado el Oso Dávila. Para poner paz y después gloria. Usted es el cliente. Usted fue quien le pidió al Oso que me enviara a mí a recuperar el *pendrive*, matar a la chica y limpiar de paso la mierda de esos dos.

No me dio la impresión de que eso le afectara. Me observó con desprecio. Saqué del bolsillo una foto imprimida que había sacado del *pendrive* de Vesna y la puse sobre la mesa: una bonita escena de caza en la que aparecían sonrientes Massimiliano Petrucci, Konstantin Kresno, Armando Ortiz y Jorge Migren.

—Los cuatro fantásticos.

Massimiliano Petrucci, nacido en Milán, sesenta y tres años, abogado prominente, fundador de uno de los bufetes más importantes de la ciudad y socio mayoritario del Fondo de Inversiones Milanés. Casado, tres hijos y media docena de nietos. Había cimentado su fortuna defendiendo los intereses de algunas de las familias más importantes de la 'Ndrangheta en los años ochenta, ampliando su red en las décadas siguientes a grupos criminales de los Balcanes Occidentales y de Europa del Este. Había sido investigado repetidamente en Italia por la DIA (Dirección de Investigación Antimafia) y por la DCSA (Dirección Central de Servicios Antidroga), pero jamás se le había podido procesar.

Konstantin Kresno, alias Garra, alias Tuerto, alias JSO (Boina Roja), nacido en Belgrado, cuarenta y dos años, numerosos antecedentes y condenas por tráfico de armas, de drogas, proxenetismo, tráfico de personas y asesinato, con varias órdenes de búsqueda y detención internacionales, vinculado al grupo de Legija, miembro de los Tigres de Arkan que planeó el asesinato de Zoran Djíndic, primer ministro de Serbia, en 2003. Se le buscaba, además, por crímenes de guerra durante la guerra de Bosnia. Exmercenario, sicario profesional. En paradero desconocido desde 2004.

Jorge Migren Alcalá, nacido en Málaga, cuarenta y cuatro años, ex boina verde, cabo primero especialista, tirador de primera categoría, experiencia militar en África oriental, Serbia, Croacia y Bosnia. Baja voluntaria en 1994. Máster en Comunicación por la Universidad de Cambridge, licenciado en Ciencias de la Comunicación por la Universidad Complutense, políglota, cinturón negro en diferentes artes marciales y experto en el combate cuerpo a cuerpo. En nómina de ALSACURSL desde 1995. Paradero actual, desconocido.

Las joyas de la corona posando alegremente tras una animada jornada de caza en el Sarajevo de 1994. Y los trofeos que exhibían a sus pies no eran animales. Habría sido un hueso duro de roer como profesor de latín. Ni modo de imaginarlo cagando. Pero todos los hombres tienen un punto débil: el dinero, las creencias, el ego, los afectos... Una grieta por la que colarse, y yo creía haber dado con la suya, minúscula, pero suficiente para intentar vencerle.

—Conozco su *hobby*, Armando. Desde 1992, las antiguas repúblicas yugoslavas fueron el coto para sus cacerías especiales con Petrucci. Debieron de entristecerle los Acuerdos de Dayton... ¿A cuántos se cargó en esos años? ¿Tres, ocho, veinte?... Para un cazador experto como usted, debió de resultar frustrante que una cría de cuatro o cinco años se le escapara. Y que años después apareciera de nuevo para vengarse de la única manera que puede hacerlo, arruinando sus negocios... Su palafrenero, porque eso era Migren para usted, me lo ha contado todo.

Su expresión me recordó a las iguanas de Cubagua. Impertérrito, reptiliano. Nada se alteró en su fisionomía, simplemente cruzó las piernas, de medio lado en la silla.

—¿De verdad vamos a tener esta conversación? ¿Vamos a hablar de moral, del bien y del mal o del valor de la vida humana? Me gustaría escuchar tus argumentos al respecto, adelante. Puedes citar a Cicerón, a Platón o a san Agustín, si eso te hace sentir mejor.

Yo hubiera preferido pensar que podía ser decente en tiempos indecentes, pero sabía que no era cierto.

—No voy a juzgarle.

Armando Ortiz se dio una palmada en el muslo, con una sonrisa diáfana.

—No, claro que no vas a hacerlo. Sería bastante cínico por tu parte, ¿no crees? ¿A cuántos has matado tú? Apuesto a que has perdido la cuenta. Los dos somos cazadores.

Nadie me pondrá flores en una iglesia ni me recordará por mis obras de caridad, pero que pretendiera compararnos me repugnó.

—Usted paga para matar. A mí me pagan por hacerlo.

Soltó una risotada sincera. Incluso le lagrimeó el ojo.

—¡Por el amor de Dios! ¿Ese es tu argumento infantil? ¿Eso es lo que nos hace diferentes? ¿Que yo disfruto y tú no? —Se serenó un poco y me miró moviendo la cabeza—. No pensaba que fueras de los que se engañan. Haces lo que haces porque te gusta, lo reconozcas o no. Te gusta el poder que te otorga decidir quién y cuándo muere, el terror que inspiras, la soledad poderosa que queda a tu alrededor. No es un trabajo. Es una vocación.

El error de los arrogantes es creer que el mundo es tal y como ellos lo ven, que todo es espejo y reflejo de sí mismos. Dan por supuesto que el acto y la motivación no difieren de lo que ellos harían o pensarían. Y ese error de apreciación es, tarde o temprano, su perdición: lo que nos diferenciaba no era solo nuestro punto de partida, el por qué hacíamos lo que hacíamos, o cómo nos sentíamos haciéndolo. Lo que nos separaba sustancialmente era que a mí no me importaba lo que pudieran pensar otros, no fingía ser quien no era y no necesitaba defender una imagen pública.

En esencia, Armando Ortiz era un hipócrita y yo un cínico.

—El caso es que los dos sabemos que, si la policía hiciera un registro a fondo en su pabellón de caza, encontraría cosas más interesantes que cuernas de ciervo o cabezas disecadas de jabalí. Porque no ha renunciado a su afición, ¿verdad? ¿Cuál es el coto especial al que usted y Petrucci llevan ahora a sus amigos depravados? ¿Algún país africano, Crimea, tal vez Centroamérica?

Debió de hacerle gracia. Incluso diría que le gustaba verse desafiado. Debe de ser muy aburrido salirte siempre con la tuya sin oposición.

—¿Me estás amenazando con hacer llegar esa información a la policía? ¿Y crees que eso me hace temblar? ¿Eso crees que es lo que me importa? ¿Crees que Vesna debe morir por un puñado de fotos de gente que no le importa a nadie?

Negué lentamente. Hace tiempo que perdí la fe en las instituciones.

—Lo que me pregunto es qué pensarán sus preciosas nietas y su hija de un abuelo y un padre con fama de intachable que resulta ser un sociópata de manual. ¿Y todas esas universidades en las que ha sido nombrado doctor *honoris causa*, las fundaciones benéficas y culturales que llevan su nombre?

Levantar un edificio de honorabilidad no es sencillo. Derribarlo, sí lo es. Y eso era algo que el orgullo de Ortiz no podía tolerar. Tal vez no iría a la cárcel, ni acabaría arruinado, no lo juzgaría el Tribunal Penal Internacional, como a muchos de sus antiguos socios, pero para él sería mucho peor que se le cerraran las puertas de los salones privados, ver su nombre arrastrado en los medios, que dejaran de cogerle el teléfono y, en última instancia, que su familia renegara de él.

No esperaba ver caer ante mis ojos las murallas de Constantinopla, eso no habría sido realista. Me conformaba con que la grieta crujiera, que los cimientos temblaran.

—¿Qué buscas?

Ahí te tengo, cabrón.

—Un pequeño favor. Que llame al Oso Dávila. Dígale que todo está bien. Convénzale para que se reúna con usted en persona fuera de Guadalajara. Puede añadir cierta preocupación con respecto a mí; soy el último fleco para cerrar definitivamente el asunto. Eso servirá para convencerle.

Ver su cara de desconcierto fue como ser de Atlas y pegarle una patada en los huevos al 33 Marco Fabián de Chivas. Mi padre habría llorado de la emoción. Pensaba que ya lo tenía. Sin embargo, algo no iba bien.

—No puedo hacer eso.

No era de los generosos, de acuerdo. Uno no llega a su posición con el corazón blando. Pero a estas alturas, me pareció ridículo su intento.

—Usted me contrató. Ahora convenza al Oso de que para acabar conmigo tienen que reunirse.

Y entonces ocurrió algo inesperado. Se acabaron las miradas amenazantes, la gesticulación marmórea y el paripé. El rostro de Armando Ortiz se iluminó como el de un ángel, como si se le hubiese revelado una verdad increíble. Su sonrisa se fue abriendo como una salida de sol.

—Deje los jueguecitos ya, Armando.

Se puso en pie y movió la cabeza como si acabara de presenciar algo realmente cómico.

—¿Eso es lo que crees? ¿Que yo contraté tus servicios? ¿Por qué habría de hacerlo? Tú no eres nadie para mí, ni tengo ningún tipo de trato con narcotraficantes mexicanos. No he visto en mi vida al tal Oso Dávila... Sea quien sea, te la ha jugado bien.

Reconozco que aquello me desconcertó del todo. Si no habían sido Ortiz ni Petrucci los que habían hecho el encargo al Oso, significaba que había un tercer jugador, alguien que se había mantenido en la sombra mientras sus contrincantes se desangraban y le iban llevando, paso a paso, hacia la presa codiciada. Alguien que me conocía lo suficiente.

Alguien que, en palabras del propio Oso Dávila, cerrase el círculo con cierta justicia poética.

Sonreí.

—Vuelva a sentarse en esa silla, Armando. Todavía no hemos terminado.

Octava parte

Todo tiene un final

41

Fogars de Montclús, provincia de Barcelona

Luis no quería hacerlo, pero el odio tiene razones de peso.

Desde el camino, solo se veían el muro de piedra y las copas de un par de cipreses. La casa quedaba bastante lejos, a pie por un sendero entre campos en barbecho. Quitó la llave del contacto y miró hacia la verja abierta. No estaba seguro de que fuera una buena idea, pero era la única que se le ocurría. Soria estaba en el asiento del copiloto.

—Tal vez deberíamos pensarlo mejor. Esta idea no me gusta.

Miró atrás a través del retrovisor interior. Lejla sujetaba la mano de aquella extraña y enigmática adolescente. Ambas parecían tan asustadas como él.

—Eres tú quien me ha llamado, Luis. Ahora ya no hay vuelta atrás... Bueno, vamos —dijo abriendo la puerta del coche.

«Y que sea lo que Dios quiera», pensó.

Lejla y Vesna bajaron del coche. Lejla intentó coger la mano de Luis, pero este se apartó. Todavía no había asimilado lo ocurrido en los últimos días. No sabía cómo sentirse. La sensación de haber sido manipulado, engañado y traicionado por Lejla. Y quizá no desaparecería nunca.

Habían quedado para ir al cine. Una reposición de *Smoke* en los cines Verdi. Fue extraño que Lejla apareciera acompañada de aquella joven rapada y con un tatuaje en el cuello.

—Necesito contarte algo —empezó a decir atropelladamente—, pero, primero, quiero que conozcas a alguien. —De pie, como un pasmarote, junto a la taquilla del cine, la joven lo observaba atentamente. Era guapa y extraña, inquietante.

Los siguientes treinta minutos fueron una cascada de revelaciones desconcertantes para Luis. Lejla le había mentido desde el día que se conocieron. Su encuentro no fue fortuito, ni cosa del destino ni un regalo del universo —como a él le gustaba repetir—, sino algo programado, premeditado, una emboscada diseñada por Lejla para acercarse a él y seducirle, o, al menos, conseguir su atención. Mucho antes de que ese encuentro se produjera, ella ya lo conocía todo de él, sus gustos, su profesión, su divorcio, sus hijas, sus aventuras con estudiantes, que le habían llevado al fondo del pozo. Había estudiado en profundidad todas sus intimidades.

—¿Por qué? —preguntó Luis, sin saliva en la boca, completamente noqueado.

A Lejla le brillaban los ojos, sentía una profunda vergüenza y un dolor difícil de explicar.

—No eras tú quien nos interesaba, sino tu suegro. No era seguro contarte la verdad, primero necesitábamos saber si tú estabas al corriente, implicado de alguna manera.

Luis hundió los dedos en el cabello. Era inconcebible, una locura.

—¿Implicado en qué, Lejla?

La mujer intercambió una mirada con su hija. Estaba al borde del llanto. La chica le sujetó la mano con fuerza para darle ánimos. Lejla sacó un sobre del bolso.

—He guardado esto mucho tiempo en una caja fuerte. Es hora de que salga a la luz. Solo así Vesna podrá tener una posibilidad. Hay gente muy poderosa que quiere matarla por esto, Luis. Y uno de ellos es tu suegro, Armando Ortiz. Cuando supe la clase de hombre que eres, quise contártelo muchas veces, pero tenía miedo de que me rechazaras. Y miedo de ponerte, también a ti, en peligro.

Luis la observó como si hubiese perdido completamente el juicio.

—¿De qué narices estás hablando, Lejla?

—Necesitamos tu ayuda; no tengo a nadie más a quien recurrir.

Luis sacudió el cuerpo. Miró con la boca entreabierta a aquella joven que no había dicho ni una sola palabra y que no dejaba de mirarle con una mirada boscosa e intermitente.

—Yo no soy nadie, no sé nada, no tengo ni idea de lo que estás hablando, no veo cómo puedo ayudaros —balbuceó sin coherencia, buscando una salida para huir—; deberías acudir a la policía.

Lejla suplicaba que la creyera.

—No podemos hacer eso. Cuando veas lo que hay aquí, lo entenderás —dijo, apuntando al sobre.

Luis se echó atrás abriendo las manos.

—No quiero saber nada de esto.

Lejla lo miró dolida.

—Quieras o no, tienes que saberlo. También te

afecta a ti. Sé que tus hijas y tu exmujer te siguen importando más de lo que nunca te importaré yo. Y sé que odias profundamente a tu suegro por haberlas apartado de ti.

Julián salió a recibirlos al porche. No estaba contento, no hubo alegría, ni en el saludo ni en las presentaciones. Solo estaba sorprendido y algo molesto. Si Luis y él fueron amigos en el pasado, dejaron de serlo cuando Virginia decidió divorciarse, harta de las infidelidades de su marido. Liberado de la carga que supone aceptar amistosamente a la pareja de alguien que quieres, se habían distanciado sin una despedida. Luego Julián había ingresado en prisión y le había perdido la pista a Luis.

—Ha pasado tiempo.

Luis puso cara de circunstancias. A él tampoco le gustaba Julián, a pesar de los intentos que había hecho durante años. Siempre sospechó que había algo entre él y Virginia que excedía los límites de la camaradería y de la amistad, una tensión acumulada entre ellos que jamás se atrevió a preguntar si había sido resuelta y de qué modo.

—Ha sido idea de Soria. Eres la última persona a la que habría acudido.

—Soria me ha puesto al corriente —dijo Julián mirando al subinspector, que fumaba apoyado en el capó del coche. Observó luego a Lejla y a la chica que parecía su hija. Lejla le recordó vagamente a una pintura de Zinaida Serebriakova, debía de haber sido muy hermosa veinte años atrás: ojos grandes de mirada profunda, cejas perfiladas y una larga y frondosa cabellera oscura que recogía sobre un complejo moño. Protectora como el perro cerbero, feroz si era necesario. La joven le pareció más como uno de los modelos de Murashko, desencantada pese a su juventud, digna pero desconfiada, un rictus de nobleza desdibujado por las turbulencias. Conocía esa mirada, es la que se les queda impresa a quienes les han robado demasiado pronto la infancia. Sintió por ella una simpatía instantánea.

—Entremos en casa. Prepararé algo para comer.

Todo había empezado tres años atrás. Vesna era una joven de diecinueve años dispuesta a sabotear al capitalismo. Estaba en Berlín siguiendo las huellas del mítico Karl Koch, el hacker alemán de los años ochenta, apodado Hagbard Celine. Sus seguidores habían fundado una especie de comunidad, Chaos Computer Club, la CCC, en la que se compartían técnicas, programas e información ilegal. Fue allí donde descubrió que durante la guerra de 1992-1995 los servicios de inteligencia de varios países habían detectado la presencia de ciudadanos europeos y estadounidenses que, a través de las mafias locales, habían participado en una especie de safaris *sui generis*. Entraban en el país ilegalmente y disparaban a inocentes desde puestos de francotiradores a cambio de pagar cifras astronómicas a los señores de la guerra, militares, paramilitares, en Croacia y en Bosnia. Nunca se habían practicado detenciones ni hallado pruebas incriminatorias directas.

Vesna estaba convencida de que sus padres y su hermano habían muerto a manos de esos *cazadores*. Recordaba perfectamente a aquellos cuatro hombres que batieron el campo para dar con ella a los siete años, cuando logró escapar y ocultarse en el bosque. Con el apoyo que le proporcionaron los miembros del CCC empezó su propia cacería, buceó en toda información confidencial a la que pudo acceder, vulneró sistemas de seguridad de entes públicos de varios países, registros de la SS, sistemas de policía, de los propios servicios de inteligencia, mucho más vulnerables de lo que parecían, hasta que dio con un nombre.

Massimiliano Petrucci.

El *Süddeutsche Zeitung* le dedicaba un largo artículo. Se elogiaba la figura del empresario e inversor, poco dado a las entrevistas, que había levantado uno de los mayores imperios económicos de Europa, sus logros empresariales, etc. También se dedicaba parte del artículo a su vida privada, incluyendo algunas fotos de su casa de veraneo en Abruzzo con la familia y amigos, en la que hablaba de su pasión por la caza. En una de esas fotografías aparecían dos invitados que resaltaban entre los demás: Armando y Virginia Ortiz.

Los accesos a Petrucci y su fondo de inversiones fueron poco alentadores, apenas logró vulnerar las primeras capas de seguridad. Con el multimillonario español fue mucho más sencillo. Armando Ortiz había cometido un error clásico en aquellos que no saben delegar; su ordenador personal estaba vinculado a la red de su empresa. Todo el flujo de información circulaba en doble sentido: él podía acceder a cualquier terminal en cualquier parte, controlar mails de empleados, informaciones privadas, datos de la junta con un malware indetectable, pero, al mismo tiempo, su propio ordenador también era vulnerable. Cualquier otro habría dejado ese ordenador *hueco*, es decir, funcionando como un simple terminal sin información relevante que debía vaciarse cíclicamente.

Pero no era así. Tal vez por arrogancia, quizá por indiferencia, Armando Ortiz no se había preocupado de la posibilidad de recibir ese tipo de ataque desde dentro. Para Vesna no fue tan difícil vulnerar los filtros del sistema de seguridad de ciertos terminales y desde allí invertir el flujo hacia el ordenador del empresario. No sabía lo que iba a encontrar, aquello fue como forzar la puerta de unos grandes almacenes. La puta cueva de Alí Babá.

Estaba todo allí, las pruebas que los servicios secretos decían no haber encontrado, pero a las que ella, una adolescente de diecisiete años que había empezado aficionándose a los ordenadores con una sencilla Atari, acababa de acceder con unas pocas semanas de búsqueda: fotografías de las víctimas, datos exactos, pagos, nombres, fechas, los correos ominosos que intercambiaba con su socio de cacería, un tal Petrucci, los enlaces en el terreno —aquel guía, que ella recordaba perfectamente, Migren, y el tipo del parche en el ojo, Konstantin—, el intercambio de trofeos... Era repugnante. Vesna tuvo que bucear a fondo entre aquel material nauseabundo durante días, sin parar de llorar, de maldecir, de odiar, hasta dar con aquella secuencia de imágenes que le estalló en el cerebro: su padre, su madre y su hermano tumbados en el campo nevado, uno junto al otro expuestos como trofeos a los pies de Armando Ortiz.

Cuando le mostró todo aquello a Lejla, la primera reacción de su madrastra fue que debían acudir a la policía, entregar todo el material, dejar que ellos se encargaran. Pero Vesna no podía hacerlo, ya era una *activista* —así le gustaba llamarse entonces— buscada en varios países por delitos graves. Tampoco serviría que lo hiciera Lejla. La presionarían, averiguarían de dónde había sacado todo aquello. Ningún juez admitiría esas pruebas obtenidas ilegalmente.

Pero el razonamiento de Vesna iba más allá. Le hizo entender a su madrastra que si nadie había hecho nada en todos aquellos años no era por falta de pruebas, como decían, sino porque habían decidido enterrar el tema. Ortiz y Petrucci eran hombres poderosos, tenían relaciones al más alto nivel con todo tipo de dignatarios, manejaban fortunas que superaban el PIB de una pequeña república como Bosnia-Herzegovina. A nadie le interesaba remover el pasado, una guerra que empezaba a ser olvidada por un puñado de víctimas anónimas.

Solo había una solución. Quizá a nadie le interesarían aquellas cacerías humanas, pero desde luego que todo el mundo prestaría atención si se centraban en el dinero. Monitorizando su ordenador, ahora Vesna tenía acceso a todos los movimientos importantes de CITRAORCOMPANY y, lo que era más importante, a su operatividad opaca. Además, el ordenador de Ortiz le daba acceso a toda su vida privada, a sus secretos personales. Y los tenía a docenas: archivos sobre gente conocida (jueces, políticos, policías) con todo tipo de trapos sucios, pero también pruebas de cómo había investigado y manipulado a personas muy cercanas, incluso a su propia hija y a su yerno, al que odiaba. Ortiz estaba empeñado en destruir el matrimonio de su hija, y parecía obsesionado con apartarla también de su carrera como inspectora de policía. Parecía haber dado con un punto débil para obligarla a dejarlo, un inspector llamado Julián Leal, compañero de su hija, implicado en un caso de brutalidad policial.

Tenían que elaborar un plan, ser cautas, actuar sin dejar huella. Que las cosas cayeran por su propio peso. Al principio, Lejla se mostró totalmente en contra de ese plan; era peligroso y obsceno. Podía acabar perjudicando a personas del entorno de Ortiz que eran inocentes, saldrían a la luz sus miserias, estaban esas niñas, sus nietas, su hija. Estaba Luis. Pero Vesna estaba decidida, y llevaría a cabo su plan con o sin su ayuda. El instinto de protección de Lejla fue más fuerte que su sentido de la decencia.

Decidieron trasladarse a Barcelona, estudiar de cerca a Armando Ortiz antes de pasar a la acción. Para entonces, las cosas en su entorno ya se habían precipitado. Luis y Virginia se habían divorciado, Julián estaba en la cárcel y la exinspectora había renunciado a su cargo para trasladarse a Nueva York. Fue duro para Lejla ver cómo se desarrollaban los acontecimientos sin poder intervenir, cómo se destruían las vidas de esas personas por causas que ellos achacaban al destino sin saber que ese destino estaba siendo orquestado por Armando Ortiz.

Por aquel entonces Lejla ya se había acercado a Luis, y se había enamorado de él. De algún modo todo aquello acabó afectando también a Vesna. Los analistas de CITRAORCOMPANY habían acabado descubriendo la brecha de seguridad. Del día a la noche, Vesna perdió toda posibilidad de acceso. La habían descubierto, y tarde o temprano encontrarían una huella, un código, cualquier cosa que los llevaría hasta ella.

Era hora de desaparecer. Lejla, que siempre intentaba ver la parte buena de las cosas, intentó convencerla de que aquella era la oportunidad definitiva para cambiar de vida. Vesna podía por fin encontrar un propósito más allá de la venganza. Construirse un futuro.

Pero ya era demasiado tarde.

La tarde languidecía cuando Julián decidió que necesitaba estirar las piernas, estar un momento a solas y pensar. El sol declinante dejaba en los pinos un verde mágico y las piñas brillaban con destellos dorados. Allá donde miraba todo era espesor de bosques y arroyos que iban bajando hacia el lago, vacío a aquellas horas, calma, silencio. Encendió un cigarrillo.

Detrás escuchó los pasos de Soria. Él también estaba agotado. Uno junto al otro, contemplaron la puesta de sol fumando en silencio.

—He visto la silla de ruedas.

Julián dejó ir el humo por la nariz sin prisa, observando el vuelo de un halcón peregrino en busca de presas. Sus giros eran suaves y elegantes.

—Algunas mañanas ni siquiera puedo ponerme en pie.

—¿Tan grave es?

Julián se encogió de hombros.

—Depende de lo grave que sea la muerte.

Soria sonrió. El mismo Julián Leal de siempre, entre la indiferencia y la superioridad, entre la compasión y el desdén, incluso ahora. A veces, solo se puede detestar a quien admiras.

Volvió la cabeza hacia el interior de la casa. Lejla y Vesna seguían sentadas a la mesa, entre los documentos y las fotografías tendidas sobre el mantel. Luis estaba apartado, con una copa de vino en la mano. Absorto.

—¿Qué vamos a hacer?

Julián necesitaba tiempo para ordenar las ideas y priorizar. Un tiempo que no tenía.

—Vesna puede quedarse, por ahora. Creo que aquí estará segura hasta que se me ocurra algo. —Sonaba a desesperado, y eso no era buena señal, pensó Soria.

—Las vidas de todos nosotros están expuestas en esa mesa, Julián. Y todo lo hizo el cabrón de Armando Ortiz. Nos ha manipulado a su antojo estos años.

—¿Por qué te sorprendes tanto? Armando Ortiz solo ha hecho lo que sabe hacer. Aprovecharse de las debilidades de los demás.

No era eso lo que le preocupaba ahora, aunque le enfureciera, sino el asco, el horror por lo que Armando y sus compinches habían estado haciendo durante años, impunemente. Cazar a personas como animales por pura diversión. A inocentes, a víctimas de la guerra, a los padres y al hermano pequeño de Vesna. Era duro aceptar que esa clase de maldad se repetía una y otra vez en mil formas distintas. Como si nada pudiera destruirla.

—¿Qué piensas de él? —preguntó Soria mirando hacia Luis.

—No quiere que esto pueda dañar a Virginia o a sus hijas.

Soria frunció el ceño.

—Eso debería haberlo pensado hace años, cada vez que le metía la polla en la boca a una becaria. Entonces no parecía ser tan importante la familia.

Julián miró a su amigo con extrañeza.

—¿Hablas de él o de ti? Creo que Pura podría decirte lo mismo.

Soria asintió.

—A veces creo que me alegraré de que estés muerto. Puedes ser un auténtico cabronazo.

Julián sonrió. Al final del camino se vislumbraban los faros de un vehículo.

Soria se alarmó, pero Julián le tranquilizó.

—No te preocupes, es un amigo. Viene a ayudar.

Aquella noche, mientras Vesna dormía acurrucada en el sofá cama, Rafael Reyes propuso al final de la partida de ajedrez que se metieran una raya de coca.

—Te vas a morir, y esto te jodió bien hace tres años. Lo menos que puedes hacer es probarla y saber por qué tu vida se fue por el retrete.

Julián volvió durante unos segundos a Galicia en 2005, a la cuadrilla del cruceiro, a Fouliña y Susana, a la muerte de Carmen y del padre de Clara. Ese veneno que Rafa balanceaba delante de su nariz ya había segado bastantes vidas.

—Guarda eso, Rafa, por favor.

Algo contrariado, su amigo obedeció, guardando la papelina en el bolsillo. Bueno, al menos podrían seguir bebiendo.

—¿Sabes a quién me recuerda ella? —dijo, volviendo la atención hacia Vesna, abrazada a la almohada en la penumbra—. A Sinéad O'Connor cuando hizo trizas la foto del papa Juan Pablo II gritando aquello de «Lucha contra el verdadero enemigo».

Julián miró a la joven. La cuestión era quién sería el verdadero enemigo aquí. La lista era larga y venía de lejos.

—¿Me vas a contar quién es? ¿Una sobrina buenorra de Erasmus, una hija ilegítima que viene a por su herencia antes de que la palmes, una testigo de Jehová? ¿Quién?

Julián no estaba de humor para las chanzas.

—Cuanto menos sepas, mejor. Pero tengo que pedirte un favor. Hay algo que debo hacer, y necesito que alguien se ocupe de ella. ¿Podrás hacerlo?

Rafael escrutó con seriedad la expresión de Julián.

—Ahora mismo me recuerdas a los tíos del antiguo CESID, acojonas. Como esos espías que nadan en las cloacas con trajes de Armani... Pero sí, claro que cuidaré de tu amiga, o lo que quiera que sea. —Rafa volvió a su sonrisa de fauno inquieto con mostacho—. ¿Crees que le gustarán los hombres mayores?

42

Virginia y Norman Hill estaban sentados en una de las mesas exteriores. Era viernes por la noche y unos metros más arriba se mezclaban los grupos de gente que querían entrar en Luz de Gas con los que salían de la sala a fumar.

—¿Por qué te interesan tanto las desgracias ajenas? —le preguntó de improviso Virginia a Norman. No es que le importase realmente, pero necesitaba abstraerse un rato de las preocupaciones que tenía en la cabeza: su padre, su hija, Soria, Julián... Jugar con Norman era parecido a acariciar el pelo de un conejo blanco. Relajante, sin consecuencias.

—Romanos 11, 33: «Los caminos del Señor son inescrutables...». Sin embargo, no lo son tanto a poco que te fijes bien. Hay un patrón.

—¿Y tú lo has encontrado?

Norman Hill negó lentamente.

—Todavía no.

Estuvieron bebiendo un rato, charlando de otras cosas. Norman tenía proyectos, quería comprar un rancho cerca de la frontera con México, quizá montar algún día una consultoría por su cuenta, algo pequeño, que pudiera manejar desde casa y que le diera suficiente para mantener unas cuantas cabezas de ganado.

Virginia le escuchaba con la mente un poco abotargada por el alcohol. En algún momento se había preguntado cómo sería acostarse con él. Luego se dio cuenta de que a Norman no le gustaban las mujeres. Ella también tenía sus propios planes de futuro, pero primero debía ocuparse del presente, aunque durante unas horas necesitaba una prórroga.

—Me han hablado de un sitio en la Gran Vía. Creo que te gustará. ¿Te apetece hacer algo diferente, Norman? ¿Un poco de locura, tal vez?

Decían que aquel sitio era la meca de la libertad. Nadie se escondía, más bien todo lo contrario. No había que responder a nada, ni tenía que soportar miradas aviesas ni bromas entre dientes. Norman Hill nunca hubiera creído que un lugar así pudiera existir. Aquel espectáculo hacía desbordar la mejor de sus fantasías.

Apenas cruzaron el umbral lo sacudió la energía frenética de las luces y la música, absorbiéndolo hacia esa alegría primitiva y sensual, como si todos los cuerpos, que bailaban al unísono, se hubieran incendiado. Todos giraban sin un engranaje racional, era imposible penetrar en la masa sudorosa y vociferante con un orden lógico. Solo podía dejarse arrastrar, que la fuerza centrífuga lo atrajera hacia su centro, donde se fundían los átomos, donde los pechos hervían, hombres con hombres, cuerpos con cuerpos, amorfos, estilizados, rubios, morenos, torsos desnudos que brillaban como el aceite de un sueño, de un beso al siguiente con la boca entreabierta sin despedirse del anterior. Una misma sopa cósmica, como cuando una excursión del colegio al Armstrong Air & Space Museum le llevó a conocer el origen del universo. El *big bang*. La singularidad diluida en favor de una osmosis hipnótica, la misma sangre, la misma idea, el mismo olvido. Se aferraban juntos a la negación de cualquier cosa que no estuviera ahí en ese instante. Sin secretos, sin empeños, sin palabras. El pasado permanecía en la bruma, como el escarnio, que se volvía fungible; el paso fugaz de una familia, la suya, cabizbaja, saliendo de la iglesia metodista un domingo por la mañana, y el reproche del predicador en el escalón flotante —los pecados nunca saben quién es su padre— eran ahora fantasmas que se contorsionaban hasta desaparecer. La moral empeñada, con derecho a pisotearla, le causaba una loca sensación de euforia. Allí no era idiota, ni vulgar, ni ignorante ni un *desviado*. Podía llorar y reír a la vez, beber del vaso de un desconocido, hacer girar locamente el mundo con solo alzar la cabeza y cerrar los ojos. Sentir esa agitación aérea, la desnudez nerviosa de lo que era.

Resultaba abrumador y fascinante.

Desde la pista de baile se volvió hacia Virginia. Esta alzó su copa desde la barra, como si le diera su bendición.

El taxi se detuvo de madrugada frente al hotel de Norman. Era muy tarde, pero no le apetecía dormir.

—¿Le apetece subir a tomar la última? —le preguntó impulsivamente a Virginia. A él le sorprendió tanto como a ella la invitación. Y más sorprendente fue que ella aceptara tras pensarlo unos segundos.

El hotel estaba frente a la playa del Fórum. Desde la terraza se veía a las parejas que corrían a bañarse desnudas o que se abrazaban entre risas en la arena. Sin embargo, la sensación delirante de la noche se había diluido un tanto al salir de la discoteca.

—Creo que he bebido demasiado —dijo Norman sujetándose la cabeza con las manos.

Virginia le acarició la nuca.

—Te he estado observando toda la noche, y prácticamente no has probado el alcohol. Yo creo más bien que te asusta hacer lo que quieres hacer, porque se supone que no es lo que quieres hacer.

Norman la miró lentamente, con un deseo confuso.

—¿Y qué es lo que quiero hacer?

Virginia le besó en los labios y empezó a desabotonarle la camisa.

Norman Hill se sentía bien. Era confortable la sensación de no cuestionar sus decisiones, que un acto no definiera lo que se suponía que debía ser. Le gustaban los hombres como Mario, aquel policía de Lanzarote. Y le gustaba tener la mano de Virginia en el pecho, acariciándole. La embriagadora sensación de poder abandonarse durante un rato había sido una revelación.

—Cuéntame lo de la herida de bala —le susurró ella, apoyando la cabeza en su hombro, medio adormilada. Todavía olían a sexo, era un olor agradable, una burbuja de intimidad que se evaporaría en cuanto salieran de la cama, pero que podían prolongar un poco más—. Tiene que ver con esa obsesión tuya por las desgracias, ¿verdad?

Aquella tarde del 18 de julio de 1984 hacía mucho calor. Edgar Hill conducía por la Interestatal 5 y no tenía previsto parar hasta San Diego, pero el aire acondicionado no funcionaba, los niños estaban nerviosos y su esposa Matilda insinuó que necesitaba un baño urgentemente. Edgar estaba de buen humor. Tras visitar Tijuana, invitado por la CUT, tenía programada una segunda conferencia sobre María Izquierdo en el SDMA de San Diego para la mañana siguiente, así que podían entretenerse un poco y estirar las piernas. De modo que tomó el desvío de San Ysidro y aceptó la propuesta de los niños de almorzar en un McDonald's.

Eran las 15.30. El local estaba bastante concurrido y nadie, excepto Norman, se fijó en el hombre que acababa de entrar en el local. Desde la mesa en la que estaban sentados le dio un codazo a su hermano pequeño y señaló la manera rara que tenía de caminar. Los dos se rieron por lo bajo. «Parece un chimpancé», dijo su hermano Erwin encogiendo los brazos bajo los sobacos. Su padre, que acabó percatándose, les recriminó esa actitud: no estaba bien reírse de las personas enfermas.

Poco después se sabría que aquel hombre que vestía pantalones de campaña y camisa oscura y que llevaba una pesada bolsa de deporte se llamaba James Huberty y había contraído la polio a los tres años. También se sabría que en la bolsa de deporte cargaba con una Uzi, una escopeta recortada, varias armas de fuego cortas y no menos de trescientos cartuchos de diferentes calibres de munición. Con las semanas, también se desvelaría que era un vigilante de seguridad en paro con antecedentes por violencia doméstica, que tenía estudios de embalsamador y que estaba más que convencido de que los soviéticos iban a invadir Estados Unidos.

Con todo, lo que desconcertaría más a Norman Hill sería descubrir que Huberty y su familia habían vivido durante un tiempo en Massillon, Ohio, a escasos kilómetros de los Hill.

—Antes de iniciar la masacre, Huberty estuvo paseando por San Ysidro Boulevard con las armas a la vista, acercándose primero a un Big Bear y luego a la oficina de correos, decidiéndose finalmente por el McDonald's... ¿Por qué nos eligió a nosotros y no a ellos?

—Quién sabe... ¿Perdiste a alguien allí?

Norman respiró con fuerza.

—La primera en caer fue mi madre, la puerta del baño estaba a la derecha de Huberty. Él se giró sin preguntar, no dijo nada. Solo empezó a disparar. Mi madre murió a causa de un impacto de 9 milímetros que le entró por la mejilla, a mi padre lo alcanzó en el pecho, a Erwin en la cabeza.

—Pero tú te salvaste, y eso te atormenta.

Norman Hill dejó de hablar. Las pupilas dilatadas y los párpados inmóviles no estaban aquí. Seguían en San Ysidro, en aquellas paredes cubiertas de sangre.

—Recibí un disparo cuando trataba de esconderme bajo la mesa. Otro cuerpo abatido arrastró la mesa y eso acabaría salvándome la vida. Me ocultó cuando, tras la primera andanada, Huberty recargó, dedicándose a ejecutar una tras otra a las personas heridas.

Virginia se había incorporado en la almohada. Encendió un cigarrillo y se asomó a los ojos de Norman. Tenía los muertos cosidos en las pupilas. Acarició su hombro. Este se frotó los ojos enrojecidos y enderezó la espalda.

—Quiero enseñarte algo. —Fue al armario y sacó una pequeña caja de caudales del cajón—. La llevo conmigo a todas partes. Es como un recordatorio, como esa gente que viaja por el mundo con la hornacina donde guarda las cenizas de alguien querido.

En la cajita había un proyectil, el que le sacaron del cuerpo, entre la columna y el pulmón. En el único hueco que no le habría matado. Sacó una libretita de tapas negras.

—Tengo aquí todos sus nombres. Lo que pude averiguar de cada uno de ellos. Muchas de las víctimas eran mexicanas, familias enteras que habían ido a pasar el día al otro lado de la frontera, hombres, mujeres y niños abatidos parsimoniosamente por ese loco del apocalipsis nuclear mientras la policía se equivocaba de dirección y enviaba a los uniformados a otro sitio y un helicóptero de la televisión lo grababa todo desde el aire. Huberty tuvo más de una hora para perpetrar su masacre tranquilamente antes de que un tirador del SWAT le disparase en el corazón.

Virginia se había fijado en algo más. Un extraño colgante, siniestro.

—¿Eso es un dedo humano? —preguntó con aprensión y recelo.

—El pulgar de una mano derecha. Un buen trabajo de taxidermia.

Virginia se encogió en la cama, recogiendo las rodillas sobre el pecho. Miró a Norman como si estuviera loco. Él sonrió de un modo un tanto perverso.

—No soy un psicópata, si es lo que crees.

—¿Y por qué tienes *eso*?

—¿Te gusta el fútbol americano?

Virginia movió la cabeza desconcertada.

—García Durán, ¿el centro reserva de los Cardinals de Arizona?

Virginia negó lentamente.

—Todo buen aficionado conoce la historia de Durán. Ningún deportista mexicano de aquella generación triunfó como él; nacido en San Diego, hijo de inmigrantes de Jalisco, Durán se convirtió en el héroe y referencia de los niños de familias inmigrantes desde Cleveland hasta Austin. Los cromos con su número de los Cardinals se cotizaban entre los más preciados, y su cara estaba en los cuadernos de todos los estudiantes. Incluso protagonizó, durante un tiempo, campañas publicitarias en televisión de colchones, fregonas, vehículos y patatas fritas... Durán y yo éramos amigos.

Después de la matanza vinieron años de terapia, psicólogos infantiles, la vida en casa de la hermana de su padre con una familia que nunca dejó de observarle con conmiseración y la imposibilidad de quitarse de encima la etiqueta de «víctima de San Ysidro». Norman nunca había sido un chico particularmente popular o extrovertido, pero a partir de entonces se encerró más en sí mismo. Apenas se relacionaba con chicos de su edad, hubo varios cambios de escuela, tuvo serios problemas académicos para superar los cursos medios y rehuía salir con chicas o acudir a fiestas, que era lo que se esperaba en un joven bastante atractivo de quince años. Oswald, el esposo de su tía, solía preguntarle si era maricón o retrasado; para él no había diferencia, era un gilipollas monumental, parte de la masa mediocre y oscura del Medio Oeste americano, bebedor y poco dado a la empatía, y le habría encantado que Norman dejara de ser una carga, encontrarlo en el baño con las venas abiertas o tirado en la cocina echando espuma por la boca con un bote de matarratas al lado; se habría asegurado de que estaba muerto antes de avisar a la ambulancia.

Así las cosas, el mundo de aquel adolescente apocado era una reducción de trayectos cortos entre el instituto y su habitación, decorada con recortes de periódicos y fotografías de todas las tragedias colectivas que encontraba. Hasta que apareció García Durán. En la época en la que Norman lo conoció, el futuro de García Durán como estrella del fútbol americano quedaba todavía muy lejos. Durán llegó al Saint Mathew avanzado el último trimestre: una mole ya de casi 1,85 centímetros, pura fibra y energía de diecisiete años, oscuro y callado. Ambos se hicieron amigos casi de inmediato; Durán había perdido a dos amigos en la tragedia de 1984 y eso los unió de manera instintiva, aunque ambos hubieran desarrollado estrategias diferentes para sobrellevarlo. Norman intentaba hacerse invisible en el instituto, evitaba a los camorristas, no levantaba la mano en clase y procuraba no meterse en líos. Era el bicho raro. Durán, en cambio, imponía su presencia callada de manera altiva, amenazante. Se decía de él que andaba con bandas, que trapicheaba con marihuana en los pasillos del instituto y que llevaba en el bolsillo trasero del pantalón una navaja automática. Esos rumores se acentuaron cuando empezó a aparecer por el instituto a bordo de un Dodge Charger de la década de los setenta en perfecto estado.

A Norman le gustaba subirse al Dodge, ir con su amigo a Toledo, a Cleveland, a Columbus, escuchar en el potente equipo musical canciones de Alejandra Guzmán, de Thalía, pero también de Paulina Rubio, con la que soñaba despierto Durán. Una tarde, de regreso a Chagrin Falls, donde Norman vivía con su familia adoptiva, su amigo le preguntó por el moratón de la mejilla. Norman no quiso hablar de ello, pero Durán insistió, de modo que acabó contándole su última pelea con Oswald, el marido de su tía. En realidad, no eran peleas; Oswald se había acostumbrado a vapulearle cada cierto tiempo sin que él ofreciera resistencia.

—Y entonces le conté lo del dedo.

Desde el principio, Oswald había abusado de él. Al principio eran mofas, insultos, gestos obscenos, chistes de mal gusto. Hasta que empezó aquella vejación, le obligaba a bajarse los pantalones, le metía el dedo en el ano y luego le obligaba a chuparlo. Esto es lo que os gusta a los maricones, ¿verdad? Oler la mierda de vuestro culo.

—¿Qué dedo? —le preguntó Durán.

Norman dijo que no tenía importancia. Al menos, Oswald había dejado de hacer aquello. Pero Durán insistió.

—El pulgar derecho.

Dos días después se recibió una llamada en la casa de Chagrin Falls. Era de la Policía Local. Oswald había sido víctima de un asalto mientras se dirigía a su trabajo. Un desconocido lo había apaleado sin provocación previa. Estaba en el hospital, en mal estado, pero sobreviviría. Cuando su esposa llegó a urgencias le informaron de que, además de los golpes y los huesos rotos, el agresor le había cercenado a su esposo el dedo pulgar de la mano derecha.

A la misma hora, mientras Norman se preguntaba encerrado en su habitación qué había hecho —no podía tratarse de una casualidad—, llamaron a la puerta. Alguien había dejado en el felpudo un paquete a su nombre. Dentro estaba el pulgar de Oswald, y lo acompañaba una nota, en español: «Ahora tienes otra familia».

—Oswald y yo nunca hablamos de lo ocurrido. Él sabía y yo sabía. No volvió a tocarme ni a insultarme. Me marché de casa un año después y jamás volví a saber de él. También perdí el contacto con Durán cuando me mudé de Chagrin Falls, aunque seguí a distancia su carrera, hasta que murió en una pelea con cuchillos en Arizona años después.

Siguió un largo silencio que rompió el propio Norman.

—Nunca se lo había contado a nadie. Eres la primera persona.

Virginia le besó la mejilla. Estaba hirviendo.

—Te agradezco la confianza, Norman. Es una historia terrible, pero mírate. Has construido un camino para ti. Te has convertido en un hombre eficaz, brillante y discreto. Y muy atractivo —bromeó, para relajar la tensión.

Norman esbozó una tibia sonrisa. Guardó la caja y miró a Virginia de un modo extraño. Se notaba que estaba nervioso e indeciso. Tal vez el clima de confianza, la necesidad de ser aceptado por alguien a quien admiraba, hicieron el resto.

—Hay algo que tienes que saber. Lleva días rondándome por la cabeza y tengo que contártelo.

Norman le dijo lo que había descubierto sobre las cuentas falsas de ALSACURSL, los sobornos a Jorge Colmado, el papel de Migren en el incendio, los pagos a la viuda desde cuentas que pasaban por el *holding* que dirigía su padre. Cuando terminó de hablar, parecía aliviado, como si hubiera soltado una carga demasiado pesada.

Virginia había palidecido. Se puso en pie y se acercó a la ventana. Todavía no se veía el sol, pero la oscuridad iba perdiendo densidad.

—¿Alguien más lo sabe?

—Tu amigo, el subinspector Soria. No sabía qué hacer, Virginia. No pretendía traicionar tu confianza, pero esto es grave.

Virginia asintió despacio.

—Eres un buen chico, Norman. Una persona decente. Has hecho lo que debías.

43

Pura se recuperaría. Eso dijo la doctora. A primera vista estaría bien. Sin embargo, una cosa era estar bien por fuera y otra muy distinta estarlo por dentro.

—Es difícil saber cómo reaccionan las personas que han sufrido esta clase de episodios violentos. Algunas desarrollan un cuadro depresivo, otras se vuelven impredecibles. Debe entender que tal vez no vuelva a ser la misma persona que conocía. Con cariño y asistencia adecuada, a su tiempo, mejorará.

Episodios violentos, cariño y asistencia adecuada... A Soria le daba la impresión de que la doctora, joven y bien formada, hablaba con eufemismos porque temía llamar a las cosas por su nombre.

Pura seguía en la cama, con el rostro tumefacto y la respiración dificultosa de las costillas rotas. A ratos abría los ojos, lo miraba y volvía a cerrarlos. Era como si ella lo culpara, como si no quisiera verlo. No podía soportar sujetar su mano fría y que ella la escondiera bajo la sábana.

—Pura, habla conmigo, mujer.

Pero ella fingía dormir hasta que lo lograba de verdad. Prefería estar en el mundo de los sueños que aquí. Desalentado, Soria salió del hospital y se sentó junto al escalón del acceso a fumar.

No había dado dos caladas cuando vio llegar a Virginia en un coche de la empresa. Elegante y concentrada como una primera ministra. Llevaba un ramo gigantesco de flores. Soria no sabía de qué clase, de las caras, en todo caso.

Virginia se acercó con torpeza, como si estorbara.

—¿Cómo está?

Soria hundió la barbilla en el pecho.

—Como si no estuviera. Se ha ido a alguna parte en la que no puedo alcanzarla.

Estaba al borde del sollozo. Virginia lo tomó por el brazo y le obligó a levantarse.

—Salgamos de aquí. Necesitas un poco de aire.

—No voy a subirme a ese coche tuyo.

—Entonces caminemos. Nos irá bien a ambos.

Fue doloroso verle empequeñecido por el sufrimiento. Caminaba como un actor avejentado en su último declive. Le costaba respirar y tenía unas profundas ojeras y aspecto de estar agotado. Aun así, seguía fumando y con la punta de los dedos pegajosa por culpa de los caramelos de menta. Sin decir nada, Virginia le quitó el cigarrillo, le dio una calada y lo tiró.

—Deberías dejar de fumar de una puñetera vez.

Soria se encogió de hombros. Estaba como ausente. Apenas habían dado la vuelta a la manzana del hospital cuando se detuvo. Miró las altas columnas de la Facultad de Medicina, los estudiantes en las escalinatas.

—Tengo que volver con ella, por si despierta.

Virginia lo entendía. Le dio el ramo de flores.

—Llámame si me necesitas, ¿de acuerdo? A cualquier hora. Conozco a buenos doctores, los mejores. Si quieres que la trasladen a una clínica privada puedo arreglarlo, lo que sea.

Soria iba a dar ya la vuelta de regreso, pero las palabras de Virginia le dolieron. En realidad, le ofendieron.

—El dinero todo lo puede, ¿no es así? Los mejores médicos, los mejores hospitales, comprar voluntades, silencios y lealtades, utilizar a los amigos...

Virginia movió las manos turbada.

—Eso no es justo, Soria. Solo intento ayudar.

Soria miró el ramo de flores. Lo apretaba como si quisiera estrangular los tallos.

—¿Tú lo sabías? ¿Sabías el pozo de mierda que es tu padre? Porque todo esto es culpa de los Ortiz. Ese tuerto hijo de puta que ha destrozado a mi mujer, toda esta mierda de caso del que has querido apartarme... Todo culpa del maldito dinero, de las influencias, del poder. ¿A qué precio, Virginia?

—Yo no sé nada, mi padre siempre me ha ocultado las cosas importantes.

Soria la detuvo alzando la mano. Estaba harto de tantas mentiras. Ya no conocía a la persona que tenía delante.

—Sé lo que pretendes, lo veo en tu cara. Te presentas aquí con tu pose de triunfadora y tus malditas flores fingiendo que te importa lo que le ha pasado a mi mujer, cómo me siento, pero solo quieres preguntarme una cosa... Qué pienso hacer con la información sobre vuestra empresa que me ha dado tu chico, Norman Hill. Porque te lo ha contado, ¿verdad? Le dije que no lo hiciera, pero no ha podido resistirse a tu encanto.

Virginia se alarmó.

—¿Y qué es lo que piensas hacer? Son meras especulaciones de un analista que se ha excedido en su cometido.

Soria la miró con incredulidad.

—Ya lo averiguarás. Aunque no soy yo quien debería preocuparte, ni lo que pueda pasarle a ese bonito imperio que piensas heredar.

Julián quiso que se vieran en el rompeolas donde años atrás solía ir a pescar cuando necesitaba pensar.

—Dos veces en apenas una semana. ¿Pretendes que recuperemos el tiempo perdido?

Julián no tenía ánimo para bromas de doble sentido.

—Aquí fue donde me abordó por primera vez el sicario mexicano —murmuró, mirando hacia el mar—. Y aquí fue donde te pedí que confiaras en mí cuando las sospechas me señalaban como un asesino.

—Espero que esto no se convierta en una sesión de reproches —replicó Virginia con sequedad, como si quisiera lanzar un ataque preventivo para enterrar otros sentimientos que ya no podía permitirse. La añoranza, la camaradería, el deseo...

Julián la observó con atención.

—Vi a Luis hace unos días. Parece feliz con su nueva pareja, Lejla.

Virginia asumió la noticia con rigidez.

—¿De repente volvéis a ser amigos?

—Necesitaba mi ayuda con algo importante. Soria le ha convencido de que yo era su mejor opción. Últimamente parece mi papel, la de boya salvavidas... ¿No es paradójico?

Virginia tuvo que apretar el puño con fuerza para no preguntar. Luis ya no era asunto suyo.

—Luis nunca fue ni muy listo ni muy oportuno —respondió con desdén.

Julián no la creyó. Pese a negarlo, una parte de Virginia seguía vinculada a su exmarido. No le había perdonado, pero le amó de verdad y, probablemente, seguía amándole en cierto modo, muy a su pesar. Contra ese sentimiento solo podía protegerse con el desdén y el orgullo.

—Tu padre nunca entendió que acabaras con alguien como él.

Virginia se sentía incómoda hablando de Luis, del pasado o de su padre, pero era lo único que Julián y ella tenían en común.

—Tampoco habría entendido que acabara con alguien como tú —respondió con una ironía de la que se arrepintió enseguida.

Julián sonrió sin dejarse afectar.

—Esa posibilidad siempre fue muy remota, aunque tu exmarido crea que nos pasábamos el día tonteando.

—¿Por qué estamos hablando de esto, Julián?

—Tu padre planificó el engaño de Luis que a la postre acabaría en vuestro divorcio.

Virginia abrió la boca grotescamente.

—¿Qué tontería estás diciendo?

Julián negó con la cabeza.

—Rosario Gálvez. Seguramente ese nombre no te dice nada. Tenía veintitrés años, una de las estudiantes más brillantes de tu exmarido. Joven, muy guapa, con inquietudes poéticas. Publicó un poemario, *A ninguna parte*, con bastante éxito. ¿Sabes quién financió la edición de ese libro? Fue tu padre. En pago por seducir a Luis y por dejar las pistas necesarias para que tú lo descubrieras. He visto las pruebas.

Virginia enmudeció.

—¿Qué pruebas?

Julián le entregó un *pendrive*.

—No es lo único que ha hecho tu padre para manipularte, Virginia. Yo tampoco le gustaba. Igual que tu ex, sospechaba que teníamos una aventura. Él creía que yo era una mala influencia y puso en marcha toda la maquinaria a su alcance para desacreditarme.

—¿Estás culpando a mi padre de que acabaras en la cárcel?

El desprecio que Julián sentía por Armando Ortiz no llegaba al extremo del autoengaño.

—Hice lo que hice y pagué por ello. Pero, aun así, tu padre presionó a nuestro antiguo jefe, el comisario Heredia, para que me arrinconara con pruebas falsas. También recurrió a fiscales y jueces para que fueran *inflexibles* —es el término que utiliza en sus correos— conmigo. Cuando fuiste a verle para pedirle el dinero que me sacó de la cárcel y él te pidió, a cambio, que renunciaras a tu carrera de policía, ya sabía que yo era inocente de todas aquellas muertes en Galicia... Está todo en este *pendrive*: correos, registros de llamadas, pagos de sobornos.

Virginia se negaba a creerlo.

—¿De dónde ha salido esto?

—Luis... Él me ha traído los documentos, sacados en secreto del ordenador de tu padre durante años. Esto solo es una copia; los originales están a buen recaudo.

—Luis no tiene capacidad para hackear el sistema de seguridad de mi padre. Se lo ha inventado por despecho. Mi padre no me haría eso. Nadie puede hacerle algo así a su hija.

Julián era consciente de que estaba dilapidando a una velocidad abrumadora todas las certezas de su vieja amiga, y no se sentía orgulloso de ello, pero Virginia necesitaba que le arrancaran la venda de los ojos;

era la única manera de recuperar a la inspectora que seguía ahí dentro, en alguna parte.

—Puede que en el pasado eso fuera cierto —tanteó con cuidado—, pero ahora es diferente; ahora no están en juego las relaciones inapropiadas que, según tu padre, te apartaban de tu destino y que él dinamitó. Aunque tienes razón en una cosa. Luis no podría hacer algo así, pero sí una hacker llamada Vesna.

Observó el rostro demudado de Virginia.

—¿La chica desaparecida en el caso de Soria? ¿Tú también vas a creerte esa mierda? ¡Es absurdo! —se revolvió—. ¿De qué narices estás hablando? Por Dios, ¡¡es que os habéis vuelto todos locos!!

—No necesito creer nada. Tengo las pruebas.

Virginia se quedó mirándole muy quieta.

—¿Y cómo las consiguió Luis?

—Lejla, su nueva novia, es la madrastra de Vesna. Tenía los documentos guardados en el banco. Sabía que ni tu padre ni Massimo Petrucci permitirían que lo que Vesna ha averiguado salga a la luz... Pero Vesna ya no está. Y Lejla quiere justicia.

Virginia examinaba el *pendrive* como si fuera una granada de mano sin la espoleta. No lograba asimilar todo lo que Julián le acababa de decir. Eligió despacio las palabras:

—¿Qué significa que Vesna ya no está?

—Tu padre trajo de vuelta al sicario. Soria cree que él la tiene. Si todavía está viva, él es el único que puede decirnos dónde está. Y solo tú puedes convencerle de que no lo haga, de que le ordene al sicario que no le haga daño.

Virginia no podía creer nada de todo aquello. Era una locura sin pies ni cabeza.

—¿El sicario? ¿Te refieres a *ese* sicario? —dijo señalando el malecón—. No puedes hablar en serio, Julián. ¡¡Os habéis vuelto locos de repente tú, Soria, mi padre, todos vosotros!!

Julián mantuvo la calma.

—En ese *pendrive* hay algo más, algo más terrible que todo lo que te he contado.

Virginia se mostró escéptica:

—¿Qué puede haber más terrible que un padre corrupto que ha sacrificado la felicidad de su propia hija?

—Cuando lo veas, lo entenderás.

44

Sarajevo, 1994

Un hombre se estaba masturbando en la calle, a plena luz del día. Lejla le puso la mano en la cara para que no viera aquello.

—¡No mires!

Pero Vesna se las apañó para adivinar entre los dedos la polla oscura y el capullo sonrosado que aparecía y desaparecía del puño del hombre a toda velocidad.

—¡Tengo para todas! —gritaba volviéndose hacia las mujeres, que se cambiaban de acera, escandalizadas o indiferentes, hasta que llegaron los de la milicia y se lo llevaron sin contemplaciones.

Lejla pensó que estarían más seguras en la ciudad que en las montañas, pero la ciudad se había convertido en un gigantesco manicomio con el asedio serbio, y, una vez dentro, no había modo de escapar. Apenas llegaban suministros por los túneles que la ARBIH —ejército bosnio— había construido con la ayuda de antiguos traficantes y contrabandistas, y lo poco que se encontraba en el mercado negro era tan caro que resultaba inasequible para la mayoría; se producían continuos cortes del suministro eléctrico y del agua, y las enfermedades estaban diezmando la población casi tanto como los bombardeos; mientras tanto, los francotiradores seguían controlando la mayoría de los suburbios del norte y el oeste.

Lejla recordaba con tristeza cómo era Sarajevo antes de 1992, la alegría con la que fue a la ciudad para votar en el referéndum de marzo y celebrar el reconocimiento de Bosnia-Herzegovina como país independiente por parte de la Comunidad Europea, sin ser consciente de lo que se avecinaba.

—Esta era una ciudad muy hermosa, ¿sabes? —dijo al pasar junto a las ruinas de Vijećnica, la biblioteca de Sarajevo, arrasada con bombas incendiarias—. Había teatros y cines por todas partes, los tranvías circulaban cargados de gente y no era posible encontrar una mesa libre en las terrazas del centro. Había fuentes y parques, jardines y árboles y artistas y profesores, científicos que venían de todas partes, no solo yugoslavos.

A Vesna le resultaba difícil imaginar ese cuadro idílico. Allá donde miraba todo parecía haberse carbonizado, y no veía más que hierros retorcidos, escombreras, impactos de metralla y ventanas rotas.

A Lejla también le costaba aceptar algo así. Todavía tenía presente el estado de aturdimiento e incredulidad en el que se sumieron todos al ver por televisión las imágenes del edificio del Parlamento ardiendo, lo rápido que se desmoronó toda normalidad, la central de autobuses arrasada por la artillería, la altiva y cosmopolita capital transformada en un laberinto de barricadas y retenes dentro y fuera de la ciudad.

La casa de su hermana estaba en Dobrinja, un barrio tranquilo antes de la guerra, donde la gente solía pasear e ir despreocupadamente al mercado o a las tiendas. Pero ahora el vecindario estaba en la primera línea de fuego y había que caminar deprisa, preferiblemente por la noche, pegados a una barricada de varios metros de altura hecha con bloques de hormigón y vehículos calcinados. Un cartel clavado en un árbol advertía con grandes letras rojas de la presencia de francotiradores, por si los impactos de bala en los vehículos acribillados no fueran suficiente aviso. Por todas partes era igual, como si toda la ciudad se hubiera transformado en un inmenso coto de caza. Cruzar Dobrinja, la plaza Baščaršija o el casco viejo era arriesgarse a recibir un disparo, pero no quedaba más remedio que seguir viviendo, salir de los sótanos donde se vivía para buscar agua, alimentos o respirar. Algunas veces los soldados de la ONU escoltaban el paso de los civiles utilizando sus blindados como parapetos o durante las labores de reconstrucción de las barricadas, pero no tenían permiso para desubicar a la fuerza a los francotiradores que dominaban las calles desde las ventanas de los edificios más altos.

Un hombre señalaba a un grupo de curiosos el charco de sangre en la calle Titova, donde había caído, apenas una hora antes, un muchacho de unos quince años que paseaba distraídamente, como si hubiera olvidado fatalmente durante un rato que estaba bajo la mira de esos cazadores infalibles.

—Le han dado de lleno aquí —decía el supuesto testigo, señalándose el cuello. Una mujer de unos cuarenta años había intentado ayudarle, siguió relatando, y también le habían dado en la pierna. Los dos disparos habían sonado cerca, secos. Casi de mentira, como petardos.

—Los dejan heridos para que otros acudan a ayudar y poder dispararles también; los utilizan como cebos humanos —añadió otro, que antes vivía en el monte Trebevič y aseguraba que conocía a algunos de esos fantasmas invisibles que mataban indiscriminadamente con fusiles de cerrojo y miras de última generación. Eran críos, enfatizó, niñatos de las aldeas que antes de la guerra solo pensaban en emborracharse, pelearse los domingos por el fútbol y salir a cazar jabalíes. Ahora le habían cogido el gusto a matar personas.

Nadie le dio mucho crédito, él mismo parecía estar bastante borracho —a falta de vodka, la gente se contentaba con unos destilados caseros que derretían el cerebro y el hígado—, y tampoco hicieron caso de las habladurías sobre los cascos azules irlandeses muertos tres días antes en la avenida de los Francotiradores, como ahora se conocía el céntrico bulevar Selimoviča, cerca del río. Hubieran sido los serbios o las mafias locales con las que andaban en tratos, como se rumoreaba, el coronel Coward, jefe del destacamento de cascos azules, echaría tierra encima. Ningún país quería implicarse abiertamente en el conflicto. Estaban solos.

—Yo tengo un hermano en la ARBIH que me ha asegurado que tiene información fiable de que hay europeos y gente de otros países, americanos y canadienses, en esas ventanas —dijo, señalando a lo lejos lo que quedaba en pie de Nuevo Sarajevo—. No son mercenarios ni fanáticos, ni vienen porque se crean la propaganda de pureza serbia de Mladič y su VRS. Vienen a matar gente por diversión. Llegan por el aeropuerto de Sarajevo con los cargamentos de la ONU o por tierra desde Belgrado y pagan fortunas. Mi hermano me ha asegurado que es un negocio muy lucrativo para las mafias, y que todo pasa por Dragomir Miloševič y sus esbirros, Krstic, Milan Lukic y el mismísimo Djordjevic, el jefe de Seguridad de Serbia.

Todos se quedaron callados. Escuchar el nombre

del comandante de la División Romanija, el ejército serbobosnio de paramilitares y sus escuadrones de la muerte, era suficiente para evocar toda clase de atrocidades.

Lejla prefería no creer algo tan inhumano. La ciudad estaba llena de rumores, de medias verdades y exageraciones. Unos decían que los paramilitares serbios habían descuartizado a una familia en el cementerio de Kovači, otros aseguraban que habían sido los bosnio-musulmanes; se comentaba que iba a reducirse más el suministro del pan, otros juraban que la OTAN estaba organizando un puente aéreo con ayuda y que iban a llover sobre la ciudad raciones con la marca del ejército estadounidense. Pero lo cierto era que nadie sabía a qué atenerse.

Llegar a casa sanas y salvas era motivo de celebración y abrazos.

Desde la colina del fuerte amarillo, los atardeceres eran hermosos. La ciudad se teñía de un color anaranjado y en el barrio musulmán se escuchaban las llamadas a la oración de los muecines. Incluso los silbidos de los morteros parecían aminorar su intensidad ante aquel canto milenario y apaciguador.

—Me recuerda a un viaje que hice hace algunos años a Amán. Uno querría quedarse en este instante.

A su lado, Massimiliano Petrucci oteaba el mismo horizonte con unos prismáticos alemanes de última generación. Un regalo personal de Dragomir.

—Es diferente al monte Maglič, ¿verdad?... Pero te aseguro que cazar en la ciudad es todavía más estimulante. Te prometí una experiencia única y la tendrás.

Konstantin se acercó al parapeto en el que se apostaban los tiradores. El teniente que los había llevado hasta allí en un jeep militar le aseguraba que era el mejor enclave de observación. Señaló un punto a lo lejos, una encrucijada entre varias calles donde la barricada de autobuses tenía una brecha de unos tres metros.

—Se han vuelto más precavidos —dijo en un inglés bastante tosco—, ahora se arriesgan menos, pero el oficial me dice que, si aparece alguno, será por ahí.

Armando Ortiz ajustó la mirilla. La caza es cuestión de paciencia y precisión. Pero acertar a un objetivo a la carrera en una brecha de tres metros no iba a ser sencillo. Massimiliano Petrucci, tumbado a su lado, colocó tres proyectiles junto a su rifle de precisión.

—Son diez mil dólares por disparo, amigo mío, así que más vale que afines.

Unos metros más abajo, Migren hacía las veces de vigía. Desde su posición podía ver a los transeúntes más allá de la barricada, fuera de la línea de tiro. Eran como hormigas que giraban en círculos, cosas muy pequeñas y borrosas. Estuvo vigilando hasta que una de las hormigas, una mujer con un abrigo verde que llevaba una pesada bolsa, se alejó del hormiguero y se aproximó cautelosamente al límite protegido de la barricada. Parecía un herbívoro que necesita acercarse al arroyo a beber, pero teme la presencia de los depredadores.

Migren lanzó un silbido y alzó la mano.

—¡Va a salir!

Armando se acomodó en su posición y puso en la recámara el primer proyectil que le pasó Petrucci.

—Calma, amigo —le susurró al oído, mirando hacia abajo—, recuerda que esto no es como lo del año pasado, no es campo abierto. Aquí solo hay una oportunidad.

Armando Ortiz espiró, acompasando el ritmo de su respiración con los latidos del corazón. En ese momento, justo antes de ver a su presa, el tiempo y el espacio desaparecían, no existía la distancia, solo el instante, la suave brisa, el tacto del gatillo en la primera falange del índice. Una concentración absoluta carente de emoción alguna.

Y ahí estaba. Una mancha verde que salió de un lado de la brecha y corrió hacia el otro extremo. Apenas tres metros, unos segundos, el hilo que enhebrar en el ojo de la aguja. Voló el disparo y antes de que se disipase el eco el cuerpo de la mujer se dobló con una sacudida, la bolsa cayó y las patatas rodaron por el suelo mientras ella se desplomaba de lado, majestuosamente.

Durante unos segundos, Armando Ortiz contuvo la respiración. El cuerpo se arrastró unos pocos centímetros y por fin quedó inerte.

Entonces sí, Ortiz dejó que la garganta se le llenara con un aullido de euforia.

45

Gandía

Toda la casa intentaba absorber la presencia inesperada de Rafael. El ama de llaves lo trataba con una dulzura antigua, cargada de besos que tenían sabor de meriendas al despertar de la siesta. El viejo Tomás, su marido, se sentía en cambio obnubilado por la joven que le acompañaba. Tipo duro, hortelano hosco y poco dado a las muestras de ternura, agasajaba, sin embargo, con sus mejores sonrisas a la recién llegada, e incluso se ofreció a mostrarle el huerto y el invernadero donde cuidaba de las calas y las orquídeas.

—Me gusta, pero parece un poco joven para ti, Rafa.

Rafael suspiró con nostalgia. Ojalá hubiera algo de lo que arrepentirse.

—Eso me temo yo también, pero no te preocupes, Josefa. No es lo que parece; solo es la amiga de un amigo que me ha pedido que cuide de ella unos días.

Los viejos retratos de familia colgados en las paredes, como los platos de cerámica y la colección de botijos, observaban a los invasores de reojo. Incluso un gato callejero al que alimentaba Tomás y que había aprendido a colarse donde no debía examinaba atentamente a esos dos desconocidos sentados a la mesa, como queriendo ofrecer la medida de su asombro ante esos seres ruidosos que movían sillas, descorchaban botellas de vino y hacían ruido con los cubiertos y los platos, alterando un equilibrio hasta entonces apacible.

—Me gusta tu casa. Es acogedora —dijo Vesna, sentada con esa rigidez de quien es invitado a tomar pastitas y té. A Rafael le vino la imagen de esas opresivas recepciones que Dostoievski detalla en *Los demonios*. Intentaba que la joven se sintiera lo más cómoda posible, pero la compañía no se le daba demasiado bien, y además él tampoco se sentía relajado en una casa de la que había huido hacía mucho.

—No es mi casa. Era de mis abuelos, y luego de mis padres. Cuando nos mudamos a Barcelona, quisieron conservarla como residencia de veraneo, pero en cuanto pude, dejé de venir. He pensado en venderla, pero Josefa y Tomás son como de la familia, la cuidan como si mis padres fueran a volver a principios de junio con las maletas y las hamacas, la mantienen como estaba entonces. Sería como quitarles el centro de su existencia.

—Al menos tú tienes un sitio al que volver, aunque no lo quieras. Perteneces a alguna parte.

La televisión estaba encendida para conjurar el universo cerrado de tapetes y figuritas de porcelana. Una puerta al mundo exterior por la que asomarse a respirar. Una pintora fauvista de veinte años elogiaba a Émilie Charmy como si fueran amigas. Rafael no tenía ni idea de cómo se supone que es una pintora fauvista en pleno siglo XXI, pero aquella cotorra locuaz, de carácter y músculos que se tensaban elásticos y duros al mismo tiempo, más que una pintora le parecía una trapecista de circo. Mostraba sus cuadros mientras contaba anécdotas de Antibes y hablaba a la vez de sus proyectos, de su vida, que cabía imaginar arrolladora, feroz y elegantemente salvaje. La vida de una extraterrestre. Solo cuando cedió un poco esa vorágine de policromías, viajes, exposiciones, amoríos y curiosidades, Rafael sacó del mueble bar una botella de whisky, dos vasitos y un tablero.

—¿Te apetece una partida? —En el centro de la mesa, al alcance de sus manos, el tablero con las fichas dispuestas en orden de batalla se convirtió en una tabla güija, y ellos en los invocadores de los muertos.

Vesna abrió con un peón sin prestar verdadera atención.

—Si mueves ese peón, la partida habrá terminado en seis movimientos. ¿No quieres rectificar?

Vesna sujetó la cabeza del peón con un gesto lacónico, en cierto modo sensible a todas las piezas que lo rodeaban.

—Es bueno tener amigos que te dejan hacer trampas y rectificar, aunque no se pueda —susurró, haciendo retroceder al peón al lugar de inicio—. ¿Tú y Julián sois amigos?

Rafael acarició con la mirada el campo de batalla al tiempo que bebía un sorbo de whisky. Si el amigo es el que da la medida de lo que uno es, no podían serlo. Pero si la amistad era una forma de discreción, entonces sí. De todas maneras, prefería a Borges.

—La amistad es tan misteriosa como el amor, o como cualquier otro sentimiento confuso e importante. Siempre insuficiente e inexplicable, pero honesta.

Vesna dijo que no lo entendía. Rafael sonrió, abriendo con el caballo de la derecha. Tampoco él sabía exactamente cómo definir su relación con Julián.

—Hace dos meses no le conocía, y ahora estoy escondiéndote en una casa a la que juré no regresar sin preguntar los motivos y sin saber qué va a pasar a continuación. Diría que eso se parece a la amistad. Yo me considero su amigo, pero esa solo es la mitad de la respuesta. La otra mitad podrás preguntársela a él cuando lo veas.

Sorpresivamente, Vesna alargó la mano y sujetó la de Rafael.

—Eres un buen hombre, Rafael.

Él observó aquellos dedos que sujetaban los suyos con tristeza.

—Sé de media docena que rebatirían esa afirmación con pruebas contundentes, pero gracias.

Rafael Reyes no tenía madera de héroe. Intuía que eso iba en contra de la felicidad. Sobre todo si, para llegar a héroe, hay que pasar primero por mártir. Los valores humanos —tachar: mejor, los derechos humanos— ya no le interesaban. Atrás quedaban para él los tiempos del «todos contra la maquinaria monstruosa del Estado», la muerte de Kennedy, el desplegable de Marisol, los ponchos, las kufiyas, la buena época de Ramoncín, las fotos del subcomandante Marcos en la pared del cuarto y las canciones de Víctor Jara, las novelas de Le Carré, los ensayos de Mortimer Arias y los discursos ecuménicos del jesuita Scannone, las asambleas de Amnistía y las sentadas en la Delegación del Gobierno en favor de los mineros asturianos. Aquel grito de su juventud —«¡Todos contra la historia!»— se había disuelto en los vapores del whisky hacía mucho.

La ingenuidad era imperdonable. Hubo un tiempo en que aspiró a cambiarlo todo, a una rebeldía que, ahora lo entendía, nunca llegó a verdadera revolución.

Nunca aspiraron a demoler el sistema, a transformarlo de arriba abajo. Lo suyo fue la pataleta del esclavo reclamando una porción mayor de pan, un trato más justo y una cadena un poco menos pesada. La aspiración nunca fue liberarse de esa cadena. Cuando lo entendió, votó por el fracaso disfrazado de cinismo, como cualquier buen perdedor; aceptó su rol de bufón y se fue con la cola entre las piernas de ese mundo de carniceros, soplapollas y enterradores. Tenía que acabar siendo así, porque en este país ya no quedaban obreros, ni danesas que quisieran acostarse con él en un colchón sin sábanas si les recitabas versos de Roque Dalton.

Se levantó y se acercó a la ventana. Vesna había abandonado la partida. Ahora estaba sentada en el sillón de mimbre entre los pinos. Tenía los ojos cerrados y los auriculares puestos. Después de todo, se había convertido en el puto Amadís de Gaula con una armadura reluciente para protegerla del monstruo Endriago. No esperaba un papel así, pero, para qué negarlo, se sentía bien consigo mismo.

En el jardín, Vesna no se hacía muchas ilusiones. Ni siquiera era capaz de creer que *All I Need* de Radiohead, la canción que estaba escuchando, tuviera algo que decirle. Pasó la mano sobre su cráneo —a pesar de afeitarse la cabeza cada pocos días, su pelo se empeñaba en volver a salir— y contempló las nubes oscuras que viajaban lentas como trasatlánticos anunciando el final del verano. Añoraba la aridez mágica de Lanzarote, donde una arboleda resultaba quimérica, ese mundo sin anclajes con nada conocido antes, sin experiencias, donde se había sentido libre durante unas semanas. Añoraba el acantilado de Maguez, contemplar la isla de La Graciosa y al otro lado la playa de Famara, la fuerza del viento queriendo arrancarla de la roca, entre pardelas y paíños, y el océano gritándole que cierre los ojos y se funda con él. Los brazos de Román estrechándole la cintura por detrás, muy pegado a ella. «¿Y si pudiéramos volar? ¿Y si pudiéramos ser lo que deseamos?», le decía él a veces. Seguro que había más sitios así en el mundo, lugares remotos en los que el pasado no pudiera alcanzarlos. Groenlandia, Alaska, el Sahara o la Patagonia.

Rafael se acercó y se sentó a su lado con dos cervezas en la mano. Durante unos segundos, ambos contemplaron las sombras que se deslizaban hacia la noche. Vesna lo miró de reojo, Rafael era para ella todo un misterio, sin contornos definidos. Resultaba imposible concretarlo, como pretender dibujar un plano a escala sin conocer las medidas reales. Se quitó los cascos y aceptó el botellín.

—No tienes que preocuparte. Me iré esta misma noche. No quiero crear problemas.

Rafael tardó unos segundos en reaccionar, todavía absorto en el anochecer. Dio un trago y la miró. Solo era una chiquilla, fuerte, pero asustada.

—Todo esto es culpa mía —dijo Vesna. A él no se le daba bien lidiar con los sentimientos de otros, y menos rebatirlos. Aun así, le recordó a Vesna que eso no era cierto, al menos, no del todo.

—No conozco todos los detalles, pero diría que eso no es cierto.

Vesna abrió un poco más los ojos y su boca expresó una tibia esperanza.

—¿Por qué me estáis ayudando tú y tu amigo? No me conocéis.

Rafael suspiró y se rascó una ceja.

—Ahí van, Sancho, ladrando los perros. Luego cabalgamos.

—No entiendo lo que significa —dijo Vesna.

Rafael tampoco. Puede que significara que a veces solo hay que seguir adelante.

—Esa frase ni siquiera aparece en *El Quijote*.

Los ojos de Vesna eran hermosos y tristes, se derramaban por sus mejillas, incontenibles. Y eso no estaba bien. Tenían que respirar con fuerza, absorber el mundo, cegarse con la belleza. Era lo que debía hacerse con veintiún años.

—Los vi, ¿sabes? Yo tenía siete años, pero nunca olvidaré sus caras, ni sus voces, hostigándome en el bosque como si fuera una pieza de caza que se les había escapado. Vi cómo mataban a mi padre y a mi madre. Vi cómo le arrancaban la vida a mi hermano de un disparo... Todavía lo siento —murmuró entre lágrimas, extendiendo la mano—, sus dedos soltándose de los míos, su cuerpo pequeño yaciendo en la nieve.

Rafael la dejó desahogarse. Hay cosas que no pueden concebirse, no tienen cabida en las palabras, y es imposible traspasar el velo de las tinieblas personales; él sabía, por propia experiencia, que ciertos caminos deben recorrerse en soledad. Lo único que podía hacer para ayudar a Vesna era centrarse en el presente, y el presente eran los hechos.

—Ahora todo irá mejor. Confiemos en Julián, él lo arreglará. Es nuestro héroe, nuestro Lancelot en su corcel blanco —bromeó, aunque no bromeaba.

46

Mont-Ras, Costa Brava, al día siguiente

¿Cuál es la diferencia entre *designio* y *destino*? ¿Somos libres o somos esclavos? ¿Podemos elegir o lo único a lo que podemos aspirar es a seguir las miguitas de pan que nuestra genética, o Dios, o lo que sea van dejando en el camino? Me parecen preguntas pertinentes. Es difícil saber por qué pasan las cosas: porque lo decidimos o porque no podemos evitarlo. Esa guerra subrepticia nos desgarra. Seguro que se habrán escrito muchos libros sobre el tema, y que los partidarios y los detractores de lo uno o lo otro han levantado catedrales de ideas al respecto. Habrán nacido y caído sistemas y religiones alrededor de la cuestión, habrá habido persecuciones, matanzas y martirios. No he leído a Nietzsche ni a Kierkegaard, no comulgo en misa ni he subido a Chichén Itzá al final del solsticio, pero me parece que la cuestión, al final, no estriba tanto en el origen sino en el final. Los desdichados no eligen nada. Siempre es la voluntad de los hechos causados por otros la que se les impone. Más allá de cuestiones semánticas o filosóficas, son los hechos y su aceptación o no lo que determina la realidad.

Sea por orgullo, por miedo, por sentido de la justicia, por avaricia o por simple perversión, desencadenamos una catarata de acontecimientos cuyas consecuencias no podemos prever y cuya responsabilidad no estamos dispuestos a asumir.

Pensaba en eso mientras la veía acercarse de lejos con los prismáticos. La polvareda que levantaba el coche me decía que tenía prisa. Prisa por acabar.

Era hora de prepararme.

Al payés le pareció la típica barcelonesa *pixapins*. Una pija de Tres Torres, al menos. En verano aparecían por todas partes, eran molestos como los tábanos. Al menos, se dijo, esta estaba de buen ver. Buen coche, bonita cara, preciosas piernas cuando se asomó a ver de qué se trataba y vio la minifalda.

Parecía desorientada. Dijo que estaba buscando una propiedad en la zona de Les Formigues.

—Puede que le suene. Can Neil, una masía que está en venta.

El payés le echó una mirada socarrona.

—¿Quiere subirse a un tractor y ponerse a plantar remolachas y cebollas? Sería una pena con esa bonita chaqueta Gieves & Hawkes y esos Ferragamo. Aquí se estilan más la pana y el yute que el hilo inglés y el cuero italiano.

El comentario le hizo gracia a Virginia. Apreciaba a la gente que se fija en los detalles y que tiene la inteligencia de colocarlos adecuadamente en un contexto.

—Entiende de moda, y tiene buen gusto.

El payés dejó ir una risita irónica.

—¿Qué cree? ¿Que en el campo vivimos con moscas detrás de la oreja y mierda de vaca? La masía de la que habla está a quince minutos, después del desvío de la depuradora. Pero la tierra ahí no es buena.

—Aun así, me gustaría echarle un vistazo. Gracias.

El payés la miró con malicia.

—¿Gracias y ya está? Al menos me dará el nombre de su sastre.

Virginia siguió por el camino hasta una pista forestal. Unos metros más allá el camino se convertía en una senda por la que solo podía avanzarse sorteando los socavones muy despacio. Dos kilómetros después la senda se volvía impracticable. Desde ese punto solo se podía continuar a pie. Virginia cogió el bolso y salió del coche.

Intentaba no cuestionar lo que estaba haciendo. Pausaba la cinta de su relato cuando le asaltaban las dudas, y había que reconocerle la perfección de esa historia que se contaba a sí misma, tan perfecta e idéntica en cada ocasión que no podía ser más que una invención. No faltaban ni la épica ni la melancolía: la necesidad de preservar el futuro de sus hijas, las traiciones de su padre, la guerra feroz en el mundo de los negocios, el deseo de venganza y la soledad que queda en la cima de una vida que ella no había elegido.

Un esfuerzo encomiable.

Trepó hasta un montículo e instintivamente se llevó la mano al pecho. Un corazón, el suyo, que casi no notaba bajo la ropa. Frágil como el cristal, pero con menos espacio para el amor que para la ambición —eso le recriminaba Sara cuando se le desataba la lengua—: «Eres egoísta, siempre haces lo que te da la gana y los demás te importan una mierda».

Quizá su hija mayor tenía razón, puede que Virginia fuera tan igual a su padre por fuera como por dentro. Pero ahora no era en la bilis de su hija en lo que pensaba al tocarse el pecho. Era en la mano de Luis posada sobre su seno, besando el lunar, la marca del sujetador en la piel al caer suelto sobre un hombro: «No le hagas caso a tu padre. A mí me gusta tu corazón. Es enorme, tan grande que tienes hueco para refugiar a todo el mundo». Un corazón cueva donde acurrucarse cuando llegan las tormentas. Y ella, sonriendo al notar el roce de su barba sin afeitar, estremeciéndose cuando su aliento volaba sobre su pezón erecto.

Qué absurdo. No quería pensar en cómo se había convertido en alguien que ya no reconocía. «¡Basta, Virginia! Concéntrate.»

No estaba segura de haber tomado el camino correcto y ahí arriba no tenía cobertura.

—¡Maldita sea, papá! ¡Todo esto es culpa tuya! —gritó, aunque nadie podía oírla.

Empezó el descenso por el lado sur, donde el sendero se hacía más transitable. Algo más abajo vio un cercado y, siguiendo el trazado, llegó, por fin, a la masía.

Aquel era el lugar.

La puerta estaba cerrada. Virginia forcejeó un poco con el candado y el gozne del cierre cedió con facilidad. Se preguntó para qué sirve un candado que no funciona, puede que como advertencia. Al deslizar la mano sobre la superficie del cerrojo sus dedos se mancharon de óxido, como si violara un tiempo que no le pertenecía. Abrió despacio, como cuando era muy niña y curioseaba en la estancia secreta del pabellón de caza de su padre, preguntándose qué secretos y misterios iba a encontrar. La experiencia debería haberle recordado que hay velos que no conviene rasgar, verdades que es mejor no conocer. Pero ya no había marcha atrás.

La luz penetraba de perfil a través de la minúscula ventana en forma de aspillera. Las paredes estaban cubiertas de hollín solidificado y de musgo. Apestaba a humedad. Había latas vacías, basura que se petrificaba entre los matojos.

Pero ningún cadáver.

—Si buscas a Vesna, no está aquí —oyó que le decía una voz, saliendo de la penumbra.

47

Finca de Armando Ortiz, L'Estartit, Alt Empordà, ocho horas antes

Armando Ortiz escuchaba sin inmutarse los reproches de su hija. Se limitaba a limpiar concienzudamente las piezas de su rifle de caza y a colocarlas cuidadosamente sobre la mesa.

Le parecía que en la indignación de su hija había más de vanidad herida que de exigencia de justicia.

—¡Esas fotografías horribles! —le gritó ella, arrojándolas sobre la mesa—. Todas esas personas muertas por tu capricho. Niños, mujeres, ancianos... ¡Durante años! ¿Tanta violencia gratuita por pura perversión? ¿Por aburrimiento?

Armando apenas les echó un vistazo de reojo antes de apartarlas con la mano. Podía decirse a sí mismo que la crueldad puede ser gratuita, pero nunca desinteresada.

—Buscas razones para la muerte de esas personas, argumentos que ratifiquen tu idea previa de que soy un monstruo, un psicópata, porque eso es lo único que se puede creer: que éramos unos monstruos, fieras asesinas, y que merecemos un castigo. Pero te equivocas.

Virginia no entendía cómo su padre podía estar tan

tranquilo ante lo abrumador de las pruebas. El impacto de la realidad en su conciencia debería resultar devastador. Pero su padre no se inmutaba. No hay castigo posible para quien no siente culpa. Y ella no encontró ni rastro en ninguno de ellos, sino todo lo contrario: orgullo, trofeos, satisfacción e impunidad. Los archivos que había encontrado eran como fascículos encuadernables de un diario del horror que empezaba y terminaba mucho más allá de Vesna o su familia. Anotaciones enfáticas del diario de un cazador donde se comentaba la pericia de cada cual, las vivencias del safari anterior y las expectativas para el próximo. Ni eran complacientes con el dolor de las víctimas ni pretendían estar cargados de responsabilidad.

—¡Asesinabas a gente por deporte! —Al confrontar a su padre con sus actos esperaba obtener en última instancia una reacción, un argumento, una confesión o la voluntad de reparar parte del daño causado. Pero se equivocaba. Esperar justicia del pasado es jugar con un collar de cuentas falsas creyendo que son perlas auténticas.

Su padre la miró con frialdad. ¿Por qué los dioses deberían preocuparse por las hormigas? Esa mirada había sumido a Virginia en la confusión. Se sentía, más que furiosa, desconcertada y decepcionada. ¿Qué podría reprochar a alguien capaz de jibarizar de ese modo las vidas humanas?

—¿Podemos dejarnos ya de juegos estúpidos, hija? Estamos tú y yo solos aquí. Te has acostumbrado tanto últimamente a tener público cuando hablas que ya no sabes cuándo dejar el disfraz. Sé perfectamente lo que he hecho. Y tú también sabes lo que has hecho.

Virginia se echó hacia atrás con cara de sorpresa.

Armando Ortiz casi se echó a reír. Le había enseñado bien, desde luego.

—¿Creías que no iba a enterarme, que puedes ocultarme algo en mi propia casa?

La observó detenidamente, como cuando era niña y la obligaba a confesar una mentira solo con la mirada. Como cabía esperar, ella acabó claudicando. Armando Ortiz asintió y volvió a montar las piezas del rifle. Comprobó que todo encajaba, se puso en pie y apuntó hacia el cielo. El chasquido del percutor en la cámara vacía estremeció a Virginia.

—Por suerte para esta familia —dijo Armando Ortiz—, ya me he encargado de solucionar el problema que tú y tu maldito afán de protagonismo habéis provocado, así que llama a Sara y ponte algo más cómodo. He pedido que nos sirvan la cena en el mirador de la piscina.

48

Fogars de Montclús, Montseny, dos días antes

Julián Leal decidió esperarme en el porche. A mano tenía la Beretta que le había quitado al abogado Tirelli. Ahí estaba, débil y acabado, como uno de esos personajes trasnochados y patéticos de las películas de Clint Eastwood. En un papel que no le pegaba. De no ser por los campos de cereales a lado y lado del camino y por el cartel que anunciaba una *brasería* a tres kilómetros cuya especialidad eran las setas y el alioli, podría haber sido una escenografía propia de *Oklahoma*.

Bajé del coche enseñándole las manos. También iba armado, en los riñones notaba el tacto seguro del producto austríaco, sobrio y eficaz, de mi Glock.

—Esto es un *déjà vu*, inspector. Parece que estamos condenados a repetir la misma escena una y otra vez, como si el destino nos dijera que no va a dejarnos en paz hasta que nos matemos uno a otro.

Julián no me quitaba ojo. Como tres años atrás, sabía que estaba en inferioridad y que, llegado el caso, no sería rival. No tendría ni una posibilidad. Saber que todo estaba perdido de antemano era, sin embargo, una ventaja.

—Creo recordar que tú no eres muy amigo del destino. Y ya no soy inspector, en gran parte gracias a ti.

Esa recriminación no era muy justa, según yo recuerdo. Perdonarle la vida entonces fue una debilidad cuyas consecuencias estaba pagando todavía. No iba a dejar que pasara otra vez.

—Daba por hecho que el cáncer te habría matado o que un preso te habría cortado el cuello en la cárcel. Me sorprendió descubrir que sigues vivo.

—Y a mí que el Oso Dávila no te haya desollado y quemado tu cadáver en un bidón de gasolina.

Tuve que reconocer que tenía razón. Dos seres ridículos, anacrónicos. En eso nos habíamos convertido.

—Y aquí estamos, fanfarroneando de seguir con vida. Aunque a juzgar por tu aspecto, no por mucho tiempo. Apenas te sostienes en pie.

—Lo mismo tengo entendido de ti. Sé que Dávila te la tiene jurada.

Erguí los hombros. Di dos pasos más. Ni siquiera necesitaba desenfundar la Glock para derribarlo. Bastaría un movimiento rápido y ágil.

—He venido a por Vesna. ¿Dónde está?

—¿Cómo sabes que está aquí?

—Deberías decirle a tu amigo el subinspector que sea más discreto. Solo he tenido que seguirle estos días. Al menos debería agradecerme que haya salvado a su mujer.

—Soria imaginó que le estabas vigilando. He sido yo quien le ha pedido que te trajera hasta aquí.

—Buen tipo, el tal Soria. La cosa es que no vengo a negociar, Julián. Vengo a cumplir un encargo. Vesna.

—No está aquí. Y no la vas a encontrar a tiempo.

—¿A tiempo?

—Antes de que todo lo que hay en su poder salga a

la luz. Armando Ortiz y Massimiliano Petrucci están acabados. Tu encargo ya no tiene razón de ser.

—Me vas a comprometer, Julián. Preferiría evitarlo. Es curioso, pero en cierto sentido, te admiro y te respeto.

Era cierto. Siempre admiré de Julián ese valor desmedido que jamás cedía a la desesperación. Nunca se rendía, nunca retrocedía, nunca suplicaba. Y al mismo tiempo ese mismo valor parecía otorgarle una suerte de fatalismo trágico, impertérrito, ante el que era muy difícil no sucumbir. No tenía por qué estar allí, ofreciéndose como parapeto para una desconocida, sabía que le quedaban semanas, días de vida, que toda resistencia sería inútil, me conocía lo suficiente para saber que yo no me dejaría conmover, que no ahorraría lo necesario para conseguir lo que quería. No tenía opciones. Aun así, lo intentaría hasta el final.

—No puedo volver a México con las manos vacías.

—Podría no ser así. De hecho, podrías acabar con esto de una vez por todas. Solo te pido que me escuches. Si no te interesa lo que voy a decirte, acabaremos lo que empezamos en Barcelona.

Supongo que esperaba de mí otra clase de reacción. Turbación o sorpresa. Quizá que le disparase allí mismo. Lo que hice es lo que siempre he querido hacer. Me senté en el porche con un viejo enemigo, encendí uno de sus cigarrillos y acepté una cerveza fría mientras me contaba su plan.

Vi una sombra de decepción en él cuando le dije que no podía aceptarlo. Era descabellado. Me hizo gracia. Solo nos decepcionan aquellos de los que esperamos algo. Mirado así, eso significaba que yo le importaba.

—El Oso tiene a mi hermana y a mi sobrino. Si no

le entrego la cabeza de Vesna y recupero esa información, los matará. No me queda más opción.

Julián asintió. Después de todo, parecía querer decirme, incluso los verdugos pueden convertirse en víctimas.

—Sabes que los matará de todas maneras, y que luego irá a por ti.

No necesitaba que me dijera lo que ya sabía. Necesitaba algo de tiempo, y el exinspector me lo estaba robando.

—Eso es cosa mía. Basta de charla, inspector.

Julián Leal parpadeó muy despacio: fue su única reacción cuando desenfundé la Glock. Ni siquiera trató de alcanzar la Beretta en la cintura. Creo que deseaba que le disparase. Todo acabaría rápido, sin necesidad de prolongar una agonía que le estaba arrebatando la poca dignidad que le quedaba.

—Tú no eres así, inspector. No eres de los que se rinde sin pelear.

—¿Y si lo fuera? ¿Y si ya no quisiera pelear más?

—En ese caso, no habrías ido a Milán, no le habrías disparado a ese cabrón de Tirelli por lo que le hizo a Clara y no habrías salvado a Soria. Incluso ahora intentas salvar a una desconocida. Tú eres de esos, Julián.

—¿Cómo sabes lo de Clara?

—¿Cómo sé tantas cosas? Por eso he vivido más de lo que me toca. No te preocupes, no voy a hacerle nada. Ella y yo tenemos un pacto desde hace tres años, ¿recuerdas? No tengo intención de romperlo.

Julián me observó con, digamos, cierta simpatía.

—Quieres acabar con esto tanto como yo. Y no me refiero al Oso, a Vesna, a Armando Ortiz... Quieres acabar con esta vida de una vez por todas. Si no has matado a Vesna es porque no has querido..., hasta ahora, ¿verdad?

Sonreí. Qué pena que los buenos amigos sean mejores enemigos. Iba a echarle de menos.

—Tu amigo Rafael tiene una casa bonita en Gandía, si no me equivoco.

Julián no intentó desviar la atención. No era necesario.

—Así que solo has venido para escuchar lo que tenía que decirte.

Solté una carcajada liberadora. No hay muchas ocasiones de reír con ganas.

—... Y a darme el gusto de verte suplicar un poquito, amigo.

49

Mont-Ras, masía Can Neil, veinticuatro horas después

Tenía que ser yo. Esa fue la condición que le puse a Julián Leal para aceptar su plan. Al principio, Soria se resistió a aceptarlo. Era normal, su mujer estaba en el hospital y, cuando entendió la verdad, puso el grito en el cielo. Quería acudir inmediatamente a la policía. Desconozco qué argumentos empleó Leal para convencerle de que eso no serviría de nada. Si lo que quería era castigo para los culpables —una forma más civilizada de venganza—, solo había una forma de conseguirlo. Y pasaba necesariamente por mí.

No era la primera vez que Julián hacía tratos con el diablo.

Pero el diablo tiene sus propias razones, y no siempre coinciden con nuestros deseos.

—Tú eres de esas que siempre coloca la coma en su sitio, ¿verdad? Por eso sabía que vendrías personalmente.

Virginia me miró como si llevara puesta una selva en los ojos y me observase entre la maleza.

—No deberías estar aquí... Se supone que no podías saber que...

—Lo sé todo —la interrumpí, para ahorrar tiempo—. Necesitaba que vinieras sola, y la única manera de que dieras la cara era convencerte de que Vesna, o mejor dicho, su cadáver, estaba aquí... Sé que va contra las reglas conocer al contratante, pero este caso es especial. Seguro que no te importa.

Sus fosas nasales se dilataron un poco al aspirar el aire, tenía una nariz corta, nacía con suavidad entre sus ojos y terminaba en una bonita bolsa carnosa que había decorado con un diminuto brillante en el cartílago. Ese apéndice discreto y juguetón contrastaba vivamente con el poder de una boca de expresión amplia y labios generosos.

—¿Sabe mi padre que andas fisgoneando en sus cosas? —Intentaba mantener la entereza y es algo que yo respeto.

—Querrás decir *tus* cosas. No necesitas fingir sorpresa, Virginia. Sé que fuiste tú quien le pidió mis servicios al Oso Dávila para matar a la chica bosnia y conseguir el *pendrive*. Tu padre me lo contó todo. Creo que le cabrea más que hayas hecho algo así sin su permiso que el miedo por lo que estaba dispuesto a hacerle a su nieta si no aceptaba jugar conmigo.

Virginia se puso a buscar nerviosamente algo en el bolso.

—Si estás pensando en pedir ayuda, olvídate, aquí no hay cobertura; además, ¿a quién ibas a recurrir? ¿A Julián, a Soria...? Ellos también saben la verdad. Te has quedado sin amigos y sin la cobertura de tu padre; estás completamente sola. En realidad, lo de lanzarte el cebo de que Vesna estaba en mi poder fue cosa de Julián. Tu padre solo tenía que decirte dónde estaba escondido el cuerpo. Y, por supuesto, ocultarte que yo estaría esperándote.

—Solo busco mis cigarrillos —dijo, sacando un

pitillo y el encendedor. No le temblaba el pulso, trataba de sobreponerse a la sorpresa como mejor podía, mantener la entereza, teniendo en cuenta las circunstancias.

Virginia Ortiz fue la primera de su promoción en la Facultad de Derecho, la primera en la oposición a la policía, la primera en la Academia, la que obtuvo la puntuación más alta en el acceso a inspectores. Tenía una inteligencia privilegiada y una voluntad pragmática y exhaustiva. Una persona como ella no debió de tardar mucho en darse cuenta de lo que estaba ocurriendo en el *holding* que su padre dirigía con mano de hierro y hermético silencio desde hacía más de cuarenta años: los agujeros en la contabilidad, la falsedad documental, los sobornos, los trapicheos y las enormes deudas para mantener ese enorme buque a flote. Algo escandaloso a las puertas de un acuerdo multimillonario con el fondo de inversiones de Petrucci. Las cosas que acabó descubriendo por su cuenta el analista Norman Hill. Tal vez su padre pensó que, poniendo a su hija al mando de la división central de Estados Unidos, Virginia podría reconducir la situación discretamente, sin poner en peligro la fusión, maquillar los números, esquivar a Hacienda y engañar el tiempo suficiente a los italianos.

Y lo habría conseguido si hubiese tenido un poco de paciencia. Pero se asustó y comenzó a cometer errores. El primero fue sobornar a Colmado y a su familia para que causaran el accidente, y el segundo permitir que la torpeza de Migren y su codicia alertaran a Soria de la relación que existía entre el incendio y las muertes alrededor de Vesna. Un auténtico desastre.

—Supongo que eso te enfureció. Debías de llevar mucho tiempo preparándolo.

El juego podría haberle salido bien de no haberse producido la fuga de datos en el sistema informático. Aquello era grave, cientos de documentos confidenciales y comprometedores habían sido pirateados. Virginia presionó a su padre hasta que este confesó que el robo había partido de su ordenador personal y que hacía semanas de ello: los documentos de la empresa podían poner en jaque todo el andamiaje del *holding*, pero eso no era lo peor. En su ordenador personal, Armando Ortiz almacenaba cientos de fotografías y todo el material relacionado con un secreto inconfesable. Durante años había participado junto a su viejo amigo Petrucci en una especie de safaris en los que las presas no eran elefantes o jirafas. Eran personas. Cada asesinato documentado minuciosamente desde 1992 hasta 1995, hombres, mujeres, niños, fechas, lugares, nombres, además de la vomitiva correspondencia entre Petrucci y Ortiz, las bromas de mal gusto y los intercambios de trofeos.

Virginia se dio cuenta de que no podía ser casualidad. Quien había robado aquellos archivos tenía una motivación personal, debía estar relacionado de alguna manera con las víctimas, así que contrató a los mejores analistas en seguridad informática, recurrió a los hackers más reputados en la *dark web* en Bangladesh, en Lahore, en Moscú, no reparó en gastos hasta dar con la huella de Vesna, una pirata informática de veintiún años, huérfana, de nacionalidad bosnia. No fue difícil que su padre confesara que esa chica era la única presa que se le había escapado con vida.

Por primera vez Virginia vio al patriarca dudar, al gran hombre hundido, sin recursos, incapaz de reaccionar. Aquel material no solo imposibilitaría cualquier acuerdo con los italianos, arruinaría al *holding* y su padre acabaría en la cárcel, destruiría el buen nombre de la familia, y arrastraría a todo el mundo a un pozo sin fin, incluyéndola a ella y a sus dos hijas. Si aquello salía a la luz, la vida, tal y como la habían conocido, se acabaría. No podía permitirlo, de modo que decidió tomar las riendas. Lo prioritario era dar con Vesna, recuperar esos documentos comprometedores y eliminarla. Aquellos archivos también comprometían a Petrucci, y si Virginia lograba recuperarlos podría tener un as en la manga que mostraría en el momento adecuado.

Una vez puesta sobre su pista, no fue tan difícil localizar a Vesna en Lanzarote. Los datos falsificados de una solicitud de ingreso en la Facultad de Arquitectura y un máster sobre César Manrique, el contrato temporal como camarera de habitaciones en un hotel, el romance oculto con un cocinero del mismo hotel quince años mayor que ella... La falta de pericia de esa joven iba dejando tras de sí un rastro fácil de olfatear. Virginia decidió que podía ocuparse personalmente. Tenía que ser rápido. Cuanta menos gente estuviera al corriente, mejor. Había sido policía, sabía que nadie prestaría mucha atención a una ciclista muerta en un accidente de tráfico, y que nadie relacionaría ese accidente con un robo perpetrado en un apartamento a cuenta de dos delincuentes locales de poca monta.

Le encargó el trabajo a Migren. Él se ocuparía de todo. Ya había demostrado su eficacia en el pasado.

Pero salió mal. Vesna no murió, y Virginia se enteró de que un antiguo compañero, Soria, estaba a cargo de la investigación, y pensó que acabaría atando cabos. Necesitaba borrar cualquier vestigio de su implicación; además, el problema no había desaparecido. Cuanto más tiempo tuviera Vesna para moverse libremente, más posibilidades había de que la información que había descubierto acabara en las manos inadecuadas.

Así que recurrió a una solución de urgencia y expeditiva.

A mí.

Tenía lógica. Era lista, conocía mi forma de operar, y sabía que yo podría anticipar los movimientos de Soria si ella no era capaz de controlarlos. A fin de cuentas, ya nos *conocíamos* del asunto de Barcelona, tres años atrás. Había conservado los viejos expedientes de aquella investigación y sabía cómo llegar a mí, a través del Oso Dávila. Si las cosas se desmadraban, yo era prescindible, y siempre podría incriminarme por las muertes de los hermanos Driss y del cocinero Román, los cabos sueltos de su intentona fallida de asesinar a Vesna. Confiaba en que Soria se lo tragaría.

El problema en este negocio son los imprevistos.

—Demasiados frentes que cubrir... Los errores son inevitables, porque siempre hay un detalle que se nos escapa. No contabas con la brutalidad de los italianos, que incentivaría a Julián, no calibraste bien el coraje de Soria ni pusiste en la balanza la codicia de Migren y Konstantin... Y, por supuesto, no mediste bien lo que yo soy capaz de hacer cuando amenazan a mi familia.

Virginia ladeó la cabeza, buscando un sitio en el que sentarse. No lo había. Finalmente apoyó la espalda en la pared. Se recogió el pelo instintivamente. Por encima de la camisa asomaba la rama de su cuello. Era una invitación a querer explorar el origen bajo la ropa.

—¿Tu familia? Creía que los perros callejeros no tienen familia.

—Así debe de haberse sentido tu exmarido, Luis. Y aquí está tu segundo error. ¿Cómo prever que el odio que siente hacia su exsuegro sea más fuerte que el amor que pueda seguir sintiendo por su exmujer o hacia sus hijas? Lo que jamás habrías imaginado es que cuando Lejla le contó la verdad no acudiera a ti pidiéndote explicaciones. Si lo hubiera hecho, habrías podido convencerle recurriendo a cualquier chantaje emocional o seduciéndole si hubiera sido necesario. Pero hizo lo más descabellado, lo peor que podía hacer, poner a Vesna en manos de la única persona que nunca transigiría ni aceptaría tus componendas. Alguien a quien no es posible manipular ni utilizar, a quien admiras tanto como temes. Tu excompañero, amigo y jefe: Julián Leal.

Sus ojos me taladraban. Es extraño, pero me di cuenta de que quería gustarle, al menos caerle bien. Tuve la sensación de que liberada de tantas mentiras era más ligera que el aire y envidié su ingravidez. Para mí nunca ha sido tan sencillo librarme de mis mochilas.

—¿Y qué viene ahora?

—Julián y yo hemos llegado a un acuerdo. Yo hago confesar a tu padre y dejo de buscar a Vesna. A cambio, ellos se olvidan de la muerte de Migren, la chica desaparece del radar, Dávila la da por muerta y mi familia queda a salvo.

Asintió sin mucha convicción.

—Es una mierda de plan. Nunca saldría bien.

Estuve de acuerdo.

—Lo sé, por eso tengo uno alternativo, más realista. Matarlos a todos.

—La lista es larga: Julián, Soria, Vesna, Lejla, tu admirada Clara...

—Y no te olvides de Luis. Él también es un cabo suelto.

No estaba asustada. Se movía como si supiera que no debía estar aquí.

—Me entregas la documentación que Vesna tiene, llenas un cementerio por mí y, a cambio, yo te quito de encima al Oso Dávila. Supongo que es el mismo trato que le has ofrecido a mi padre, pero él no puede cumplirlo, porque no conoce a tu jefe.

—Algo así.

—¿Qué supondría eso para ti? —dijo con ironía—. ¿Una mañana ajetreada de trabajo?

Su lógica era la de un rodillo. Pero no servía de nada porque estaba contra las cuerdas. Solo necesitaba que dijera que sí.

—Un poco tarde para los escrúpulos, me parece. Tu padre te ha vendido para salvar su negocio, tus amigos ya no lo son, tu exmarido está con la madrastra de tu peor pesadilla y Vesna sigue suelta por ahí, como una amenaza muy real. Deberías alegrarte y aceptarlo sin pestañear. Todavía puedes salir de esta sin un rasguño.

Sacudió la cabeza con una risa desmayada.

—¿Sin un rasguño?... Te olvidas de los italianos.

—Sé cómo arreglarlo. Solo tienes que reunirme con Petrucci.

Virginia se sentó en un rincón con las manos sobre las rodillas y la nuca apoyada en la pared.

—Lo sé desde hace muchos años... Lo de las cacerías humanas. Mucho antes de que esa pobre chica lo descubriera, mucho antes de la filtración y del robo de datos. Petrucci, Konstantin, Migren... Los conozco a todos desde mucho antes.

Virginia los recordaba sentados en el porche del pabellón de caza, bebiendo y fumando puros. Luego solían reunirse en una estancia privada que su padre tenía cerrada con llave a la que el personal de la casa tenía prohibido acercarse, al igual que su hija y sus nietas. En una de aquellas reuniones, la puerta de aquel lugar secreto se quedó entreabierta y Sara, que tenía tres o cuatro años, asomó la cabeza. Lo que vio no era muy distinto a cualquier otro salón del pabellón: la chimenea encendida, las alfombras y los sillones, las escopetas y los cuadros de caza. Pero entonces su abuelo movió el resorte de seguridad de una estantería y al abrirse dio paso a otra estancia más pequeña. Había vitrinas con botes de formol, restos humanos momificados, prendas de ropa, objetos personales perfectamente expuestos y, en la pared del fondo, rostros que parecían estar vivos gracias a la taxidermia.

—Sara lanzó un grito y yo estaba cerca, no me había dado cuenta y corrí a buscarla. Entonces vi lo mismo que ella. Mi padre se puso hecho una furia. Por la noche fui a la cama de mi hija y le dije que lo que había visto solo era fruto de su imaginación, que debía olvidarlo. Y lo hizo, conseguí borrarlo de su cabeza. Pero no de la mía. He vivido con eso desde entonces, odiando a mi padre, sintiendo repulsión, pero sin poder escapar de sus garras, de la jaula de oro en la que logra atrapar a todo el que quiere retener a su lado. Cuando Julián me enseñó todas esas caras, esas personas cazadas como animales, no pude contener las arcadas. Sí, me doy asco a mí misma, soy una hipócrita, y ahora, por inducción, también una asesina. He destruido todo en lo que creía, mi trabajo, mi matrimonio, la relación con mi hija... Y, a pesar de todo, no perderé la empresa de mi padre. Supongo que ha hecho un buen trabajo conmigo. Me ha moldeado a su imagen y semejanza.

No sentí pena por ella. Y, aun así, todavía le dejé

una escapatoria. Le ofrecí una última oportunidad de ser lo que fue:

—Podrías dejarlo.

Dibujó una mueca irónica:

—Así que también eres de los que creen que dejo las cosas a medias, que soy una niña compungida por sus contradicciones. Puede que fuera así hace años, cuando empecé con Julián en la Policía Judicial y me sentía juzgada por ser hija de quien era y no por mis méritos, o cuando discutía con Luis y no acudían las palabras cuando las necesitaba, solo aparecían tarde, cuando ya resultaban extemporáneas.

—No soy tu psiquiatra, ni estoy aquí para curar tus traumas del pasado. Lo que quiero saber es si serás capaz de ir hasta el final de este viaje, pero, en cualquier caso, más te vale decidirte de una vez.

Sus ojos se oscurecieron en los bordes del párpado y pensé en la tonalidad que a veces adquiere el whisky.

—Las palabras traicionan, mienten incluso cuando quieren ser sinceras. Pueden destruirte. Y yo no voy a permitir que destruyan a mi familia.

—¿Y eso qué coño significa, Virginia? ¿Aceptas el trato o no?

50

Gandía, una semana después

Rafael y Vesna estaban sentados a la mesa. La joven acababa de sorprenderle recurriendo a la defensa eslava contra su gambito de dama.

—¿Dónde has aprendido eso?

Vesna sonrió de manera infantil.

En el Canal 24 Horas apareció un boletín de última hora con subtítulos bajo unas imágenes de archivo en las que aparecía el empresario Armando Ortiz. Rafael se desentendió de la partida y subió el volumen.

El veterano magnate acababa de anunciar que se retiraba de todos los negocios del *holding*. En una escueta rueda de prensa sin derecho a preguntas comunicaba a los sorprendidos periodistas que renunciaba a todos sus cargos en CITRAORCOMPANY y que sus acciones pasaban automáticamente a su hija Virginia Ortiz, nueva directora general, que contaba con el apoyo unánime del resto de los accionistas. Desde el ministro de Economía hasta el presidente de la Comisión Europea, pasando por todo tipo de analistas y expertos en economía y finanzas, la decisión de Ortiz provocó inmediatamente una cascada de reacciones y un terremoto en los mercados bursátiles.

Hasta el momento, Virginia Ortiz, la nueva emperatriz, no había hecho declaraciones.

—Ya ha empezado —dijo Rafael, alzando el vaso para brindar. Pero solo encontró el aire. Para Vesna no había nada que celebrar.

—¿Ya está? ¿Eso es todo lo que le va a pasar? No es justo.

Rafael apuró de todas maneras el whisky.

—La justicia no es de este mundo, me temo, de modo que un poco de justicia es más que ninguna justicia.

Vesna arrastró la silla hacia atrás —las patas hicieron un ruido tembloroso—, se levantó y movió la cabeza en una dirección y otra del salón, como si tratase de encontrar algo a lo que aferrarse.

—Necesito respirar, me estoy ahogando —dijo, abriendo la puerta y saliendo al pequeño jardín.

Rafael dejó ir el aire, todavía sentado, viendo a Armando Ortiz entrando en una berlina de cristales tintados seguido por una nube de flashes. Los hombres como él habían demostrado sobradamente que pueden amar profundamente lo que desean destruir. Uno puede amar sus recuerdos y querer sepultarlos, temerlos. Jamás volvería al pabellón de caza a contemplar extasiado sus trofeos, no los compartiría con nadie, todo sería destruido, devorado por el fuego. Ya no sería el hombre poderoso que controlaba los hilos desde las sombras, su influencia y su poder habían terminado.

No era mucho, nada en realidad, comparado con lo que merecía. Pero las cosas casi nunca son como deberían ser. Ojalá Vesna no hubiera tenido que descubrirlo de esa manera. Porque tenía razón: algo tan ominoso debe salir a la luz, y tal vez esperaba de Julián y de él lo que no podían ofrecerle.

—¡Menuda mierda! —exclamó Rafael, derribando de un manotazo las piezas del ajedrez.

Intentó serenarse. Dio un par de vueltas por el salón, apagó el televisor y salió al jardín. Se sentó al lado de Vesna y le ofreció un cigarrillo. Como todo cínico, guardaba en su corazón una esperanza secreta.

—No será hoy ni mañana, quizá tengan que pasar otros mil años y otras mil guerras, pero algún día los hombres como Armando Ortiz serán residuos de una memoria primitiva, el tiempo de las fieras. Como en las cavernas, cuando la noche era oscura y el mundo un lugar lleno de peligros, y el hombre, pequeño y frágil, solo tenía una pequeña tea con la que protegerse.

—Eso es una fantasía. Nunca sucederá. El ser humano nunca cambiará.

Rafael torció el bigote, encendiendo su pitillo.

—¿Tú crees? Nadie habría apostado un céntimo por aquel minúsculo, tembloroso y solitario hombre de las cuevas, debería haberse extinguido. Pero perseveró y prosperó hasta iluminar el mundo entero con aquella minúscula llama, y continuó perseverando hasta conquistar las estrellas... Pero ¿qué puedo saber yo? Solo soy un diletante y un bufón.

—No quería decir eso.

—No, claro que no... ¿Volvemos a nuestra partida de ajedrez?

A aquella misma hora se celebraba, en la azotea de un discreto restaurante, a las afueras de Barcelona, un encuentro improbable entre tres personas. No fue una reunión sencilla, entre los comensales predominaban el recelo y la tirantez pese a la aparente cordialidad. Sin embargo, sabían que cada uno tenía algo que los otros necesitaban y que, pese a las reticencias, debían llegar a un compromiso satisfactorio. Todos se jugaban demasiado.

La cena se prolongó hasta altas horas de la madrugada, se colmaron de colillas los ceniceros, se gastaron botellas de agua y se enfriaron uno tras otro los platos, los postres y los cafés, pero por fin, para alivio de los sufridos camareros, hubo apretón de manos.

Tres días después, el vuelo de Aeroméxico proveniente de Guadalajara, Jalisco, aterrizaba a las diez de la mañana en el aeropuerto de Malpensa con veinte minutos de retraso sobre la hora prevista. El Oso Dávila viajaba con documentación falsa y ligero de equipaje. Iba a ser un viaje corto, de apenas dos días. Detestaba salir de México, sobre todo cuando tenía que viajar a Europa. Solo le acompañaba un guardaespaldas desarmado, y se sentía vulnerable sin el aparato de seguridad con el que solía desplazarse. Su protección durante las horas que estuviera en Milán correría a cargo del personal de su nuevo amigo italiano.

El asunto de Vesna había salido bien, después de todo: cobraba de Virginia Ortiz por los servicios prestados, se quitaba de encima al sicario —ese mierda traidor— y le ofrecía la oportunidad de hacer negocios con los calabreses, que estaban bien afincados en la costa catalana y en Barcelona, áreas de vital importancia para el tráfico de cocaína en las que esperaba poder afianzarse. Dávila y Petrucci tenían que discutir los términos de la colaboración, pero le había tocado a él desplazarse porque el milanés no viajaba en avión.

—¡Tiene pánico a volar, el pinche cremoso!

Un tipo con una férula y el brazo en cabestrillo,

vestido como un lord inglés, le esperaba en el área de llegadas junto a dos guardaespaldas y un coche de escolta.

—Buenos días, señor Dávila. Soy Tirelli, el abogado y consejero del señor Petrucci. Espero que haya tenido un vuelo agradable.

El Oso Dávila detestaba las mamonadas de los abogados. Eran segundones, y él había ido a verse con Petrucci. Tirelli le aclaró que Massimiliano Petrucci se reuniría con él, en el hotel en el que se iba a alojar, en cuanto Dávila descansara y estuviera disponible.

—No he venido a una feria ni a visitar el Duomo. He venido a hablar de negocios. Dígale a su jefe que nos vemos en cuanto llegue al hotel. Ya dormiré después. —Le entregó la bolsa de viaje a su hombre y se subió al coche de Tirelli. El gorila de Dávila tuvo que ir en el vehículo de escolta.

—Así podremos hablar tranquilamente en el trayecto sobre los términos que quiere tratar el señor Petrucci con usted.

Dávila movió la cabeza malhumorado.

—No sé cómo hacen las cosas en Calabria, pero en mi tierra el hombre que te cubre la espalda es ciego, sordo y mudo por la cuenta que le trae.

Se desplazaron hacia la periférica, que estaba atestada. Lo que Dávila veía desde la ventanilla era bastante deprimente. Se preguntaba cómo podía vivirse así, con esa fealdad y ese cielo gris, sin querer sacarle los ojos a alguien.

—¿Cuánto falta?

Tirelli viajaba a su lado, escribía en el teléfono móvil.

—Diez, quince minutos. Saldremos enseguida del atasco.

—¿Y qué le ha pasado en el hombro? ¿Se lo ha torcido haciendo esquí acuático o saliendo de la ópera? —se mofó Dávila.

Tirelli dibujó una sonrisa de circunstancias.

—Ha sido algo más aparatoso, me temo. Pero ya va mejor.

Dávila no se dio cuenta de que el vehículo de escolta ya no los seguía hasta que Tirelli le tocó el hombro al conductor y este se desvió bruscamente en una salida que no era la indicada para llegar al centro de la ciudad. El Oso miró en ese momento por el retrovisor y comprendió que algo iba mal.

—¿Dónde está la escolta?

Tirelli miraba fijamente al frente.

—He recibido un mensaje del señor Petrucci. Hay un cambio de planes.

El coche aminoró la velocidad al adentrarse en lo que parecía una barriada de chabolas y campamentos de *roulottes* que se extendía bajo los puentes de la autopista. Finalmente se detuvo en un descampado donde había una caravana estacionada.

—¿Qué es esto? ¿Me quieres tender la lazada, cabrón?

—Le recomiendo que esté tranquilo, señor Dávila —dijo Tirelli acomodándose el nudo de la corbata—. Baje del coche, el señor Petrucci le espera en la caravana.

—Me huele a mierda... Me la está jugando tu jefe.

El acompañante del conductor desenfundó un arma y le apuntó directamente a la cabeza.

—Baje y camine hasta la caravana, señor Dávila —repitió Tirelli.

Dávila masticó la saliva. Estaba jodido.

—¿Y qué, tu gorila me va a disparar por la espalda?

—Le aseguro que no. Salga, por favor.

El Oso bajó del coche y caminó hacia la caravana con la espalda bien erguida. Si iban a matarle, pues que así fuera. No pensaba irse al hoyo corriendo como una gallina. Para su sorpresa, alcanzó la maneta del portón de la caravana sin que sonara el fatídico disparo.

Abrió y miró dentro.

Yo le esperaba, sentado en un viejo cojín.

51

Guadalajara, México, 1976 – Milán, 2008

Mi padre llevaba días como ausente, nervioso, apenas dormía. Cuando salió de casa, mi madre insistió en que yo le acompañara.

—No dejes que haga ninguna tontería —me susurró al oído, como si yo pudiera protegerlo de sí mismo.

La mañana despertó con alboroto en las calles del centro. Las juventudes del PRI se manifestaban por la fuga de Oblatos. Afuera se escuchaban gritos, bocinas, petardos, consignas cantadas a coro contra el comunismo y los terroristas de la Unión del Pueblo. No eran muchos, apenas un centenar, pero eran ruidosos, la mayoría muy jóvenes, miembros del sindicato estudiantil de la FEG, vinculado a la derecha jalisciense. Enarbolaban banderas del partido, que se mezclaban sin sentido con los colores de equipos de fútbol, y algunos sostenían una imagen del presidente Echevarría representado como un caballero cruzado. «¡No somos Cuba!», gritaban al paso, obligando a bajar la persiana a los comercios que se habían negado a secundar el cierre patronal.

La cantina estaba cerca de la antigua plaza del Mercado Nacional. Me acuerdo de que en aquella época tenía un estuco grueso en las paredes y todo estaba pintado de color caldera. Siempre flotaba una densa humareda, el olor de los habanos era penetrante y el suelo pegajoso, y un montón de gente gritaba e intercambiaba boletos de apuestas. En los años setenta, el Oso Dávila todavía no controlaba el tráfico de cocaína, que se ramificaba a todo el estado desde Guadalajara, pero ya era alguien importante. Tenía comprados a la mitad de los cargos municipales y al jefe de la policía, y contactos con el palacio del gobernador. Lo suyo eran las apuestas, la extorsión, las putas y los secuestros, que por aquellos días se estaban convirtiendo en un negocio de lo más lucrativo. Se elegía a una víctima fácil, normalmente el hijo o la esposa de algún empresario local o de algún funcionario de rango medio, se la secuestraba durante unas horas y se negociaba un intercambio económico rápido. A veces las cosas se torcían, el secuestro se alargaba o el objetivo no podía pagar la suma, y el asunto acababa en tragedia.

Que mi padre tuviera algo que ver con esa clase de gente me sorprendió.

—Hay dos cosas que pueden perder a un hombre honrado —me soltó Dávila treinta y dos años más tarde, en aquel descampado de Milán—: las mujeres y el dinero. A tu padre no le interesaba otra mujer que no fuera tu madre, eso hay que reconocérselo. Pero con el dinero perdía la cabeza: le tiraba a todo, al hipódromo, a las cartas, al fútbol, al boxeo o a las peleas de gallos. Buscaba la suerte donde no estaba, pero él no se quería dar por enterado. «Está a la vuelta de la esquina», repetía siempre, pero no estaba, y la deuda se iba haciendo más y más grande. Así fue como lo cogí por las pelotas.

Recuerdo la primera vez que vi al Oso. Estaba en una mesa, bebiendo con un policía de uniforme, con la camisa abierta hasta el ombligo y una mirada que te congelaba los intestinos. Mi padre me pidió que esperase fuera y se acercó, renuente, a hablar con él. Me dolió su actitud perruna, la cabeza hundida y los hombros encogidos. No pude oír lo que decían, pero era evidente el fastidio del Oso, el aburrimiento y la condescendencia con la que le puso la mano en el hombro y le empujó —sin violencia, pero sin contemplaciones— hacia la calle.

—Ya sabes lo que tienes que hacer. Hasta que no cumplas, aquí no pintas nada.

Yo no podía saber que tenía una deuda astronómica con Dávila y que este le había dado un ultimátum. O pagaba o su familia pagaba por él. Eso significaba, en el lenguaje de Dávila, que mi madre y yo acabaríamos en el vertedero junto a él, con un tiro en la frente, y que mi hermana Elisa acabaría en un prostíbulo de Sonora. Antes de matarle, le obligarían a ver cómo la forzaban.

Al recordar aquellos años, Dávila no sentía ninguna clase de remordimiento. Así era el negocio.

—Tu padre me caía bien, es verdad. No había mucha gente decente por allí entonces, pero tenía ese vicio, y si el vicio te controla hay que ponerle límites. No era personal, solo que yo no era un banco al que se le pueda pedir sin devolver lo prestado con intereses. Al menos, a él le di la oportunidad de arreglarlo.

—Poniéndole un revólver en el bolsillo y sabiendo que no apretaría el gatillo.

Dávila encendió un pitillo. Parecíamos dos viejos amigos.

—Debería haberlo hecho. Y tú no estarías aquí.

Lo guardaba envuelto en un paño, en lo alto del armario. Era un viejo Wembley con cañón basculante. Las balas estaban fuera del tambor, unos cilindros de cabeza redonda que me parecieron piedras preciosas que no me atrevía a tocar.

—¿Qué sentiste al tocarlo? Vamos, admítelo. Fue una sensación poderosa, ¿verdad?

No lo fue. Más bien sentí un escalofrío al tocar el metal antiguo, al respirar el olor de la pólvora que impregnaba el cañón. Observé el gatillo desgastado, me pregunté cuántas manos lo habían empuñado, cuántos muertos, en qué circunstancias.

Dávila le ofreció a mi padre la oportunidad de convertirse en un asesino para saldar su deuda. El Caballito había decidido ir por su cuenta y se había metido en el negocio de los secuestros. Había cogido a quien no debía, la hija de un federal, y los del DF se habían puesto a sacudir el avispero y a ponerlo todo patas arriba. Malo para el negocio de Dávila, porque al final acabarían conectándolo a él con su antiguo socio, la chica hablaría de más y tendría problemas.

—Podría haberme encargado yo personalmente —admitió—, pero ¿por qué iba a arriesgarme si tenía a media docena de desesperados como tu padre? Te diré una cosa: en aquella época las cosas eran distintas, teníamos algunos códigos, no nos matábamos entre hermanos. Y fui generoso dándole esa oportunidad al borracho de tu padre. Podría haber dado ejemplo y acabar con toda su familia, pero no lo hice.

No sé qué me alumbró por dentro. Puede que fuera oírle llorar en el baño y golpear con el puño las paredes, o la manera en la que miraba a mi hermana y a mi madre sentado a la mesa, sin atrever a confesar la verdad, sin que ellas fueran conscientes del peligro que las acechaba. Porque no iba a hacerlo, no apretaría el gatillo. No era capaz.

—Pero tú sí.

Ni siquiera lo sabía. Pero recuerdo que me planté en la cantina yo solo, parado ahí en medio entre todos aquellos hombres que bebían, jugaban, maldecían y toqueteaban los pechos de mujeres pintarrajeadas. Recuerdo la mareante sensación de sus lentejuelas y sus falsas joyas en mis ojos, una especie de embriaguez que me hacía parecer más alto y decidido. Conté los pasos hasta la mesa de Dávila —seis— y saqué el revólver del bolsillo.

Dávila sonrió al recordarlo. Un mocoso asustado que sostenía aquel viejo hierro en la mano como si fuera la rama de un zahorí.

—Pensaba que ibas a dispararme. Por un momento todos allí lo pensaron. Tuviste suerte de que alguien no te pegara un tiro por la espalda. Pero te plantaste, cabrón. Le echaste el resto y me miraste sin pestañear: «Yo lo haré, y queda usted en paz con mi padre y con mi familia...», eso me soltaste. Y aún tuviste redaños para negociar conmigo e imponer una condición. Ahí supe que tenía delante un diamante por pulir. Un cuero de los buenos.

Yo mataría al Caballito y a la muchacha secuestrada por mi padre. Sería yo, y no él, quien se convirtiera en asesino para salvar a su familia. Luego, Dávila podría hacer conmigo lo que le diera la gana. Solo puse una condición: nadie le prestaría nunca más un peso a mi padre en la ciudad, jamás se le permitiría volver a apostar. Y ni mi madre ni mi hermana debían enterarse de por qué había hecho lo que iba a hacer. El Oso aceptó las condiciones, seguramente con curiosidad por ver si sería capaz de cumplir.

Lo hice. Y todo lo demás ya no importa.

—Y aquí estamos, como Bruto y César.

Sonreí. A Dávila siempre le gustó la grandeza, olvidaba voluntariamente que no era más que una pieza en un engranaje que trituraba la mierda de nuestro país para exportarla al mundo. Él solo era la boca de la cloaca. Y yo una rata demasiado escurridiza.

—Sabes que, si me matas, tu hermana y tu sobrino irán detrás. Y que los míos no pararán hasta dar contigo.

El problema de la grandeza es que te aleja de las minucias. Detrás de los cristales blindados no se pueden oír las quejas de los subordinados ni adivinar su malestar. Tampoco se puede impedir que otros que vienen desde abajo quieran lo que tú tienes y ya no sabes defender.

—He hablado con otras familias de Guadalajara; están de acuerdo en que tú ya estás obsoleto. Demasiado tiempo en el poder te ha acabado aislando. A Petrucci no le ha hecho gracia saber que estabas jugando a dos bandas con el tema de los archivos robados por esa chica bosnia... Va a haber un nuevo liderazgo en Guadalajara, y los calabreses prefieren hacer negocios con interlocutores más fiables.

Dávila observó la Glock que yo tenía sobre la mesita plegable, luego miró alrededor buscando algo con lo que defenderse. No había nada.

—¿Y tú qué sacas de todo esto? ¿Una especie de justicia retrospectiva por lo de tu padre? ¿La paz y el perdón de tu hermana?

Negué con la cabeza. Uno acaba siendo lo que es. Lo de menos es cómo llega a serlo.

—Después de lo de Barcelona, hace tres años, te di la oportunidad de dejarme en paz, pero no podías aceptar que alguien como yo no cumpliese tus órdenes.

—¿Y crees que los nuevos te van a dejar en paz, que tu familia estará a salvo?

No me hacía ilusiones. Soy como esos viejos pistoleros que fingen haber aprendido la lección y que se retiran discretamente de escena, pero que en el fondo siguen añorando los buenos tiempos y solo esperan la excusa para regresar.

—Lo harán, porque les interesa lo que tengo. En todo caso, me arriesgaré.

Aquello ya se estaba alargando demasiado.

Había pensado en aquel momento muchas veces, imaginado lo que le haría a Dávila, los gritos que le arrancaría para exorcizar mis propios fantasmas, pero llegado el momento, no tenía deseos de hacerlo. No sé si podría llamarse afecto, o si entre tantas cosas malas hubo alguna buena a su lado cuando se convirtió en mi única familia, algunas risas, un gesto de cariño, un viaje juntos al zoo del DF, aquellas tardes viendo en su sofá juntos la serie *Colombo*, nos encantaba aquel detective que solucionaba los casos sin un solo disparo, sin violencia. Sí, éramos seres paradójicos.

Solo quería acabar ya.

—¿Puedo terminar al menos el cigarrillo?

Asentí mirándole con pena y alivio. Antes de que diera la primera calada, le disparé a bocajarro en la cabeza.

En la sala de espera de la consulta del hospital oncológico, Julián y Soria miraban la pantalla del televisor sin volumen. No lo necesitaban para saber lo que se estaba diciendo. Virginia Ortiz, flamante directora general de CITRAORCOMPANY, y Massimiliano Petrucci, accionista mayoritario del Fondo de Inversiones Milanés, acababan de firmar una fusión multimillonaria que iba a convertirlos en uno de los principales consorcios mundiales. Ambos posaban sonrientes y estrechándose calurosamente la mano ante una nube de cámaras y micrófonos.

—Tengo un amigo en la policía portuaria. Me ha dicho que han encontrado un cuerpo sin vida en la marina, cerca del puerto de carga. Norman Hill.

—¿Virginia?

Soria asintió con pesar.

—¿Quién si no? Solo ella sabía lo que el chico había descubierto.

Julián Leal acarició el *pendrive* en su bolsillo.

—No solo Norman Hill. También nosotros.

—Entonces, ¿lo vamos a hacer?

Julián le entregó el *pendrive* a Soria.

—¿Y qué otra nos queda?

Soria se encogió de hombros.

—Podríamos olvidarnos de todo. Ya no es nuestra guerra.

Ambos se miraron. La sonrisa tardó unos segundos en aparecer en sus bocas.

Poco después, la becaria del programa radiofónico de Manuela Juan llamaba a la puerta de su despacho.

—Alguien ha traído este sobre a su nombre.

No había remite ni nota alguna. Manuela rasgó la lengüeta con curiosidad. En el interior había un *pendrive* y una llave de seguridad.

—¿Cómo era? ¿La persona que lo ha traído?

—Un tipo gordo, desagradable. Apestaba a tabaco y a caramelos de menta.

52

Finca de Armando Ortiz, L'Estartit,
quince días después

Sara vio las primeras imágenes en internet. Eran horribles, como las cosas que contaban de su abuelo.

—Es una difamación. ¿Cómo puedes pensar que yo haría algo así? —le aseguró él. Lo dijo con una frialdad hiriente, su mirada irónica ante la desmesura del despropósito, siguiendo con su manera tranquila de limpiar el rifle de caza.

—Podrías denunciarlos por esto, ¿lo sabes, abuelo?

—Mejor no, esa periodista solo quiere llamar la atención. Esto pasará, como pasa todo. Seguro que habrá alguna desgracia, una guerra, un caso de corrupción, y nadie se acordará de esta pequeña tormenta en un vaso de agua.

Aquellas gélidas palabras hicieron estremecer a Sara. Ni una disculpa, ni un «lo siento», ni un atisbo de arrepentimiento o de culpa por lo que, se suponía, había hecho.

Sara volvió a su habitación y se sentó en la cama, contemplando la imagen pausada en la pantalla de una de aquellas fotografías. Cogió el teléfono y llamó a su madre.

—Quiero volver a casa. Necesito alejarme de este sitio.

El aeropuerto JFK era el hormiguero nervioso de costumbre: anuncios de vuelos, retrasos, neoyorquinos malhumorados, prohibiciones de fumar y colas en las máquinas expendedoras del McDonald's, peleas en la cola de taxis y policías armados hasta los dientes, minibuses de turistas buscando sus maletas y carteles con la cara de Obama vandalizados con cuernos y barbas de chivo. Sara respiró como si quisiera absorber el aire del Hudson, meterse Manhattan entero en los pulmones. Hasta ese instante, no se había dado cuenta de cuánto añoraba estar en casa.

Una mano alzada entre el gentío le señaló la posición de su madre. A pesar de todo, también se alegraba de regresar a su abrazo protector. Ella era siempre la garantía de que, bueno o malo, su mundo le pertenecía y permanecía ahí para protegerla.

Ana, su hermana, no había ido. Estaba en unos campamentos para jóvenes futuros líderes en Montana.

—Muy propio de ella.

Virginia tuvo la sutileza de no enviar a un empleado a recogerla y de anular sus reuniones de la mañana, aunque el teléfono no dejó de sonar hasta que decidió silenciarlo. A Sara le dio la impresión de que algo fundamental había cambiado en su madre en las últimas semanas. Se había cortado el pelo mucho y vestía un traje chaqueta Patrizia Pepe que le sentaba de maravilla, pero no era ese el cambio fundamental, sino algo más íntimo, una seguridad y una calma que no le había visto antes. Como si hubiera nacido de nuevo sin perder lo que era, se le ocurrió pensar. Ni siquiera se enfadó cuando Sara cogió un cigarrillo de la guantera.

Hablaron un poco de su hermana, de cómo estaban las cosas en el piso de Washington Square —Virginia le contó los cambios que había ordenado, el papel nuevo, la ampliación del estudio y el nuevo mobiliario en el vestidor de la suite—, de lo que pasaría ahora con la presidencia de Obama... Hasta que llegaron al punto inevitable.

—Supongo que has visto las fotos y lo que se está publicando sobre el abuelo —dijo Sara.

Virginia le cogió el cigarrillo y le dio una calada antes de pasárselo. Estaban encarando el Triborough Bridge y la circulación se iba ralentizando.

—Lo he visto —se limitó a decir.

—El abuelo dice que es mentira, que esa periodista solo quiere popularidad y que no es más que un montaje. Que solo es una tormenta en un vaso de agua y que la gente se olvidará.

Virginia recostó la cabeza en el asiento. El tráfico de Nueva York le había enseñado a ser paciente. Su rostro era serio.

—Tu abuelo es muy convincente cuando quiere, pero esta vez se equivoca.

Sara se puso de lado en el asiento, mirando intensamente a su madre.

—Entonces tú crees que es verdad, que lo que dice esa mujer es cierto. Que el abuelo hizo esas cosas.

Virginia no respondió. Y al no hacerlo, lo hizo. Su hija cerró los ojos un instante y volvió a abrirlos como si la luz de Nueva York hubiera cambiado y de pronto empezara a anochecer en pleno mediodía.

—Yo lo sabía... —murmuró Sara—. No quería

recordarlo, pero lo sabía. Vi lo que había en la estancia secreta del pabellón.

Virginia la examinó detenidamente.

—Eras muy pequeña, no puedes acordarte.

—Me convenciste de que solo era mi imaginación —negó Sara—, que no había visto lo que vi, y algo en mi mente decidió que eso era lo mejor. Tú lo sabías también, siempre lo supiste. Y te callaste.

Virginia se dio cuenta de que su hija no le estaba reprochando nada. Solo quería que dejara de tratarla como si todavía fuese aquella niña de cuatro años. Sara era ya una mujer inteligente, no necesitaba puntos y comas.

—Pensé que era lo mejor para protegerte, para protegerme también yo.

Sara enmudeció durante unos minutos. Necesitaba procesarlo.

—¿Qué pasará ahora?

—¿Con el abuelo?

—No, mamá. Con nosotras.

—Hay un plan de contingencia, podré controlar la situación. Habrá algunas turbulencias, pero nos recuperaremos rápido si me desligo rotundamente de la gestión del equipo anterior y de los actos personales de tu abuelo. Sin embargo, si salgo en su defensa puede perjudicarnos, podemos perderlo todo.

Y en ese momento, Sara se dio cuenta.

—Tú sabías que esa información iba a filtrarse. Lo has permitido. Has traicionado al abuelo.

Virginia apretó un poco más el volante. Solo eso.

—Iba a saberse de todas maneras, y tu abuelo estaba dispuesto a dejarme caer a mí para salvarse, así que tuve que decidir entre él y nosotras. ¿Qué alternativa tenía? ¿Renunciar a mi cargo, a los privilegios que os da a ti y a tu hermana el dinero? ¿Perder nuestra vida?

—Pero todas esas personas asesinadas por nada, sin ningún motivo...

—El mundo de ahí fuera es feroz, Sara. No puedes siquiera imaginar cuánto. Si eso te va a hacer sentir mejor, hazte voluntaria en una ONG, crea una fundación para las víctimas de la guerra o regala a causas humanitarias la parte que te corresponderá de tu herencia. Si lo prefieres, puedo darte el teléfono de esa periodista, llámala, cuéntale lo que sabes, háblale de lo que viste en el pabellón de caza, di que yo lo sabía y lo oculté. Luego llama a tu padre, donde quiera que esté, y ve a vivir con él y con su nueva novia. O puedes decidir apoyarme. Saldremos adelante juntas y seguiremos con nuestras vidas. Pero no puedes seguir fingiendo que no formas parte de esto. Ya eres adulta, es hora de que elijas en qué mundo quieres vivir, así que dime qué crees tú que debo hacer.

Sara había tenido ocho horas de vuelo para pensar la respuesta a esa pregunta. ¿Qué debía hacer? Todavía se tomó unos minutos más, el tiempo de agotar el pitillo y aplastar la colilla en el cenicero del coche, aunque siempre había sabido la respuesta, desde que tenía cuatro años. Bajó la ventanilla y respiró la ciudad, los altos edificios, la serpiente ruidosa del tráfico.

—Creo que nosotras no podemos hacer nada. El abuelo está solo en esto.

Virginia sintió una punzada de dolor, como si le partieran el corazón por la mitad. Hay victorias de las que uno no se recupera jamás, pasos en los que se pierden jirones del alma que no podrán volver a coserse. Y ella acababa de arrebatársela a su hija.

La rueda de prensa se celebró en la sala de actos del hotel Hilton, en un escenario calculadamente sobrio. Virginia compareció junto a sus dos hijas, flanqueándola con expresión compungida. Ella conservó la entereza hasta el final, cuando la voz se le quebró unos segundos. Se declaró consternada y absolutamente abatida por las informaciones que circulaban en las redes. Confiaba en su padre, pero llegado el caso estaba totalmente dispuesta a colaborar en una investigación internacional sobre posibles crímenes de guerra cometidos por Armando Ortiz durante el período de las guerras en los Balcanes. Anunció la donación de tres millones de dólares a una fundación para la reconstrucción y la reparación de las víctimas de Bosnia-Herzegovina y confirmó que el *holding* que ahora dirigía iba a abrir una división de cooperación internacional que operaría en las barriadas más pobres de varios países, como la propia Bosnia, Montenegro, Albania y, extrañamente, México, donde próximamente se iba a inaugurar una escuela de negocios en la capital del estado de Jalisco para jóvenes talentos de las colonias más desfavorecidas. Para ello, contaba totalmente con el apoyo de su nuevo socio, Massimiliano Petrucci.

Fue convincente y creíble. El resto lo hicieron los medios bajo el control directo o indirecto del *holding*, desligando su imagen de la del viejo Armando Ortiz y sus métodos. Ella era el nuevo mundo, sin deudas con el pasado. Ella era inocente.

53

Fogars de Montclús, provincia de Barcelona

Soria y Julián desayunaban en el único bar del pueblo. Café con leche el exinspector, carajillo y un Ducados el exsubinspector. La noticia seguía repitiéndose en bucle en el Canal 24 Horas. Cuanto más se repetía, más convincente resultaba el pesar de Virginia Ortiz y más creíbles sus explicaciones.

—¡Joder, es buena! Dan ganas de acercarle un pañuelo y consolarla —dijo Soria con una amargura que solo podía venir de la herida que deja un cariño incondicional traicionado. Hubiera podido imaginar algo así de cualquiera, incluso de sí mismo, pero nunca de ella—. Igual es verdad eso de que el poder acaba convirtiéndose en la única moral de quien lo detenta.

Julián bebía a sorbos su café con leche. Ni siquiera veía la televisión, y tampoco había querido responder a las insistentes llamadas de su examiga y excompañera.

—¿Por qué exigirle a ella lo que no le exigiríamos a nadie más?

Soria lo contempló como si no lo reconociera.

—Porque era nuestra amiga, y porque pensábamos que era mejor que nosotros. Porque confiábamos en ella.

«Tal vez ese fue el error», pensó Julián. Querer a alguien te ciega, te fuerza a buscar explicaciones que justifiquen sus actos, que los excusen, porque la alternativa es la decepción y esa frialdad de corazón inconsolable.

—¿Cómo van las cosas con Pura? —preguntó, para pensar en otra cosa.

Soria dejó ir un suspiro inquieto.

—Le dieron el alta hace dos días. Los médicos dicen que se recuperará pronto, pero no quiere hablar conmigo. Se pasa el día durmiendo en la habitación con las persianas bajadas, ni siquiera prueba la comida que le dejo en la bandeja.

—Dale tiempo. Lo que le ha hecho ese animal de Konstantin no se supera fácilmente, pero es una mujer dura. Y te tiene a ti.

—¡Debería haber matado a ese hijo de puta! Tuve la oportunidad, tu amigo el sicario lo dejó ahí para que yo acabase con él. Pero no pude hacerlo.

—Eres un hombre decente, Soria. No se mata a sangre fría tan fácilmente. Además, te habrías desgraciado la vida, y eso era lo que el mexicano quería. Ponerte a prueba.

Rafael entró en el bar con los tres botones de la camisa abiertos, la americana arrugada y el periódico debajo del brazo. Soria y él se saludaron afectuosamente. Se habían caído bien, y aunque Soria no tenía ni idea de ajedrez, resultó que Rafael sabía bastantes cosas sobre el general Friedrich von Bernhardi y sus batallas en el frente oriental y en Armentières. Además, había leído en alemán el *Deutschland und der nächste Krieg* y eso le había granjeado la admiración del exsubinspector.

—¿Qué hay de Vesna? —preguntó Julián.

Rafael miró de reojo a Soria y sonrió.

—Baste decir que está a salvo, en un lugar que es mejor no saber... ¿Habéis oído la noticia? Acaban de decirlo en la radio. Los Mossos han ido a detener a Armando Ortiz con una orden judicial a su finca de caza y se han encontrado un incendio pavoroso. Los bomberos han tardado cuatro horas en extinguirlo. Dentro del pabellón han encontrado el cadáver medio quemado del viejo. Está por confirmar, pero parece que ha prendido el fuego intencionadamente y que luego se ha volado la cabeza con su rifle de caza. ¿Vosotros os lo creéis?

Soria chasqueó los labios.

—Kurt Cobain se suicidó en 1994 con una escopeta Remington. Supongo que es posible: te sientas, te descalzas, apoyas la culata en el suelo, la barbilla en la boca del cañón y aprietas el gatillo con el dedo del pie.

Rafael movió el mostacho. Le sonaba un tanto barroco, pero los policías eran ellos.

—El italiano se va de rositas, Virginia es la heredera compungida y a Manuela Juan le darán el premio API, que no podrá compartir con Clara Fité porque se supone que ella no existe ya. Muy oportuno, en todo caso. Muerto el perro, muerta la rabia, y así se acaba la historia.

—Al menos, este capítulo.

Julián no se encontraba bien. Por la mañana había excretado mucha sangre en las heces y las medicinas para calmar el dolor ya no le hacían casi ningún efecto. Quería irse a casa y dormir. Rafael y Soria se ofrecieron a llevarle. Él les dijo que se encontraba bien, solo un poco cansado. Le apetecía dar un paseo, airearse.

—¿Estás seguro?

—Vosotros quedaos aquí, discutiendo teorías conspiratorias. Nos vemos más tarde.

Rafael y Soria lo vieron alejarse calle abajo, con las manos en los bolsillos, empequeñecido por la enfermedad, con los hombros echados hacia delante y la cabeza inclinada hacia el suelo.

—¿Tan mal está? —preguntó Soria.

Rafael no respondió inmediatamente. Tenía un nudo en la garganta.

—Creo que lo de Virginia ha acabado con las pocas fuerzas que le quedaban.

Soria se negó a aceptarlo.

—Tú no lo conoces, ese hijo de puta es el ser más decente y fuerte que conozco. Todavía va a pelear lo suyo.

El teléfono de Soria sonó en su bolsillo. Era un mensaje de Pura.

Le pedía el divorcio.

54

Lanzarote, una semana después

Mario levantó la cabeza del ordenador y su rostro se convirtió en un poema.

—¿Qué hace este aquí?

Soria cruzó tranquilamente el pasillo de la comisaría sin detenerse hasta el despacho del comisario. La puerta estaba abierta, como de costumbre. Ramón Pino se levantó a estrecharle la mano afectuosamente.

—Así que, al final, has aceptado que es hora de dejarlo —dijo, señalando la tarjeta de visitante que colgaba en la solapa de Soria.

—Echaba de menos el sótano en el que me encerró... He oído que se ha cerrado el caso de la planta de ALSACURSL.

Ramón Pino puso mala cara.

—Órdenes de arriba. De todas maneras, no quedaba mucho que rascar.

Soria le tendió una carpeta.

—A lo mejor le apetece complicarse la vida y jugarse usted también su pensión.

—¿Qué es?

—¿Se acuerda del perrito faldero que acompañaba a Virginia Ortiz?

—El norteamericano.

—El mismo. Un amigo de la policía portuaria me ha llamado para decirme que hace dos días apareció flotando en la bocana del puerto su cadáver. Llevaba muerto más de una semana, probablemente lo arrojaron mar adentro y costa arriba, pero las corrientes lo arrastraron de vuelta.

Ramón Pino lo interrogó con la mirada.

—El chico no me parecía muy espabilado, la verdad, pero resulta que sí lo era, y acabó descubriendo algunas cosas sobre ALSACURSL que interesarán a los sabuesos de delitos fiscales. También creo que debería investigar un poco más a fondo a la viuda del tipo que provocó el incendio, sobre todo sus ingresos económicos de los últimos meses. Ahí lo tiene todo. Norman hizo un buen trabajo. Era un buen hombre, y lo mataron por serlo. Él también merece un poco de verdad.

Ramón Pino rodeó su mesa, pero no se sentó.

—¿Por qué no has acudido a los canales oficiales? No tenías que venir hasta aquí para esto.

Soria dejó ir una sonrisa divertida.

—Porque soy un gordo cabrón que ya no se fía de nadie y que ha decidido joderle a usted pasándole la patata caliente. Hay otra cosa que debería saber —dijo, cerrando cuidadosamente la puerta del despacho—. Le dije que no se fiara de Mario, y veo que sigue en su puesto.

Ramón Pino quiso pararle los pies.

—Y yo te dije que no me gusta que se viertan suposiciones maliciosas sobre mi gente.

—No son suposiciones. Me pidió pruebas y ahí las tiene. Mario ha estado pasándole información a un sicario de un cártel mexicano, dirigido por un tal Oso

Dávila. Esa información que casi le costó la vida a mi mujer. Además, ocultó pruebas sobre el ayudante de cocina, Román, para que yo no descubriera que era víctima de un chantaje por parte de Migren y que eso le empujó a intentar matar a Vesna.

Ramón Pino se dejó caer en el sillón como si le hubieran arrojado una tonelada de mierda. Movía la cabeza de un lado a otro desconcertado.

—¿Alguna buena noticia más que quieras compartir?

—Voy a dejar de fumar... Buena suerte, comisario.

Al salir cruzó una mirada con Mario. La del oficial era de terror. La de Soria de profundo desprecio. Lo último que el exsubinspector oyó fue la voz iracunda de Ramón Pino ordenando al surfero que entrara en su despacho. Iban a cortarle las greñas.

Encontró a Lourdes en el bar donde solían desayunar los funcionarios. Guapa y rotunda a rabiar. Su primera reacción al verle fue de sorpresa, pero enseguida se le dibujó una esperanza brillante en los ojos. Se dieron un abrazo confortable, benefactor.

Se sentaron y hablaron del trabajo, de la jubilación, de soldaditos de plomo. Soria intentaba evitar el magnetismo de aquella mujer, que lo arrastraba a sueños imposibles, y ella destensó la cuerda, comprendiendo que no habría segunda parte.

—Pura me ha pedido el divorcio.

Lourdes entendió.

—¿Y qué vas a hacer?

—Lo único que puedo hacer. Intentar recuperarla. Ojalá pudiera cambiar, pero ya soy demasiado viejo para nuevos principios, y la quiero. La verdad es que siempre la he querido. Necesitaba decírtelo, y pedirte disculpas por haberme comportado como un imbécil.

Lourdes le pidió que se callara. No intentó besarle, no le rozó la mejilla ni le dijo que tenía la camisa manchada de café. No dejó volar sus propios deseos, y si no fue capaz de alegrarse por él, al menos lo intentó.

—Por lo menos podremos desayunar juntos.

Le quedaba otra cosa que hacer antes de marcharse de aquella isla para no volver.

Al entrar en La Baranda se produjo un silencio sepulcral. Tal vez ya no fuera policía, pero seguía oliendo a uno, y mucha gente no había olvidado sus preguntas sobre los hermanos Driss. El viejo Tobías estaba sentado en la barra, pacífico en su reino, dueño de su mundo.

—Ya pensaba que te habías olvidado de nuestro acuerdo, subinspector.

—Me he jubilado, pero tengo buena memoria. Un favor se paga con otro favor.

Le entregó al viejo Tobías el expediente penitenciario de Konstantin.

El viejo observó la foto de la ficha con atención.

—Este es el hijo puta que torturó y mató a mis chicos.

—Completamente seguro.

Sabía que estaba condenando a muerte a Konstantin. Tobías tenía gente en todas las cárceles de España, y el tuerto no pasaría sus días eternamente en la enfermería. Tarde o temprano saldría al patio, a los aseos, al taller. Eso no le causó remordimiento alguno a Soria. Solo un placer sin alegría.

Se dirigió hacia la salida. Se detuvo un momento y

giró la cabeza. Sus cejas se curvaron y los ojos se hundieron más en el cráneo, como si la visión retrocediera hacia una oquedad impenetrable.

—¿Me harías un último favor? Cuando los tuyos lo hagan, que se aseguren de que el tuerto sepa que he sido yo.

Epílogo

Puede que os preguntéis qué habría hecho si Virginia hubiese aceptado mi oferta de eliminarlos a todos. Por suerte, la rechazó, así que no necesitáis una respuesta.

Julián Leal murió treinta y seis días después. Lo enterraron en el cementerio de Sant Celoni. No hubo ceremonia religiosa ni velatorio. Tampoco discursos. Ni siquiera llovía ni era invierno. Lucía un sol radiante de agosto y la vida estaba llena de alegría fuera del cementerio. Le acompañaron Rafael y Soria. Virginia mandó una corona de flores.

Los vi reunirse alrededor del nicho abierto para despedirse mientras los operarios metían el féretro dentro y, subidos a una escalera, colocaban la lápida y la sellaban con mortero. Esperé a que se marcharan para acercarme.

Ahí estaba, en una extraña soledad recién estrenada diferente a la vida. Oculto detrás de una lápida de color gris. Soria había dejado una copia del disco *Born to Run* a modo de epitafio. Tal vez lo hubiera enviado Clara.

¿Qué se le dice a un enemigo al que vas a echar de menos como a un amigo? Imagino que le habrían bastado algunas frases sueltas, con el estilo distante y sentencioso que tanto impacientaba a los que no le conocían bien, tanto como esa dimensión temporal suya parsimoniosa, de paquidermo, seguro y persistente, con la que hacía todo, como si acariciara los minutos y la eternidad le perteneciera. Todo era una ceremonia del té para él.

1961-2008. Tenía cuarenta y siete años. Hasta ese momento no había caído en la cuenta. Teníamos prácticamente la misma edad, y casi al mismo tiempo que él veía morir a su padre, yo *moría* para salvar al mío. Dos chicos sin inocencia que tomaron caminos distintos para encontrarse al final en la misma encrucijada. Me acordé de aquel viejo español republicano alzando el puño en medio de la calle, solo y fuera ya del tiempo, ajeno a este mundo, preguntándose por qué unos viven tanto y otros mueren tan poco. Como Norman Hill, que querría haberse cambiado por su hermano en San Ysidro; como Vesna, que seguía buscando en su mano la de su hermano pequeño en un campo nevado.

Me alejé sin prisa. Me gusta la calma que se respira en los cementerios, los cipreses bien cuidados que crecen lentos, el orden con el que tratamos de contener el miedo a lo desconocido.

Dos días después la vi, sentada en una plaza de Ostuni. Llevaba un vestido rojo, como en una película de Sorrentino. El resto de los colores parecían haber sido absorbidos por su presencia. Un mundo en blanco y negro girando a su alrededor.

Me senté a unas mesas de distancia. La estuve observando mientras escribía en su cuaderno. De vez en cuando se recogía el cabello detrás de la oreja.

A la derecha de la plaza, en un balcón, colgaba un cartel con un número de teléfono: SE VENDE.

¿Por qué no?, me dije. Luego Clara se puso en pie, dejó unas monedas en la mesa y se encaminó por la calle empedrada hacia el belvedere de la plaza Martiri delle Foibe para ver el atardecer como una turista más. La seguí durante un rato, tratando de no perderla entre el gentío. Y, de repente, se dio la vuelta y me miró fijamente unos segundos. Luego levantó la mano con un tímido saludo y desapareció calle abajo.

Me detuve. No supe cómo seguirla hacia donde fuera que quisiera llevarme.

Encendí un cigarrillo y aflojé el nudo de la corbata. Hacía calor. Vi a los viejos sentados en sus sillas, mirando todo en silencio. Sin asombro. Pensé que tenían suerte.

Tal vez sea suficiente llegar vivo a la muerte. Quizá sea la única victoria a la que los hombres como yo podemos aspirar.